DIÁLOGOS

II

GÓRGIAS
(OU DA RETÓRICA)

EUTIDEMO
(OU DA DISPUTA)

HÍPIAS MAIOR
(OU DO BELO)

HÍPIAS MENOR
(OU DO FALSO)

O livro é a porta que se abre para a realização do homem.

Jair Lot Vieira

PLATÃO

DIÁLOGOS

II

GÓRGIAS
(OU DA RETÓRICA)

EUTIDEMO
(OU DA DISPUTA)

HÍPIAS MAIOR
(OU DO BELO)

HÍPIAS MENOR
(OU DO FALSO)

TRADUÇÃO, TEXTOS ADICIONAIS E NOTAS

EDSON BINI
Estudou filosofia na Faculdade de Filosofia, Letras e Ciências Humanas da USP.
É tradutor há mais de 40 anos.

edipro

Grafia conforme o novo Acordo Ortográfico da Língua Portuguesa.

2ª edição, 2ª reimpressão 2023.

Editores: Jair Lot Vieira e Maíra Lot Vieira Micales
Coordenação editorial: Fernanda Godoy Tarcinalli
Tradução, textos adicionais e notas: Edson Bini
Editoração: Alexandre Rudyard Benevides
Revisão: Francimeire Leme Coelho
Acentuação do grego: Lilian Sais
Adaptação da capa: Karine Moreto Massoca

Dados Internacionais de Catalogação na Publicação (CIP)
(Câmara Brasileira do Livro, SP, Brasil)

Platão (427?-347? a.C.)

Diálogos II – Górgias (ou Da Retórica); Eutidemo (ou Da Disputa); Hípias maior (ou Do Belo); Hípias menor (ou Do Falso) / Platão [tradução, textos adicionais e notas Edson Bini]. 2. ed. – São Paulo : Edipro, 2016. (Clássicos Edipro).

Títulos originais: Γοργίας (Ἡ Περὶ Ῥητορικῆς); Εὐθύδημος (Ἡ Ἐριστικός); Ἱππίας Μειζών (Ἡ Περὶ τοῦ Καλοῦ); Ἱππίας Ἐλαττών (Ἡ Περὶ τοῦ Ψευδοῦς).

ISBN 978-85-7283-943-3

1. Filosofia antiga. I. Bini, Edson. II. Título. III. Título: Górgias (ou Da Retórica). IV. Título: Eutidemo (ou Da Disputa). V. Título: Hípias maior (ou Do Belo). VI. Título: Hípias menor (ou Do Falso). VII. Série.

07-0597 CDD-184

Índices para catálogo sistemático:
1. Filosofia platônica : 184
2. Platão : Filosofia : 184

ABDR — Cópia não autorizada é crime — Respeite o direito autoral — Editora afiliada

edipro

São Paulo: (11) 3107-7050 • Bauru: (14) 3234-4121
www.edipro.com.br • edipro@edipro.com.br
@editoraedipro @editoraedipro

Sumário

Nota do tradutor

Estas traduções foram realizadas com base nos seguintes textos estabelecidos:

– *Górgias* e *Eutidemo*: edição revisada de Schanz;

– *Hípias maior* e *Hípias menor*: texto de John Burnet.

Textos de outros helenistas foram, contudo, também utilizados.

A possível ocorrência de palavras entre colchetes visa à tentativa de completamento de ideias onde o texto padece de algum hiato que compromete a compreensão.

Com o fito de facilitar e agilizar a consulta motivada pela leitura de outras obras, fizemos constar à margem esquerda da página a numeração da edição referencial de 1578 de Henri Estienne (*Stephanus*).

As notas de rodapé têm caráter meramente informativo ou elucidativo, e esporadicamente crítico, coadunando-se com o cunho didático da edição; contemplam aspectos filosóficos básicos, bem como aspectos históricos, mitológicos e linguísticos.

Dadas as diferenças estruturais entre o grego antigo (idioma declinado) e o português contemporâneo (língua não declinada), a tradução inevitavelmente se ressente de prejuízos do ponto de vista da forma: a beleza e a elegância do estilo literário de Platão são drasticamente minimizadas, mesmo porque, em um discurso filosófico, a preocupação maior do tradutor é preservar o espírito do texto e manter-se, ao menos relativamente, fiel ao teor veiculado.

Procuramos, como sempre, traduzir *a meio caminho* entre a literalidade e a paráfrase, ambas em princípio não recomendáveis, a nosso ver, em matéria de textos filosóficos. Entretanto, tendemos a concordar com Heidegger em que toda tradução é necessariamente hermenêutica; ou seja, ao tradutor é praticamente impossível (embora pugne por ser leal e isento servidor do autor) impedir que um certo subjetivismo e algum grau de interpretação invadam seu trabalho.

De antemão, solicitamos a um tempo tanto a indulgência do leitor para nossas falhas e limitações, quanto suas valiosas sugestões e críticas para o aprimoramento de edições vindouras. Aqui só nos resta curvarmo-nos à opinião socrática de que, a rigor, *nunca passamos de aprendizes...*

Apresentação

Os diálogos que constam nesta edição têm, entre si, alguns pontos fundamentais em comum, o que justifica serem assim agrupados: contam com a participação de sofistas (interlocutores de Sócrates) e veiculam mais substancialmente do que outros diálogos (à exceção do *Protágoras*, *Teeteto*, *Sofista* e *Político*) a crítica platônica aos sofistas.

Não há, contudo, na sua ordem aqui adotada, nem propriamente uma evolução da crítica de Platão aos seus adversários, nem uma sequência cronológica da redação dos quatro diálogos, mesmo porque o *Eutidemo*, que figura como segundo texto, é um típico diálogo socrático escrito muito provavelmente décadas antes do *Górgias*, que é, por sua vez, um elaboradíssimo diálogo, concebido e composto no clímax do amadurecimento filosófico e literário do mestre da Academia, após a morte de Sócrates.

Não existe, portanto, nenhuma solução de continuidade entre esses dois diálogos, e muito menos relativamente aos dois últimos (*Hípias maior* e *Hípias menor*), os quais, por seu turno, supõem uma sequência por conta de uma observação de Hípias no *Hípias maior*.

Independentemente da polêmica em torno da autenticidade da autoria dos dois *Hípias*, que não nos cabe aqui discutir, nesse agrupamento dos quatro diálogos, moveu-nos mesmo o contraste assumido pela crítica platônica.

No *Górgias*, Platão retrata um debate candente em que Sócrates, sempre finamente irônico, cortês e seguro, além de experimentado articulador da dialética e da maiêutica, enfrenta três oponentes distintos: o traquejado e respeitabilíssimo Górgias, o pretensioso e impetuoso Pólo, seu discípulo, e o contundente Cálicles, que, embora não se intitule um sofista, reúne flagrantemente todos os usuais atributos de um deles. Querefonte apresenta-se ao lado de Sócrates, sedimentando a polarização de um debate que ganha contornos dramáticos. Pela forma, estilo e conteúdo, o *Górgias* mostra-se o melhor desses quatro diálogos.

No *Eutidemo*, Platão (ainda sob marcante influência de Sócrates) brinda-nos com uma comédia, na qual a ironia e a encenação de Sócrates atingem o auge, uma vez que os interlocutores principais, Eutidemo e Dionisodoro, propugnadores e defensores da erística – a par de sua insolência e prepotência – revelam-se representantes do perfil mais deplorável da sofística, ou seja, são habilíssimos perpetradores de sofismas.

Em *Hípias maior*, Platão é mais direto na sua estratégia crítica. Não há a estruturação dramática do *Górgias* (a que assistimos também no *Protágoras*), nem a comicidade e a pirotecnia do *Eutidemo*. O diálogo, com um único interlocutor, é mais linear, marcando pontualmente a franca e contínua superioridade dialética de Sócrates que, ao mesmo tempo que não deixa de recorrer a sua costumeira ironia e usual confissão de tudo ignorar, expõe duramente a debilidade filosófica da sofística.

O *Hípias menor*, de estrutura similar ao *Hípias maior*, desnuda mais uma vez a tibiez dialógica do sofista, fatalmente instalada pela própria postura sofista do não aprofundamento filosófico. O remate dado por Platão, exibindo a ironia socrática aliada à modéstia intelectual de seu mestre, em contraste com a típica imodéstia do sofista, traz a inevitável *aporia*, na contramão da pretensão da solução cabal.

Introdução:
O movimento sofista

I – Considerações gerais

Esta Introdução não tem qualquer pretensão acadêmica e, muito menos, erudita. São apenas considerações sumárias, a respeito de uma célebre rivalidade intelectual, que podem se revelar úteis ao estudante da história do pensamento clássico e, particularmente, àquele da filosofia platônica.

Trata-se de uma velha questão a uma vez complexa e polêmica, mesmo porque transcende o conteúdo e o mérito da própria contribuição intelectual manifestada por esses âmbitos antagônicos da vida cultural do mundo ocidental na Antiguidade.

De fato, desde a gênese daquilo que convencionamos denominar "movimento sofista" e do platonismo original (concebido e ensinado por Platão na Academia), percebemos de chofre não só a marcante diversidade e polarização das propostas de um e outro, como também a paralela diferença pontual de postura e conduta de representantes de ambos os partidos.

As origens dessa disputa nos fazem remontar à Grécia de meados do século V a.C., quando começa a germinar a semente de um desenvolvimento cultural que viria a culminar no período áureo da Atenas de Péricles.

Quase todo estudante de Filosofia sabe que a palavra *sofista* (σοφιστής) é estreitamente aparentada a *sophós* (σοφός), "hábil em alguma arte manual", ou "hábil" em geral; *sophós* também designa o indivíduo dotado de algum saber, o sábio. O significado de *sophistés* é virtualmente idêntico ao de *sophós*.

Entretanto, a partir de meados do século V a.C., em Atenas (o centro cultural da Grécia antiga), essa palavra (até então neutra e positiva) passa a designar (já com sentido pejorativo), em um primeiro momento, um personagem novo e curioso do cenário cultural e educacional: o professor de Retórica e Filosofia.

Perguntar-se-á: mas já não existiam mestres de Retórica e de Filosofia?

Decerto, mas não com as características e peculiaridades desses homens.

Os *sofistas* eram professores de Retórica *e* Filosofia implicando necessariamente a correlação desses dois *saberes*. Por trás disso, já se delineiam a postura desses homens e a própria concepção que alimentavam da Filosofia como um saber não fundamental, mas atrelado e subordinado à Retórica: a única Filosofia que realmente importa é a veiculável e veiculada pela arte do bem falar, isto é, a oratória ou retórica. Vale dizer que, para os sofistas, a Filosofia se reduz basicamente à Ética e, sobretudo, à Política (para empregar a terminologia aristotélica, às *ciências práticas*, ou da *práxis*). Os sofistas em geral julgavam disciplinas filosóficas como a Psicologia, a Física, a Metafísica e a Gnosiologia como especulação e reflexão de secundária importância, precisamente porque são mais distanciadas da *práxis*.

Isso nos possibilita, já em um *segundo momento*, aprimorar o que se entendia por sofista: o professor de Retórica e Política, ou melhor ainda: *o professor que ensinava como utilizar a retórica no discurso e debate políticos*, o que denuncia uma das funções primordiais desses homens na Atenas a partir de meados do século V a.C., ou seja: *ensinavam a jovens que pretendiam ocupar cargos políticos habilidade e maestria no uso da palavra visando à persuasão do público.*

Mas por que dizemos *Atenas*?

Porque Atenas era, nessa época, o grande núcleo cultural e político da Grécia e para lá convergiam todos aqueles que ansiavam participar do grande impulso da cultura helênica envolvendo setores fundamentais da educação, como a Filosofia, as mais diversas artes e a competição esportiva – tudo entranhado na intensa vida política da cidade-Estado.

Ora, também a maioria dos sofistas (que não era ateniense) acabou por se dirigir a Atenas, onde não se estabeleceram definitivamente (mesmo porque eram geralmente andarilhos e itinerantes), mas onde se mantiveram por períodos consideráveis, já que seus usuários, ou seja, seus discípulos (amiúde de famílias aristocráticas abastadas) ali se achavam, alimentando interesse pelos variados cargos políticos oferecidos pela poderosa e febril cidade-Estado.

A esse ponto, podemos depreender uma definição ainda mais depurada e completa do sofista: *professor remunerado de retórica aplicada à política.*

Os sofistas eram clara e explicitamente profissionais remunerados e, com frequência, eram muito bem remunerados.

Talvez devêssemos mesmo afirmar que foram eles que instituíram – mediante sua própria prática – a figura do profissional remunerado da educação, ou melhor, do magistério.

Esse professor era mestre particular ou de pequenos grupos, ministrava cursos temporários pagos e hospedava-se, no caso de Atenas, geralmente nas faustosas residências de admiradores ricos. Cálias de Atenas, filho de Hipônico, foi, no início do século IV, um desses famosos patrocinadores dos sofistas.

Mas, com o tempo e, especialmente, com o advento da democracia em Atenas (auge da efervescência política, artística e intelectual), os sofistas, além de mestres renomados de retórica e, naturalmente, exímios oradores, passaram a exercer marcante influência não só na intensa vida política, como também na feitura de leis (legislação): Protágoras, por exemplo, redigiu uma Constituição para a colônia de Túrio. O mesmo ocorreu em relação à vida jurídica, já que como hábeis oradores começaram também a atuar nos tribunais como advogados.

Assim, em boa medida, o *sofista* é igualmente um dos paradigmas do advogado ocidental, além de constituir sua origem institucional.

Como o leitor pode depreender, os sofistas primavam por um franco e desapaixonado pragmatismo, atuando em quase todas as esferas da vida do cidadão ateniense: educação, política, legislação, transações financeiras e comerciais. Alguns sofistas foram líderes do governo, como Crítias, membro do círculo socrático e depois um dos trinta tiranos.

Eram, contudo, na maioria e originalmente, homens ligados à formação e à educação (παιδεία) ministradas em um plano não escolástico e caracterizadas por um profissionalismo visivelmente materialista e rentável.

Após arriscarmos declarar muito do que eram, ousaremos aventar algumas coisas que não eram.

Embora efetivos apoiadores e participantes da democracia em Atenas, certamente não eram, obviamente, patriotas do ponto de vista de Atenas; na verdade, não eram, na sua quase totalidade, nem atenienses autóctones, nem estrangeiros estabelecidos na cidade (μέτοικος), não sendo geralmente detentores de direitos civis. Alguns deles (como Hípias de Elis), inclusive, exerciam missão diplomática representando suas cidades. Eram estrangeiros comuns, embora altamente influentes, sobretudo, pela via indireta, porém eficaz, da educação.

Respeitavam, via de regra, tanto as leis locais quanto as divindades epônimas – a religião oficial – mas não eram devotos, ou seja, não praticavam assídua e meticulosamente os rituais e sacrifícios domésticos, nem participavam rigorosamente das festividades religiosas públicas. Por outro lado, o escancarado pragmatismo e o utilitarismo sofistas autorizam-nos até a duvidar de que algum dos sofistas haja esposado a causa de alguma forma de pan-helenismo, como o fez Isócrates, fundador, diretor e mestre de uma respeitada escola de retórica em Atenas. Conviveram relativamente bem tanto com a ameaça persa quanto com a ocupação macedônica de Filipe II.

Quão distante está o personagem que acabamos de esboçar daquele que costumamos chamar de *filósofo*!

A propósito, é preciso observar que na verdade, à parte de nossas despretensiosas considerações, não há como traçar com segurança e objetividade o perfil histórico real do sofista, pois a quase totalidade das informações que dispomos dele provém, paradoxalmente, de registros de seus maiores adversários: os filósofos Platão, Aristóteles e Isócrates, especialmente no seu *Contra os sofistas*.

Isso pode ser explicado em dois níveis. Primeiramente, os ocupadíssimos sofistas gregos em geral não se dedicaram (salvo algumas exceções como Protágoras de Abdera) a registrar por escrito para perpetuação nem suas impressões "filosóficas" nem suas peças de oratória; em segundo lugar, a maioria dos escritos dos sofistas (do que constitui exemplo os escritos do próprio Protágoras) não sobreviveu nem chegou a nós (alguns, como o *Dos deuses* de Protágoras, foram condenados e queimados durante a vida de seus próprios autores pelo governo ateniense). A escassa herança sofística restante é constituída por fragmentos esparsos deles próprios e observações sumárias tecidas a respeito deles por autores que, semelhantemente a Platão e Aristóteles, não os viam com bons olhos. Há algumas exceções a essa regra, como o caso da figura controvertida de Antífon, do qual dispomos de quinze discursos forenses.

A única obra histórica da antiguidade tardia sobre os sofistas, acessível e tida como autêntica do prisma dessa antiguidade (surgida no século II da Era Cristã), é *Vidas dos sofistas* (βίοι σοφιστῶν), de Filostrato, sofista grego de nascimento, mas já inserido no Império Romano. Todavia, para nossa apreciação da sofística grega no seu nascedouro grego, a obra de Filostrato padece de graves deficiências.

Não é um conjunto sistemático e consistente de biografias, porém um texto que chega a flutuar ao sabor de certos caprichos e do entusiasmo de seu autor, o qual prestigia e privilegia certos nomes (particularmente de seus mestres sofistas) e desprestigia outros, marcando a obra de um elevado grau de subjetivismo e tendenciosidade que acaba por levá-la a ser encarada por muitos críticos e leitores mais como uma coletânea de crônicas literárias beirando, em determinados trechos, à ficção, do que como um tratado de história. A despeito das qualidades do texto, isso faz de *Vidas dos sofistas* uma obra não inteiramente fidedigna.

O outro problema é que Filostrato fornece muita informação (às vezes dúbia) sobre grande número de sofistas próximos dele próprio no tempo – alguns até seus contemporâneos – mas pouca informação sobre os grandes representantes da sofística original grega dos séculos V e IV a.C.

Os sofistas mais expressivos dessa época, precisamente, foram Protágoras de Abdera, Pródico de Ceos, Górgias de Leontini, Hípias de Elis e Antífon de Ramno. Sobre este último, pairam dúvidas ainda no tocante a sua identidade, já que o nome *Antífon* era muito comum na Grécia antiga e houve, no mínimo, dois *Antífons* de destaque atuantes em Atenas nessa época. Outros sofistas importantes, embora de menor peso (geralmente discípulos dos primeiros), foram Ésquines de Atenas, Eudoxo de Cnido, Leon de Bizâncio, Dias de Éfeso, Pólo da Sicília, Crítias de Atenas e Trasímaco da Calcedônia.

Cumpre notar, ainda, que embora a classificação de sofista se funda nas características e qualificações comuns que indicamos, havia, na prática, diversidades de perfil *de sofista para sofista*, tanto no que tangia ao cabedal e amplitude do saber de cada um quanto ao que tangia à atividade e à função sofísticas que cada um desempenhava majoritariamente.

Hípias de Elis era um homem de saber enciclopédico e que, a despeito de atuar regularmente como embaixador de Elis, concentrava sua atividade nas exibições sobre os mais variados temas em círculos restritos de ouvintes privados; já *Ésquines* (nascido em 389 a.C. – o pugnaz adversário de Demóstenes) especializou-se na oratória política e não tardou a tornar-se um político influente e embaixador, aderindo à causa de Filipe da Macedônia; *Antífon* (nascido em 480 ou 479 a.C.) sobressaiu tanto como orador de suma eloquência quanto como mestre de retórica forense e política; *Pródico* e *Protágoras*, além de produtivos professores particulares, foram criativos escritores.

Como já apontado, os sofistas gregos em geral eram simpatizantes da democracia ateniense. É necessário, contudo, mencionar ao menos duas exceções: Crítias de Atenas, pertencente a uma ilustre família aristocrática e discípulo de Sócrates, apoiou os espartanos e participou da conspiração e insurreição que fez dele um dos *Trinta Tiranos* em 404 a.C.; Antífon de Ramno foi defensor da oligarquia. Com a queda dos *Trinta* em 403, Antífon teve pior sorte do que Crítias (exilado em 407 e morto em 403 em um confronto com os democratas e Trasíbulo): foi condenado à morte pela cicuta.

Dos principais sofistas gregos menores, Pólo da Sicília (retratado por Platão como interlocutor no diálogo *Górgias* e que figura também no *Fedro*) foi discípulo veemente de Górgias e autor de uma *Arte da retórica*; Dias (*Bias* ou *Délio*) de Éfeso, segundo Filostrato, foi inicialmente discípulo na Academia, mas aderiu à sofística no episódio em que teria – atuando "diplomaticamente" a favor dos gregos – convencido Filipe da Macedônia a formar e liderar uma expedição guerreira contra a Ásia, da qual os gregos poderiam participar; Eudoxo de Cnido (408-352 a.C.) principiou na Academia e tornou-se homem de múltiplo conhecimento (Astronomia, Física, Geometria etc.), mas logo abandonou a escola de Platão para estudar com o pitagórico Árquitas. Como sofista atípico, abriu e manteve uma escola de retórica em Cízico e foi legislador de sua cidade natal; Trasímaco da Calcedônia (o mesmo que aparece no Livro I de *A República*[1]) é considerado por muitos o inventor da prosa rítmica, desenvolvendo estilos específicos de oratória; Leon de Bizâncio (que se destacou como orador e historiador) participou do episódio ocorrido em 340 a.C., quando da tentativa de ocupação de Bizâncio por Filipe II.

---

1. Obra publicada em *Clássicos Edipro*.

II – Sócrates, Platão e os sofistas

Tanto os grandes filósofos gregos que ensinaram (Sócrates, Platão, Aristóteles entre outros) e que escreveram (como Platão e Aristóteles) quanto os historiadores da sofística (ao menos, Filostrato) concordam em tese com a distinção entre *filosofia* e *sofística*, isso embora a sofística tenha incorporado a Filosofia (mais exatamente a Política enquanto disciplina filosófica) como objeto e meta da atividade retórica, ainda que alguns sofistas, como Protágoras, hajam concebido e formulado alguns conceitos e princípios filosóficos como o célebre princípio protagórico de que *o ser humano é a medida de todas as coisas;* e, embora muitos sofistas alegassem ensinar "filosofia", certamente não entendiam por "filosofia" o mesmo que filósofos como Sócrates, Platão e Aristóteles.

Uma coisa é positiva: a ostensiva *práxis* dos sofistas coerentemente determinou (mesmo a despeito de sua eventual alegação de que "filosofavam") um inevitável reducionismo do espectro filosófico; a rigor, esses homens da *práxis*, na sua atividade discursiva, somente se pronunciavam e se ocupavam, como já dissemos, de duas daquelas disciplinas filosóficas que Aristóteles chamou de *ciências práticas*, a Ética e a Política, com evidente ênfase nesta última. É tão somente compreensível e lógico que os sofistas não se importassem com e não se devotassem às chamadas (permanecendo na terminologia aristotélica) *ciências produtivas ou poiéticas* (ligadas às artes em geral), e muito menos às *ciências contemplativas ou especulativas* (Física, Metafísica, Matemáticas, Gnosiologia, Psicologia etc.).

Prestigiados sofistas como Górgias demonstram explicitamente seu desprezo pela especulação filosófica, taxando-a de algo como *uma agradável diletância de desocupados*. Por outro lado, no que toca à Ética e à Política, os sofistas assumem uma posição que se coaduna inteiramente com seu cabal pragmatismo e materialismo, posição essa consubstanciada na sua concepção da *excelência ou virtude* (ἀρετή) e da *lei* (νόμος), ou seja, de que tanto a virtude quanto a lei têm caráter puramente convencional, despindo-as de qualquer caráter necessário determinado pela natureza (φύσις) ou pelos deuses (θεοί). Essa forma nascente e radical de "humanismo" quase esvazia o campo do filosofar.

É nesse ponto que podemos ingressar na descrição de uma onda de repúdio e crítica que o movimento avassalador dos sofistas suscitou nos meios filosóficos do mundo grego antigo, sediados em Atenas.

A filosofia grega, apesar de sua incontestável gravitação em torno da cidade-Estado (πόλις), tem suas origens históricas junto aos *fisicistas* ou filósofos da natureza (pré-socráticos como Tales, Demócrito, Anaxágoras, Heráclito etc.) que focam sua investigação filosófica exclusivamente na natureza (φύσις), e junto a

Pitágoras e aos pitagóricos, cujo foco filosófico, totalmente distinto, é múltiplo, envolvendo desde *três* matemáticas (a Aritmética, a Geometria e a Harmonia, ou Música) até o misticismo. A outra vertente contemporânea dessas origens é a escola eleata, fundada por Parmênides de Eleia, e que concentra o objeto filosófico na ontologia (metafísica).

Com Sócrates, o eixo filosófico muda revolucionariamente para o *ético*. Sócrates está preocupado com as relações humanas e com os valores que possibilitam e legitimam essas relações dos indivíduos que, como cidadãos, vivem em sociedade na cidade (πόλις). Assim, toda a filosofia socrática se ocupa da conceituação das virtudes, fundamentalmente a justiça (δίκη), a sabedoria (σοφία), a coragem (ἀνδρεία) e a moderação ou autocontrole (σωφροσύνη).

Os sofistas concordam com esse "humanismo", que se caracteriza por trazer a investigação filosófica para o costume ou caráter habitual (ἔθος, ἦθος), que diz respeito exclusivamente ao ser humano. A afirmação de Protágoras de que o ser humano é a medida de todas as coisas, apesar de suas implicações problemáticas levantadas pelo próprio Sócrates e posteriormente por Platão e Aristóteles, aponta basicamente para esse "humanismo". *Entretanto*, enquanto a ética socrática conduz necessariamente à discussão e à tentativa de elucidação dos conceitos, a ética sofista conduz diretamente à prática, à ação (πρᾶξις) política. Instaura-se a oposição e polarização especulação/ação (θεωρία/πρᾶξις), flagrante e irreconciliável.

Ora, se as questões da Física, Ontologia, Gnosiologia, Psicologia, das matemáticas e demais áreas especulativas são vãs e inúteis (folguedo de adolescentes e ociosos) e não há necessidade de apurar os conceitos verdadeiros da ética, uma vez que os valores éticos e as virtudes são estabelecidos pela própria ação humana nas instâncias e escalões do poder – tal como as leis – o que resta da *teoria filosófica*? Qual o sentido do filosofar? Mais precisamente: resta algum objeto para o filosofar?

A discussão dos conceitos (cerne da dialética) enquanto discussão mesma visando a sua elucidação (impulsionada pela maiêutica – parto das ideias da verdade) se revelaria pura perda de tempo, empenho intelectual inútil e desnecessário! Quando Sócrates (no início de *A República* de Platão) instaura a questão do que é o *justo*, o sofista Trasímaco insiste em participar do diálogo e se apressa em responder prontamente, de maneira convicta e áspera, sem maiores problemas... como se fosse óbvio: "...o justo nada mais é senão a vantagem do mais forte..."[2]. O poder determina de modo unilateral, dogmático e *inquestionável* o que é a justiça e ponto final. Não se trata de especular em busca de um conceito universal ou consensual – verdadeiro para todos. Trata-se, sim,

2. *A República*, Livro I, 338c.

de o poder vigente (e transitoriamente vigente) impor sua opinião particular. Talvez pudéssemos ler nas entrelinhas do discurso do vociferante Trasímaco ou até, unicamente na sua definição do justo, a decretação do fim do filosofar...

Esse quadro produz um antagonismo inarredável na vida intelectual e no processo educacional de Atenas.

Arautos do esvaziamento do objeto filosófico, os sofistas em geral, orientados, sobretudo, por sua concepção materialista da lei e da virtude, paralelamente a sua inquietante e ameaçadora ascensão e penetração na educação ateniense e nos escalões do poder, são vistos pelos filósofos gregos antigos, aqui representados por Platão, em síntese, da seguinte maneira:

1. não sustentam nem defendem nenhuma doutrina que vise à verdade, pois para eles nem a verdade nem a falsidade existem – tudo que existe são opiniões individuais particulares e, nesse caso, *todas* verdadeiras, uma vez que o conceito universal de verdade é inconcebível;
2. a função precípua da retórica praticada pelos sofistas é persuadir o interlocutor, o opositor, o público ou o júri, de uma opinião particular qualquer, de preferência daquela do próprio sofista, ou de seu discípulo ou cliente que melhor o remunere;
3. o sofista é, com frequência, um estrangeiro oportunista itinerante, cujo interesse é acumular fortuna, prestígio e poder em Atenas, onde não tem nem deseja gozar de direitos civis e cumprir deveres civis e obrigações religiosas;
4. como não se baseia no rigor dos conceitos e na observação da verdade, o discurso do sofista é elaborado sem compromisso com a verdade, o que lhe faculta recorrer a raciocínios capciosos e mesmo falhos e falsos. Resultado: o sofista é um hábil e sutil embusteiro;
5. o sofista tende a reduzir a retórica à erística, ou seja, o embate de posições antagônicas pelo mero embate, posto que a consecução de uma verdade universal, ou sequer de um consenso, não é contemplada;
6. o sofista é incapaz de participar do debate dialógico e (como ocorre amiúde nos diálogos de Platão) é demolido ou reduzido à perplexidade pela dialética;
7. o sofista nem sequer possui efetivamente tantos conhecimentos amplos e profundos que, na sua vaidade ou prepotência, alardeia.

Como se pode perceber, a crítica acirrada de Sócrates e Platão aos sofistas (Aristóteles somará a isso a sua artilharia) não é a filósofos ou pensadores que defendem doutrinas filosóficas distintas ou divergentes das suas. É fundamentalmente uma crítica a suas posturas e condutas.

Platão, entretanto, graças principalmente à sua maestria literária, mostra e retrata os sofistas às vezes satírica e sutilmente, às vezes humorística e comicamente, como sucede no *Eutidemo*, e às vezes dramaticamente, como no *Protágoras*. Em uma situação ou outra, sua crítica incisiva contesta-os, vigorosamente, denuncia-os ou ridiculariza-os.

III – O futuro da filosofia e da sofística além do apogeu do advento de Péricles

Pensadores como Sócrates, Platão, Aristóteles e Epicuro foram colossos da filosofia dos frutíferos séculos IV e III a.C., em Atenas, os quais, em meio à intensa atividade cultural, artística e institucional sob o governo democrático, desempenharam uma função importantíssima no largo espaço intelectual aberto na *polis* à educação.

A rivalidade e o confronto entre sofistas e filósofos só enriqueceram o caldo dessa fecunda ebulição ocorrida nos meandros e corredores da *paideia*.

Assim, o inconteste brilho da era de Péricles também tem a debitar a homens como Protágoras, Górgias, Hípias, Pródico e outros profissionais do saber e agentes do processo educacional. A propósito, os sofistas, esses não filósofos, ainda que não exatamente bem vistos pelo povo ateniense e nem propriamente aclamados pelo próprio governo democrático de Atenas, eram com frequência bem menos críticos desse governo do que filósofos como Sócrates, Platão e Aristóteles.

Por força das fatais transitoriedade e instabilidade das coisas humanas e da própria vocação humana para a mudança ou transformação, o período áureo de Péricles findou. Não entraremos aqui na descrição dos eventos de natureza política que causaram o declínio e término da era de Péricles, mesmo porque essa descrição é facilmente encontrada em bons textos de história política desse período do mundo clássico.

Restringindo-nos aos movimentos filosófico e sofista (não sendo também cabível nos atermos às artes e a outros departamentos da vida cultural), o quadro que contemplamos a partir da segunda metade do século III a.C. indica uma inelutável decadência das atividades filosófica e sofística, declínio em certas fases gradual, em outras, abrupto e até vertiginoso.

Dizem que nem sempre os herdeiros possuem a envergadura de seus antecessores.

Se Sócrates foi sucedido em paridade por Platão e este por Aristóteles, o mesmo não aconteceu a este último.

Platão, ao morrer em 347 a.C., deixou como sucessor e diretor da Academia seu sobrinho Espeusipo que, além de alterar os rumos do ensino ministrado, mostrou-se pessoalmente muito inferior ao seu mestre, quer no gênio filosófico, quer na administração da escola. A Academia experimentaria, muito posteriormente, novo alento com Carneades (a Nova Academia, fundada em 155 a.C.), que também não se revelaria muito duradouro.

Quando Aristóteles morreu em 322 a.C. sucederam-no no Liceu Teofrasto e alguns outros discípulos diletos. Eram homens de sólida formação e diligentes herdeiros da escola peripatética; o próprio Teofrasto fora monitor do grande estagirita, seu colaborador direto e, inclusive, autor de alguns tratados a ele legitimamente atribuídos. Mas foi, até compreensivelmente, impossível ombrear um gênio da estatura, versatilidade, largueza e profundidade de Aristóteles.

Epicuro de Samos também não contou com um discípulo a sua altura, que desse imediata continuidade a sua vertente materialista com igual rigor e vigor.

Idêntico destino acometeu a escola cínica de Antístenes e Diógenes e a escola megárica liderada por Euclides. A pujante escola estoica, excepcionalmente, após a morte de seu fundador, Zenão de Cítio, contou com dois sucessores de capacidade comparável, Cleanto e Crísipo, mas com a morte deste último em 210 a.C., experimentou franco declínio.

O ceticismo de Pirro de Elis (contemporâneo de Aristóteles) igualmente perdeu fôlego com a morte daquele que o concebeu.

Escolas e movimentos filosóficos entre os séculos III e II a.C. sofreram reveses semelhantes.

A invasão da Grécia pelos romanos, entre outros efeitos, certamente não levou a combalida filosofia nem a um estado terminal nem ao leito de morte.

Os romanos não eram bárbaros e não fecharam as escolas e centros de estudos filosóficos. Mas, embora Atenas persistisse como um importante polo da intelectualidade e florescimento filosófico, deixou de monopolizar esse papel no mundo ocidental; pois os romanos, além de naturalmente privilegiarem Roma, descentralizaram os centros de cultura e conhecimento.

Muitos gregos cultos e intelectuais, presumivelmente a nata da elite que atuava nas várias esferas da educação ateniense, migraram para Roma em busca de novas oportunidades, ou simplesmente arrebanhados por seus senhores romanos, já que agora a condição da maioria deles era a de escravos. O exemplo mais notório disso foi Epíteto, no início do século I a.C.

Na verdade, os romanos não causaram qualquer prejuízo efetivo ao desenvolvimento filosófico grego... pelo contrário! Quase todas as escolas filosóficas em atividade na idade de ouro da Grécia tiveram uma continuidade romana: platonismo, aristotelismo, estoicismo, ceticismo etc. Não obstante isso, os romanos não possuíam o pendor natural e espontâneo para a especulação filosófica que possuíam os gregos, e tampouco a disposição destes.

Os grandes intelectuais romanos, ligados geralmente à atividade febril dos cargos políticos da magna potência que era Roma, eram usualmente homens pragmáticos aferrados aos negócios imediatos e prosaicos da vida da República e depois do Império. O próprio Epíteto, grego de nascimento, escravo e depois tornado cidadão romano, foi assessor político, o mesmo ocorrendo com Sêneca, que foi ministro de Nero, já no Império. Não houve em Roma, ao menos a julgar pelos registros históricos disponíveis e confiáveis, nenhum *filósofo* na acepção grega original da palavra. Todos os mais expressivos "filósofos" romanos foram simultaneamente advogados, políticos ou estadistas: os exemplos mais famosos são Marco Túlio Cícero no final da República (assassinado em 43 a.C.) e Marco Aurélio Antonino (imperador no século II da Era Cristã).

E quanto ao movimento sofista?

Bem, se o profundo exercício especulativo exigido, por exemplo, pela metafísica, a gnosiologia e a lógica, mostrava-se incompatível com o pragmatismo romano, não seria de se estranhar que todas aquelas características dos sofistas por nós indicadas, a saber, profissionalismo, cosmopolitismo, enciclopedismo, destreza e fluência na retórica política e forense, viriam ajustar-se ao modo de vida, estilo e pendores dos romanos.

Seria igualmente de se esperar que a própria Atenas controlada pelos romanos, e não mais tomada pelo fervor filosófico e pelo conflito com os genuínos filósofos, se tornasse mais conveniente e mais acolhedora ainda aos sofistas; por outro lado, a maioria dos sofistas de então não passavam de apátridas, e para aqueles homens do mundo, inveterados andarilhos, o deslocamento para a poderosa Roma, então sede inconteste da política ocidental, representava não propriamente um horrendo desterro, ao qual tivessem sido condenados pelos senhores, mas, pelo contrário, uma "viagem repleta de promessas e perspectivas novas e magníficas".

Filostrato de Lemnos (século II d.C.), o sofista e historiador da sofística citado por nós indica, além de uma dezena dos mais conhecidos sofistas contemporâneos de Sócrates e Platão, perto de cinquenta sofistas de destaque variável – porém todos de considerável importância e significação – que atuaram expressivamente no mundo romano, especialmente no período imperial, ou seja, a partir de 17 a.C. Ocuparam os mais diversos e importantes cargos públicos, advogaram e foram, principalmente, oradores profissionais e mestres de retórica em escolas situadas em cidades de peso do Império, como Alexandria, Esmirna, Éfeso, Bizâncio e, é claro, Roma e Atenas. Sua influência foi exercida profunda e amplamente em quase todos os setores vitais do Império: Educação, Direito e Justiça, Economia, Administração, Política interna e externa. Homens como Favorino (segundo Filostrato, um hermafrodita, segundo outros, um eunuco), gaulês que viveu entre 80 e 150 d.C., Polemo de Laodiceia (nascido por volta de 85 d.C.), Herodes Ático de Maratona (*c.* 100-179 d.C.), Loliano de Éfeso, Nicetes de Esmirna (que floresceu nos últimos cinquenta anos do século I d.C.) e Escopeliano de Clazomena foram pessoas extremamente influentes no Império e tratavam amiúde diretamente com imperadores como Domiciano, Nerva, Trajano, Adriano e Antonino.

Apesar de certas características e marcas que distinguem os sofistas, a multiplicidade de suas funções e atividades parece ainda tornar problemática uma definição sintética que dê conta de sua peculiaridade como intelectuais. A própria questão de uma distinção objetiva entre sofista e filósofo persiste, a rigor, em aberto. Até hoje homens como Isócrates e Carneades dividem os estudiosos quanto a sua classificação. O historicamente misterioso Cálicles (que aparece no *Górgias* de Platão) combate claramente Sócrates, mas ao mesmo tempo esboça certa neutralidade e não se confessa um sofista, embora suas ideias e, mormente, seu comportamento o assemelhem a sofistas radicais como Trasímaco da Calcedônia.

Mas talvez essa questão seja, de fato, secundária. O que importa, realmente, como já adiantamos, é a efetiva contribuição cultural e, acima de tudo, educacional fornecida por esses homens, mesmo na agitação que foi produzida pela diversidade de suas posições e atitudes.

É de se imaginar que o nome *sofista* haja gradativamente desaparecido ou caído em desuso na Europa a partir do início da Idade Média (*c.* 450 d.C.). Mas terá o próprio sofista, isto é, o homem que desempenhava as funções e atividades típicas do sofista, se convertido em uma espécie extinta?

Decerto a figura humana de múltiplas funções que rigorosamente correspondia ao sofista, o estereótipo do profissional remunerado do conhecimento e criatura migratória que combinava em uma só pessoa o professor, o orador, o advogado, o magistrado, o diplomata, desvaneceu com o tempo.

Com o desenvolvimento e o aumento da complexidade das funções e relações humanas, além das transformações das organizações políticas e das próprias sociedades (incluindo a larga diversificação e a especialização profissionais que ocorreram na Idade Moderna e que atingiram seu auge no mundo contemporâneo), o sofista foi decomposto em mais de um indivíduo e mais de um profissional, embora possa ser excepcionalmente encontrado na sua completude.

Se um professor conferencista, um jurista, um ministro de Estado são *parcialmente* sofistas, se imaginarmos um professor e/ou advogado que ingressa na carreira política, nela ocupa cargos ascendentes e termina como um embaixador, teremos não simultaneamente, mas ao menos acumulativamente no tempo, *quase* um sofista completo.

DADOS BIOGRÁFICOS

Em rigor, pouco se sabe de absolutamente certo sobre a vida de *Platão*.

Platão de Atenas (seu verdadeiro nome era Aristocles) viveu aproximadamente entre 427 e 347 a.C. De linhagem ilustre e membro de uma rica família da Messênia (descendente de Codro e de Sólon), usufruiu da educação e das facilidades que o dinheiro e o prestígio de uma respeitada família aristocrática propiciavam.

Seu interesse pela filosofia se manifestou cedo, e tudo indica que foi motivado particularmente por *Heráclito de Éfeso*, chamado *O Obscuro*, que floresceu pelo fim do século VI a.C.

É bastante provável que, durante toda a juventude e até os 42 anos, tenha se enfronhado profundamente no pensamento pré-socrático – sendo discípulo de Heráclito, Crátilo, Euclides de Megara (por meio de quem conheceu as ideias de Parmênides de Eleia) – e, muito especialmente, na filosofia da Escola itálica: as doutrinas pitagóricas [mormente a teoria do número (ἀριθμός – *arithmós*) e a doutrina da transmigração da alma (μετεμψύχωσις – *metempsýkhosis*] exerceram marcante influência no desenvolvimento de seu próprio pensamento, influência essa visível mesmo na estruturação mais madura e tardia do platonismo original, como se pode depreender dos últimos diálogos, inclusive *As Leis*.

Entretanto, é inegável que o encontro com Sócrates, sua antítese socioeconômica (Sócrates de Atenas pertencia a uma família modesta de artesãos), na efervescência cultural de então, representou o clímax de seu aprendizado, adicionando o ingrediente definitivo ao cadinho do qual emergiria o corpo de pensamento independente e original de um filósofo que, ao lado de Aristóteles, jamais deixou de iluminar a humanidade ao longo de quase 24 séculos.

Em 385 a.C., Platão, apoiado (inclusive financeiramente) pelos amigos, estabeleceu sua própria Escola no horto de *Academos* (Ἀκαδήμεια), para onde começaram a afluir os intelectos mais brilhantes e promissores da Grécia, entre eles Aristóteles de Estagira, que chegou a Atenas em 367 com 18 anos.

É provável que, logo após a autoexecução de seu mestre (399), Platão, cujos sentimentos naqueles instantes cruciais não nos é possível perscrutar, tenha se ausentado de Atenas, e mesmo da Grécia, por um período que não podemos precisar. Teria visitado o Egito e a Sicília; de fato ele demonstra em alguns de seus diálogos, mais conspicuamente em *As Leis*, que conhecia costumes e leis vigentes no Egito na sua época.

Não é provável, contudo, que demorasse no estrangeiro dada a importância que atribuía à Academia, à atividade que ali desempenhava e que exigia sua presença. Ademais, suas viagens ao exterior seguramente não visavam exatamente ao lazer: Platão buscava o conhecimento, e se algum dia classificou os egípcios como *bárbaros*, por certo o fez com muitas reservas.

Diferentemente de seu velho mestre, Platão, que devia portar-se como um cidadão exemplar apesar de sua oposição inarredável à democracia ateniense, jamais se indispôs com os membros proeminentes do Estado ateniense; nesse sentido, sua prudência e postura de não envolvimento são proverbiais, o que se causa certo espanto por partir de um dos primeiros teóricos do Estado comunista governado por *reis-filósofos* (como constatamos em *A República*) e do Estado socialista (*As Leis*), que ainda retém características de centralização do poder no Estado, parecerá bastante compreensível em um pensador que, à medida que amadurecia sua reflexão política, mais se revelava um conservador, declaradamente não afeito a transformações políticas; para Platão, nada é mais suspeito e imprevisível do que as consequências de uma insurreição ou revolução. Outrossim, não devemos esquecer que Platão pertencia, ele próprio, à classe abastada e aristocrática de Atenas, posição que aparentemente não o incomodava em absoluto e até se preocupava em preservar.

Platão morreu aos 80 ou 81 anos, provavelmente em 347 a.C. – *dizem* – serenamente, quase que em continuidade a um sono tranquilo... θάνατος (*Thánatos*), na mitologia, é irmão de ὕπνος (*Hýpnos*).

Platão: sua obra

Em contraste com a escassez de dados biográficos, foi-nos legada de Platão – ao menos são esses os indícios – a totalidade de suas obras, e *mais* – muito provavelmente quase todas completas, fato incomum no que toca aos trabalhos dos pensadores antigos helênicos, dos quais muito se perdeu. As exceções são representadas pelo último e mais extenso Diálogo de autoria inquestionada de Platão, *As Leis*, e o Diálogo *Crítias*.

Essa preciosa preservação se deve, em grande parte, ao empenho do astrólogo e filósofo platônico do início do século I da Era Cristã, Trasilo de Alexandria, que organizou e editou pela primeira vez o corpo total das obras de Platão, inclusive os apócrifos e os textos "platônicos", cuja autoria é atribuída aos seguidores diretos e indiretos do mestre da Academia. Todos os manuscritos medievais da obra de Platão procedem dessa edição de Trasilo.

Diferentemente de outros filósofos antigos, filósofos medievais e modernos, Platão não é precisamente um *filósofo de sistema* à maneira de Aristóteles, Plotino, Espinosa, Kant ou Hegel, que expressam sua visão de mundo por meio de uma rigorosa exposição constituída por partes interdependentes e coerentes que, como os órgãos de um sistema, atuam em função de um todo e colimam uma verdade total ou geral. Todavia, Platão também não é um pensador *assistemático* nos moldes dos pré-socráticos (cujo pensamento precisamos assimilar com base nos fragmentos que deles ficaram) e de expoentes como Nietzsche, que exprimem sua visão do universo por máximas e aforismos, os quais pretendem, na sua suposta independência relativa, dar conta da explicação ou interpretação do mundo.

Inspirado pela concepção socrática da ἀλήθεια [*alétheia*] – segundo a qual esta não é produto externo da comunicação de um outro indivíduo (na prática, o mestre) ou da percepção sensorial ou empírica da realidade que nos cerca, mas está sim já presente e latente em cada um de nós, competindo ao mestre apenas provocar mediante indagações apropriadas, precisas e incisivas o nascer (o *dar à luz* – μαιεύω [*maieýo*], voz média: μαιεύομαι [*maieýomai*]) da ἀλήθεια (*alétheia*) no discípulo –, Platão foi conduzido ao *diálogo*, exposição *não solitária* das ideias, na qual, por exigência do método socrático (maiêutica – a *parturição das ideias*), são necessárias, no mínimo, *duas* pessoas representadas pela voz principal (o mestre, que aplica a maiêutica) e um interlocutor (o discípulo, que dará à luz a verdade [ἀλήθεια]).

Na maioria dos diálogos platônicos, essa voz principal é a do próprio Sócrates, ou seja, o mestre de Platão, de modo que nos diálogos, que provavelmente pertencem à primeira fase de Platão, sob forte influência de Sócrates, é difícil estabelecer uma fronteira entre o pensamento socrático e o platônico. A partir do momento em que despontam as ideias originais de Platão {a teoria das *Formas*, a teoria da alma (ψυχή [*psykhé*]), a teoria do Estado (πόλις [*pólis*]) etc.}, Sócrates assume o papel menor de porta-voz e veiculador das doutrinas de Platão.

O fato é que Platão desenvolveu e aprimorou a *maiêutica* de maneira tão profunda e extensiva que chegou a um novo método, a *dialética*, que nada mais é – ao menos essencialmente – do que a arte (τέχνη [*tékhne*]) do diálogo na busca do conhecimento (γνῶσις [*gnôsis*]).

Do ponto de vista do estudante e do historiador da filosofia, essa forma e esse método *sui generis* de filosofar apresentam méritos e deméritos. Platão não se manifesta apenas como um filósofo, embora primordialmente o seja. No estilo e na forma, é também um escritor e, na expressão, um poeta.

Ora, isso torna sua leitura notavelmente agradável, fluente e descontraída, em contraste com a leitura de densos e abstrusos tratados sistemáticos de outros filósofos. Por outro lado, colocando-nos na pele dos interlocutores de Sócrates, é como se, tal como eles, fizéssemos gerar em nós mesmos a verdade.

Como contestar, porém, que o brilhante discurso literário do diálogo não dificulta e mesmo empana a compreensão e assimilação do pensamento do mestre da Academia?

É provavelmente o que ocorre, embora com isso nos arrisquemos a receber a pecha de racionalistas.

Essa situação é agravada pelo uso regular que Platão faz do mito (μῦθος [*mŷthos*]).

O mestre Platão, de qualquer modo, sente-se muito à vontade e convicto de que seu método concorreria precisamente para o contrário, ou seja, a compreensão de seu pensamento.

Não há dúvida de que isso se aplicava aos seus contemporâneos. Imaginaria Platão que sua obra resistiria a tantos séculos, desafiando a pósteros tão tardios como nós?

Paradoxalmente, o saldo se mostrou mais positivo que negativo. É possível que, em virtude *exatamente* de sua atraente e estimulante exposição filosófica sob a forma literária do diálogo, Platão tenha se tornado um dos mais lidos, estudados, publicados e pesquisados de todos os pensadores, o que é atestado pela gigantesca bibliografia a ele devotada.

Voltando ao eixo de nossas considerações, é necessário que digamos que dentre tantos diálogos há um *monólogo*, a *Apologia de Sócrates*, que, naturalmente, como um discurso pessoal de defesa, não admite a participação contínua de um interlocutor.

Há, também, as treze *Epístolas*, ou *Cartas*, de teor político, dirigidas a Dion, Dionísio de Siracusa, e a outros governantes e políticos da época, e os dezoito *Epigramas*.

Na sequência, juntamos despretensiosas sinopses dos diálogos (e da *Apologia*), no que tencionamos fornecer àquele que se interessa pelo estudo do platonismo somente uma orientação básica, em meio aos meandros do complexo *corpus* de doutrina exibido pelos diálogos.

Os diálogos (mais a *Apologia*), cuja autoria de Platão é aceita unanimemente por sábios, estudiosos, eruditos, escoliastas, filólogos e helenistas de todos os tempos, em número de *nove*, são (em ordem não cronológica, pois qualquer estabelecimento de uma cronologia que se pretenda, objetiva e rigorosa, é dúbio) os seguintes:

FEDRO: Trata de dois assuntos aparentemente desconexos, mas vinculados por Platão, ou seja, a natureza e os limites da retórica (crítica aos sofistas) e o caráter e o valor do amor sensual (ἔρος [*éros*]). Esse diálogo está assim aparentado tanto ao *Banquete* (acerca das expressões de ἔρος) quanto ao *Górgias* (acerca da figura do verdadeiro filósofo em contraste com o sofista). Escrito antes da morte de Sócrates, é um dos mais atraentes e expressivos diálogos. Seu nome é de um grande admirador da oratória.

PROTÁGORAS: O assunto é específico (embora envolva os fundamentos gerais das posições antagônicas de Platão e dos sofistas), a saber, o conceito e a natureza da ἀρετή [*areté*]. É a virtude ensinável ou não? A mais veemente crítica de Platão aos mais destacados sofistas: Protágoras, Hípias e Pródico.

O BANQUETE: O assunto é a origem, diferentes manifestações e significado de ἔρος (*éros*). O título desse diálogo (συμπόσιον [*Sympósion*]) indica a própria ambientação e cenário do mesmo, isto é, uma festiva reunião masculina regada a vinho. Anterior à morte de Sócrates.

GÓRGIAS: É sobre o verdadeiro filósofo, o qual se distingue e se opõe ao sofista. Platão prossegue criticando os sofistas, embora Górgias, segundo o qual nomeou o diálogo, fosse um prestigioso professor de oratória que proferia discursos públicos, mas "não ensinava a virtude em aulas particulares remuneradas". Um dos mais complexos diálogos, que parece ter sido escrito pouco antes da morte de Sócrates.

A REPÚBLICA: O segundo mais longo dos diálogos (o mais longo é *As Leis*). Apresenta vários temas, mas todos determinados pela questão inicial, fundamental e central, e a ela subordinados: o que é a justiça (δίκη [*díke*])?... Ou melhor, *qual é a sua natureza, do que é ela constituída?* Nesse diálogo, Platão expõe sua concepção de um Estado (comunista) no qual a ideia de justiça seria aplicável e a própria δίκη realizável e realizada. O título *A República* (amplamente empregado com seus correspondentes nas outras línguas modernas) não traduz fielmente Πολιτεία [*Politeía*], que seria preferível traduzirmos por "A Constituição" (entendida como *forma de governo de um Estado soberano* e não a Lei Maior de um Estado). Há quem acene, a propósito, para o antigo subtítulo, que é *Da Justiça*. *A República* é a obra de Platão mais traduzida, mais difundida, mais estudada e mais influente, tendo se consagrado como um dos mais expressivos textos de filosofia de todos os tempos.

TIMEU: Sócrates, como de ordinário, instaura o diálogo dessa vez retomando a discussão sobre o Estado ideal (assunto de *A República*), mas graças a Timeu o diálogo envereda para a busca da origem, da geração do universo (κοσμογονία) [*kosmogonía*]. Nesse diálogo, Platão apresenta sua concepção da Divindade, o δημιουργός [*Demioyrgós*]. Embora Timeu (que empresta o seu nome ao diálogo) pareça oriundo do sul da Itália, há quem o considere um personagem fictício. De qualquer modo, ele representa a contribuição da geometria à teoria cosmogônica de Platão. A maioria dos helenistas situa o *Timeu* no período final e de maior maturidade filosófica de Platão (e, portanto, depois da morte de Sócrates, embora – como ocorre em vários outros diálogos – Sócrates continue como figura principal do diálogo); a minoria o julga produção do *período médio*, seguindo de perto *A República*.

TEETETO: Aborda específica e amplamente a teoria do conhecimento (epistemologia) a partir da indagação: "O que é o conhecimento?". Há fortes indícios de que Platão contava aproximadamente 60 anos quando escreveu esse diálogo (bem depois da morte de Sócrates) em homenagem ao seu homônimo, Teeteto, conceituado matemático que morrera recentemente (369 a.C.) prestando serviço militar. Teeteto frequentara a Academia por muitos anos.

FÉDON: Conhecido pelos antigos igualmente por *Da Alma*, está entre os mais belos e comoventes diálogos, pois relata as últimas horas de Sócrates e sua morte pela cicuta. O narrador é Fédon, que esteve com Sócrates em seus momentos derradeiros. De modo escorreito e fluente, como que determinado pelas palavras do condenado e seu comportamento ante a morte iminente, o diálogo aborda a morte e converge para a questão da imortalidade da alma, a qual é resolvida pela doutrina de sua transmigração ao longo de existências em diferentes corpos. A presença do pensamento pitagórico é flagrante, e Platão alterna sua teoria psicológica (ou seja, da alma) com a doutrina da metempsicose exposta sob a forma do mito no final do diálogo.

AS LEIS: Diálogo inacabado. Sócrates não está presente neste, que é o mais extenso e mais abrangente (do ponto de vista da temática) dos diálogos. Seu personagem central não possui sequer um nome, sendo chamado simplesmente de O Ateniense; seus interlocutores (Clínias de Creta e Megilo de Lacedemônia) são com grande probabilidade figuras fictícias, o que se coaduna, a propósito, com a inexpressiva contribuição filosófica que emprestam ao diálogo, atuando – salvo raras ocasiões, nas quais, inclusive, contestam as afirmações do Ateniense – somente como anteparo dialético para ricochete das opiniões do Ateniense. *As Leis* (Νόμοι [*Nómoi*]) cobrem, semelhantemente à *A República*, uma ampla gama de temas, que revisitam *A República* e apresentam uma nova concepção do Estado, tendo dessa vez como fecho um elenco de admoestações ou advertências para a conduta dos cidadãos e, principalmente, a extensa promulgação de leis a serem aplicadas no seio da πόλις [*pólis*]. Como o conceito Νόμοι é bem mais lato do que nosso conceito de leis, e mesmo do que o conceito *lex* romano, a discussão desencadeada pelo Ateniense, como demonstra a variedade de itens correlacionados do diálogo, adentra as áreas da psicologia, da gnosiologia, da ética, da política, da ontologia e até das disciplinas tidas por nós como não filosóficas, como a astronomia e as matemáticas, não se restringindo ao domínio daquilo que entendemos como legal e jurídico (lei e direito). Destituído da beleza e elegância de tantos outros diálogos, *As Leis* (o último diálogo de autoria indiscutível de Platão) se impõe pelo seu vigor filosófico e por ser a expressão cumulativa e acabada do pensamento maximamente amadurecido do velho Platão.

APOLOGIA: É o único monólogo de Platão, exceto pelas respostas sumárias de Meleto; retrata o discurso de defesa de Sócrates na corte de Atenas perante um júri de 501 atenienses no ano de 399 a.C., quando ele contava com 70 anos. Sócrates fora acusado e indiciado (ação pública) pelos crimes de sedução da juventude e de impiedade, o mais grave de todos, pois consistia na descrença nos deuses do Estado. A *Apologia* é uma peça magna em matéria de estilo e teor, e certamente um dos escritos mais profundos e significativos já produzidos em toda a história da humanidade. Sócrates não retira uma única vírgula de suas concepções filosóficas que norteavam sua conduta como ser humano e cidadão de Atenas. Leva a coragem de expor e impor as próprias ideias às raias da plena coerência, pouco se importando com o que pensam os detentores do poder – mesmo porque já sabe que seu destino está selado. Sereno e equilibrado, respeita a corte, o Estado e aqueles que o condenam. Deixa claro que, longe de desrespeitar os deuses (a começar por Zeus e Apolo), sempre orientou seus passos pelo oráculo de Delfos e segundo a inspiração de seu δαίμων [*daímon*]. Seu discurso é prenhe de persuasão e capaz de enternecer até corações graníticos e impressionar cérebros geniais, mas não profere uma única sílaba a seu favor para escapar à morte, embora mencione o exílio, opção que descarta, e sugira o recurso de pagar uma multa, a ser paga majoritariamente por alguns de seus discípulos ricos, especialmente Platão. Para ele, nenhum cidadão está acima da lei, e esta tem de ser cumprida, mesmo que seja injusta. É impróprio, na verdade, entendermos sua defesa no sentido corrente da palavra, a acepção sofista e advocatícia: *ele não defende sua pessoa, sua integridade física, defende sim seu ideário*, que em rigor era seu único patrimônio, pois nada possuía em ouro e prata. Não teme o sofrimento, o exílio ou a morte – o que o repugna e lhe é incogitável é a abdicação do seu pensar e dos atos que consubstanciaram sua vida. Não alimenta a menor dúvida de que mais vale morrer com honra do que viver na desonra. Para ele, sua morte era a solução irreversível e natural de sua obra e dos fatos de sua vida. Se algum dia um homem soube com precisão como viver e quando morrer, esse homem foi Sócrates de Atenas!

Os 16 diálogos que se seguem são considerados por *alguns* helenistas e historiadores da filosofia como de autoria duvidosa ou apócrifos.

SOFISTA: Fazendo jus ao título, Sócrates principia a temática do diálogo indagando acerca dos conceitos de sofista, homem político e filósofo. Participam, entre outros, o geômetra Teodoro, Teeteto e um filósofo proveniente de Eleia, cidade natal de Parmênides e seu discípulo Zenão. A investigação inicial conduz os interlocutores à questão do *não-ser*, circunscrevendo o diálogo a essa questão ontológica fundamental, que constitui precisamente o objeto essencial da filosofia do pré-socrático *Parmênides*. O *Sofista* surge como uma continuação do *Teeteto*, mas pelo seu teor está vinculado mais intimamente ao *Parmênides*.

PARMÊNIDES: Curiosamente, nesse diálogo, Platão coloca como figura central o filósofo Parmênides e não Sócrates, embora o encontro seja provavelmente fictício e se trate de um diálogo narrado por Céfalo. Como seria de esperar, o objeto capital é de caráter ontológico, girando em torno das questões da natureza da realidade: se esta é múltipla ou una etc. A *teoria das Formas* é aqui introduzida, a saber, a realidade consiste em Formas (Ideias) que não são nem materiais, nem perceptíveis, das quais as coisas materiais e perceptíveis participam. O *Parmênides* se liga pela sua temática mais estreitamente ao *Filebo*, ao *Político* e ao *Sofista*.

CRÁTILO: O assunto aqui ventilado é o princípio sobre o qual está fundada a correção do nome (ὄνομα [*ónoma*], por extensão signo que abriga o conceito). O que legitima o nome? Segundo Hermógenes, os nomes nada têm a ver, no que concerne à origem, com as coisas nomeadas que representam: são estabelecidos por convenção. Crátilo, ao contrário, afirma que o nome é por natureza, isto é, a etimologia de um nome pode nos conduzir a uma descrição disfarçada que revela corretamente a natureza daquilo que é nomeado, sendo este o princípio da nomenclatura. Sócrates contesta ambas as teorias, realizando a crítica da linguagem mesma, propondo que busquemos por trás das palavras a natureza imutável e permanente das coisas como são em si mesmas, o que vale dizer que as palavras não nos capacitam a ter acesso ao mundo inteligível das Formas puras e, muito menos, revelam-no a nós.

FILEBO: O objeto de discussão é bastante explícito, ou seja, o que é o *bem* e como pode o ser humano viver a melhor (mais excelente, mais virtuosa) vida possível. Filebo, que identifica o bem com o prazer, apresenta-se como um belo jovem (não há registro histórico algum dessa pessoa, o que nos leva a crer que se trata de um personagem fictício de Platão). Analítica e etimologicamente, o nome significa *amigo* ou *amante da juventude*, o que nos conduz inevitavelmente à predileção de Sócrates por homens jovens e atraentes no seu círculo. Os helenistas, em geral, concordam que o *Filebo* foi produzido depois do *Fédon*, do *Fedro*, de *A República*, do *Parmênides* e do *Teeteto*, na última fase da vida de Platão e, portanto, em data muito posterior à morte de Sócrates. O *Filebo* é, sem sombra de dúvidas, um dos mais significativos e importantes diálogos de Platão, pela sua maturidade filosófica, clareza e porque o conceito nevrálgico da ética (o bem) é focalizado com insistência em conexão com a metafísica. O encaminhamento da discussão, especialmente no que tange à metafísica, aproxima o *Filebo* do *Sofista* e do *Político*.

CRÍTON: O objeto de discussão desse diálogo envolve o julgamento e a morte de Sócrates e situa-se no período de um mês (trinta dias) entre esses dois eventos, quando Críton (poderoso e influente cidadão ateniense, além de amigo pessoal de Sócrates) o visita na prisão e tenta, pela última vez (em vão), convencê-lo a assentir com um plano urdido por seus amigos (incluindo o suborno dos carcereiros) para sua fuga e seu deslocamento a um lugar em que ficasse a salvo do alcance da lei de Atenas. O diálogo assume agilmente o calor de um debate ético em torno da justiça (δίκη), insinuando-nos nas entrelinhas, um problema crônico da sociedade que agita e intriga os juristas até os nossos dias: está claro que a aplicação da lei colima a justiça, mas, na prática, com que frequência consegue atingi-la? Pensando em seu próprio caso, Sócrates, que insistia que até a lei injusta devia ser respeitada (o que era exatamente o que fazia naqueles instantes ao opor-se ao plano de fuga e ao suborno), faz-nos ponderar que a lei pode ser mesmo um instrumento de morte em nome da busca da justiça, mas onde está a sabedoria dos homens para utilizá-la? Até que ponto será a lei na prática (e absurdamente) um instrumento da injustiça? Por outro lado, a contínua reprovação que Sócrates votava aos sofistas, nesse caudal de raciocínio, não era gratuita. Para ele, esses habilíssimos retóricos defendiam à revelia da verdade e da justiça homens indiciados que podiam pagar por isso. Contribuíam o dinheiro e o poder para que a lei atingisse sua meta, a justiça? Ou seria o contrário? Haveria nisso, inclusive, uma crítica tácita ao próprio Críton. E afinal, o que é a justiça? Se a lei era para os atenienses um instrumento real e concreto, que permitia a aplicação via de regra sumária da justiça, esta não passava de um conceito discutível, embora fosse uma das virtudes capitais, aliás só superada pela sabedoria (φρόνησις [*phrónesis*], σοφία [*sophía*]).

CRÍTIAS: Diálogo inacabado no qual Platão, tendo Sócrates como o usual veiculador de suas ideias, põe, contudo, na boca de Crítias, a narração do mito de origem egípcia da Atlântida, civilização que teria existido em uma ilha do Atlântico, próxima à entrada do mar Mediterrâneo, há nove milênios da Atenas atual. Segundo Crítias, a Atenas de então guerreara contra esse povo de conquistadores, que acabara por perecer, pois um terremoto (maremoto?) fizera com que toda a ilha fosse tragada pelo oceano, causando, também, a morte de todos os guerreiros gregos daquela era. Ora, essa Atenas remota possuiria uma forma de governo que correspondia ao modelo de Estado apresentado em *A República*.

EUTÍFRON: O "tempo" desse breve diálogo é o curto período no qual Sócrates se prepara para defender-se, na corte de Atenas, das acusações de que fora alvo. O jovem Eutífron acabara de depor contra seu pai pela morte de um servo. O assassinato (mesmo de um servo) era um delito grave (como, aliás, Platão enfatiza em *As Leis*) que resultava em uma *mácula* (mãos sujas de sangue) que tinha de ser eliminada mediante ritos purificatórios. Tratava-se de um crime religioso, pois os maculados não purificados desagradavam aos deuses. Entretanto, a denúncia de um pai feita por um filho, embora justificável e permitida pelas leis democráticas de Atenas, era tida como "um ato pouco piedoso". Não é de surpreender, portanto, que esse diálogo verse sobre os conceitos de piedade (σέβας [*sébas*]) e impiedade (ἀσέβεια [*asébeia*], ἀσέβημα [*asébema*]), e que, por seu tema candente e visceral, aproxime-se da *Apologia*, do *Críton* e do *Fédon*.

POLÍTICO: Continuação do *Sofista*, esse diálogo procura traçar o perfil do homem político e indicar o conhecimento que tal indivíduo deveria possuir para exercer o bom e justo governo da πόλις [*pólis*], no interesse dos cidadãos. Essa descrição do perfil do estadista é mais negativa do que positiva, e Platão finda por retornar à figura do sofista.

CÁRMIDES: Um dos mais "éticos" diálogos de Platão, provavelmente pertencente à sua fase inicial, sob intensa influência do mestre Sócrates. É efetivamente um dos diálogos socráticos de Platão no qual as ideias do mestre se fundem às suas. O assunto é a σωφροσύνη [*sophrosýne*] (temperança, autocontrole, moderação). Cármides, tio materno de Platão, aqui aparece em sua adolescência (432 a.C.), antes de se tornar um dos 30 tiranos.

LAQUES: Também pertencente ao período inicial da investigação e vivência filosóficas sob Sócrates, no qual o corpo integral das ideias platônicas ainda não se consolidara e cristalizara, o *Laques* (nome de um jovem e destacado general ateniense que lutara na guerra do Peloponeso) é mais um diálogo ético que se ocupa de um tema específico: ἀνδρεία [*andreía*], coragem.

LÍSIS: Do mesmo período de *Cármides* e *Laques*, *Lísis* (nome de um atraente adolescente de ilustre família de Atenas) é outro diálogo "ético socrático", no qual se discute o conceito φιλία [*philía*] (amizade, amor). Parte da teoria da amizade desenvolvida por Aristóteles, na *Ética a Eudemo* e *Ética a Nicômaco*, baseia-se nas luzes e conclusões surgidas no Lísis.

EUTIDEMO: Outro diálogo "socrático". A matéria abordada, sem clara especificidade, retoma a crítica aos sofistas. Eutidemo (figura de existência historicamente comprovada) e seu irmão, Dionisodoro, abandonam o aprendizado da oratória sofística e os estudos marciais para empreenderem a erística (ἔρις [*éris*]: disputa, combate, controvérsia). O cerne da discussão é a oratória ou retórica (ῥητορεία [*retoreía*]), porém, é realizado um esforço para distingui-la da erística. Aristóteles, no *Órganon*, preocupar-se-á com essa distinção (retórica/erística) ao investigar profundamente a estrutura do silogismo e do juízo, indicando os tipos do primeiro do ponto de vista da verdade ou falsidade lógicas: um desses tipos é o *sofisma*, um silogismo capciosamente falso.

MÊNON: Provavelmente produzido no período mediano da vida de Platão, o *Mênon* não é propriamente um diálogo "socrático", já revelando uma independência e substancialidade do pensamento platônico. Mênon é integrante de uma das mais influentes famílias aristocráticas da Tessália. O diálogo, inicialmente, não visa a elucidar um conceito ou o melhor conceito (empenho típico dos diálogos "socráticos"), mas sim a responder a uma questão particular formulada por Mênon como primeira frase do diálogo: "Podes dizer-me, Sócrates, se é possível ensinar a virtude?". E ele prossegue: "Ou não é ensinável, e sim resultado da prática, ou nem uma coisa nem outra, o ser humano a possuindo por natureza ou de alguma outra forma?". Contudo, reincorporando uma característica do diálogo socrático, a segunda parte do Mênon reinstaura a busca do conceito da ἀρετή [*areté*]. Para os sofistas, a ἀρετή é fruto de uma convenção (νόμον [*nómon*]) e, portanto, verbalmente comunicável e passível de ser ensinada.

HÍPIAS MENOR: Hípias é o grande sofista que, ao lado de Protágoras, Pródico e Isócrates, atuou como um dos pugnazes adversários de Sócrates e Platão no fecundo e excitante cenário intelectual de Atenas. Esse curtíssimo diálogo teria sido motivado por um inflamado discurso proferido por Hípias, tendo a obra do poeta Homero como objeto. Sócrates solicita a Hípias que explicite sua visão sobre Aquiles e Odisseu, segundo a qual o primeiro é "o mais nobre e o mais corajoso", enquanto o segundo é "astuto e mentiroso". O problema aqui introduzido, estritamente ético, concerne ao cometimento consciente e voluntário da ação incorreta por parte do indivíduo justo e o cometimento inconsciente (insciente) e involuntário da ação incorreta por parte do indivíduo injusto. Em *A República* e *As Leis,* a questão do erro voluntário com ciência e o erro involuntário por ignorância também é enfocada. Ocioso dizer que se esbarra, implicitamente, na posição maniqueísta: é Aquiles absoluta, necessária e perenemente corajoso, probo e verdadeiro e Odisseu absoluta, necessária e perenemente velhaco e mentiroso?

ION: Este é um talentoso rapsodo profissional especializado nos poemas de Homero (não se sabe se figura real ou fictícia engendrada por Platão). O problema que Sócrates apresenta para Ion é: a poesia (ποίησις [*poíesis*]) é produto do conhecimento ou da inspiração dos deuses? Sócrates sugere que a arte do rapsodo, e mesmo a do poeta, é exclusivamente produto da inspiração divina, para elas não concorrendo nenhuma inteligência e conhecimento humanos. Platão também toca nesse tópico em *A República* e no *Fedro.*

MENEXENO: No menos filosófico dos diálogos, Sócrates se limita a executar um elogio à morte em campo de batalha, brindando Menexeno (nome de um insinuante membro do círculo socrático) com uma oração fúnebre que ele (Sócrates) diz ser da autoria de Aspásia, a amante de Péricles. É certo esse atípico diálogo ter sido escrito antes da morte de Sócrates, bem como o *Lísis,* do qual o personagem Menexeno também participa. Salvo pelas considerações preliminares de Sócrates acerca do "estupendo destino" daquele que tomba em batalha, o *Menexeno* carece de profundidade e envergadura filosóficas – foi com bastante propriedade que Aristóteles o chamou simplesmente de *Oração Fúnebre.*

Os três diálogos subsequentes são tidos como apócrifos pela grande maioria dos helenistas e historiadores da filosofia.

ALCIBÍADES: O mais "socrático" dos diálogos aborda o fundamento da doutrina socrática do autoconhecimento e provê uma resposta ao problema gnosiológico, resposta que é: nenhum conhecimento é possível sem o conhecimento de si mesmo, e o conhecimento do eu possibilita e instaura o conhecimento do não-eu, o mundo. Por isso, no diálogo, o conhecimento do eu é a meta perseguida pela maiêutica para fazer vir à luz o conhecimento do mundo sensível. É improvável que Platão tenha sido o autor desse diálogo, mas se o foi, escreveu-o (paradoxal e intempestivamente) muito depois da morte de seu mestre, por rememoração, e bem próximo de sua própria morte. Por seu estilo direto e "menos literariamente colorido", suspeita-se, com maior probabilidade, que tenha sido escrito pouco depois da morte do mestre da Academia, por um de seus discípulos mais capazes, talvez o próprio Aristóteles, mesmo porque a visão gnosiológica de cunho "subjetivista" e "antropológico" de Sócrates, que emerge do *Alcibíades* (nome de um belo e ambicioso jovem do círculo socrático), guarda semelhança com as ideias do jovem Aristóteles.

HÍPIAS MAIOR: Confronto entre Sócrates e Hípias, o sofista, no qual o primeiro, sempre em busca da compreensão dos conceitos, interroga o segundo, nesse ensejo não a respeito de uma virtude, mas sim sobre o que é καλός [*kalós*], termo, como tantos outros, intraduzível para as línguas modernas, um tanto aproximativo do inglês *fine* (em oposição a *foul*). Em português, é linguisticamente impossível traduzi-lo, mesmo precariamente, por uma única palavra. Se conseguirmos abstrair uma fusão harmoniosa dos significados de belo, bom, nobre, admirável e toda a gama de adjetivos qualificativos correlatos que indicam excelência estética e ética, poderemos fazer uma pálida ideia do que seja καλός. Desnecessário comentar que, como de ordinário, um mergulho profundo nas águas da cultura dos gregos antigos aliado ao acurado estudo da língua constitui o único caminho seguro para o desvelamento de conceitos como καλός.

CLITOFON: Esse brevíssimo apócrifo apresenta uma peculiaridade desconcertante no âmbito dos escritos platônicos. Nele, na busca da compreensão de em que consiste a ἀρετή [*areté*], virtude, particularmente a δίκη [*díke*], justiça, Sócrates não é o protagonista nem o costumeiro e seguro articulador das indagações que norteiam a discussão e conduzem, por meio da maiêutica associada à dialética, o interlocutor (ou interlocutores) à verdade latente que este(s) traz(em) à luz. Nesse curtíssimo e contundente diálogo, é Clitofon (simpatizante de Trasímaco, o pensador radical que aparece em *A República*) que "dá o tom da música", encaminha a discussão e enuncia a palavra final.

Finalmente, a maioria dos estudiosos, helenistas e historiadores da filosofia tende a concordar que as seguintes 14 obras não são decididamente da lavra de Platão, mas sim, via de regra, de seus discípulos diretos ou indiretos, constituindo o movimento filosófico que nos seria lícito chamar de *platonismo nascente,* pois, se tais trabalhos não foram escritos por Platão, é certo que as ideias neles contidas e debatidas não saem da esfera do pensamento platônico. Dos discípulos conhecidos de Platão, somente o estagirita Aristóteles foi capaz de criar um corpo íntegro e sólido de teorias originais.

SEGUNDO ALCIBÍADES: A questão da γνῶσις [*gnôsis*], conhecimento, volta à baila, mas nessa oportunidade Sócrates especializa a discussão, detendo-se no objeto, no valor e nas formas do conhecimento. Uma questão paralela e coadjuvante também é tratada (já largamente abordada e desenvolvida em *As Leis*, em que o mesmo ponto de vista fora formulado): como nos dirigir aos deuses? Como no problema do conhecimento (em relação ao qual o único conhecimento efetivamente valioso, além do conhecimento do eu, é o conhecimento do bem), Sócrates se mostra restritivo: não convém agradar aos deuses com dádivas e sacrifícios dispendiosos, visto que os deuses têm em maior apreço as virtudes da alma, não devendo ser adulados e subornados. Nossas súplicas não devem visar a vantagens e a coisas particulares, mas simplesmente ao nosso bem, pois é possível que nos enganemos quanto aos bens particulares que julgamos proveitosos para nós, o que os deuses, entretanto, não ignoram.

HIPARCO: Diálogo breve, com um só interlocutor anônimo, no qual se busca o melhor conceito de cobiça ou avidez. O nome Hiparco é tomado de um governante de Atenas do final do século VI a.C., alvo da admiração de Sócrates.

AMANTES RIVAIS: A meta desse brevíssimo diálogo, com um título que dificilmente teria agradado a Platão, é estabelecer a distinção entre o conhecimento geral e a filosofia, envolvendo também a questão da autoridade. O título é compreensível, pois o diálogo encerra realmente a história da rivalidade de dois amantes.

TEAGES: Nome de um dos jovens do círculo de Sócrates, que, devido a sua saúde precária, teria morrido antes do próprio Sócrates. O diálogo começa com o pai do rapaz, Demódoco, pedindo orientação a Sócrates a respeito do desejo e ambição do filho: tornar-se sábio para concretizar sonhos de vida política. Esse pequeno diálogo realça, sobremaneira, aquilo que Sócrates (segundo Platão) chamaria na *Apologia* de "voz de seu *daímon* (δαίμων)" e o fascínio que Sócrates exercia sobre seus discípulos jovens.

MINOS: Provavelmente escrito pelo mesmo discípulo autor de *Hiparco*, *Minos* (nome de grande rei, legislador de Creta e um dos juízes dos mortos no Hades) busca o conceito mais excelente para νόμος (lei). É muito provável que esse diálogo tenha sido elaborado após a morte de Platão e, portanto, após *As Leis* (última obra do próprio Platão); todavia, em uma visível tentativa de integrar esse pequeno diálogo ao pensamento vivo do mestre, exposto definitiva e cristalizadamente em *As Leis*, o fiel discípulo de Platão compôs *Minos* como uma espécie de proêmio ao longo diálogo *As Leis*. Sócrates, mais uma vez, é apresentado às voltas com um único interlocutor anônimo, que é chamado de *discípulo*.

EPINOMIS: Como o título indica explicitamente (ἐπινομίς), é um apêndice ao infindo *As Leis*, de presumível autoria de Filipe de Oponto (que teria igualmente transcrito o texto de *As Leis*, possivelmente a partir de tabletes de cera, nos quais Platão o deixara ao morrer).

DEFINIÇÕES: Trata-se de um glossário filosófico com 184 termos, apresentando definições sumárias que cobrem os quatro ramos filosóficos reconhecidos oficialmente pela Academia platônica e a escola estoica, a saber, a *física* (filosofia da natureza), a *ética*, a *epistemologia* e a *linguística*. É possível que esse modestíssimo dicionário não passe de uma drástica seleção da totalidade das expressões e definições formuladas e ventiladas na Academia, em meados do século IV a.C. Com certeza, uma grande quantidade de expressões, mesmo nos circunscrevendo à terminologia platônica, não consta aqui, especialmente nas áreas extraoficiais pertencentes a disciplinas como a *ontologia* (ou *metafísica*), a *psicologia*, a *estética* e a *política*. Embora alguns sábios antigos atribuam *Definições* a Espeusipo, discípulo, sobrinho e sucessor de Platão na direção da Academia, tudo indica que temos diante de nós um trabalho conjunto dos membros da Academia.

DA JUSTIÇA: Brevíssimo diálogo em que Sócrates discute, com um interlocutor anônimo, questões esparsas sobre a δίκη [*díke*], justiça.

DA VIRTUDE: Análogo nas dimensões e no estilo ao *Da Justiça*, esse pequeno texto retoma o tema do *Mênon* (pode a virtude ser ensinada?) sem, contudo, trazer nenhuma contribuição substancial ao *Mênon*, do qual faz evidentes transcrições, além de fazê-las também de outros diálogos de Platão.

DEMÓDOCO: É outro produto do platonismo nascente. *Demódoco* (nome de um homem ilustre, pai de Teages) é constituído por um monólogo e três pequenos diálogos que tratam respectivamente da deliberação coletiva (refutada por Sócrates) e de alguns elementos do senso comum.

SÍSIFO: O tema, na mesma trilha daquele de *Demódoco*, gira em torno da tomada de decisão na atividade política. A tese de Sócrates é que "se a investigação pressupõe ignorância, a deliberação pressupõe saber".

HÁLCION: Para ilustrar a inconcebível superioridade do poder divino (cujos limites desconhecemos) sobre o poder humano, Sócrates narra ao seu amigo Querefonte a lenda de Hálcion, figura feminina que foi metamorfoseada em ave marinha para facilitar a procura do seu amado marido. Certamente o menor, porém, o mais bem elaborado dos diálogos do segundo advento do platonismo (provavelmente escrito entre 150 a.C. e 50 d.C., embora muitos estudiosos prefiram situá-lo no século II d.C. atribuindo sua autoria ao prolífico autor e orador Luciano de Samosata. Aliás, a prática editorial moderna e contemporânea generalizada [que é já a adotada por Stephanus no século XVI] é não fazer constar o *Hálcion* nas obras completas de Platão; os editores que publicam Luciano incluem o *Hálcion* normalmente nas obras completas deste último).

ERIXIAS: O assunto que abre o diálogo é a relação entre a riqueza (πλοῦτος [*ploŷtos*]) e a virtude (ἀρετή [*areté*]) e se concentra em uma crítica ao dinheiro (ouro e/ou prata) por parte de Sócrates. Na defesa da riqueza material, Erixias não consegue elevar seus argumentos acima do senso comum, mas uma discussão simultânea é desenvolvida, indagando sobre a diferença entre os sólidos e sérios argumentos filosóficos e os folguedos intelectuais. O tema da relação πλοῦτος/ἀρετή fora já abordado com maior amplitude e profundidade em *As Leis*, em que Platão, pela boca do ateniense, define quantitativamente o grau suportável de riqueza particular em ouro e prata que permita a um indivíduo ser a um tempo rico e virtuoso, sem tornar tais qualidades incompatíveis entre si e comprometer sua existência como cidadão na convivência com seus semelhantes no seio da πόλις (*pólis*), cidade. Essa questão aparece também no *Fedro* e no *Eutidemo*.

AXÍOCO: Nesse diálogo, Sócrates profere um discurso consolador visando à reabilitação psicológica possível de um homem no leito de morte, abalado com a perspectiva inevitável desta. O tema perspectiva da *morte* (θάνατος [*thánatos*]) é abordado diretamente na *Apologia* e no *Fédon*. O *Axíoco* data do período entre 100 a.C. e 50 d.C.

Edson Bini

Cronologia

Esta é uma cronologia parcial. Todas as datas são a.C., e a maioria é aproximativa. Os eventos de relevância artística (relacionados à escultura, ao teatro etc.) não constam nesta Cronologia. O texto em itálico destaca alguns eventos marcantes da história da filosofia grega.

530 – *Pitágoras de Samos funda uma confraria místico-religiosa em Crotona.*

500 – *Heráclito de Éfeso floresce na Ásia Menor.*

490 – Os atenienses derrotam os persas em Maratona.

481 – Lideradas por Esparta, as cidades-Estado gregas se unem para combater os persas.

480 – Os gregos são duramente derrotados nas Termópilas pelos persas, e a acrópole é destruída.

480 – Os gregos se sagram vencedores em Salamina e Artemísio.

479 – Com a vitória dos gregos nas batalhas de Plateia e Micale, finda a guerra contra os persas.

478-477 – Diante da nova ameaça persa, Atenas dirige uma nova confederação dos Estados gregos: a “Liga Délia”.

469 ou 470 – *Nascimento de Sócrates.*

468 – A esquadra persa é derrotada.

462 – *Chegada do pré-socrático Anaxágoras a Atenas.*

462-461 – Péricles e Efialtes promovem a democracia em Atenas.

460 – Nascimento de Hipócrates.

457 – Atenas se apodera da Beócia.

456 – Finda a construção do templo de Zeus, em Olímpia.

454-453 – O poder de Atenas aumenta grandemente em relação aos demais Estados gregos.

447 – Início da construção do Partenon.

445 – Celebrada a Declaração da “Paz dos Trinta” entre Atenas e Esparta.

444 – *O sofista Protágoras produz uma legislação para a nova colônia de Túrio.*

431 – Inicia-se a Guerra do Peloponeso entre Atenas e Esparta.

429 – Morte de Péricles.

427 – *Nascimento de Platão em Atenas.*

424 – Tucídides, o historiador, é nomeado general de Atenas.

422 – Os atenienses são derrotados em Anfípolis, na Trácia.

421 – Celebrada a paz entre Atenas e Esparta.

419 – Atenas reinicia guerra contra Esparta.

418 – Os atenienses são vencidos pelos espartanos na batalha de Mantineia.

413 – Os atenienses são derrotados na batalha naval de Siracusa.

405 – Nova derrota dos atenienses em Egospótamos, na Trácia.

404 – Rendição de Atenas à Esparta.

401 – Xenofonte comanda a retirada de Cunaxa.

399 – *Morte de Sócrates.*

385 – *Criação da Escola de Platão, a Academia.*

384 – *Nascimento de Aristóteles em Estagira.*

382 – Após guerras intermitentes e esporádicas contra outros Estados gregos e os persas, de 404 a 371, Esparta se apossa da cidadela de Tebas.

378 – É celebrada a aliança entre Tebas e Esparta.

367 – *Chegada a Atenas de Aristóteles de Estagira.*

359 – Ascensão de Filipe II ao trono da Macedônia e início de suas guerras de conquista e expansão.

351 – Demóstenes adverte os atenienses a respeito do perigo representado por Filipe da Macedônia.

347 – *Morte de Platão.*

343 – Aristóteles se torna preceptor de Alexandre.

338 – Derrota de Atenas e seus aliados por Filipe da Macedônia em Queroneia. Os Estados gregos perdem seu poder e a conquista da Grécia é efetivada.

336 – Morte de Filipe II e ascensão de Alexandre ao trono da Macedônia.

335 – *Aristóteles funda sua Escola em Atenas, no Liceu.*

334 – Alexandre move a guerra contra a Pérsia e vence a batalha de Granico.

331 – Nova vitória de Alexandre em Arbela.

330 – As forças persas são duramente derrotadas em Persépolis por Alexandre, dando fim à expedição contra a Pérsia.

323 – Morte de Alexandre na Babilônia.

Górgias
(ou Da Retórica)

PERSONAGENS DO DIÁLOGO:
**Cálicles, Sócrates, Querefonte,
Górgias e Pólo**

447a **Cálicles:** Para participar de uma guerra ou de uma batalha, como dizem, Sócrates, é necessário escolher o momento oportuno.

Sócrates: Queres dizer, de acordo com o provérbio, que chegamos tarde demais para a festa?[1]

Cálicles: Sim, e a propósito uma festa elegantíssima, mesmo porque Górgias[2] nos brindou com uma admirável e diversificada exibição há poucos momentos.[3]

Sócrates: Mas, Cálicles, deves realmente responsabilizar Que-
refonte aqui por isso. Ele nos constrangeu a consumir nosso
b tempo na *ágora*[4].

---

1. Schanz registra entre colchetes καὶ ὑστεροῦμεν (*kaì hysteroŷmen*): ...e atrasados... .

2. Górgias de Leontini (na Sicília), sofista contemporâneo de Sócrates, considerado o criador da oratória declamativa, ou seja, a retórica exibicionista e de grande efeito, produzida, sobretudo, graças ao estilo refinado repleto de preciosismos. A vinda de Górgias a Atenas foi ensejada por sua atuação em uma missão diplomática de Leontini e ocorreu em 427 a.C., quando ele tinha por volta de 55 anos de idade.

3. Não sabemos exatamente o local em que se desenrola este diálogo e onde teria ocorrido a festa, embora seja presumível ter sido em um lugar público, talvez em um ginásio.

4. ...ἀγορᾷ... (*agorâi*), palavra, a rigor, intraduzível para as línguas modernas, embora às vezes, dependendo do contexto, possa ser traduzida precariamente por *mercado*. Outras acepções à parte, o sentido aqui é bastante específico, indicando a vasta área

Querefonte: Não importa, Sócrates. Resolverei isso. Górgias é meu amigo, de forma que fará uma exibição agora, se achares conveniente... ou, se preferires, em uma outra oportunidade.

Cálicles: O que dizes, Querefonte? Sócrates está interessado em ouvir Górgias?

Querefonte: Sim. E é justamente para isso que estamos aqui.

Cálicles: Assim sendo, visitai-me quando quiserdes. Górgias está hospedado em minha casa e vos proporcionará uma exibição lá.

Sócrates: Excelente, Cálicles, mas será que ele consentiria em
c entabular uma discussão conosco? Gostaria de descobrir do homem do que sua arte é capaz e o que ele professa fazer e ensina. Quanto àquela outra coisa, isto é, a exibição oratória, como sugeres, ele poderá fazê-la em uma outra ocasião.

Cálicles: O melhor nesse caso, Sócrates, é perguntar a ele mesmo, pois na verdade isso que mencionas constitui um dos aspectos de sua exibição. A propósito, há pouco ele incitava a todos os presentes para que lhe fizessem quaisquer perguntas que desejassem, dizendo que responderia a todas.

Sócrates: Ótima ideia! Faz a ele uma pergunta, Querefonte.

Querefonte: Perguntar-lhe o quê?

Sócrates: O que ele é.

Querefonte: O que queres dizer?

d **Sócrates:** Ora, se porventura ele estivesse no ramo da confecção de calçados, sua resposta seria, presumo, "um sapateiro". Bem, não entendes o que quero dizer?

Querefonte: Entendo e lhe perguntarei. Diz-me, Górgias, Cálicles aqui presente está certo ao afirmar que te propões a responder quaisquer perguntas que possam a ti dirigir?

448a **Górgias:** Está, Querefonte. De fato, há poucos minutos eu fazia precisamente essa afirmação, e posso até acrescentar que há muitos anos ninguém me pergunta algo novo.

---

pública arborizada em Atenas, onde se achavam os prédios do senado, dos tribunais, templos etc., além dos pontos de comércio destinados às várias corporações de mercadores.

Querefonte: Consequentemente, posso concluir que responderás com facilidade, Górgias.

Górgias: Tens agora a chance de testar isso, Querefonte.

Pólo: Por Zeus, com certeza, e se quiseres, Querefonte, podes testar também a mim. Isso porque suponho que Górgias esteja extremamente cansado após o longo discurso que acabou de proferir.

Querefonte: Por que, Pólo[5], supões que serias capaz de responder mais admiravelmente do que Górgias?

b **Pólo:** E que importa isso, desde que as minhas respostas sejam satisfatórias para ti?

Querefonte: Não tem nenhuma importância! Pois então nos responde, uma vez que é o que queres.

Pólo: Pergunta.

Querefonte: Bem, supondo que Górgias tivesse conhecimento na mesma arte de seu irmão Heródico, qual seria o nome correto mediante o qual o designaríamos nesse caso? Não seria o mesmo com o qual designamos seu irmão?

Pólo: Certamente.

Querefonte: Assim, estaríamos certos em dizer que é um médico?

Pólo: Sim.

Querefonte: E se fosse versado na mesma arte de Aristofonte, filho de Aglaofonte, ou seu irmão[6], que nome, para sermos corretos, deveríamos lhe atribuir?

c **Pólo:** Obviamente o de pintor.

Querefonte: Mas, sendo as coisas como são, apreciaríamos saber em qual arte é versado e, consequentemente, por qual nome, com acerto, deveríamos chamá-lo.

Pólo: Querefonte, há muitas artes entre os seres humanos que foram descobertas experimentalmente, como o resultado de

---

5. Pólo, sofista também proveniente da Sicília, pertencia ao círculo de Górgias, tal como Querefonte ao de Sócrates. Ver o *Fedro*, especialmente 267b (obra publicada em *Clássicos Edipro*).

6. Ou seja, Polignoto, renomado pintor responsável pela decoração de um considerável número de prédios públicos de Atenas.

experiências. O fato é que a experiência conduz o curso de nossa vida em conformidade com a arte, enquanto a inexperiência o faz de acordo com o acaso. Vários indivíduos participam de maneira variável dessas diversas artes, e os melhores indivíduos das melhores. Górgias pertence a este último grupo e participa da mais nobre de todas as artes.

d **Sócrates:** Pólo decerto parece ter se preparado admiravelmente para discursar, Górgias. Não está, contudo, cumprindo a promessa que fez a Querefonte.

Górgias: O que queres dizer exatamente com isso, Sócrates?

Sócrates: Parece-me não estar respondendo o que foi perguntado.

Górgias: Se preferes, por que não o interrogas?

Sócrates: Não. Não desejo fazê-lo. Se tu te dignasses a responder preferiria muito mais interrogar a ti. De fato, posso perceber
e claramente, com base no que ele disse, que Pólo exercitou-se mais no que é chamado de Retórica[7] do que em discutir[8].

Pólo: Por que dizes isso, Sócrates?

Sócrates: Ora, Pólo, porque quando Querefonte perguntou em que arte Górgias é versado, te limitaste a fazer o elogio de sua arte, como se estivesse ela sendo alvo de alguma censura, em lugar de responder qual é.

Pólo: Ora, não respondi que era a mais nobre das artes?

Sócrates: É indiscutível que respondeste, mas ninguém indagou a respeito da qualidade de sua arte, mas simplesmente
449a qual era essa arte e com que nome devemos designar Górgias. Portanto, tal como Querefonte formulou suas primeiras questões a ti e o respondeste de uma forma admiravelmente breve, deves de modo idêntico indicar que arte é essa e como devemos chamar Górgias. Ou melhor, Górgias, podes nos informar tu mesmo em que arte és versado e, daí, como devemos chamá-lo?

Górgias: É a Retórica, Sócrates.

Sócrates: Portanto, cabe-nos chamar-te de orador?

---

7. ...ῥητορικὴν... (*retorikèn*), a arte da oratória.

8. ...διαλέγεσθαι. ... (*dialégesthai.*).

Górgias: Sim, e um bom orador, Sócrates, se quiseres me chamar do que – para empregar a frase de Homero – *gabo-me de ser*[9].

Sócrates: Claro que quero.

Górgias: Então chama-me assim.

b **Sócrates:** E estaríamos facultados a declarar que és capaz de tornar a outros como tu, isto é, oradores?

Górgias: Sim, mesmo porque é o que professo fazer, não só aqui como, inclusive, em outros lugares.

Sócrates: Assim desejarias, Górgias, dar continuidade a essa forma de discussão, alternando perguntas e respostas, e adiar para outra ocasião esse estilo prolixo de discurso no qual Pólo principiou a conversação? Não voltes atrás em tua promessa e te dispõe a responder cada pergunta com brevidade.

Górgias: Há algumas respostas, Sócrates, que exigem exposições longas. Entretanto, tentarei ser o mais breve possível. De
c fato, uma das coisas que reivindico é que ninguém seria capaz de expressar a mesma coisa com maior concisão do que eu.

Sócrates: É justamente o que desejo, Górgias. Faz-me uma exibição precisamente disso, o discurso breve, deixando teus discursos longos para uma outra oportunidade.

Górgias: Bem, é o que farei e terás que admitir que jamais ouviste antes alguém falar com maior brevidade.

Sócrates: Vamos então. Como afirmas ser versado na arte da
d retórica e capaz de transformar os outros indivíduos em oradores, informa-me a que coisa em particular a retórica diz respeito. Por exemplo, a tecelagem diz respeito à confecção de roupas, não é mesmo?

Górgias: É.

Sócrates: E a música, do mesmo modo, diz respeito à composição de canções?

Górgias: Sim.

Sócrates: Por Hera, Górgias! Realmente gosto de tuas respostas. Impossível serem mais breves.

Górgias: Sim, Sócrates. Confesso que me saio muito bem nisso.

---

9. *Ilíada*, Canto VI, 211 e Canto XIV, 113.

Sócrates: É verdade. Mas me responde agora da mesma forma no tocante à retórica: ao que em particular o conhecimento da retórica diz respeito?

Górgias: Ao discurso.

e **Sócrates:** Mas que tipo de discurso, Górgias? Aquele que expõe como pessoas doentes devem ser tratadas para serem curadas?

Górgias: Não.

Sócrates: Quer dizer que a retórica não diz respeito a todos os tipos de discursos.

Górgias: Não!

Sócrates: E, no entanto, capacita os indivíduos a discursarem.

Górgias: Sim.

Sócrates: E inclusive a compreender as coisas acerca das quais discursam.

Górgias: É claro.

450a **Sócrates:** Bem, a arte médica, que mencionamos há pouco, torna os indivíduos capazes de compreender e discursar sobre os doentes?

Górgias: Necessariamente.

Sócrates: Essa arte, portanto, aparentemente diz respeito aos discursos também.

Górgias: Sim.

Sócrates: Quer dizer, o discurso sobre doenças, não é mesmo?

Górgias: Exatamente.

Sócrates: Ora, a ginástica também diz respeito ao discurso acerca da boa ou má condição física?

Górgias: Certamente.

Sócrates: E, ademais, o mesmo se aplica, Górgias, a todas as
b outras artes. Cada uma delas diz respeito ao tipo de discurso
que trata do objeto daquela arte particular.

Górgias: É o que parece.

Sócrates: Então, por que não chamas as outras artes de retórica quando dizem respeito ao discurso, se chamas essa de retórica por ter a ver com o discurso?

Górgias: Porque, Sócrates, no caso dessas outras artes, o saber concerne quase totalmente ao trabalho manual e atividades

similares, ao passo que na retórica essa atividade manual não está presente, toda sua ação e eficácia dependendo inteira-
c mente do discurso. É por isso que reivindico para a arte da retórica o dizer respeito ao discurso. E sustento que se trata de uma correta descrição.

Sócrates: Não estou certo de ter compreendido de qual tipo de arte queres chamá-la. Mas não tardará, talvez, para que venha a compreendê-lo com mais clareza. Mas responde-me o seguinte: dispomos de artes, não dispomos?

Górgias: Sim.

Sócrates: Ora, entre as diversas artes, algumas, suponho, consistem principalmente de trabalho, requerendo pouco discurso; outras não requerem discurso algum, uma vez que é possível
d atingir o objeto dessas artes silenciosamente, como acontece com a pintura, a escultura e muitas mais. Quando dizes que a retórica nada tem a ver com outras artes, suponho que aludes a esse tipo de artes, não é mesmo?

Górgias: Tua suposição está totalmente correta, Sócrates.

Sócrates: Entretanto, há uma outra classe de artes que cumprem toda sua função por meio do discurso e – exprimindo-o *grosso modo* – praticamente não requerem nenhum trabalho ou o requerem minimamente. Dessas são exemplos a Aritmética, o Cálculo, a Geometria, o gamão e muitas outras artes. Algumas destas envolvem o discurso mais ou menos na mesma proporção que o trabalho, mas a maioria delas envolve o discurso em maior proporção, ou todo seu funcionamento e
e efeito dão-se por meio do discurso. A mim parece que chamas de retórica uma das artes dessa classe.

Górgias: O que dizes é verdadeiro.

Sócrates: Na verdade, porém, não acho que seja nenhuma dessas que queres chamar de Retórica, embora, segundo tua expressão, a arte que exerce seu efeito por meio do discurso seja a Retórica, e, talvez, nesse caso, alguém quisesse retrucar com o propósito de causar dificuldades ao argumento: "Então a Aritmética é Retórica? É o que dizes, Górgias?". Mas não acredito ser nem a Aritmética nem a Geometria o que dizes ser Retórica.

451a **Górgias:** Sim, estás inteiramente correto, Sócrates, e o que retrucas é justo.

Sócrates: Mas vamos e contribui para completar a resposta à minha pergunta. Uma vez que a Retórica é, de fato, uma dessas artes que dependem sobretudo do discurso, e que há igualmente outras artes de idêntica natureza, tenta, na medida de tua capacidade, dizer-me ao que essa retórica, a qual exerce sua influência mediante os discursos, concerne. Imagina que alguém me perguntasse a respeito de uma ou outra das artes por mim mencionadas há pouco: "Sócrates, o que é a arte
b da Aritmética?". Eu lhe responderia, como fizeste comigo, que é uma daquelas que exercem sua influência por meio do discurso. E supõe que prosseguisse e perguntasse: "E ao que concerne esse discurso?". Eu responderia: "Aos números ímpares e pares, não importa qual possa ser a quantidade de cada um". E se ele perguntasse então: "Qual é a arte que chamas de Cálculo?". Eu responderia que essa também é uma daquelas que logra seu pleno efeito por meio do discurso. Caso ele insistisse e perguntasse: "E ao que concerne ela?", eu responderia – à maneira dos que redigem emendas na Assembleia – que "em
c tudo o mais" o Cálculo corresponde à Aritmética, pois ambos têm a ver com a mesma coisa, ou seja, o ímpar e o par, com a diferença de que o Cálculo considera os valores numéricos dos números ímpares e pares não meramente em si mesmos, mas na sua relação recíproca. E supondo que eu dissesse que a Astronomia exerce também todo seu efeito por meio do discurso, ele se prestaria a me perguntar: "E o discurso da Astronomia, concerne ao quê?". Eu responderia: "Aos movimentos dos astros, do sol, da lua e suas relativas velocidades".[10]

Górgias: E estarias correto em dizê-lo, Sócrates.

d **Sócrates:** Bem, compete agora a ti fazer tua parte, Górgias. A Retórica é uma dessas artes que cumprem sua função e exercem seu efeito inteiramente por meio do discurso, não é mesmo?

---

10. Platão, como os filósofos gregos antigos em geral, tinha em mente a teoria geocêntrica, ou seja, entendia que todos os astros (inclusive estrelas como o sol, e a lua), além dos demais planetas além da Terra (com exceção de Plutão, Urano e Netuno, que desconhecia) moviam-se em torno da Terra.

Górgias: Está certo.

Sócrates: Assim, informa-me do que se ocupam essas artes. Entre as coisas existentes, qual é aquela a que dizem respeito esses discursos empregados pela Retórica?

Górgias: O maior dos interesses humanos, Sócrates, e o mais excelente.

Sócrates: Contudo, Górgias, essa afirmação é dúbia e, de modo
e algum, esclarecedora. Estou certo de que ouviste em banquetes regados a vinho pessoas cantando aquela canção na qual enumeram as melhores coisas da vida: em primeiro lugar a saúde, em segundo, a beleza, e em terceiro, como o autor da canção indica, a riqueza obtida honestamente.

Górgias: Sim, eu a ouvi. Mas que conexão tem essa sua citação com o que discutimos aqui?

452a **Sócrates:** Ora, supõe que os produtores dessas bênçãos louvadas pelo autor da canção, nomeadamente o médico, o instrutor de ginástica e o especialista em finanças estivessem diante de ti agora, e o médico em primeiro lugar dissesse: "Sócrates, Górgias te engana. Não é sua arte, mas a minha que tem a ver com o maior bem humano". E supondo que eu lhe perguntasse: "E quem és tu para afirmares isso?", ele provavelmente responderia: "Um médico". "Bem, o que queres dizer com isso? Que o produto de tua arte é realmente o maior bem?" "Está claro que sim, Sócrates", suponho que ele responderia, "visto que seu produto é a saúde. Qual bem é maior para a humanidade
b do que a saúde?". E supõe que na sequência, por seu turno, o instrutor de ginástica se manifestasse: "Eu também ficaria de fato surpreso, Sócrates, se Górgias fosse capaz de mostrar a ti em sua arte um bem maior do que o da minha". A esse homem eu também perguntaria: "Quem és tu, senhor, e qual é teu produto?". "Um instrutor de ginástica", responderia, "e o produto de meu trabalho é a beleza e o vigor dos corpos humanos". Após o instrutor de ginástica apresentar-se-ia o especialista em finanças, dizendo – com, imagino, um ar de considerável des-
c dém para com todos – "Ora, pondera, Sócrates, se podes descobrir um bem, de Górgias ou de qualquer outra pessoa, que seja superior à riqueza". E perguntaríamos a ele: "Realmente?

É isso que produzes?". Ele responderia afirmativamente. "Na
qualidade de quem?" "Na qualidade de um especialista em fi-
nanças." E lhe diremos: "Julgas ser a riqueza o supremo bem
para os seres humanos?". "É claro", ele responderá. "Mas con-
sidera que", nós lhe diríamos, "nosso amigo Górgias afirma
que sua própria arte produz mais bem do que a tua". E então,
d indubitavelmente, sua pergunta seguinte seria: "E qual é esse
bem? Que Górgias responda". Muito bem, Górgias, imagina a
ti sendo interrogado por esses homens e por mim, e nos revela
qual é essa coisa que afirmas ser o maior bem para a humani-
dade e cuja produção reivindicas.

Górgias: Algo, Sócrates, que na verdade é o maior dos bens. É a causa da liberdade para a humanidade em geral e, ao mesmo tempo, do prisma de cada indivíduo, é a causa do domínio sobre outros nos seus próprios vários Estados.

Sócrates: E o que é isso a que te referes?

e **Górgias:** Refiro-me à capacidade de persuadir mediante discur-
sos juízes nos tribunais, políticos nas reuniões do Conselho, o
povo na Assembleia ou um auditório em qualquer outra reunião
política que possa realizar-se para tratar de assuntos públicos.
E por força dessa capacidade terás o médico e o instrutor de gi-
nástica como teus escravos; quanto ao especialista em finanças,
passará a ganhar dinheiro não para si, mas para ti, que possuis a
capacidade de discursar e persuadir as multidões.

Sócrates: Penso agora, Górgias, que chegaste muito perto de
453a exibir-nos a arte da retórica tal como a concebes, e se te com-
preendo, afirmas que a retórica é uma produtora de persuasão,
toda sua função e essência consistindo disso. Ou poderias nos
indicar uma outra função além daquela de produzir a persua-
são nas almas dos membros de um auditório?

Górgias: Absolutamente nenhuma outra, Sócrates. Penso que tua definição é satisfatória. Apontaste a essência dessa arte.

Sócrates: Escuta, Górgias. Deves saber que estou convicto de
b que sou um desses indivíduos cujo propósito em um debate
com outro é conhecer a verdade do tema debatido. Sou uma
dessas pessoas e confio que tu, também, sejas uma delas.

Górgias: Aonde queres chegar, Sócrates?

Sócrates: Direi a ti agora. Deves saber que não entendo clara-
mente o que é essa persuasão oriunda da retórica de que falas,
ou que assuntos a persuasão envolve. Embora tenha realmen-
te minhas suspeitas acerca do que penso que entendes por ela
e com o que pensas que se ocupa, insistirei em perguntar-te o
c que realmente queres dizer com a persuasão que provém da
retórica e com quais matérias pensas que ela se ocupa. Ora,
como explicar que, alimentando minhas próprias suspeitas,
dirijo a pergunta a ti e me abstenho de expressá-las eu mes-
mo? Não é por causa de ti, mas visando à discussão e ao pro-
gresso desta de modo a melhor esclarecer-nos o ponto que
discutimos. Agora cabe a ti considerar se pensas que estou
sendo justo em insistir com minhas perguntas contigo. Supõe
que te perguntasse o que era Zeuxis entre os pintores e me
respondesses que era um pintor de figuras. Não seria justo
que, de minha parte, te perguntasse que tipo de figuras ele
pintava e onde?

Górgias: Certamente.

d **Sócrates:** E a razão disso não seria o fato de haver também outros pintores que retratam vários outros tipos de figuras?

Górgias: Sim.

Sócrates: Entretanto, se ninguém mais exceto Zeuxis fosse pintor, tua resposta teria sido correta?

Górgias: Decerto que sim.

Sócrates: Ora, fala-me agora da retórica: pensas que somente a retórica produz persuasão, ou podem outras artes também realizá-lo? O que quero dizer é o seguinte: Uma pessoa que ensina algo persuade em seu ensinamento? Ou pensas que não?

Górgias: Com toda a certeza, Sócrates, persuade.

e **Sócrates:** Assim, repitamos nossa pergunta referente às mesmas artes que mencionamos há pouco: a Aritmética ou a pessoa versada em Aritmética não nos ensinam tudo que diz respeito ao número?

Górgias: Certamente.

Sócrates: E também persuadem?

Górgias: Sim.

Sócrates: Consequentemente, a Aritmética também é uma produtora de persuasão?

Górgias: É o que parece.

Sócrates: Assim, se formos indagados sobre que tipo de persuasão a Aritmética produz e com o que se ocupa esse tipo de persuasão, imagino que responderemos: o tipo instrutivo que se ocupa com a quantidade de um número ímpar ou de
454a um número par. E seremos capazes de demonstrar que todas as demais artes que indicamos há pouco produzem persuasão, que tipo de persuasão e do que esta se ocupa, não seremos?

Górgias: Sim.

Sócrates: A conclusão é que a Retórica não é a única produtora de persuasão.

Górgias: O que dizes é verdadeiro.

Sócrates: Assim, como não é a única que produz esse resultado, outras também o produzindo, é justificável que fizéssemos uma pergunta adicional ao orador, como fizemos relativamente ao pintor: a Retórica é a arte de que tipo de persuasão e do que se ocupa esse tipo de persuasão? Ou não considerarias
b justificável essa pergunta adicional?

Górgias: Sim, consideraria.

Sócrates: Então, como concordas comigo nesse ponto, responde-me, Górgias.

Górgias: A persuasão a que me refiro, Sócrates, é daquele tipo que encontras nos tribunais e em quaisquer reuniões públicas, como, de fato, eu dizia há pouco. E se ocupa com o que é justo e injusto.

Sócrates: Sim, Górgias, eu suspeitava que era essa a persuasão a que te referias e que eram essas as matérias das quais se ocupa esse tipo de persuasão. Mas não deves te surpreender se no momento seguinte faço-te novamente uma nova pergunta como esta, a respeito de algo que parece claro e, não
c obstante isso, continuo perguntando. De fato, como afirmo, faço minhas perguntas objetivando mantermos uma discussão ordenada. Não viso a ti. Viso a evitarmos cair no hábito de nos

arrebatarmos mutuamente as palavras por meio de conjecturas apressadas e que completes tua própria afirmação do teu próprio modo, conforme o permitido pelas premissas.

Górgias: E é minha opinião que estás inteiramente correto nesse teu procedimento, Sócrates.

Sócrates: Muito bem, consideremos um outro ponto. Há algo que chamarias de "ter aprendido"?

Górgias: Há.

Sócrates: Muito bem, e quanto a "ter acreditado"?

Górgias: Sim, há.

d **Sócrates:** Bem, pensas que ter aprendido e ter acreditado, ou aprendizado e crença, são idênticos ou diferentes?

Górgias: Penso, Sócrates, que são diferentes.

Sócrates: E pensas corretamente, o que podes demonstrar da seguinte maneira, a saber, se alguém te perguntasse: "Há, Górgias, uma crença falsa e uma verdadeira?...", responderias afirmativamente, imagino.

Górgias: Responderia.

Sócrates: Ora, há um conhecimento falso e um conhecimento verdadeiro?

Górgias: Decerto que não.

Sócrates: Então é evidente que não são idênticos.[11]

Górgias: Dizes a verdade.

e **Sócrates:** E, no entanto, os que aprenderam foram persuadidos, bem como os que acreditaram.

Górgias: Está certo.

Sócrates: Então achas que deveríamos admitir duas formas de persuasão, nomeadamente uma que proporciona crença sem conhecimento, e uma outra que proporciona conhecimento?

Górgias: Certamente.

Sócrates: Bem, qual é o tipo de persuasão que a Retórica cria nos tribunais ou em quaisquer reuniões públicas em torno do justo e do injusto? O tipo do qual extraímos crença sem conhecimento ou aquele do qual extraímos conhecimento?

---

11. Ou seja, a crença e o conhecimento.

Górgias: Parece-me óbvio, Sócrates, que é do tipo do qual extraímos crença.

455a **Sócrates:** Assim, a Retórica, pelo que parece, é uma produtora de persuasão para a crença, e não para a instrução no que diz respeito ao justo e ao injusto.

Górgias: Sim.

Sócrates: Conclui-se que a função do orador não é instruir um tribunal ou uma reunião pública no tocante ao justo e injusto, mas somente levá-los à crença, pois não suponho que pudesse ensinar a uma massa de indivíduos matérias tão importantes em tempo tão curto.

Górgias: Decerto que não.

Sócrates: Muito bem, façamos um apanhado do que realmente
b temos a respeito da Retórica, pois confesso que não me vejo ainda capaz de discernir com clareza o teor do que eu próprio estou dizendo acerca dela. Quando os cidadãos realizam uma reunião para designar médicos, armadores ou qualquer outra modalidade de profissionais, não é o momento de o orador fornecer aconselhamento, não é mesmo? A clara razão para isso é que é o mais habilidoso profissional que deve ser escolhido em cada caso. Tampouco caberá ao orador fornecer aconselhamento em uma reunião que diz respeito à construção de muros ou à equipagem de portos ou arsenais de marinha, cabendo essa função aos construtores. E quando se tratar de uma deliberação acerca da designação de generais, ou de uma
c manobra das tropas contra o inimigo, ou de uma ocupação militar de território, caberá à equipe de generais aconselhar e não aos oradores. Ou o que dirias, Górgias, em relação a esses exemplos? De fato, como afirmas ser um orador tu mesmo e fazer de outros, oradores, convém indagar-te sobre tua própria arte. E nesse ensejo deves encarar-me como alguém que serve ao teu próprio interesse, na medida em que é bastante provável que haja alguém neste recinto que deseje tornar-se teu discípulo – na verdade percebo a presença de alguns, ou melhor, de muitos que, talvez, ficassem embaraçados em pressionar-te com perguntas. Desse modo, ao seres intensa-
d mente interrogado por mim, considera que estás sendo inter-

rogado também por eles, com perguntas tais como: "O que ganharemos, Górgias, vindo a ti para ouvir-te? Em quais assuntos nos capacitaremos a ponto de estarmos prontos para aconselhar o Estado? Seria apenas em torno do justo e do injusto, ou também a respeito daquelas coisas que Sócrates mencionou há pouco?". Sendo essa a situação, tenta dar-lhes uma resposta.

Górgias: Bem, Sócrates. É minha intenção tentar revelar a ti com clareza todo o poder da Retórica. Na verdade, tu mesmo apontaste corretamente o caminho para isso. Suponho que saibas
e que esses grandes arsenais de marinha e muros de Atenas, além da construção de seus portos, devem-se aos conselhos de Temístocles e, em certa medida, aos de Péricles, e não aos conselhos dos profissionais.

Sócrates: É o que comentam a respeito de Temístocles[12], Górgias. Quanto a Péricles[13], eu próprio o ouvi quando nos aconselhava sobre a muralha mediana.

456a **Górgias:** Assim, toda vez que essas pessoas[14] a que aludias são designadas, Sócrates, percebes que são os oradores que oferecem o aconselhamento e encaminham a solução no que respeita a essas matérias.

Sócrates: É precisamente isso que me surpreende, Górgias, e que me levou a indagar-te todo esse tempo o que, afinal, pode ser o poder da Retórica. De fato, do modo que a vejo, sua grandeza a mim se afigura como algo sobrenatural.

Górgias: Ah, sim, se soubesses tudo a respeito, Sócrates... como ela compreende em si mesma de uma vez praticamente to-
b dos os poderes. E apresentarei a ti uma impressionante prova disso. Em inúmeras ocasiões, acompanhando meu irmão ou outros médicos, visitava algum de seus pacientes que se recusava quer a ingerir um medicamento, quer a submeter-se à cirurgia ou cauterização do médico. Esgotadas as tentativas por parte do médico de convencer o paciente, era eu quem lograva êxito lançando mão de uma única arte entre todas: a Retórica.

12. Temístocles (?527-?460 a.C.), general e homem de Estado ateniense.
13. Péricles (?495-429 a.C.), general e homem de Estado ateniense.
14. Ou seja, os profissionais.

E sustento igualmente que se um orador e um médico aden-
trassem qualquer cidade que escolhesses e nela fossem obri-
gados a disputar num discurso perante uma Assembleia ou em
alguma outra reunião a designação de médico, o médico se
apresentaria de maneira inexpressiva, enquanto o mestre do
c discurso, se fosse seu desejo, seria o designado. E se tivesse
que competir com um membro de qualquer outra profissão,
o orador persuadiria os ouvintes a designá-lo de preferência
a qualquer outro indivíduo presente; com efeito, não existe
um único tema sobre o qual o orador não pudesse discursar,
dirigindo-se a uma multidão, mais persuasivamente do que
um integrante de qualquer outra profissão, tal a grandeza e es-
tranheza do poder dessa arte. Concomitantemente, Sócrates,
nosso uso da Retórica deveria ser semelhante ao uso de qual-
d quer outra arte competitiva. De fato, outras artes competitivas
não se destinam a um uso contra tudo e contra todos simples-
mente porque alguém aprendeu a lutar o boxe, o pancrácio ou
a luta com couraça tão bem a ponto de vencer indiscriminada-
mente o amigo e o inimigo: isso a ninguém confere o direito
de atacar os próprios amigos, ou apunhalá-los até a morte!
Ora, imagina alguém que após se preparar na escola de luta,
colocando o corpo em boa forma e se tornando um boxeador,
se pusesse a atacar seu pai e sua mãe ou qualquer outro mem-
bro da família ou amigo. Por Zeus, isso não constituiria razão
e para odiar instrutores de ginástica e mestres de luta com cou-
raça e expulsá-los de nossos Estados? Afinal, transmitem suas
artes visando ao seu uso justo, contra inimigos e malfeitores,
na autodefesa e não na agressão, ainda que seus discípulos
457a hajam pervertido sua força e arte mediante um uso incorre-
to. Consequentemente, não são os mestres que são perversos,
nem pode a arte ser responsabilizada ou considerada perversa
por conta disso, mas sim – a meu ver – os indivíduos que não
a utilizam corretamente. Ora, o mesmo se aplica à Retórica.
De fato, o orador é capaz de discursar contra todos e tratar de
qualquer questão de modo a conquistar o apoio da multidão,
abordando de maneira persuasiva praticamente qualquer as-
b sunto que deseje. Todavia, o fato de ser capaz de subtrair de

médicos e de outros profissionais o crédito que lhes pertence não lhe concede nenhuma razão para assim agir. Deve utilizar sua retórica com justiça, tal como na arte da ginástica o instrutor desta deve fazer. É minha opinião que se alguém se torna um orador e passa a usar injustamente essa arte e o poder dela advindo, não devemos votar ódio ao seu mestre e expulsá-lo de nossos Estados. Ele distribui sua arte para ser empregada
c com plena justiça, ao passo que esse indivíduo, seu discípulo, emprega-a da maneira oposta. A conclusão é que quem merece ser odiado, expulso e punido com a morte é ele que não a usa corretamente e não seu mestre.

Sócrates: Górgias, suponho que tu, como eu, temos muita prática em discussões e que já observaste o seguinte a respeito delas: não é fácil para as pessoas que delas participam definirem entre si os assuntos que se prestam a discutir e, tendo
d efetivado um processo de mútuo aprendizado e ensinamento, levarem a bom termo o debate; pelo contrário, polemizam-se entre si algum ponto e um ou outro afirma que o interlocutor está se expressando incorreta ou obscuramente, aborrecem-se e consideram que a observação nasceu da malevolência, e de um gosto por querelas, em lugar de ter nascido em prol da investigação do tema proposto para discussão. De fato, em alguns casos, acabam por produzir um espetáculo vergonhoso, cada um dos interlocutores utilizando expressões abusivas, a ponto de as demais pessoas presentes ficarem constrangidas,
e de sua parte, por se permitirem ouvir tais indivíduos. Bem, o que me leva a dizer isso? É que penso que tuas presentes observações não me parecem coerentes ou compatíveis com o que disseste inicialmente acerca da retórica. A consequência é eu temer refutar-te com receio de imaginares que, por espírito de disputa, estou tratando de nosso assunto negligentemente e pondo em risco sua elucidação, motivado pelo único propósi-
458a to de atacar-te. Portanto, se és uma pessoa do mesmo tipo que eu, apreciaria prosseguir fazendo perguntas a ti. Caso contrário, renunciarei a esse debate. E que tipo de pessoa sou eu? Uma daquelas que gostaria de ser refutada se dissesse algo

falso[15], e que gostaria de refutar outra pessoa que pudesse declarar algo falso; porém, igualmente satisfeita em ser refutada ou refutar, visto julgar a primeira situação a que proporciona maior benefício, porquanto constitui um maior bem para si ser libertado do maior mal do que libertar alguém dele. Na verdade, penso que nada pior poderia ocorrer a um ser humano do que ser vítima de uma falsa opinião a respeito dos
b temas de nossa presente discussão. Desse modo, se declaras ser uma pessoa desse jaez, continuemos nossa conversação. Mas se achas preferível que desistamos dela, ajamos assim imediatamente e encerremos essa discussão.

Górgias: Não, Sócrates, pois eu igualmente me incluo no elenco de pessoas que mencionaste, embora tenhamos, talvez, que levar em conta também os desejos daqueles que se encontram presentes. De fato – que o comunique a ti – pouco antes de chegares com teu amigo, fiz uma exibição relativamente
c longa aos presentes. E se continuarmos essa discussão e talvez a prolongarmos muito estaremos possivelmente causando algum transtorno aos que querem fazer alguma outra coisa. Portanto, convém considerar também o que desejam.

Querefonte: Vós próprios, Górgias e Sócrates, estais escutando o aplauso mediante o qual estes homens expressam seu desejo de ouvir tudo que tendes a dizer. No que toca a mim, jamais estaria tão ocupado a ponto de dignar-me a dispensar uma discussão tão interessante quanto esta e conduzida como está sendo conduzida, alegando ter alguma coisa mais importante que exigisse minha presença.

d **Cálicles:** Pelos deuses, Querefonte, também eu, ainda que tenha estado presente em muitas discussões antes desta, estou em dúvida se já presenciei alguma, em meu tempo, que me trouxesse tanto prazer quanto esta. Assim, no que me respeita, mesmo que resolvêsseis debater o dia inteiro, consideraria esse diálogo como um favorecimento.

Sócrates: Bem, Cálicles, asseguro-te que, de minha parte, nenhum obstáculo se me impõe se for esse o desejo de Górgias.

15. ...μὴ ἀληθὲς... (*mè alethès*), literalmente *não verdadeiro*.

Górgias: Dito tudo isso, Sócrates, seria realmente vergonhoso não me mostrar desejoso de prosseguir, mesmo porque fui eu que lancei o repto a todos para que fizessem as perguntas que quisessem. Se essa é a postura de nossos amigos aqui presen-
e tes, dá continuidade ao diálogo e pergunta-me qualquer coisa que queiras.

Sócrates: Pois bem, Górgias, direi o que me surpreende nas tuas afirmações. É possível que o que disseste esteja correto e que eu não esteja entendendo corretamente o que queres dizer. Dizes ser capaz de transformar em orador quem quer que seja que se proponha a estudar contigo?

Górgias: Sim.

Sócrates: Queres dizer torná-lo capaz de convencer a multidão em todas as matérias não por meio do ensinamento, mas por meio da persuasão.

459a **Górgias:** É certamente o que quero dizer.

Sócrates: Bem, dizias há pouco que mesmo em matéria de saúde o orador se mostrará mais convincente do que o médico.

Górgias: Sim. Era realmente o que dizia. Quero dizer, contudo, que ele assim se mostraria dirigindo-se à multidão.

Sócrates: E dirigindo-se à *multidão*[16] significa dirigindo-se aos ignorantes? Certamente caso se dirigisse aos que têm conhecimento não se mostraria mais convincente do que o médico.

Górgias: O que dizes é verdade.

Sócrates: Ora, na hipótese de ser ele mais persuasivo do que um médico, não se mostrará mais persuasivo do que a pessoa que possui conhecimento?

Górgias: Certamente.

Sócrates: Embora não seja ele próprio um médico, não é mesmo?

b **Górgias:** Sim.

Sócrates: Mas o indivíduo que não é um médico decerto não tem conhecimento daquilo de que o médico tem conhecimento.

Górgias: Obviamente.

---

16. ...ὄχλῳ... (*ókhloi*).

Sócrates: Disso se conclui que aquele que não conhece será mais convincente ao dirigir-se aos ignorantes do que aquele que conhece, na suposição de ser o orador mais convincente do que o médico. É essa realmente a consequência ou seria uma outra?

Górgias: Nesse caso, a consequência é realmente essa.

Sócrates: Ora, o mesmo é aplicável em todas as demais artes no que tange ao orador e sua retórica. Não há necessidade de
c ter conhecimento das matérias em si, bastando a descoberta de algum mecanismo de persuasão que faça com que alguém pareça (perante os ignorantes) conhecer melhor do que os que conhecem.

Górgias: Ora, Sócrates, não seria sumamente conveniente fazer de si mesmo alguém apto a competir com os profissionais aprendendo essa única arte e deixando de lado todas as demais?

Sócrates: A questão de o orador estar apto ou não a competir com os outros por conta dessa arte será algo a ser examinado na sequência, se tiver alguma conexão com nossa argumentação. De momento, investiguemos primeiramente se o orador mantém a mesma relação com o que é justo e injusto,
d vil e nobre, bom e mau que mantém com o que é saudável e com os vários objetos de todas as outras artes. Ele ignora o que é realmente bom ou mau, nobre ou vil, justo ou injusto, mas concebeu um mecanismo de persuasão para lidar com essas matérias de modo a parecer aos que, como ele, ignoram,
e que conhece melhor do que aquele que conhece. Ou é necessário conhecer, recebendo alguém que tenciona aprender Retórica, obrigatoriamente, prévio conhecimento dessas coisas quando procura a ti? Ou em caso contrário, tu – o mestre de retórica – não lhe ensinará nenhuma dessas coisas quando a ti procura – visto que não é tua função – limitando-te a ensinar-lhe como – perante os olhos da multidão – pareça conhecer coisas desse tipo quando, de fato, não conhece, e pareça ser bom quando não é? Ou serás inteiramente incapaz de ensinar-lhe retórica a menos que ele já detenha prévio conhecimento da
460a verdade a respeito dessas matérias? Afinal como fica a situação, Górgias? Por Zeus, tal como prometeste há pouco, ergue o véu revelando-nos qual é a função da Retórica.

Górgias: Ora, Sócrates, suponho que se lhe faltar o conhecimento dessas coisas, ele também o obterá de mim mediante aprendizado.

Sócrates: Detém-te aí. Estás correto ao dizer isso. Se faz de um homem um orador é necessário que saiba o que é justo e injusto, ou previamente ou aprendendo-o posteriormente contigo.

Górgias: Certamente.

b **Sócrates:** Bem, alguém que aprendeu carpintaria é um carpinteiro, não é?

Górgias: Sim.

Sócrates: E aquele que aprendeu música, um músico?

Górgias: Sim.

Sócrates: Então quem aprendeu medicina é um médico, algo idêntico valendo para todo o resto com base no mesmo princípio. Todo aquele que aprendeu uma determinada matéria passa a ser a espécie de indivíduo que o conhecimento dele faz.

Górgias: Certamente.

Sócrates: E com base nessa linha de raciocínio, aquele que aprendeu o que é justo, é justo?

Górgias: Absolutamente, presumo.

Sócrates: E suponho que o indivíduo justo pratica coisas justas.

Górgias: Sim.

c **Sócrates:** Ora,[17] e não deseja necessariamente o indivíduo justo praticar coisas justas?

Górgias: É o que parece.

Sócrates: Consequentemente, o indivíduo justo jamais desejará agir injustamente.

Górgias: Necessariamente.

Sócrates: Contudo, concluiu-se de nossas afirmações que o orador é necessariamente justo.[18]

Górgias: Sim.

Sócrates: Por conseguinte, o orador jamais desejará fazer o que é injusto.

---

17. Schanz registra entre colchetes: ...ῥητορικὸν δίκαιον εἶναι, τὸν δὲ... (*retorikòn díkaion eînai, tòn dè*): ...não é justo o orador... .

18. Ver nota anterior.

Górgias: Aparentemente não.

Sócrates: E te lembras de ter dito há pouco que não devemos
d queixar-nos dos instrutores ou expulsá-los de nossos Estados caso um boxeador não se limite a fazer uso de sua arte, mas a use injustamente? Portanto, exatamente da mesma maneira, se um orador usa sua retórica injustamente, não devemos nos queixar acusatoriamente ao seu mestre ou bani-lo do Estado, mas assim agir com o homem que comete a injustiça e faz mau uso da retórica. Isso foi dito ou não?

Górgias: Foi.

e **Sócrates:** Mas agora parece que esse mesmo homem, o orador, não poderia jamais ser culpado de uma ação injusta, não é mesmo?

Górgias: É o que parece.

Sócrates: E nas nossas primeiras considerações, Górgias, foi dito que a Retórica ocupava-se dos discursos, não daqueles do par e do ímpar, mas daqueles do justo e do injusto. Não é isso que foi dito?

Górgias: Sim.

Sócrates: Bem, quando disseste isso, supus que a Retórica jamais seria algo injusto, uma vez que seus discursos sempre
461a versavam sobre a justiça. Mas quando um pouco depois disseste que o orador poderia inclusive fazer um uso injusto de sua retórica, fiquei realmente surpreso e julguei que faltava coerência às tuas afirmações, o que motivou meu discurso, no qual eu disse que se tu, como eu, consideravas que ser refutado era algo proveitoso, valeria a pena continuar a discussão, mas que se assim não pensavas, cabia-nos renunciar a ela. Agora, porém, ao examinarmos a matéria, podes constatar por ti mesmo que mais uma vez concordamos que se revela impossível ao orador fazer um uso injusto de sua retórica ou se
b predispor a cometer injustiças. Pelo Cão,[19] Górgias, será ne-

19. ...τὸν κύνα... (*tòn kýna*), expressão apreciada por Sócrates e que parece justificar-se pela sua possível intenção de evitar, em determinadas oportunidades, expressões positivamente sagradas da religião grega. Podemos fazer remontar essa expressão à religião egípcia, especificamente ao deus Anúbis, que é representado com a cabeça de um canídeo, ou seja, a de um chacal. Ver 482b.

cessária mais do que uma sessão de curta duração para discernir adequadamente onde se encontra a verdade dessa matéria.

Pólo: Realmente, Sócrates, é o que exprimes agora de fato o que pensas da Retórica? Ou pensas, efetivamente, apenas porque Górgias ficou envergonhado por não admitir tua afirmação suplementar de que o orador conhece o que é justo, nobre e bom e que os ensinará ele próprio a quem o procurar sem
c conhecê-los? E então a partir dessa admissão talvez tenha surgido alguma incoerência em suas afirmações – exatamente o que te proporciona prazer, já que és a pessoa que o leva a enfrentar essas questões. Afinal, quem pensas que irá negar que ele possui um conhecimento daquilo que é justo, sendo capaz inclusive de ensiná-lo a outros indivíduos? Julgo de péssimo gosto direcionar a discussão nesse rumo.

Sócrates: Ó admirável Pólo, é claro que é com essa mesma finalidade que temos companheiros e filhos, ou seja, para que quando a idade avançada principia a nos fazer tropeçar, vós, os mais jovens possam estar prontos para endireitar nossas vidas novamente, tanto em nossos discursos quanto em nossas ações. Assim, agora, se eu e Górgias estamos pisando em
d falso em nossos discursos, cabe a ti devolver nosso equilíbrio. É tão somente teu dever. No que toca a mim, se pensas que algo foi incorretamente convertido em acordo, estou disposto a voltar atrás com relação a quaisquer de nossos consensos, desde que te dignes a observar uma única condição.

Pólo: O que queres dizer?

Sócrates: Que te refreies quanto ao teu modo prolixo de discursar, Pólo, o modo que tentaste empregar no início.

Pólo: Por quê? Não terei liberdade de dizer quanto queira?

e **Sócrates:** Seria, de fato, para ti uma terrível experiência, meu excelente amigo, ter vindo a Atenas, onde se goza de maior liberdade para o discurso do que em qualquer outra parte da Grécia, e te transformares na única pessoa impossibilitada de usufruir disso. Em contraposição a isso, pergunto a ti se não seria igualmente uma terrível experiência para mim, enquan-
462a to discursasses à maneira prolixa e te recusasses a responder

minhas perguntas, não gozar de liberdade para ir embora e esquivar-me a ouvir-te. Não, se tens algum interesse nessa discussão que entabulamos, e te preocupas em devolver-lhe o equilíbrio, revoga o que quiseres, como acabei de sugerir, mas respeita o sistema de perguntar e ser perguntado alternadamente, como eu e Górgias, podendo assim tanto refutar quanto ser refutado. De fato, afirmas – pelo que entendi – que conheces tudo que Górgias conhece, não é mesmo?

Pólo: Sim, conheço.

Sócrates: Então compartilhas também com ele a postura de nos convidar a perguntar a cada passo qualquer coisa que quisermos, na qualidade de alguém que sabe como responder?

Pólo: Certamente.

b **Sócrates:** Pois bem, agora age como quiseres no âmbito destas duas opções: fazer perguntas ou respondê-las.

Pólo: Bem, farei como indicas. Responde-me, Sócrates: uma vez que pensas que Górgias está confuso no que toca à retórica, o que dizes ser ela?

Sócrates: Perguntas-me que arte digo que ela é?

Pólo: É o que pergunto.

Sócrates: Para dizer-te a verdade, Pólo, acho que não é absolutamente nenhuma arte.

Pólo: Mas, afinal o que pensas que é a retórica?

c **Sócrates:** Uma coisa que dizes, no tratado que li recentemente, que produziu arte.

Pólo: Ao que te referes?

Sócrates: Refiro-me a uma certa experimentada habilidade.[20]

Pólo: Então és da opinião de que a retórica é uma habilidade?

Sócrates: Sou, a menos que digas que é alguma outra coisa.

Pólo: Habilidade para quê?

Sócrates: Para produzir uma certa satisfação e prazer.

Pólo: Assim, consideras a retórica como sendo algo nobre, isto é, uma capacidade para satisfazer às pessoas?

---

20. ...Ἐμπειρίαν... (*Empeirían*).

Sócrates: Realmente, Pólo, já descobriste de mim o que digo ser
d a retórica, de sorte que vais em frente perguntando-me em
seguida se não considero que ela é nobre?

Pólo: Ora, não acabei de descobrir que a classificas como sendo uma certa habilidade?

Sócrates: Então... como prezas a satisfação, farias a gentileza de satisfazer-me em um pequeno ponto?

Pólo: Farei.

Sócrates: Pergunta-me agora que arte considero ser a culinária.

Pólo: Perguntarei: que arte é a culinária?

Sócrates: Nenhuma arte, Pólo.

Pólo: E o que é ela? Diz-me.

Sócrates: Respondo: uma certa experimentada habilidade.

Pólo: Habilidade para quê? Diz.

e **Sócrates:** Respondo: para produzir satisfação e prazer, Pólo.

Pólo: Então devemos concluir que a culinária e a retórica são a mesma coisa?

Sócrates: De modo algum. Apenas partes da mesma prática.

Pólo: A que prática te referes?

Sócrates: Temo que possa ser demasiado rude dizer a verdade.
Hesito em dizê-la por causa de Górgias, com o receio de que
ele possa pensar que estou satirizando a sua própria prática.
Entretanto, realmente não sei se é esta a retórica praticada por
463a Górgias, porque em nossa discussão até aqui não obtivemos
uma visão muito clara de como ele concebe a retórica. Mas
o que chamo de retórica constitui parte de uma certa atividade
que nada tem de nobre.

Górgias: E que atividade é essa, Sócrates? Revela-nos sem qualquer receio de ferir meus sentimentos.

Sócrates: Bem, Górgias, a mim parece ser uma prática destituída
de cunho artístico, mas que dá espaço a um espírito sagaz e
destemido que possui natural propensão para se ocupar in-
teligentemente com os seres humanos. Resumo sua essência
b na palavra *adulação*[21]. Essa prática, a meu ver, tem muitas

21. ...κολακείαν. ... (*kolakeian.*).

ramificações, uma delas sendo a culinária, a qual parece realmente ser uma arte, mas que – segundo explico – não é uma arte e sim uma experimentada habilidade e uma experiência rotineira. Classifico a retórica como uma outra ramificação dela, e nela incluo também o ornamento pessoal e a sofística; são quatro ramificações ou departamentos dirigidos a quatro objetos. Assim, se Pólo se dispõe a investigar e descobri-las, que o faça. Não descobriu ainda em qual tipo de ramificação
c da adulação encaixo a retórica. Ao contrário, passou-lhe despercebido que não respondi essa pergunta ainda, de forma que ele vai em frente perguntando se não a considero nobre. Mas não pretendo responder-lhe se é nobre ou vil enquanto não responder, primeiramente, o que é. Isso não seria justo, Pólo. Contudo, se efetivamente queres a informação, pergunta-me que tipo de ramificação ou departamento da adulação afirmo ser a retórica.

Pólo: Então te pergunto para que respondas que tipo de ramificação é.

Sócrates: Será que entenderás minha resposta? Com base em
d minha reflexão, considero que a retórica é uma cópia[22] de uma ramificação da Política.

Pólo: Ora, diante disso a classificas como algo nobre ou vil?

Sócrates: Digo que é algo vil. Classifico as coisas más como vis, visto que tenho que responder a ti como a alguém que já compreendesse o que quero dizer.

Górgias: Mas, por Zeus, Sócrates, eu mesmo não compreendo o
e que queres dizer.

Sócrates: E não é para menos, Górgias, pois até agora minha afirmação não é, de modo algum, clara. Entretanto, *Pólo* aqui é tão jovem e impulsivo![23]

Górgias: Ora, não te importes com ele, mas diz a mim qual o significado que imprimes às tuas palavras ao dizer que a retórica é uma cópia de uma ramificação da Política.

---

22. ...εἴδωλον. ... (*eídolon.*), ou seja, um simulacro, uma imagem sem consistência que não é genuína e nem o original.

23. Sócrates insinua o significado do nome de Pólo – potro.

Sócrates: Bem, tentarei expressar o que me parece ser a retórica. Se não for realmente o que digo, Pólo aqui presente me refutará. Há, suponho, coisas que chamais de corpo e de alma?

464a **Górgias:** É claro.

Sócrates: E deves crer também que há, além disso, um bom estado para cada um deles?

Górgias: Creio.

Sócrates: E haveria, inclusive, um bom estado que é aparente, mas não real? O que quero dizer posso exemplificar da seguinte maneira: muitas pessoas *parecem* estar em bom estado físico, quando não seria fácil para ninguém, exceto para um médico ou para um instrutor de ginástica, perceber que não gozam desse bom estado físico.

Górgias: Dizes a verdade.

Sócrates: Estou dizendo que esse tipo de coisa há no caso tanto do corpo quanto da alma, algo que faz parecer que o corpo e a alma estão em bom estado quando de fato não estão.

b **Górgias:** Assim é.

Sócrates: Agora verei se sou capaz de explicar mais claramente o significado de minhas palavras. Há duas atividades distintas às quais destino duas artes distintas. Uma delas, que tem a ver com a alma, chamo de Política; a outra, que diz respeito ao corpo, embora eu não possa de imediato designá-la para ti mediante um só nome, envolve uma única função, ou seja, o cuidado do corpo e, como tal, constitui uma arte composta de duas partes: a Ginástica e a Medicina. Na Política, a Le-
c gislação ocupa o lugar da Ginástica, enquanto a Justiça corresponde à Medicina. É claro que em cada um desses pares (Medicina e Ginástica, Justiça e Legislação) ocorre alguma intercomunicação, já que ambas se ocupam de algo idêntico; ao mesmo tempo, diferem em certos aspectos. Ora, essas quatro, que continuamente propiciam seu cuidado para o máximo benefício respectivamente do corpo e da alma, são percebidas pela adulação que – não direi por meio do conhecimento, mas da conjectura – divide a si mesma em quatro partes, masca-
d ra a si mesma como cada uma daquelas ramificações e, em

seguida, simula ser os personagens das máscaras. Não se im-
porta em absoluto com o que é o melhor, mas se deixa seduzir
pelo que é mais prazeroso no momento, como uma isca para
a loucura, e a engana, induzindo-a a pensar que possui o mais
elevado valor. Assim, a culinária enverga a máscara da medi-
cina e simula conhecer quais alimentos são os melhores para
o corpo, de modo que se um cozinheiro e um médico tivessem
que competir diante de crianças, ou diante de homens tão to-
los quanto crianças, a fim de descobrir qual dos dois – o mé-
e dico ou o cozinheiro – possui conhecimento abalizado sobre
alimentos de boa e má qualidade, o médico morreria de fome.
A isso dou o nome de adulação e afirmo que essa espécie de
465a coisa é vil, Pólo – e é a ti que me dirijo – pois colima o praze-
roso e ignora o melhor; e afirmo também que não é uma arte,
mas uma experimentada habilidade, visto que não tem como
explicar racionalmente a real natureza das coisas a que se
aplica, não podendo indicar a causa de nenhuma delas. Para
mim, é inadmissível conferir o nome de arte a qualquer coisa
que seja irracional. Se contestas meus pontos de vista, estou
b pronto para apresentar minhas razões. Contudo, tal como o
formulei, a culinária é adulação disfarçada de medicina e, do
mesmo modo, o ornamento pessoal se mascara de ginástica:
com sua natureza velhaca, enganosa, ignóbil e mesquinha lu-
dibria pessoas por meio de formas e cores, polimento e en-
feites, de modo a fazer os indivíduos assumirem uma beleza
estranha e descurarem da que lhes é própria, a qual adquirem
por meio da Ginástica. Bem, a fim de evitar ser prolixo, que-
ro expressá-lo a ti como um geômetra o faria – pois a essa
altura espero que me acompanhes: tal como é o ornamento
pessoal para a Ginástica, o é a sofística para a Legislação; e
c como é a culinária para a Medicina, assim é a retórica para a
Justiça. Entretanto, a despeito de haver, conforme afirmo, essa
distinção natural entre elas,[24] estão tão intimamente relacio-
nadas que sofistas e oradores tendem a ser confundidos como
se atuassem no mesmo campo e se ocupassem dos mesmos

24. Ou seja, entre a sofística e a retórica.

assuntos. Desconhecem o que fazer uns dos outros e, tampou-
co, as outras pessoas em geral sabem o que fazer com eles. De
fato, se a alma não comandasse o corpo, mas este governasse
a si mesmo e, consequentemente, a culinária e a Medicina não
d fossem observadas e distinguidas pela alma, competindo ao
próprio corpo ser o juiz, fazendo sua própria avaliação delas
com base na satisfação que lhe conferiram, estaríamos dian-
te de um bom exemplo da concepção de Anaxágoras[25], amigo
Pólo – decerto estás familiarizado com essas opiniões – de que
todas as coisas estariam misturadas, não havendo distinção en-
tre os preparados medicinais e da saúde e aqueles do paladar.

Bem, com isso ouviste o que julgo ser a retórica, a saber,
a contraparte da culinária na alma, atuando nesta como a cu-
linária atua no corpo. É possível que tenha sido absurdo, de
e minha parte, não permitindo que faças longos discursos, es-
tender o meu tanto assim. Todavia, parece que posso com jus-
tiça pleitear indulgência, pois quando discursei com concisão
não me entendeste. Não foste capaz de tirar qualquer provei-
to das respostas que te dei, necessitando que eu fizesse uma
completa exposição. E agora, se eu igualmente não souber
que uso fazer de quaisquer respostas que possas me oferecer,
466a deverás também prolongar teu discurso. Entretanto, se eu for
capaz de tirar proveito delas, permite que o faça. É apenas
uma questão de justiça. Portanto, agora, se podes tirar algum
proveito dessa minha resposta, fá-lo.

Pólo: Então afinal o que dizes? Para ti a retórica é adulação?

Sócrates: O que eu disse é que a retórica é uma ramificação, um departamento da adulação. Não te lembras, Pólo? Na tua idade, a ti falta memória? Se assim é, o que farás no futuro?

Pólo: Então pensas que bons oradores são considerados aduladores em suas cidades e, portanto, considerados como indivíduos de condição vulgar?

b **Sócrates:** Isso é uma pergunta ou o início de um discurso?

Pólo: Estou fazendo uma pergunta.

Sócrates: Penso que são simplesmente desconsiderados.

---

25. Anaxágoras de Clazomena (*c.* 500-428 a.C.), filósofo da natureza pré-socrático.

Pólo: Como desconsiderados? Não detêm o maior poder em seus Estados?

Sócrates: Não, se entendes por poder algo bom para quem o possui.

Pólo: É exatamente como o entendo.

Sócrates: Então, a meu ver, os oradores são as pessoas que detêm o menor poder entre todos em seus Estados.

c **Pólo:** O quê? Não são como tiranos que executam pessoas ao seu bel prazer, que destituem qualquer pessoa de suas propriedades e a expulsam de seus Estados se o julgam conveniente?

Sócrates: Pelo Cão![26] Não estou sabendo exatamente, Pólo, diante de tudo que dizes, se expressas uma afirmação que é tua, declarando tua própria opinião, ou se estás me interrogando.

Pólo: Estou te interrogando.

Sócrates: Muito bem, meu amigo. Então estás me perguntando duas coisas simultaneamente?

Pólo: Como duas?

d **Sócrates:** Não dizias momentos atrás algo como o seguinte: Os oradores, como os tiranos, executam pessoas ao seu bel prazer e destituem as pessoas de suas propriedades e expulsam-nas de seus Estados segundo o acham conveniente?

Pólo: Sim, dizia.

Sócrates: Nesse caso, digo a ti que são duas perguntas e que responderei a ambas. De fato, digo, Pólo, que oradores e tiranos igualmente possuem o menor poder em seus Estados,
e como sustentei há pouco. A razão é que embora certamente façam tudo aquilo que consideram o melhor, não fazem, a rigor, nada que desejam fazer.

Pólo: Ora, e isso não significa possuir um grande poder?

Sócrates: Não... ao menos a julgar pelo que diz Pólo.

Pólo: Eu disse que não? Decerto que eu disse que sim!

Sócrates: Não, pela [tua concordância][27] certamente tu não o disseste. Admitiste que possuir grande poder é bom para quem o possui.

---

26. Ver nota 19.

27. Cf. 466b.

Pólo: Realmente o admiti.

Sócrates: Então consideras como um bem, uma ação humana realizada porque alguém a julga a melhor, faltando senso[28] a essa pessoa? É isso que classificas como possuir um grande poder?

Pólo: Não.

Sócrates: Então demonstrarás que os oradores têm senso e que a retórica é uma arte e não uma adulação, com o que me refutarás? Se não me refutares, os oradores que realizam o que jul-
467a gam conveniente em seus Estados, e os tiranos, não extrairão nenhum bem dessa ação; o poder, realmente, como dizes, é um bem, mas realizar algo que se julga o melhor sem senso é – como tu próprio admite – um mal. Ou não o admites?

Pólo: Eu o admito.

Sócrates: Como poderiam, então, oradores ou tiranos possuir grande poder em seus Estados se Sócrates não é refutado por Pólo, sendo obrigado a admitir que fazem o que desejam?

b **Pólo:** Este homem...[29]

Sócrates: ...nega que fazem o que desejam. Vai em frente e refuta-me.

Pólo: Não admitiste há pouco que fazem o que julgam o melhor?

Sócrates: Sim e continuo a admiti-lo.

Pólo: E com isso não fazem o que desejam?

Sócrates: Digo que não.

Pólo: Ainda que façam o que julgam conveniente?

Sócrates: É o que digo.

Pólo: Dizes coisas repugnantes! Simplesmente monstruosas, Sócrates!

c **Sócrates:** Poupa-me de tuas invectivas, incomparável Pólo – se permites dirigir-me a ti no teu próprio estilo. Se és capaz de interrogar-me expondo meu erro, vai em frente. Caso contrário, a ti só resta responder-me.

---

28. ...νοῦν... (*noŷn*), genericamente a faculdade do pensar, o pensamento; por extensão, o bom senso ou a sabedoria.

29. Οὗτος ἀνήρ... (*Hoŷtos anér*): Pólo é presumivelmente interrompido por Sócrates, que se apropria do sujeito de sua frase para compor sua própria interlocução.

Pólo: Bem, estou disposto a responder a fim de descobrir o que queres dizer.

Sócrates: Pensas que quando as pessoas fazem algo, desejam o que estão fazendo nessa ocasião ou aquilo que é objeto do que fazem? Por exemplo, os indivíduos que tomam remédios por ordem do médico desejam, em tua opinião, meramente o que fazem, isto é, ingerir o medicamento, com todo o desconforto que isso acarreta, ou, ao contrário, desejam recuperar a saúde, o que constitui o objeto da ingestão do remédio?

d **Pólo:** É indubitável que desejam recuperar a saúde.

Sócrates: O mesmo se aplica aos marinheiros e aos indivíduos que auferem lucros geralmente no comércio. O que desejam não é o que estão fazendo a cada momento – afinal quem desejaria fazer viagens perigosas e problemáticas? O que desejam, suponho, é o objetivo de suas viagens, ou seja, obter riqueza. É com o olhar na riqueza que as fazem.

Pólo: Certamente.

Sócrates: E não ocorre o mesmo em todos os casos? Se alguém faz algo com um objetivo, não deseja aquilo que faz, mas aquilo pelo que o faz.

e **Pólo:** Sim.

Sócrates: Ora, há alguma coisa que não é ou boa ou má, ou, o que é intermediário a isso, nem boa nem má?

Pólo: Com toda a certeza não é possível que haja, Sócrates.

Sócrates: Dirias que a sabedoria, a saúde, a riqueza e tudo o mais desse gênero é bom, enquanto seus opostos são maus?

Pólo: Diria.

Sócrates: E por coisas que não são nem boas nem más queres
468a dizer coisas que por vezes participam do que é bom, por vezes do que é mau, e por vezes nem de um nem de outro, tais como sentar, andar, correr e navegar, e pedras, pedaços de madeira e tudo o mais desse gênero? São essas as coisas que queres dizer ou há outras coisas que descreves como nem boas nem más?

Pólo: Não. São essas que quero dizer.

Sócrates: Então, todas as vezes que as pessoas fazem coisas intermediárias, fazem-nas em prol das coisas boas, ou estas em prol das intermediárias?

Pólo: Presumo que as intermediárias em prol das boas.

b **Sócrates:** Portanto, é porque perseguimos o que é bom, que andamos, quando andamos; concebemos que é melhor andar. E, inversamente, quando ficamos parados, assim ficamos em prol da mesma coisa, a saber, o que é bom. Não é isso?

Pólo: Sim.

Sócrates: E executamos um indivíduo, se realmente o fazemos, ou o expulsamos, ou o destituímos de suas propriedades, porque julgamos que realizar essas ações é melhor para nós do que não realizá-las?

Pólo: Certamente.

Sócrates: Portanto, é em prol do que é bom que os agentes de todas essas ações as realizam?

Pólo: Concordo.

Sócrates: E admitimos que quando realizamos coisas visando a um objetivo, não desejamos essas coisas, mas sim o objetivo em função do qual as realizamos?

c **Pólo:** Admitimo-lo plenamente.

Sócrates: Então não desejamos matar pessoas, expulsá-las de nossos Estados ou despojá-las de suas propriedades pelos atos em si; se esses atos são benéficos, desejamos realizá-los, ao passo que, se são danosos, desejamos não os realizar. Pois, como dizes, desejamos o que é bom. Mas não desejamos o que não é nem bom nem mau, e tampouco o que é mau, não é mesmo? A teu ver, Pólo, há verdade ou não no que digo? Por que não respondes?

Pólo: Há verdade.

d **Sócrates:** Bem, alcançada nossa concordância nisso, se uma pessoa executa alguém, ou o expulsa de um Estado, ou o despoja de suas propriedades, quer venha a realizar essas ações na qualidade de um tirano ou de um orador porque o julga melhor para si, embora seja pior, esse indivíduo – suponho – faz o que considera conveniente, não faz?

Pólo: Sim.

Sócrates: E supondo que essas ações sejam realmente más, está também fazendo o que deseja? Por que não respondes?

Pólo: Não, não penso que faz o que deseja.

e **Sócrates:** E é possível que se diga que esse indivíduo possui grande poder nesse Estado se, como assentiste, possuir grande poder é algo bom?

Pólo: Não é possível.

Sócrates: Então eu disse a verdade ao afirmar que é possível a uma pessoa fazer o que julga conveniente em um Estado e, no entanto, não ter grande poder nem fazer o que deseja.

Pólo: Como se tu, Sócrates, não te dispusesse a dar boa acolhida a uma situação em que fizesses o que julgas conveniente em teu Estado, de preferência a não fazê-lo! E como se não invejasses alguém que observaste ter executado um indivíduo, tal como julgava conveniente, ou que o privara de suas propriedades ou que o enviara à prisão!

Sócrates: Queres dizer justa ou injustamente?

469a **Pólo:** De uma forma ou outra que agisse, não seria ele invejável em um caso ou outro?

Sócrates: Cala-te, Pólo!

Pólo: Por quê?

Sócrates: Porque não devemos invejar quem não merece inveja ou o miserável, mas deles ter compaixão.

Pólo: O quê? É nessa condição que colocas as pessoas de que falo?

Sócrates: Certamente, mesmo porque é imperioso.

Pólo: Então, pensas que um indivíduo que executa outro por julgá-lo conveniente, e que o executa com base na justiça, é alguém miserável e digno de compaixão?

Sócrates: Não, não penso isso. Mas tampouco penso que mereça ser invejado.

Pólo: Mas não acabaste de dizer que era um miserável?

b **Sócrates:** Somente aquele que executa alguém injustamente, meu amigo, e o classifiquei também como digno de compaixão. Mas mesmo aquele que o faz justamente não merece ser invejado.

Pólo: Suponho, de qualquer forma, que aquele que é executado injustamente é tanto digno de compaixão quanto miserável.

Sócrates: Menos do que aquele que o executa, Pólo, e menos do que aquele que é executado justamente.

Pólo: E como é possível isso, Sócrates?

Sócrates: Ora, agir injustamente é o maior de todos os males.

Pólo: Realmente o maior? Não é sofrer injustiça um mal ainda maior?

Sócrates: De modo algum.

Pólo: Então desejarias sofrer injustiça de preferência a cometê-la?

c **Sócrates:** Não desejaria nem uma coisa nem outra. Mas se fosse necessário ou cometer injustiça ou sofrê-la, escolheria sofrê-la de preferência a cometê-la.

Pólo: Então não receberias o poder tirânico?

Sócrates: Não, na hipótese de entenderes por poder tirânico o mesmo que eu.

Pólo: Entendo precisamente o que disse há pouco, ou seja, estar em posição de fazer tudo aquilo que se considera conveniente no Estado: executar pessoas, desterrá-las e fazer tudo segundo critério próprio.

Sócrates: Ó bem-aventurado, farei uma exposição e farás em
d seguida, por tua vez, tua crítica. Supõe que em um mercado lotado eu ocultasse sob meu braço uma adaga e em seguida dissesse a ti: "Pólo, graças a um espantoso acaso, acabei de adquirir o poder de um tirano. Assim, se julgar conveniente que qualquer uma das pessoas que aqui vês seja morta imediatamente, em instantes será um cadáver; e se achar conveniente que uma delas tenha sua cabeça despedaçada, será despedaçada no lapso de alguns segundos; se julgar conveniente que seu manto seja reduzido a retalhos, retalhado será, tal a
e grandeza de meu poder neste Estado". Supõe que não me desses crédito e que eu te mostrasse minha adaga. Ao vê-la, é provável que dissesses: "Mas, Sócrates, desse modo todos se investiriam de grande poder. De fato, pelo emprego desse método,[30] qualquer casa que considerasses conveniente incendiar

30. Ou seja, a ameaça, ou intimidação, feita mostrando-se a adaga.

seria incendiada, bem como os arsenais de marinha e belonaves atenienses, e todo o resto de seus navios, tanto públicos quanto privados". Mas certamente não é isso ter grande poder, ou seja, meramente fazer o que se julga conveniente. Ou pensas que é?

Pólo: Não, ao menos não assim.

470a **Sócrates:** Podes dizer-me porque reprovas esse tipo de poder?

Pólo: Posso.

Sócrates: Por quê? Diz-me.

Pólo: Porque aquele que agir assim será necessariamente punido.

Sócrates: E ser punido não é uma coisa ruim?

Pólo: Certamente.

Sócrates: Assim, meu notável amigo, retornas mais uma vez à opinião de que enquanto agir como se julga conveniente se identificar com agir de maneira proveitosa, será um bem, sendo isso visivelmente possuir grande poder; caso contrário, é
b um mal e constitui escasso poder. Ademais, devemos examinar um outro aspecto. Estamos de acordo que às vezes é melhor realizar essas ações a que aludíamos há pouco, a saber, executar pessoas, bani-las e destituí-las de suas propriedades, – e que às vezes não é?

Pólo: Sim, estamos.

Sócrates: Então se trata de um ponto, pelo que parece, admitido por nós dois?

Pólo: Sim.

Sócrates: E quando dirias que é melhor realizar essas ações? Informa-me onde traças essa linha demarcatória.

Pólo: Eu preferiria que tu mesmo, Sócrates, respondesse essa pergunta.

c **Sócrates:** Muito bem, Pólo, se preferes ouvi-la de mim, digo que quando alguém realiza essas ações justamente é melhor, mas quando são realizadas injustamente, é pior.

Pólo: Quão difícil é te refutar, Sócrates! Ora, até uma criança poderia te refutar e demonstrar que tuas palavras não expressam a verdade, não é mesmo?

Sócrates: Nesse caso, eu ficaria muito grato à criança e também a ti se me refutasses e me livrasse da loquacidade. Vamos, não deixa de prestar um serviço a um amigo. Refuta-me.

d **Pólo:** Ora, certamente, Sócrates, não há necessidade de refutar-te fazendo referência a episódios antigos da história, já que os acontecimentos atuais bastam para refutar-te e demonstrar que muitos indivíduos que se conduzem injustamente são felizes.

Sócrates: A que acontecimentos aludes?

Pólo: Suponho que podes conceber Arquelau[31], filho de Perdicas, como governante da Macedônia?

Sócrates: Bem, mesmo que não pudesse, com certeza ouço coisas a respeito dele.

Pólo: Ora, tu o consideras feliz ou miserável?

Sócrates: Não sei, Pólo. Jamais conheci esse homem.

e **Pólo:** O quê? Saberias isso se o tivesses conhecido, mas de outro modo és incapaz de dizer de imediato se ele é feliz?

Sócrates: Certamente não, por Zeus!

Pólo: Então com certeza afirmarás, Sócrates, que desconheces se mesmo o Grande Rei[32] é feliz.

Sócrates: Sim... com o que estarei dizendo a verdade, uma vez que desconheço qual é sua situação em termos de educação e justiça.

Pólo: Realmente? Será a felicidade totalmente determinada por isso?

Sócrates: Sim, Pólo, digo que sim. Afirmo que o homem ou mulher nobre e bom é feliz, enquanto o injusto e perverso é miserável.

471a **Pólo:** Então esse Arquelau, segundo teu raciocínio, é infeliz?

Sócrates: Sim, meu amigo, na hipótese de ser injusto.

---

31. Usurpador do trono da Macedônia em 413 a.C., Arquelau foi soberano até 399 a.C., ano de sua morte. Segundo Aristóteles (*Retórica*, II, 23, 8), Sócrates foi convidado por ele para uma visita ao seu reino, mas não atendeu a esse convite.

32. ...μέγαν βασιλέα... (*mégan basiléa*), ou seja, o rei da Pérsia, cuja colossal riqueza, somada ao supremo poder monárquico, significava na época, sobretudo na mente dos indivíduos ordinários, a máxima felicidade alcançável sobre a Terra.

Pólo: Ora, e que outra coisa poderia ser senão injusto? Não tinha
direito ao trono que agora ocupa porque sua mãe era uma escra-
va do irmão de Perdicas, Alcetas, sendo ele, por mera questão de
direito, escravo de Alcetas. Se quisesse se comportar conforme
o que é justo, estaria servindo a Alcetas e, segundo teu argu-
mento, seria feliz. Da forma em que se acham as coisas, porém,
ele se tornou prodigiosamente miserável em vista dos crimes
b horrendos que perpetrou. Para começar, convidou esse seu pró-
prio senhor e tio à sua corte como se pretendesse restituir-lhe o
reino do qual Perdicas o despojara; e depois de entretê-lo e o seu
filho Alexandre (seu próprio primo, aproximadamente da mes-
ma idade que ele), e embebedá-los, jogou-os em um veículo,
conduziu-o a um ponto distante, matou-os e livrou-se de seus
corpos. Bem, após todas essas iniquidades, permaneceu sem
saber que se tornara uma pessoa sumamente infeliz e sem expe-
rimentar o menor arrependimento. Recusou-se a tornar-se feliz
c educando, como lhe cabia fazer segundo a justiça, seu irmão,
o filho legítimo de Perdicas – um garoto de cerca de sete anos
e que era de direito o sucessor do trono –, preparando-o para
herdar o reino. Em lugar disso, jogou o menino em um poço,
afogando-o, para depois dizer a Cleópatra, a mãe do garoto,
que este, no encalço de um ganso, caíra em um poço e perdera
a vida. Por essa exata razão, agora vês que como o maior cri-
minoso da Macedônia, ele é o maior dos miseráveis de toda
a nação... não o mais feliz; e não há dúvida de que há alguns
d indivíduos em Atenas, a começar por ti, que prefeririam positi-
vamente ser qualquer macedônio exceto Arquelau!

Sócrates: Já no início de nossa discussão, Pólo, cumprimentei a ti por ter tido, segundo penso, uma boa formação em retórica, embora tenha julgado também que hajas negligenciado o exercício da discussão. E agora, fazendo jus a essa minha avaliação, me apresentas esse argumento como aquele com o qual até uma criança poderia refutar-me? E supões que quando digo que alguém que age injustamente não é feliz encontro-me refutado por tal argumento? De onde tiraste uma tal ideia, meu bom homem? Na verdade, para mim não é admissível um único ponto em tudo que acabaste de dizer.

e **Pólo:** Apenas não queres admiti-lo. No fundo concordas com minhas afirmações.

Sócrates: Ó bem-aventurado, tudo isso é porque procuras refutar-me retoricamente, do modo como agem as pessoas nos tribunais quando julgam que estão contestando alguma reivindicação. Nesse lugar, supõe-se que uma parte refuta a outra quando apresenta muitas testemunhas respeitáveis em respaldo dos argumentos aduzidos, ao passo que a parte adversária apresenta somente uma testemunha, ou nenhuma. Esse tipo de refutação, entretanto, mostra-se completamente inútil na
472a busca da verdade, porquanto às vezes alguém pode ser realmente esmagado pelo falso testemunho de muitas pessoas respeitáveis que é dirigido contra ele. Contarias agora com a concordância de quase todos os atenienses e estrangeiros relativamente aos pontos que indicaste, se te dispusesses a apresentar testemunhas que depusessem contra a verdade do que digo; se quiseres, Nícias, filho de Nicerato, acompanhado de seus irmãos, testemunhará para ti – homens cujos tripés[33] se encontram enfileirados no [templo de] Dionísio; ou podes recorrer também a Aristócrates, filho de Célio,[34] cuja bela oferenda votiva se acha no [templo do] Pítio[35]; se preferires,
b contas também com toda a casa de Péricles ou com qualquer outra família local. Apesar disso, eu, que não passo de um único indivíduo diante de ti, não o admito. De fato, não consegues convencer-me. Tudo que fazes é tentar aventar falsos testemunhos contra mim para desalojar-me de minha substância, o verdadeiro. Mas se de minha parte não consigo apresentar a ti mesmo como minha única testemunha na ratificação do que digo, concluo que nada obtive que valha a pena no

---

33. Prêmios conquistados por Nícias e seus irmãos por feitos de bravura a serviço do Estado ateniense.

34. Homens, pertencentes a famílias ilustres, que granjearam grande reputação e exerceram marcante influência em Atenas na época de Sócrates. Nícias (que é, inclusive, um dos interlocutores no *Laques* (em *Diálogos VI*, obra publicada em *Clássicos Edipro*), de Platão, no qual o tema é a coragem) foi um famoso general atuante na guerra do Peloponeso, que viria a ser executado em 413 a.C. na retirada da Sicília.

35. A referência é ao templo de Apolo Pítio situado em Atenas, a leste da acrópole.

c tocante ao tema de nossa discussão, não importa qual possa ser este. Imagino que tampouco obtiveste algo, a menos que eu fosse tua única testemunha, e nada tivesses a ver com todas essas outras pessoas.

Esse é, portanto, um tipo de refutação, tal como tu e muitos
outros indivíduos o concebem. Há, porém, um outro concebi-
do por mim. Comparemo-los e vejamos se há uma diferença
entre eles. De fato, os pontos em disputa entre nós não são, de
modo algum, de pouca importância; pelo contrário, estaría-
mos autorizados a declarar que são matérias das quais é nobi-
líssimo ter conhecimento e vergonhoso sermos dele carentes;
em síntese, essas matérias implicam nosso conhecimento ou
desconhecimento de quem é feliz e de quem não o é. Para
d iniciar imediatamente com o ponto que ora debatemos, consi-
deras possível que um indivíduo que se conduz injustamente
e que é injusto seja feliz, uma vez que crês que Arquelau é a
um tempo injusto e feliz. Devemos entender que essa é preci-
samente tua opinião?

Pólo: Certamente.

Sócrates: E eu digo que é impossível. Esse é um ponto em disputa entre nós. Muito bem. Mas nesse caso, será alguém feliz agindo injustamente se for atingido pela punição e a retaliação?

Pólo: De modo algum, já que se assim fosse ele seria sumamente infeliz.

e **Sócrates:** Mas se o agente da injustiça escapar à punição, segundo tua avaliação, ele será feliz?

Pólo: É o que digo.

Sócrates: De minha parte, penso, Pólo, que o agente da injustiça ou o injusto é, de qualquer modo, infeliz. Mais infeliz, porém, se não cumpre sua pena e escapa à punição pela injustiça que cometeu e, menos infeliz, se cumpre sua pena e recebe o castigo dos deuses e dos seres humanos.

473a **Pólo:** Que posição absurda, Sócrates, essa que tentas sustentar!

Sócrates: Sim e me esforçarei para trazer-te, companheiro, para essa mesma posição, pois te considero um amigo. Por ora, esses são os pontos em que divergimos. Examina-os comigo.

Penso que disse a ti anteriormente que cometer injustiça é pior do que sofrê-la.

Pólo: Certamente.

Sócrates: E pensavas que sofrer injustiça era pior?

Pólo: Sim.

Sócrates: Enquanto eu disse que aqueles que cometem injustiça eram infelizes, no que fui refutado por ti.

Pólo: Foi isso mesmo, por Zeus!

b **Sócrates:** Ao menos, é o que pensas, Pólo.

Pólo: E o penso respaldado pela verdade.

Sócrates: Talvez. Mas afirmaste, por outro lado, que os agentes da injustiça são felizes desde que não sejam punidos.

Pólo: Decerto eu o afirmei.

Sócrates: Ao passo que eu digo que são extremamente infelizes, enquanto aqueles que cumprem sua pena o são menos. Desejas também refutar isso?

Pólo: Ora, isso é ainda mais difícil de ser refutado, Sócrates, do que a outra afirmação.

Sócrates: Diria que não é simplesmente difícil, Pólo, mas impossível. Afinal, a verdade jamais é refutada.

c **Pólo:** O que queres dizer? Supõe que um indivíduo seja apanhado em flagrante em uma conspiração criminosa para fazer de si mesmo um tirano. É imediatamente torturado na roda, emasculado e seus olhos são queimados. Depois de ser submetido a outros muitos sofrimentos e testemunhar seus filhos e mulher padecer tormentos atrozes, ele é finalmente crucificado ou incinerado em uma camada de piche. Achas que com isso foi mais feliz do que se houvesse se safado e conseguisse converter-se em tirano, passando a totalidade de sua existência na condição de governante de seu Estado, fazendo o que bem lhe aprouvesse, invejado e cumprimentado
d tanto pelos concidadãos quanto pelos estrangeiros? É isso que afirmas ser impossível refutar?

Sócrates: Dessa vez estás tentando me apavorar, meu bravo Pólo, ao invés de refutar-me. Momentos atrás argumentavas apelando para testemunhas. De qualquer maneira, refresca um pouco minha memória: disseste "...em uma conspiração criminosa para fazer de si mesmo um tirano..."?

Pólo: Disse.

Sócrates: Nesse caso nem em uma nem na outra hipótese ele jamais seria mais feliz: nem naquela em que conquista o poder de tirano injustamente, nem naquela em que é punido; de fato, em duas condições em que alguém é infeliz, não é possível ser
e *mais feliz*, mas somente *mais infeliz* na condição em que se safa para instaurar-se como tirano. O que vejo, Pólo? Estás rindo? Será isso mais um tipo de refutação? Quando alguém enuncia algo, dispomo-nos a rir ao invés de efetivamente refutá-lo?

Pólo: Ora, já não te consideras totalmente refutado, Sócrates, ao dizer coisas para as quais nenhuma pessoa daria assentimento? [Para confirmar isso] basta que dirijas tuas perguntas a qualquer um dos presentes aqui.

Sócrates: Pólo, não sou um de teus políticos. De fato, o ano passado quando fui eleito um dos membros do Conselho[36] e minha tribo[37] presidia, tive que submeter uma questão à vota-
474a ção e por não compreender o procedimento, tornei-me objeto de riso.[38] Portanto, não me convides novamente a solicitar os votos dos aqui presentes. Se não dispões de "refutações" melhores do que essas para oferecer, faz como sugeri há poucos instantes, ou seja, entrega a tarefa a mim em meu turno e tenta o tipo de refutação que penso requerer o caso. De fato, sei produzir uma testemunha em apoio de minhas afirmações, sendo essa o próprio homem com o qual estou discutindo. Quanto à maioria, eu a dispenso. Realmente sei como obter o voto de um homem, mas sequer discuto as coisas com a mul-
b tidão. Decide, portanto, se estás disposto a consentir em seres posto à prova por teu turno respondendo minhas perguntas.

36. ...βουλεύειν... (*boyleýein*), o Conselho dos Quinhentos ou Senado, em Atenas.

37. ...φυλὴ... (*phylè*), conjunto de famílias pertencentes a uma mesma origem, remontando aos mesmos ancestrais.

38. Platão se refere muito provavelmente à ocasião em que Sócrates, na verdade, *negou-se* a submeter à votação uma moção ilegal contra os generais que atuaram em Arginusa no ano de 406 a.C.

Penso, efetivamente, que tu, eu e o resto das pessoas acreditamos que cometer injustiça é pior do que sofrê-la, e não ser punido, pior do que ser.

Pólo: E penso que nem eu nem ninguém mais no mundo acredita nisso. Quanto a ti, pelo que parece, escolheria de preferência sofrer injustiça a cometê-la.

Sócrates: Sim, e assim escolheriam tu e todas as demais pessoas.

Pólo: Longe disso. Nem eu, nem tu, nem quaisquer outros indivíduos.

c **Sócrates:** Por isso devo entender que irás responder?

Pólo: Decerto que irei, pois na realidade estou ansioso para saber o que dirás.

Sócrates: Muito bem, para que venhas a sabê-lo, diz-me, tal como se eu o estivesse interrogando pela primeira vez: o que, dos dois, te parece, Pólo, ser o pior: cometer injustiça ou sofrê-la?

Pólo: Sofrê-la.

Sócrates: E o que é mais vergonhoso: cometer injustiça ou sofrê--la? Responde.

Pólo: Cometer injustiça.

Sócrates: E se mais vergonhoso, é também pior?

Pólo: Em absoluto.

Sócrates: Percebo. Sustentas visivelmente que tanto o admirável
d e o bom quanto o mau e o vergonhoso não se identificam.

Pólo: Precisamente.

Sócrates: Bem, e quanto ao seguinte: no que se refere às coisas admiráveis, tais como corpos, cores, figuras, sons e costumes, essas coisas não são classificadas por ti como admiráveis em cada um dos casos em função de algo? Comecemos pelos corpos admiráveis. Quando dizes que corpos admiráveis são admiráveis, é necessariamente ou em vista de sua utilidade em algum propósito particular a que possam servir, ou em função de algum prazer produzido naquele que os contempla
e durante sua contemplação. No que respeita à beleza de um corpo, terias outras considerações a fazer além dessas?

Pólo: Não.

Sócrates: O mesmo vale para todas as outras coisas. Não chamas de admiráveis figuras e cores por conta de proporcionarem algum prazer ou algum benefício, ou ambos?

Pólo: Sim, chamo.

Sócrates: E não estão aqui também enquadrados os sons e todos os efeitos produzidos pela música?

Pólo: Sim.

Sócrates: Além disso, em tudo que diz respeito às leis e aos costumes, certamente o que há neles de admirável não pode ultrapassar esses limites estabelecidos pelo benéfico, prazeroso ou ambos.

Pólo: Penso que não.

475a **Sócrates:** E o mesmo não se aplica igualmente ao que há de admirável no campo do aprendizado?

Pólo: Sem dúvida. Dessa vez, Sócrates, defines *admiravelmente* ao definires o que é admirável em termos do prazeroso e do bom.

Sócrates: E o vergonhoso em termos de seus opostos, a saber, o doloroso e o mau. Não é?

Pólo: Necessariamente.

Sócrates: Consequentemente, quando entre duas coisas admiráveis uma é mais admirável, a causa é que a mais admirável supera a outra em uma ou outra dessas qualidades, ou em ambas – quer dizer, ou em prazer, ou em benefício, ou em ambos.

Pólo: Certamente.

Sócrates: E analogamente entre duas coisas vergonhosas, quan-
b do uma delas é mais vergonhosa, a causa disso é porque a mais vergonhosa supera a outra do ponto de vista da dor ou do mal. Não é assim necessariamente?

Pólo: Sim.

Sócrates: Ora, o que dizíamos há pouco a respeito de cometer injustiça e sofrê-la? Não dizias que sofrer injustiça é pior, mas que cometê-la é mais vergonhoso?

Pólo: Dizia.

Sócrates: Bem, se cometer injustiça é mais vergonhoso do que sofrê-la, não seria assim ou porque é mais doloroso e supera o outro em dor, ou porque o supera em mal, ou em ambos? Não é assim também necessariamente?

Pólo: Está claro que sim.

Sócrates: Por conseguinte, comecemos por examinar se cometer
c injustiça supera o sofrê-la do ponto de vista da dor, ou seja, se aqueles que cometem injustiça experimentam mais dor do que aqueles que sofrem injustiça.

Pólo: Mas não é o que ocorre em absoluto, Sócrates.

Sócrates: Então não o supera do ponto de vista da dor.

Pólo: Com certeza, não.

Sócrates: Portanto, se não o supera do prisma da dor, tampouco é capaz de superá-lo em ambos.[39]

Pólo: É o que parece.

Sócrates: Assim, por exclusão, supera no outro ponto de vista.

Pólo: Sim.

Sócrates: Em mal.

Pólo: É o que se evidencia.

Sócrates: E, por conseguinte, se supera em mal, cometer injustiça será pior do que sofrê-la.

Pólo: É óbvio.

d **Sócrates:** Ora, não é certamente admitido pela maioria das pessoas como, em nossa discussão, o foi também por ti há pouco, que cometer injustiça é mais vergonhoso do que sofrê-la?

Pólo: Sim.

Sócrates: E agora foi descoberto que é pior.

Pólo: É o que parece.

Sócrates: Então preferirias o pior e o mais vergonhoso ao que o é menos? Não te esquives a dar uma resposta, Pólo. Não te machucarás com isso. Submete-te nobremente ao argumento, como o farias em relação a um médico, e responde-me. Diz sim ou não a minha pergunta.

e **Pólo:** Não, eu não o faria. Não deveria fazer essa escolha, Sócrates.

---

39. Isto é, em dor e mal.

Sócrates: E uma outra pessoa o faria?

Pólo: Penso que não, ao menos diante desse argumento.

Sócrates: Então eu exprimi a verdade quando disse que nem tu, nem ninguém mais, escolheria cometer injustiça de preferência a sofrê-la, uma vez que é realmente pior.

Pólo: É o que parece.

Sócrates: Assim percebes, Pólo, que, quando uma refutação é comparada com outra, não apresentam nenhuma semelhança. Mas enquanto dispões da concordância de todos menos
476a da minha, contento-me tão somente com tua concordância e testemunho. Basta-me teu voto e dispenso todos os restantes.

Deixemos agora essa matéria e passemos a examinar nosso segundo ponto em disputa: se para aquele que comete injustiça cumprir sua pena constitui o maior dos males – como supuseste – ou se escapar a essa pena constitui um mal ainda maior, que é o que sustentei. Encaremos isso da seguinte maneira: dizes que pagar a justa pena e ser punido justamente, pelo cometimento de injustiça, são a mesma coisa?

Pólo: Digo.

b **Sócrates:** E és capaz de sustentar que todas as coisas justas não são admiráveis na medida em que são justas? Pondera cuidadosamente antes de responderes.

Pólo: Não, penso que são, Sócrates.

Sócrates: Então considera um outro ponto. Se alguém faz alguma coisa, há necessariamente algo que também sofre a ação desse agente da coisa?

Pólo: Penso que sim.

Sócrates: E [esse algo] sofre o que faz o agente e é o efeito tal como a ação do agente o produz? Quero dizer, por exemplo, quando alguém desfere um golpe, algo necessariamente é golpeado?

Pólo: Necessariamente.

Sócrates: E se aquele que golpeia o faz duramente ou com rapi-
c dez, a coisa golpeada é golpeada da mesma maneira?

Pólo: Sim.

Sócrates: Por conseguinte, o efeito produzido na coisa golpeada é tal como aquele que golpeia o produz?

Pólo: Certamente.

Sócrates: E analogamente se alguém queima, algo necessariamente é queimado?

Pólo: Decerto que sim.

Sócrates: E se queima de maneira severa ou dolorosa, a coisa queimada é queimada conforme aquele que queima a queima?

Pólo: Certamente.

Sócrates: Do mesmo modo, se alguém corta, pode-se dizer coisa idêntica, já que algo é cortado.

Pólo: Sim.

Sócrates: E se o corte é grande, profundo ou doloroso, a coisa
d cortada é cortada da maneira que o cortador a corta?

Pólo: Assim parece.

Sócrates: Em resumo, vê se concordas com o que eu estava dizendo há pouco, ou seja, que em todos os casos da exata maneira (seja qual for esta) que uma coisa atua sobre outra coisa, a coisa que sofre a ação a sofrerá.

Pólo: Realmente concordo com isso.

Sócrates: Admitido isso, [pergunto:] pagar a pena é sofrer algo ou fazer algo?

Pólo: É necessariamente sofrer algo, Sócrates.

Sócrates: Por meio de um agente?

Pólo: É claro. Nas mãos daquele que aplica a punição.

e **Sócrates:** E aquele que pune corretamente pune justamente?

Pólo: Sim.

Sócrates: Realizando o que é justo, ou não?

Pólo: O que é justo.

Sócrates: E aquele que paga a pena ao ser punido sofre o que é justo?

Pólo: É o que parece.

Sócrates: E o que é justo – penso que chegamos a um consenso acerca disso – é admirável?

Pólo: Certamente.

Sócrates: Portanto, desses dois indivíduos, um faz o que é admirável, ao passo que o outro, aquele que é punido, sofre o que é admirável.

Pólo: Sim.

477a **Sócrates:** E assim, se admirável, não é bom? De fato, é ou prazeroso ou benéfico.[40]

Pólo: Necessariamente.

Sócrates: Portanto, aquele que paga sua justa pena sofre o que é bom.

Pólo: É o que é evidenciado.

Sócrates: Com o que é beneficiado?

Pólo: Sim.

Sócrates: Será o benefício que imagino, a saber, sua alma experimenta melhora no caso de ser ele punido justamente?

Pólo: Sim, isso é bastante provável.

Sócrates: Consequentemente, aquele que paga a justa pena tem o mal de sua alma reduzido?

Pólo: Sim.

Sócrates: E essa redução é a do maior dos males? Concebe-o
b respondendo a seguinte pergunta: no que respeita à condição financeira de uma pessoa, consegues detectar algum outro mal além da pobreza?

Pólo: Não, somente a pobreza.

Sócrates: E no que tange à sua condição física? Dirias que nesse caso o mal é fraqueza, doença, disformidade e similares?

Pólo: Diria.

Sócrates: E crês que na alma também há um certo estado vicioso?

Pólo: Claro que sim.

Sócrates: E chamas esse estado vicioso de injustiça, ignorância, covardia e vícios similares?

Pólo: Certamente chamo.

Sócrates: Então no tocante a esses três, isto é, a condição fi-
c nanceira, o corpo e a alma, indicaste três estados viciosos, nomeadamente a pobreza, a doença e injustiça?

---

40. Cf. 474d e 474e.

Pólo: Sim.

Sócrates: E qual desses estados é o mais vergonhoso? Não é a injustiça, quer dizer, em síntese, o estado vicioso da alma?

Pólo: De longe é o mais vergonhoso.

Sócrates: E se o mais vergonhoso, então também o pior?

Pólo: O que queres dizer com isso, Sócrates?

Sócrates: Simplesmente o seguinte: o que concordamos anteriormente acarreta que aquilo que é o mais vergonhoso o é sempre porque constitui a fonte ou da maior dor, ou dano, ou ambos.

Pólo: É bem assim.

Sócrates: E o mais vergonhoso de todos, conforme concorda-
d mos, é a injustiça e, no conjunto, o estado vicioso da alma?

Pólo: Sim, é o que concordamos.

Sócrates: Então ou é o mais doloroso e o mais vergonhoso de todos esses estados viciosos devido a um excesso de dor, ou de dano, ou de ambas as maneiras?

Pólo: Necessariamente.

Sócrates: Diante disso, pensas que ser injusto, indisciplinado, medroso e ignorante é mais doloroso do que ser pobre e doente?

Pólo: Não, não penso assim, Sócrates, ao menos com base no que dissemos.

Sócrates: Então devem ser colossais as proporções do dano e espantoso o mal por meio dos quais o estado vicioso da alma
e excede todos os demais para ser o mais vergonhoso de todos, na medida em que não os excede pela dor, a julgar pelo teu raciocínio.

Pólo: É o que parece.

Sócrates: Ademais, suponho que aquilo que supera em dano na proporção máxima é certamente a pior coisa que existe.

Pólo: Sim.

Sócrates: Assim, a injustiça, a indisciplina e, em geral, o estado vicioso da alma são os maiores males que existem?

Pólo: É o que parece.

Sócrates: Ora, qual é a arte que nos alivia da pobreza? Não é a da administração financeira?

Pólo: Sim.

Sócrates: E a que nos livra da doença? Não é a medicina?

Pólo: Necessariamente.

478a **Sócrates:** E qual é a que nos livra do estado vicioso e da injustiça? Se não estás pronto para dar uma resposta imediata, encara a questão da seguinte maneira: para onde e para quem levamos aqueles que padecem enfermidades físicas?

Pólo: Para o médico, Sócrates.

Sócrates: E para onde levamos aqueles que cometem injustiça e os indisciplinados?

Pólo: Dirias que para o tribunal?

Sócrates: Sim. E para sofrer a devida punição.

Pólo: Concordo.

Sócrates: Ora, aqueles que punem corretamente empregam uma forma de justiça ao realizarem isso?

Pólo: Está claro que sim.

Sócrates: Então a administração financeira nos alivia da pobreza,
b a medicina da doença e a justiça da indisciplina e da injustiça.

Pólo: É o que parece.

Sócrates: E qual dessas coisas é a mais admirável?

Pólo: Queres dizer de quais coisas?

Sócrates: Administração financeira, medicina e justiça.

Pólo: A justiça, Sócrates, está muito acima das outras.

Sócrates: E nesse caso, considerando-se que é a mais admirável, produz o máximo de prazer ou de benefício, ou de ambos.

Pólo: Sim.

Sócrates: Bem, é prazeroso submeter-se a tratamento médico e os que se submetem a ele o apreciam?

Pólo: Acho que não.

Sócrates: Contudo, é benéfico, não é?

c **Pólo:** Sim.

Sócrates: Pelo fato de livrarmo-nos de um grande mal, vale a pena suportar a dor do tratamento para recuperar a saúde.

Pólo: É claro.

Sócrates: Será essa, portanto, a mais venturosa condição física para um ser humano, ou seja, a de estar sob tratamento médico, ou será a de jamais ter estado enfermo?

Pólo: Evidentemente a condição de jamais ter estado enfermo.

Sócrates: Isso porque, pelo que parece, o que considerávamos ser felicidade não era ser livrado do mal, mas não tê-lo contraído em tempo algum.

Pólo: É isso.

d **Sócrates:** Ora, qual é a mais infeliz de duas pessoas que têm algo mau no corpo ou na alma? A que recebe tratamento médico e é aliviada do mal, ou a que não recebe tratamento e conserva esse mal?

Pólo: A meu ver, a pessoa que não recebe tratamento.

Sócrates: E descobrimos que pagar a devida pena significa livrar-se do maior dos males, isto é, o estado vicioso?

Pólo: Descobrimos.

Sócrates: Isso porque, suponho, a justiça do tribunal nos corrige e nos torna mais justos, atuando como uma medicina em relação ao estado vicioso.

Pólo: Sim.

e **Sócrates:** O mais feliz, portanto, é aquele que não tem nenhum estado vicioso em sua alma, uma vez que constatamos que é o estado vicioso o maior de todos os males.

Pólo: Isso está claro.

Sócrates: O segundo mais feliz, suponho, é aquele que é livrado desse estado.

Pólo: É evidente.

Sócrates: E esse é aquele que sofre censura e é punido pagando a devida pena.

Pólo: Sim.

Sócrates: Por conseguinte, a pior das vidas é a daquele que tem o estado vicioso e não é dele livrado.

Pólo: É o que parece.

Sócrates: E esse é o homem que cometendo os maiores crimes e praticando a maior injustiça conseguiu escapar igualmente

da censura, do castigo e do cumprimento de sua pena, como
479a dizes que foi o caso de Arquelau e dos demais tiranos, oradores[41] e chefes supremos?

Pólo: É o que foi evidenciado.

Sócrates: De fato, concebo, ó excelente homem, que o que essas pessoas realizaram para si assemelha-se muito à situação de um indivíduo que houvesse contraído doenças gravíssimas, mas que, fugindo ao tratamento, consegue furtar-se a pagar o que é devido aos médicos por suas violações físicas, e submeter-se ao tratamento prescrito, tomado por um medo pueril da cauterização ou da cirurgia, porque são dolorosas.
b Ou também não pensas assim?

Pólo: Penso.

Sócrates: A razão disso seria sua ignorância, pelo que parece, da virtude da saúde e boa forma físicas. Com efeito, é bastante provável, com base no que já concordamos, que algo como isso é realizado também pelos que se furtam à sua justa pena, Pólo. Percebem a dor dessa pena, mas mostram-se cegos aos seus benefícios e ignoram quanto é mais miserável viver com uma alma destituída de saúde do que com um corpo sem
c ela, uma alma corrompida pela injustiça e a irreligiosidade.
E daí fazem tudo que podem para se esquivar a pagar a pena e ser aliviados do maior dos males, isso se provendo de dinheiro e amigos e da capacidade de se destacarem no discurso persuasivo.[42] Mas se há verdade naquilo em que concordamos, Pólo, percebes as consequências de nosso argumento? Ou gostarias que fizéssemos seu levantamento?

Pólo: Sim, se não te importares.

Sócrates: Conclui-se que a injustiça e fazer o que é injusto constituem o maior dos males?

Pólo: É o que parece.

---

41. ...ῥήτορας... (*rétoras*): a inclusão dos oradores neste rol denota mais uma vez a postura crítica adotada por Platão e Sócrates em relação aos sofistas (como Górgias e Pólo), geralmente exímios oradores.

42. Ver nota anterior.

d **Sócrates:** E, ademais, ficou realmente mostrado que pagar a devida pena é o que livra desse mal?

Pólo: Aparentemente é isso.

Sócrates: E que se essa pena não é paga, o mal é retido em nós?

Pólo: Sim.

Sócrates: Portanto, fazer o que é injusto é o segundo dos males. Entretanto, fazer o que é injusto e não pagar a justa pena é, por sua natureza, o primeiro entre os maiores males, o primeiro entre todos.

Pólo: É o que se evidencia.

Sócrates: Ora, não foi esse o ponto em disputa entre nós, meu amigo? Tinhas Arquelau na conta de feliz, alguém que come-
e teu os mais graves crimes sem pagar por eles, ou seja, a justa pena, ao passo que eu defendi a opinião oposta, isto é, a de que todo aquele que se furta a pagar a justa pena por seus crimes, seja Arquelau ou qualquer outro homem, é particularmente infeliz, sendo-o acima de qualquer outro homem, e que é sempre aquele que comete a injustiça que é mais infeliz do que o injustiçado, bem como o impune mais do que o punido. Não foi isso que eu afirmei?

Pólo: Sim.

Sócrates: E não foi provado que essa afirmação é verdadeira?

Pólo: Parece que sim.

480a **Sócrates:** Muito bem. E se é verdadeira, Pólo, qual é o grande uso da retórica? De fato, percebes pelo que acabamos de concordar que uma pessoa deve estar atenta consigo mesma no sentido de evitar cometer injustiça, já que o cometimento desta acarreta para si um grande mal. Não é isso?

Pólo: Certamente.

Sócrates: Mas se vier a cometer uma injustiça, essa pessoa ou qualquer outra, sendo disso culpada, deverá voluntariamente dirigir-se ao local onde possa pagar a devida pena por seu crime o mais cedo possível, buscando o juiz como se fosse
b ao médico, com a firme intenção de que a enfermidade de sua injustiça não venha a se tornar crônica, produzindo uma profunda e incurável úlcera em sua alma. E o que mais podemos

dizer, Pólo, se nossas conclusões anteriores se mantêm? Não é necessário que nossas conclusões posteriores se harmonizem com as anteriores dessa forma, e unicamente dessa forma?

Pólo: Sim, o que realmente nos resta dizer, Sócrates?

Sócrates: Então, para defender a injustiça, quer esta tenha sido cometida por si próprio, quer pelos pais, amigos, filhos ou a pátria, a retórica nos é inteiramente inútil, Pólo, a não ser que com a finalidade oposta, se imaginasse, talvez, que um
c indivíduo acusasse a si próprio em primeiro lugar, depois sua família e qualquer daqueles que lhe são caros que viesse eventualmente a agir injustamente; e em lugar de ocultar a iniquidade, tornasse-a pública para que pudesse pagar por seu crime e com isso recuperar a saúde; e, além disso, obrigar a si mesmo bem como aos outros a não se acovardarem, mas se submeterem com dignidade e destemor, como se fosse à cirurgia e à cauterização do médico, na busca do que é bom e nobre, sem se importar com a dor. E se sua conduta criminosa
d mereceu o látego, deve apresentar-se para ser açoitado; se mereceu os grilhões, deve ser aprisionado; se mereceu uma multa, deve pagá-la; se mereceu o banimento, deve ser banido; e se mereceu a morte, deve morrer. Ele deverá ser seu próprio acusador em primeiro lugar e o de seus familiares, dispondo-se a utilizar sua retórica com o fito de expor suas iniquidades de tal modo que possam ser aliviados daquele sumo mal, a injustiça. Afirmaremos ou negaremos isso, Pólo?

e **Pólo:** Essas afirmações a mim parecem absurdas, Sócrates, ainda que possas, talvez, achar que se coadunam com as anteriores.

Sócrates: Queres dizer que ou abandonamos as anteriores ou estas são necessariamente conclusivas?

Pólo: Sim, certamente é essa a situação.

Sócrates: Bem, por outro lado, invertendo o caso, supõe que uma pessoa tivesse que prejudicar alguém – um inimigo ou qualquer outra pessoa – desde que não sofresse nada injusto nas mãos desse mesmo inimigo (algo contra o que se deve estar em guarda para ser evitado); mas supondo que esse inimigo
481a haja cometido alguma injustiça contra uma terceira pessoa,

será necessário empreender todo esforço por meio de atos e discursos no sentido de impedir que seja punido ou vá a julgamento, ou se isso vier a acontecer, será necessário conseguir que esse inimigo escape e não seja castigado; se furtou uma grande quantidade de ouro, que não a restitua, mas a conserve e gaste em favor de si mesmo e dos seus de forma injusta e ímpia; ou se perpetrou crimes que merecem como punição a morte, que não seja executado, e se possível que nunca morra, passando a ser imortal em sua vileza ou, na falta disso, que
b viva o máximo de tempo nessa condição. Eis para mim, Pólo, os propósitos para os quais a retórica é útil, uma vez que para o indivíduo que não tem intenção de cometer a injustiça revela-se de pouca utilidade, se é que nesse caso haja realmente algum uso para ela. O fato é que até agora, em nossa discussão, essa sua utilidade não se revelou em lugar algum.

Cálicles: Diz-me Querefonte, Sócrates está falando sério sobre isso ou tão somente gracejando?

Querefonte: Penso, Cálicles, que fala com extraordinária seriedade. Contudo, nada te impede de perguntar-lhe.

c **Cálicles:** Pelos deuses! É precisamente o que quero fazer. Informa-me, Sócrates, devemos levar-te a sério agora ou entender que estás gracejando? Pois se falas sério e o que dizes é realmente verdadeiro, não terá sido esta nossa vida de seres humanos virada de cabeça para baixo, e não estaremos fazendo exatamente o oposto, pelo que parece, do que deveríamos fazer?

Sócrates: Ó Cálicles, se os seres humanos não experimentassem certos sentimentos comuns, mas cada um de nós tivesse a expe-
d riência de um sentimento peculiar a si mesmo, experiência única não partilhada pelos outros, não lhe seria fácil comunicar o que experimenta às outras pessoas. Digo isso porque percebo que tu e eu estamos atualmente partilhando de uma experiência idêntica, posto que cada um dos dois está apaixonado por duas coisas – eu por Alcibíades[43], filho de Clínias,

43. Ver o *Protágoras* (309b) e o *Alcibíades*, em *Diálogos I* e *VII*, respectivamente, obras publicadas em *Clássicos Edipro*.

e pela Filosofia, e tu pelo povo de Atenas[44] e pelo filho de
Pirilampos. Ora, sempre notei que, a despeito de tua inteligên-
cia, tanto em um caso quanto no outro, és incapaz de contradi-
zer teu favorito[45], não importa o que ele diga ou qual seja sua
e visão disso ou daquilo – tu te manténs mudando de posição;
na Assembleia, se dizes algo de que diverge o povo (*demo*)
ateniense, mudas de posição e dizes o que ele deseja ouvir; e
algo idêntico acontece a ti na presença daquele belo jovem, o
filho de Pirilampos; mostras-te incapaz de fazer oposição aos
conselhos e afirmações de teu querido, de modo que se alguém
se espantasse com os absurdos que proferes constantemente
sob tal influência, provavelmente dirias a essa pessoa – se
482a optasses por dizer-lhe a verdade – que a menos que alguém
fizesse teu favorito parar de falar o que fala, nunca deixarás, de
tua parte, de falar o mesmo. Considera-te, portanto, obrigado
a ouvir de mim também coisas do mesmo calibre, não te sur-
preendendo com o fato de eu dizê-las – terias que fazer minha
querida, a Filosofia, parar de dizê-las. De fato, ela, meu amigo,
diz o que me ouves dizer agora, e é muitíssimo menos volúvel
comigo do que qualquer outro favorito. O filho de Clínias[46]
está sempre mudando suas opiniões, ao passo que a Filosofia
b sustenta sempre a mesma, sendo dela o discurso que ora te
surpreende, embora estivesses presente quando ela o proferiu.
Por conseguinte, deves *ou* refutá-la, como eu disse há pouco,
demonstrando que cometer injustiça e ficar impune não é o su-
premo mal, *ou* se deixares isso sem refutação, pelo Cão, deus
dos egípcios,[47] não haverá acordo entre tu, Cálicles, e Cáli-
cles, mas estarás dissonante contigo mesmo por toda tua vida.
Contudo, quanto a mim, ó excelente homem, prefiro ter minha
lira, ou alguma dança com coral que possa oferecer ao público,

---

44. ...Ἀθηναίων δήμου... (*Athenaion démoy*), ou *demo* (em Atenas, subdivisão da tribo – *phylé* [φυλή]). Mas é necessário observar, também, que o filho de Pirilampos, famoso por sua beleza tal como Alcibíades, chamava-se *Demos*. Sócrates diz que Cálicles era apaixonado por dois *Demos*.

45. ...τὰ παιδικὰ... (*tà paidikà*).

46. Alcibíades.

47. Ver 461b e nota 19.

c tocando com dissonância ou cantando desafinado e ter não importa quantas pessoas discordando de mim e me contradizendo, a ter conflito e contradição dentro do meu próprio eu.

Cálicles: Sócrates, a mim parece que estás blasonando estouvadamente em teu discurso, como o genuíno demagogo[48]. E estás agora discursando com alarde[49] dessa maneira porque Pólo meteu-se na mesma situação da qual acusava Górgias de ter se permitido meter-se graças à tua ação. De fato ele disse, segundo lembro, que quando perguntaste a Górgias se este en-
d sinaria qualquer um que o procurasse, interessado em aprender retórica, mas sem o conhecimento do justo, Górgias ficou constrangido e disse que ensinaria devido ao costume, visto que usualmente as pessoas ficam indignadas quando são recusadas. Ora, por conta dessa resposta afirmativa, ele foi forçado a contradizer-se, o que era exatamente o que convinha a ti. E penso que Pólo estava com a razão quando naquela ocasião escarneceu de ti. Mas agora ele se meteu na mesma situação. No que me toca, o que me leva a ficar insatisfeito com Pólo é precisamente esse assentimento que concedeu a ti, ou seja,
e de que *cometer injustiça é mais vergonhoso do que sofrê-la*; com efeito, em função desse assentimento, também ele, por seu turno, enredou-se no teu argumento e foi amordaçado, ficando constrangido quanto a dizer o que pensava. O fato, Sócrates, é que embora afirmes estar buscando a verdade, estás realmente conduzindo a discussão ao tipo de vulgarização demagógica que só pode ser considerada admirável por força de convenção e não por natureza. E, no entanto, esse dois – natureza e convenção[50] – na maioria das vezes se opõem, de forma que se uma pessoa fica envergonhada e não ousa dizer
483a o que pensa, é forçada a se contradizer. Este é, de fato, o expediente astucioso que concebeste, mediante o qual é produzido um aniquilamento em nossas discussões: se uma pessoa

48. ...δημηγόρος... (*demegóros*), orador que se dirige ao povo, não necessariamente com o intuito de agradá-lo e manipulá-lo; mas aqui Cálicles utiliza a palavra *precisamente* nessa acepção pejorativa.

49. ...δημηγορεῖς... (*demegoreîs*), ver nota anterior.

50. ...φύσις καὶ ὁ νόμος· ... (*phýsis kaì ho nómos·*).

afirma algo com base na convenção, tu deslizas furtivamente "com base na natureza" para o teu interrogatório; e se a pessoa o faz de acordo com a natureza, tu a interrogas em termos de convenção. No caso presente, por exemplo, envolvendo cometer e sofrer injustiça, quando Pólo se referia ao que é mais vergonhoso por convenção, entendeste-o no sentido do que é naturalmente vergonhoso. Com efeito, do ponto de vista da natureza, tudo que é pior é também mais vergonhoso, o que inclui o sofrer injustiça, ao passo que do prisma da convenção cometê-la é mais vergonhoso.

Não... nenhum *homem* toleraria sofrer injustiça; somen-
b te um escravo agiria assim, para quem é melhor estar morto do que vivo, como é o caso para qualquer pessoa que, quando injustiçada e insultada, é incapaz de proteger a si mesma ou qualquer outra pessoa que está sob seu cuidado. Creio que os autores das convenções (leis) constituem o tipo humano mais fraco e numeroso. É tendo a si mesmos em vista e seus próprios interesses que produzem suas leis e distribuem seus louvores e
c censuras; e com o fito de espalhar o terror entre os mais fortes, que são capazes de obter uma vantagem, e impedi-los de obter vantagens sobre eles, alegam que essa obtenção do que ultrapassa a cota de cada um é "vergonhosa" e "injusta" e que cometer injustiça corresponde precisamente a esse empenho de obter algo que vai além da cota de cada um. Julgo que é de se esperar que se satisfaçam com uma cota igual para cada um, visto que são inferiores. Eis a razão porque por convenção é classificado como injusto e vergonhoso almejar uma vantagem superior
d à da maioria e porque o chamam de cometer injustiça; mas, a meu ver, a própria natureza proclama o fato de ser justo ao melhor ter vantagem sobre o pior e o mais capaz ter vantagem (ter maior cota) sobre o menos capaz. Em muitos casos, isso se evidencia – não só entre os animais como também entre os Estados e raças da humanidade – ou seja, que foi decidido que a justiça consiste no domínio do mais forte sobre o mais fraco e no maior aquinhoamento do primeiro em relação ao segundo.[51]

51. No início de *A República*, obra publicada em *Clássicos Edipro*, Trasímaco, um outro sofista, propõe uma definição essencialmente idêntica a essa de justiça.

e Afinal, com que concepção de justiça Xerxes[52] marchou contra a Grécia ou seu pai[53] contra a Cítia? Outros exemplos incontáveis disso poderiam ser mencionados. Acredito que esses homens, ao agirem assim, certamente agem de acordo com a natureza – a natureza da justiça, e por Zeus, acatam a *lei* da natureza e, presumivelmente, a que é produzida por nós.[54] Moldamos os melhores e mais fortes entre nós, tomando-os enquanto ainda são crianças, como filhotes de leão, e mediante encantamentos
484a e magia os reduzimos a uma completa escravidão, dizendo-lhes que devem se limitar a possuir uma parcela igual e que isso é o que é nobre e justo. Mas imagino que quando surge um homem dotado de uma natureza com força suficiente, ele se livra de tudo que lhe ensinamos, rompe seus grilhões e se liberta; calca sob seus pés nossos códigos e prestidigitações, nossos encantamentos e "leis" que violam a natureza; nosso escravo
b insurge-se e revela-se nosso senhor, com o que irrompe a plena luz da justiça natural. Parece-me, inclusive, que Píndaro[55] dá apoio ao que digo na ode em que afirma:

> *...A lei, soberana sobre todos,*
> *Mortais e imortais,...*

...e continua:

> *...Traz e torna justo o mais violento*
> *Com mão altaneira. Disso tomo como prova*
> *Os trabalhos de Héracles,[56] (...),* pois sem pagamento...[57]

---

52. Xerxes (?-465 a.C.), chamado pelos antigos gregos de o Grande Rei, rei da Pérsia.

53. Dario I.

54. Cálicles começou por distinguir basicamente convenção (lei) e natureza, uma dualidade de elementos que se opõem, para agora sugerir uma dualidade derivada e mais elaborada: a de lei natural e lei artificial (humana). Esta segunda dicotomia, porém, se constrói com fundamento em uma acepção mais ampla do conceito de lei (*nómos*), que é um dos polos da primeira dualidade.

55. Píndaro de Tebas (518-442, ou 439 a.C.), poeta lírico.

56. Semideus (denominado Hércules pelos latinos), filho de Zeus e da mortal Alcmena. Famoso por sua força física extraordinária, realizou muitas façanhas (os chamados *doze trabalhos*, entre os quais o episódio envolvendo o gado de Gerião, e inclusive o resgate do titã Prometeu, condenado a um suplício horrível pelo próprio pai de Héracles).

57. ...ἀπριάτας... (*apriátas*) literalmente *não comprados*. Fragm. 169, Bergk.

...Suponho serem essas as palavras – não conheço o poema
bem – mas relata como ele se apoderou do gado de Gerião, sem
c comprá-lo nem como um presente deste, mas encarando como
um direito natural que gado ou qualquer outra propriedade do
inferior e mais fraco deve pertencer ao superior e mais forte.

Bem, essa é a verdade no que tange a esse assunto. E a
compreenderás se agora colocares a Filosofia de lado e aten-
tares para coisas mais importantes.[58] Se o indivíduo ocupar-se
da Filosofia de maneira moderada em sua juventude, não
há dúvida de que se revelará encantadora; contudo, se con-
tinuar despendendo seu tempo com ela mais do que o que
convém, o destruirá, já que se transforma na ruína da huma-
nidade. O fato é que mesmo que alguém seja naturalmente
bem dotado, se continuar filosofando muito além dos dias da
d juventude, será necessariamente ignorante em tudo aquilo que
deve ser conhecido pelo *homem* que pretendesse ser nobre,
bom e pessoa de destaque onde vive. Tais pessoas acabam se
mostrando ignorantes das leis de seus Estados, dos termos a
serem empregados nos contratos de negociação com outras
pessoas nos negócios privados e públicos e também dos pra-
zeres e desejos humanos – em síntese, completamente igno-
rantes no que se refere aos caracteres dos seres humanos. O
resultado é que quando se metem nos negócios privados ou
e públicos se tornam ridículos, do mesmo modo, suponho, que
políticos, quando se metem em vossos estudos e discussões,
tornam-se absolutamente ridículos. Como diz Eurípides...[59]

...Cada um brilha nisso, para esse fim insiste,
Atribuindo a maior parte do dia a isso,
Onde pode, porventura, superar a si mesmo...[60]

---

58. Embora em regular contato estreito e geralmente conflitante com os filósofos e até defensores de ideias de cunho filosófico, muitos sofistas (e filósofos como Sócrates, Platão e Aristóteles) distinguiam a sofística da filosofia, distinção que se tornará ainda mais marcante no começo da Era Cristã. Embora muitos sofistas se considerassem *sábios*, alguns deles (como aqui representado por Cálicles) manifestavam claro desprezo pelas reflexões propriamente filosóficas. Ver a *Introdução*, nesta edição.

59. Eurípides de Salamina (480-406 a.C.), poeta trágico.

60. Fragmento da peça *Antíope*.

485a ...enquanto aquilo em que é inferior, ele o evita e vilipendia;
a outra coisa ele louva, mostrando afeto consigo mesmo, pen-
sando com isso estar louvando também a si próprio. Conside-
ro, entretanto, que o melhor caminho a seguir é contar com
uma porção de ambos. Indica nobreza cultivar a Filosofia em
vista da educação, não constituindo nada vergonhoso o fato
de um adolescente ou jovem cultivá-la. Mas quando uma pes-
soa se torna adulta e madura, continuar a cultivá-la se torna
b ridículo, Sócrates. Minha reação relativamente a homens que
estudam Filosofia é a mesma que experimento em relação aos
que falam articulando mal certos sons ou que praticam jogos
infantis. De fato, quando vejo uma criança, para quem ainda
é natural falar desse modo, balbuciando ou brincando, isso
me agrada, impressionando-me como algo bonito, ingênuo
e apropriado à idade da criança; da mesma maneira, se vejo
uma criança falar com clareza, acho desagradável, isso ofende
meus ouvidos e me parece ser mais próprio de um escravo.
Entretanto, quando vemos um *homem* crescido balbuciar, ou
c o vemos praticando brincadeiras, isso nos impressiona como
algo ridículo e não viril[61] e merece um açoitamento. O que
experimento em relação aos que se ocupam da Filosofia é
idêntico a isso. Quando vejo a Filosofia sendo cultivada por
um rapazinho, eu o aprovo. Acho adequado e considero esse
indivíduo como uma pessoa de condição livre e educada, ao
passo que considero o indivíduo que não a cultiva[62] mal edu-
d cado e do qual nunca se pode esperar uma ação nobre e ge-
nerosa. Entretanto, quando vejo uma pessoa mais velha ainda
insistindo na Filosofia, sem deixá-la de lado, esse é o *homem*,
Sócrates, que penso estar necessitando do açoitamento. Com
efeito, como disse há pouco, essa pessoa, não importa quão
bem dotada seja, está condenada a se tornar destituída de viri-
lidade ao evitar os centros da cidade e os centros comerciais,
nos quais, de acordo com o poeta,[63] *homens* obtêm reputação

61. ...ἄνανδρον... (*ánandron*).

62. Entenda-se na faixa etária indicada por Cálicles.

63. Homero, *Ilíada*, Canto IX, 441.

e glória; deverá ocultar-se e passar o resto de sua existência
e murmurando em um canto com três ou quatro rapazotes, sem jamais pronunciar algo bem educado, grandioso e vibrante. Ora, Sócrates, tenho uma relação bastante amistosa contigo e, portanto, sinto-me neste momento como se sentiu Zeto, que mencionei, com relação a Anfion em Eurípides. Na verdade, estou pronto a dirigir-me a ti mediante o mesmo tipo de palavras com as quais ele dirigiu-se a seu irmão: "Descuidas, Sócrates, daquilo com que deverias te importar; e embora possuas uma alma nobre, a distorces manifestando-te como
486a um adolescente. Não poderias proferir um discurso corretamente diante de Conselhos de justiça, nem aceitarias qualquer um como plausível ou persuasivo, nem tampouco farias uma proposta arrojada a favor de teu semelhante". E então, meu caro Sócrates: por favor não fiques aborrecido comigo, já que vou dizer isso a ti com benevolência – não te parece vergonhoso estar no estado em que julgo que estás juntamente com outros que insistem demasiado com a Filosofia? Na situação em que estão as coisas, se alguém agarrar-te ou qualquer outra pessoa semelhante a ti e arrastar-te para a prisão sob a acusação de que estavas fazendo algo injusto, quando de fato não estavas, estejas certo de que ficarias confuso quanto ao
b que fazer a teu favor; ficarias aturdido, embasbacado, incapaz de pronunciar uma só palavra; e quando fosses conduzido ao tribunal, ainda que teu acusador pudesse não passar de um patife, terias que perecer caso ele exigisse a morte como tua punição. E, no entanto, Sócrates, que sabedoria há "em uma arte que encontrou um indivíduo bem dotado e o tornou pior", incapaz tanto de amparar a si mesmo quanto de libertar-se
c ou qualquer outra pessoa dos maiores perigos, vulnerável a ponto de ter todos seus bens furtados pelos seus inimigos e ser condenado a viver em sua cidade sem quaisquer direitos, como um proscrito? Um tal homem, se nos é permitido usar uma expressão tão grosseira, *poderia levar uma bofetada impunemente.* Aceita meu conselho, bom homem, e suspende essa refutação. "Pratica a doce música de uma vida atuante, e o faz onde obtiveres a reputação de homem de senso. Deixa

esses bonitos brinquedinhos para outros" – não importa se os
d classificas como bazófias ou consumadas tolices – "os quais te farão habitar salões vazios",[64] e emules não os homens que refutam essas trivialidades, mas os que possuem recursos e renome e outras coisas em abundância.

Sócrates: Se realmente possuísse uma alma feita de ouro, Cálicles, não achas que ficaria satisfeito em encontrar uma daquelas pedras nas quais testam o ouro? E se essa pedra a que pretendesse submeter minha alma fosse a mais excelente entre as pedras e confirmasse que minha alma recebera o cuidado apropriado, não achas que a esse ponto eu estaria em condição de saber que estou em um estado satisfatório e
e que dispenso tal teste adicional?

Cálicles: O que significa essa tua pergunta, Sócrates?

Sócrates: Eu te direi. Apenas estou pensando que golpe de sorte foi ter topado contigo.

Cálicles: E por que dizes isso?

Sócrates: Estou certo de que sempre que concordas comigo quanto a qualquer opinião assumida por minha alma, isso
487a deve ser verdadeiro. De fato, concebo que todo aquele que testasse suficientemente uma alma para avaliar se esta vive com retidão ou não precisa estar de posse de três coisas, que tu possuis: conhecimento, boa vontade e franqueza. Topo com muitas pessoas incapazes de testar-me, pois não são sábias como és; outras, a despeito de serem sábias, não desejam dizer-me a verdade, pois não se importam comigo, como te
b importas; quanto aos dois visitantes aqui presentes, Górgias e Pólo, apesar de sábios e aficionados a mim, mostram-se menos francos e mais propensos a uma certa vergonha do que deveriam. Não é de se surpreender! Levaram a vergonha a tal ponto que pelo fato de estarem envergonhados, ousaram [cada um por seu turno] contradizer-se perante um grande grupo e em torno de tópicos do maior peso. Mas tens todas essas qualidades que faltam aos outros. Tiveste uma excelente educação, com o que muitos aqui em Atenas concordarão, e

64. Cálicles permanece fazendo citações textuais ou não textuais da *Antíope* de Eurípides.

ages com boa vontade em relação a mim. Qual a prova que
c tenho disso? Dir-te-ei. Estou ciente, Cálicles, de que quatro
de vós formaram uma associação em torno da sabedoria – tu,
Tisandro de Afidne, Andronte, filho de Andrócio e Nausicides
de Colarges. E eu, em uma ocasião, ouvi por acaso debaterdes
até que ponto deveria ir o cultivo da sabedoria. Lembro que
éreis a favor de uma opinião segundo a qual não deveríeis
d deixar-vos conduzir aos pontos mais minuciosos da Filosofia,
tomando o cuidado de não vos tornardes excessivamente sá-
bios, com o receio de inadvertidamente promoverdes vossa
própria ruína. Assim, quando te ouço agora concedendo a
mim o mesmo conselho que deste aos teus próprios amigos
mais íntimos, tenho uma prova suficiente de que tua predispo-
sição para comigo é boa. E quanto a tua aptidão de falar com
franqueza sem ficares envergonhado, não só o reivindicas tu
mesmo, como o discurso que acabaste de proferir dá suporte
ao que dizes.

Fica claro, portanto, que é assim que se posicionam as maté-
e rias presentemente. Se há algum ponto em nossa discussão para
o qual tenho teu consenso, esse ponto terá sido testado adequada-
mente por ti e por mim, sendo desnecessário submetê-lo a qual-
quer teste adicional, pois jamais terias admitido o ponto devi-
do a uma carência de sabedoria ou a um excesso de vergonha,
e tampouco o terias feito mentindo para mim, visto que és
meu amigo, como tu mesmo afirmas. Desse modo, qualquer
consenso entre nós terá realmente atingido a verdade plena.
E em nenhum outro tema poder-se-ia se fazer uma investi-
gação mais admirável, Cálicles, do que naqueles em que me
488a reprovaste – que caráter deve ter um homem, ao que se deve
dedicar e até que ponto, quando é mais velho e quando é mais
jovem. De minha parte, se me envolvo em algo que é impró-
prio em minha própria vida, saibas que não se trata de um
erro intencional, mas que é fruto de minha ignorância. Assim,
peço a ti que não interrompas tua tarefa de advertir-me, mas
que me esclareças totalmente sobre o que devo buscar e por
quais meios é possível atingi-lo; e se considerares que neste
momento concordo contigo mas que deixo de fazer mais tarde

aquilo com que concordei, podes encarar-me como um indivíduo estúpido e não te incomodes mais em advertir-me nunca mais, sob o fundamento de que não passo de um indivíduo
b indolente. E agora recapitula no que consiste a justiça natural segundo tu e Píndaro. Será o superior apoderar-se à força do que pertence ao inferior, o melhor governar o pior e o mais nobre possuir mais do que o menos nobre? Terias uma outra explicação referente à justiça ou o que recordo está correto?

Cálicles: Sim. Isso era o que eu então dizia e que continuo dizendo também agora.

Sócrates: Bem, é a mesma pessoa que chamas de melhor[65] e
c de superior[66]? Realmente, devo confessar que não consegui então entender qual o significado que atribuíste [a essas palavras]. São os mais fortes que chamas de superiores e devem os mais fracos receber ordens daquele que é mais forte? À guisa de exemplo, penso que destacavas então que os grandes Estados atacam os pequenos conforme seu direito natural, porque são superiores e mais fortes, sob o fundamento de que os superiores, os mais fortes e os melhores são algo idêntico; ou é possível ser melhor e, não obstante, inferior e mais fraco, e ser superior e, no entanto, mais perverso? Ou a definição do
d melhor e do superior é a mesma? Isso é precisamente o que gostaria que me definisses com clareza. São superior, melhor e mais forte idênticos ou diferentes?

Cálicles: Bem, digo-te com clareza que são todos idênticos.

Sócrates: Os muitos são naturalmente superiores ao uno? Quero dizer aqueles que de fato impõem ao uno as leis, como dizias há pouco?

Cálicles: Claro que sim.

Sócrates: Então as regras dos muitos são as dos superiores?

Cálicles: Certamente.

e **Sócrates:** E também dos melhores, uma vez que segundo teu argumento os superiores são os melhores?

---

65. ...βελτίω... (*beltio*).

66. ...κρείττω... (*kreitto*).

Cálicles: Sim.

Sócrates: Assim, suas regras são por natureza admiráveis, uma vez que eles, que as criaram, são superiores?

Cálicles: Concordo.

Sócrates: Então é a opinião dos muitos – como também disseste há pouco – que a justiça é ter uma cota igual e é mais vergo-
489a nhoso cometer injustiça do que ser injustiçado? É isso ou não? Cuida para agora, que é tua vez, não te veres preso no constrangimento. É ou não é a opinião dos muitos a de que cada um ter uma cota igual, e não mais do que os outros, é justo, e que é mais vergonhoso cometer injustiça do que sofrê-la? Não relutes em me dar uma resposta a isso, Cálicles, de forma que se concordares comigo eu possa contar com uma confirmação de ti, sabendo que se trata da concordância proveniente de um *homem* competente para emitir um juízo.

Cálicles: Bem, realmente essa é a opinião dos muitos.

Sócrates: Então não é somente por convenção que cometer injustiça é mais vergonhoso do que sofrê-la e ter uma parcela
b igual é justo, mas também por natureza. Consequentemente, tem-se a impressão de que tua afirmação anterior não era verdadeira e que não estavas correto ao acusar-me quando dizias que a natureza e a convenção (lei) opunham-se mutuamente e que eu, ciente disso, estou sendo inescrupuloso como debatedor, voltando-me para a convenção quando a asserção refere-se à natureza, e voltando-me para a natureza quando ela se refere à convenção.

Cálicles: Que inveterado basbaque é este *homem*! Diz-me, Sócrates, não te envergonhas, na tua idade, de tentares apanhar
c as pessoas por suas palavras e de, no caso de alguém cometer um deslize verbal, tomar isso como um grande golpe de sorte? Imaginas que quando eu disse *superior* queria dizer algo distinto de *melhor*? Não estou te dizendo o tempo todo que por *melhor* e *superior* quero dizer algo idêntico? Ou supões que quero dizer que se um amontoado de escravos e de toda espécie de indivíduos imprestáveis – exceto talvez pela força física – reúne-se e declara alguma coisa, isso será uma regra?

Sócrates: Muito bem, sapientíssimo Cálicles, isso é o que queres dizer, não é?

d **Cálicles:** Certamente que é.

Sócrates: Ora, meu extraordinário amigo, eu já vinha conjeturando há algum tempo que entendias algo desse jaez por *superior*, e se repito minhas perguntas é só porque estou ansioso para saber, de uma vez por todas, o que queres dizer. De fato, presumo que não consideres que dois seja melhor do que um, ou que teus escravos sejam melhores do que tu simplesmente porque são mais fortes do que és. Diz-me mais uma vez, reiniciando, o que queres dizer com o *melhor*, uma vez que não entendes por isso *o mais forte*. Apenas... homem extraordinário, sê mais gentil comigo nessas primeiras lições ou deixarei de comparecer às tuas aulas.

e **Cálicles:** Estás sendo irônico, Sócrates.

Sócrates: Não, por *Zeto*, Cálicles, a quem recorreste há pouco[67] com o objetivo de seres bastante irônico comigo. Diz o que queres dizer com o *melhor*.

Cálicles: Quero dizer aquele que é mais excelente.

Sócrates: Percebes que te limitas a pronunciar meras palavras sem explicar nada? Não dirás se pelo *melhor* e *superior* entendes aquele que é mais conhecedor ou quaisquer outros desse naipe?

Cálicles: Sim, por Zeus, refiro-me a esses e de maneira incisiva.

490a **Sócrates:** Então, segundo teu argumento, um único indivíduo conhecedor é frequentemente *superior* a incontáveis ignorantes, e ele deve mandar e os outros serem mandados, além do que quem manda deve ter mais do que os que estão submetidos ao seu mando. Ao menos é isso que me parece que queres dizer com tua afirmação – e não estou tentando apanhar-te aqui pelas palavras – se o um é superior a esses incontáveis outros.

Cálicles: Sim. É isso realmente o que quero dizer. É o que julgo como naturalmente justo: que sendo melhor e mais conhecedor, ele deveria tanto mandar nos indivíduos inferiores quanto ter uma cota maior do que a deles.

---

67. Em 486a.

b **Sócrates:** Detém-te aí. Mais uma vez, o que queres dizer agora? Supõe que muitos de nós estamos reunidos, como ocorre neste momento, temos em comum uma boa provisão de alimento e bebida e somos um grande grupo heterogêneo constituído por tipos variados: alguns fortes, outros fracos, e que um de nós, um médico, é mais conhecedor do que os outros no que tange a essas coisas; ele poderia ser, muito provavelmente, mais forte do que uns e mais fraco do que outros. Não será ele, visto que é mais conhecedor do que nós, *melhor* e *superior* nessas coisas?

Cálicles: Certamente.

c **Sócrates:** Então deveria ele ter uma porção desse alimento maior do que a nossa porque é *melhor*? Ou lhe caberia, na qualidade de quem manda, distribuir toda a provisão, sem ter para si próprio uma porção maior do que a de todos para gastar e consumir – se estiver interessado em não atrair uma punição – e tão somente ter mais do que uns, mas menos do que outros? Ou, se acontecer de ser ele *o mais fraco de todos*, não será o caso de obter a menor porção de todas embora ele seja o *melhor*, Cálicles? Não é assim, meu bom homem?

Cálicles: Fazes referência a alimento, a bebida, a médicos e a
d tolices. Não é isso que quero dizer!

Sócrates: Então diz-me: classificas aqueles que são mais conhecedores de melhores? Sim ou não?

Cálicles: Classifico.

Sócrates: Mas não achas que o melhor deva ter uma cota maior?

Cálicles: Sim, mas não de alimento e de bebida.

Sócrates: Compreendo... talvez de roupas, e o tecelão mais capaz deveria ter o maior manto e desfilar vestido com a maior variedade dos mais belos trajes?

Cálicles: E o que têm a ver roupas com isso?

Sócrates: Ora, então calçados. Está claro que aquele que fos-
e se *o mais conhecedor* no que diz respeito a eles e *o melhor*, deveria ter uma porção um pouco mais avantajada. Talvez o sapateiro pudesse andar por aí com os maiores calçados e usar o maior número deles.

Cálicles: Calçados? E o que têm a ver calçados com isso? Insistes nessas tolices!

Sócrates: Bem, se não te referes a esse tipo de coisas, talvez tua alusão seja a coisas como o seguinte: um agricultor, por exemplo, que conhece tudo sobre a terra e tem domínio sobre a matéria talvez devesse receber uma porção maior das sementes, dispondo da maior quantidade possível delas para uso em sua própria terra.

Cálicles: Como podes continuar repetindo as mesmas coisas, Sócrates!

Sócrates: Sim, e não só isso, Cálicles, mas também em torno dos mesmos temas.

491a **Cálicles:** Pelos deuses! Simplesmente não consegues parar de falar de sapateiros e pisoeiros, cozinheiros e médicos, como se nossa discussão fosse a respeito deles!

Sócrates: Ora, se é assim, dir-me-ás no que o indivíduo superior e mais conhecedor deve ter, com justiça, acesso a uma cota maior? Ou nem aceitarás uma sugestão minha nem farás a tua própria?

Cálicles: Já há algum tempo tenho feito a minha. Em primeiro
b lugar, pelo *superior* entendo não sapateiros ou cozinheiros, mas aqueles que são conhecedores, no tocante aos negócios públicos, e à maneira correta de administrá-los – e não só conhecedores como denodados também, capazes de concretizar plenamente seus objetivos, homens que não vacilarão devido à indolência mental.

Sócrates: Percebes, excelente Cálicles, que aquilo de que nos acusamos mutuamente não é o mesmo? Afirmas que me mantenho repetindo as coisas e me censuras por isso, ao passo que te acuso, pelo contrário, de jamais dizer a mesma coisa
c sobre o mesmo assunto: em um momento definiste o melhor e o superior como aqueles que são mais fortes, em outro como aqueles que são mais conhecedores, e agora vens com algo novo, a saber, "aqueles que são *mais denodados*[68]", que

---

68. ἀνδρειότεροί... (*andreióteroí*), literalmente *mais viris*, já que se concebe esse denodo, essa intrepidez, como necessária e exclusivamente masculina.

é o que entendes agora, e como nos comunicas, como sendo o superior e o melhor. Não, meu bom amigo, é premente que digas de uma vez por todas quem entendes ser o melhor e o superior e no que são melhores e superiores.

Cálicles: Mas eu já o disse a ti: indivíduos que têm conhecimento e denodo nos negócios públicos. Essas são as pessoas
d que devem governar nossos Estados e a *justiça* consiste no seguinte: que eles tenham mais do que as outras pessoas, ou seja, os que governam mais do que os governados.

Sócrates: Como assim? Do que eles próprios, meu amigo?

Cálicles: O que queres dizer?

Sócrates: Quero dizer que todo indivíduo governa a si mesmo. Ou não há necessidade de governar-se a si mesmo, mas apenas de governar-se aos outros?

Cálicles: O que entendes por governar a si mesmo?

Sócrates: Nada artificioso ou obscuro. Meramente o que a maioria das pessoas entende, a saber, a ação de quem tem autocontrole e domínio de si mesmo, daquele que *governa* os prazeres
e e desejos que estão dentro de si.

Cálicles: Como és divertido! Chamas de *moderados* ou *autocontrolados* os *tolos*.

Sócrates: Como? Ninguém seria incapaz de reconhecer que não é isso que quero dizer.

Cálicles: Não. Com toda a certeza é o que queres dizer, Sócrates, pois como é possível que um ser humano seja feliz se é completamente escravizado por alguém? Não, digo-te agora, com toda a franqueza, que o que é *admirável* e *justo* é que o indivíduo que se propõe a viver corretamente deixe que seus desejos sejam os mais intensos possíveis e não os
492a refreie. E quando atingirem seu clímax, deverá ser capaz de servir a eles em virtude de seu denodo e inteligência, e satisfazê-los com todo apetite que lhe esteja oportunamente disponível. Isso, contudo, suponho que não seja possível para os muitos. Consequentemente, tornam-se detratores das pessoas para as quais isso é possível, a fim de disfarçar sua própria impotência, e são tão bons a ponto de nos dizerem

que o desregramento é vergonhoso, escravizando assim – tal como observei anteriormente – um melhor tipo de humanidade; e uma vez que são incapazes eles próprios de obter
b a concretização de seus prazeres, louvam a moderação (autocontrole) e a justiça em função de sua própria falta de virilidade. Afinal, para aqueles que começaram com a vantagem de serem ou filhos de reis ou naturalmente aptos para obter, por sua própria conta, alguma autoridade, como tiranos ou senhores absolutos, o que na verdade poderia ser mais vergonhoso ou pior do que a moderação (autocontrole) em tais situações? Encontrando-se em posição de gozar boas coisas, sem qualquer obstáculo diante de si, estariam tão somente impondo a si mesmos um senhor sob a forma da lei da maioria, sua conversa e sua censura. Ou como lhes seria possível
c existir sem se tornarem miseráveis sob esse "admirável" regime de justiça e autocontrole, não conferindo uma porção maior aos seus amigos do que aos seus inimigos e dessa maneira "governar" em seus Estados? Pelo contrário, a verdade em relação a isso, Sócrates: aquilo que afirmas buscar – é a seguinte: libertinagem, desregramento e licença, na hipótese de contarem com o suporte da força, constituem virtude e felicidade... quanto ao resto, essas frases fantasiosas – os contratos humanos que contrariam a natureza – não passam de meras tolices inúteis!

d **Sócrates:** De qualquer modo, Cálicles, a franqueza com a qual desenvolves tua tese não é, de modo algum, ignóbil, pois estás agora enunciando com clareza o que na verdade as outras pessoas pensam, mas não se dispõem a declarar. Imploro-te, assim, que não te poupes na tua exposição para que se evidencie realmente como se deve viver. Mas diz-me: afirmas que se um indivíduo é para ser o tipo de indivíduo que deve ser, não é para refrear seus desejos, mas permitir sua máxima intensificação, procurando em seguida satisfazê-los com base em uma fonte ou outra? E afirmas que isso constitui virtude?

e **Cálicles:** Sim. Afirmo tudo isso.

Sócrates: Então não é correto dizer – como as pessoas o fazem – que os que nada necessitam são felizes.

Cálicles: Não, pois nesse caso pedras e cadáveres seriam os mais felizes.

Sócrates: Bem, em tua própria opinião, contudo, a vida é estranha. Com efeito, confesso que não me surpreenderia haver verdade nas palavras de Eurípides quando ele declara:

...Mas quem sabe se estar vivo é estar morto
E estar morto é estar vivo?...

493a ...e que nós realmente talvez estejamos mortos. De fato, uma vez ouvi um de nossos sábios[69] dizer que estamos agora mortos e que o corpo é nosso túmulo, e a parte da alma na qual experimentamos desejos é passível de ser persuadida e vacilar de um lado para outro, de modo que um homem engenhoso, um siciliano,[70] ou talvez um itálico,[71] concebeu uma história na qual, por meio de um jogo de palavras[72], chamou essa parte – por ser tão impressionável e persuadível[73], de *jarro*[74], e os
b destituídos de inteligência[75] de não-iniciados[76], sugerindo que essa parte das almas dos destituídos de inteligência, onde se situam seus desejos, é sua parte indisciplinada, não hermeticamente fechada, por assim dizer como um jarro que vaza; ele baseava essa imagem na insaciabilidade dessa parte.

Assim, vês que essa pessoa, Cálicles, tem uma opinião oposta à tua, mostrando que de todos que estão no Hades[77] – querendo dizer o invisível[78] – esses, os não-iniciados serão os mais infelizes; carregarão água para o interior de seu jarro que

69. Presume-se que Sócrates aluda ao filósofo pitagórico Filolau, que lhe foi contemporâneo.

70. Possível referência a Empédocles.

71. Possível alusão a um dos filósofos pitagóricos.

72. Palavras das notas 73 e 74 a seguir.

73. ...πιθανόν... (*pithanón*).

74. ...πίθον, ... (*píthon,*).

75. ...ἀνοήτους... (*anoétoys*).

76. ...ἀμυήτους· ... (*amyétoys·*).

77. ...Ἅιδου... (*Háidoy*), o mundo subterrâneo dos mortos, reino do deus homônimo Hades (ou Plutão), irmão de Zeus (que reina sobre o céu e a superfície terrestre) e de Poseidon (que reina sobre os mares e oceanos).

78. ...τὸ ἀιδὲς... (*tò aidès*).

vaza com uma peneira, que é uma coisa que também vaza.
c E por *peneira*, segundo declarou a mim quem contou a his-
tória, ele quer dizer a alma; e a alma dos destituídos de inte-
ligência comparou a uma peneira, que, por ser perfurada, é
incapaz de reter alguma coisa devido a sua descrença e es-
quecimento. Tudo isso, de fato, beira o absurdo, mas ainda
assim deixa claro aquilo de que queria persuadir-te, se eu pu-
der fazê-lo de alguma forma, ou seja, que mudes de opinião e,
ao invés de uma vida de desregramento insaciável, escolhas
uma vida submetida a regras, adequada e satisfeita com suas
d próprias circunstâncias em qualquer ocasião determinada.
E afinal estou te persuadindo, de modo que mudes tua opi-
nião, no sentido de passar a pensar que as pessoas cuja condu-
ta é pautada por regras são mais felizes do que as desregradas.
Ou não importa quantas histórias semelhantes venha a contar-
-te, não surtirão nenhum efeito na mudança de tua opinião?

Cálicles: Tua segunda hipótese é mais verdadeira, Sócrates.

Sócrates: Ora, deixa-me trazer-te uma outra imagem provenien-
te da mesma escola. Considera se é possível que cada uma
das duas vidas, quais sejam, a moderada e a desregrada, seja
descrita imaginando-se que cada um de dois homens tenha
muitos jarros e que aqueles de um dos homens estivessem
e íntegros e cheios: um de vinho, um outro de mel, um terceiro
de leite, e vários outros de coisas variadas, e que as fontes de
cada um desses produtos fossem escassas, difíceis e somen-
te disponibilizadas com muito trabalho árduo. Ora, um dos ho-
mens, havendo enchido seus jarros, nada mais neles despeja e
com eles não se preocupa mais; quanto ao outro homem, tal
como seu colega, também dispõe de fontes, ainda que difíceis,
494a mas seus recipientes são mal vedados e defeituosos. O resul-
tado é ser obrigado a enchê-los continuamente, noite e dia,
pois se não o fizer sofrerá extremas aflições. Ora, na hipótese
de ser cada uma dessas vidas como é aqui descrita, dirias que
o homem indisciplinado tem uma vida mais feliz do que o
disciplinado? Será que eu, mediante essa história, te induzo a
admitir que a vida disciplinada é melhor do que a desregrada,
ou não o consigo?

Cálicles: Não consegues, Sócrates. A razão é que aquele homem
que encheu seus jarros [e não se preocupa mais] não tem mais
prazer; na verdade, trata-se do que há pouco chamei de viver
como uma pedra, quando alguém nessa situação, ou seja, com
b seus jarros [definitivamente] enchidos não mais experimen-
ta alegria ou sofrimento. Pelo contrário, uma vida prazerosa
consiste na maior quantidade possível de influxo.

Sócrates: Ora, sendo o influxo grande não será também necessariamente grande o escape e também não haverá necessariamente grandes furos para esse fluxo de saída?

Cálicles: Certamente.

Sócrates: Então desta vez é a vida de uma tarambola que estás descrevendo, não a de um cadáver ou a de uma pedra. Agora, a vida que queres dizer é algo como sentir fome e comer quando se está faminto?

Cálicles: Sim, é.

c **Sócrates:** E sentir sede e beber quando sedento?

Cálicles: Sim, bem como experimentar todos os demais desejos e, sendo capaz de satisfazê-los e gozá-los, ter uma vida feliz.

Sócrates: Ótimo, meu bom homem! Prossigas como começaste e cuides de não te envergonhares. Eu tampouco, pelo que parece, devo tentar não me mostrar excessivamente envergonhado. Principia por dizer-me se uma pessoa que sente uma coceira e deseja se coçar – podendo fazê-lo com toda a liberdade – é capaz de passar toda sua vida de maneira feliz coçando-se continuamente.

d **Cálicles:** Que absurdo, Sócrates, és realmente um demagogo!

Sócrates: Ora, é claro, Cálicles. Foi exatamente como incomodei Pólo e Górgias e os deixei envergonhados. Quanto a ti, porém, sei que jamais ficarás incomodado ou envergonhado. És um homem corajoso. Portanto, vai em frente e responde.

Cálicles: Eu diria que mesmo o indivíduo que se coça teria assim uma vida prazerosa.

Sócrates: E sendo uma vida prazerosa, igualmente uma vida feliz?

Cálicles: Certamente.

e **Sócrates:** E será assim se ele desejar apenas coçar sua cabeça? Ou o que me resta perguntar-te? Vê, Cálicles, o que responderias se alguém te fizesse sucessivamente todas as perguntas que se ligam a essa afirmação. E não é o clímax desse tipo de coisa, a vida de pederastas passivos[79], horrível, vergonhosa e miserável? Ou ousarás afirmar que são felizes se puderem ceder livremente às suas necessidades?

Cálicles: Não te envergonhas, Sócrates, de encaminhar a discussão para tais tópicos?

Sócrates: Sou eu que assim a encaminho, nobre senhor, ou a pessoa que afirma categoricamente que aqueles que obtêm gozo,
495a seja qual for o gozo, são felizes e que não distingue entre tipos bons e maus de prazer? Mas tenta agora novamente e me informa se dizes que o prazeroso e o bom são idênticos, ou se há algum prazer que não é bom.

Cálicles: Bem, para que meu argumento não seja incoerente se digo que são distintos, digo que são idênticos.

Sócrates: Estás destruindo tuas primeiras afirmações, Cálicles, e não podes mais ser um parceiro adequado a me acompanhar na sondagem da verdade se te pronunciares contra o que pensas.[80]

b **Cálicles:** Também ages assim, Sócrates.

Sócrates: Se o faço, como afirmas, estou tão errado quanto tu. Mas observa, meu talentoso amigo, talvez o bom não seja mero gozo incondicional, pois se o for, não teremos apenas que enfrentar aquele cortejo de consequências vergonhosas que há pouco insinuei, como também muitas outras.

Cálicles: Isso em tua opinião, Sócrates.

Sócrates: E tu, Cálicles, realmente sustentas que as coisas são assim?

Cálicles: Sustento.

c **Sócrates:** Então podemos empreender essa discussão supondo que falas sério?

Cálicles: Sim, certamente.

---

79. ...κιναίδων... (*kinaídon*).
80. Cf. 482d.

Sócrates: Então, desde que é assim que pensas, distingue o seguinte para mim: há, suponho, algo que chamas de conhecimento?

Cálicles: Sim.

Sócrates: E não dizias há pouco que o conhecimento pode ter uma certa coragem associada a ele?

Cálicles: Sim, dizia.

Sócrates: E certamente entendias que se tratava de duas coisas, a coragem sendo distinta do conhecimento?

Cálicles: Com toda a certeza.

d **Sócrates:** Ora, o prazer e o conhecimento são o mesmo ou distintos?

Cálicles: Presumo que distintos, ó sábio dos sábios.

Sócrates: E a coragem também é distinta do prazer?

Cálicles: Claro que sim.

Sócrates: Muito bem, certifiquemo-nos de lembrar do seguinte: que Cálicles, o acarniano,[81] disse que o prazeroso e o bom eram o mesmo, mas que o conhecimento e a coragem eram distintos tanto entre si quanto do bom.

Cálicles: E que Sócrates de Alopece[82] se recusa a nos conceder isso... ou o concede?

e **Sócrates:** Não concede, nem creio que Cálicles tampouco o conceda depois de considerar a si mesmo corretamente. Pois me diz: não achas que os que se saem bem estão na condição oposta dos que se saem mal?

Cálicles: Acho.

Sócrates: Sendo então tais condições opostas entre si, não será necessariamente válido em relação a elas o que é válido em relação à saúde e à doença? De fato, como sabes, uma pessoa nunca está sadia e doente simultaneamente, nem se desembaraça da saúde e da doença ao mesmo tempo.

---

81. ...Ἀχαρνεὺς... (*Akharneỳs*), ou seja, proveniente do demo de Acarnes, na Ática.

82. ...Ἀλωπεκῆθεν... (*Alopekêthen*). Cálicles veicula possivelmente uma provocação, pois ἀλωπεκῆ (*alopekê*) significa *pele de raposa* e ἀλωπεκίζω (*alopekízo*) *fazer-se de raposa, empregar astúcia.*

Cálicles: O que queres dizer?

496a **Sócrates:** Toma, por exemplo, qualquer parte do corpo que aprecies isoladamente e examina-a. Suponho que um ser humano possa contrair uma doença dos olhos, que é chamada de oftalmia. Não é isso?

Cálicles: Claro.

Sócrates: Então presumo que seus olhos não estejam sadios nessa mesma ocasião?

Cálicles: De modo algum.

Sócrates: E o que dirias quando se livrar dessa oftalmia? Estará se livrando nessa ocasião também da saúde de seus olhos, estando finalmente se livrando de ambas as coisas ao mesmo tempo?

Cálicles: Não, de maneira alguma.

Sócrates: E porque, imagino, isso seria um resultado espantoso e irracional, não seria?

b **Cálicles:** Inteiramente.

Sócrates: Entretanto, suponho que ele adquire e perde uma ou outra, cada uma por seu turno e sucessivamente?

Cálicles: Concordo.

Sócrates: E o mesmo ocorre no que se refere à força e à fraqueza?

Cálicles: Sim.

Sócrates: E com a rapidez e a lentidão?

Cálicles: Certamente.

Sócrates: Ora, e também com as coisas boas, a felicidade e seus opostos, ou sejam, as coisas más e a infelicidade, acontece de adquiri-las e delas se livrar, cada uma a seu turno e sucessivamente?

Cálicles: Suponho que plenamente.

c **Sócrates:** Então se descobrimos quaisquer coisas que uma pessoa descarta e retém ao mesmo tempo, está claro que tais coisas não podem ser as boas e as más. Concordas com isso? Ponderes com muito cuidado antes de responderes.

Cálicles: Ora, concordo enfaticamente com isso.

Sócrates: Voltes por um momento ao que foi previamente objeto de concordância. Apontaste a fome como algo prazeroso ou doloroso? Refiro-me à fome ela mesma.

Cálicles: Algo doloroso, embora comer quando se está faminto seja algo prazeroso.

d **Sócrates:** Compreendo. Mas a fome ela mesma é dolorosa, não é?

Cálicles: Concordo.

Sócrates: O mesmo ocorrendo com a sede?

Cálicles: Inteiramente.

Sócrates: Consequentemente, será necessário fazer-te mais perguntas, ou admites que toda *carência associada ao desejo*[83] é dolorosa?

Cálicles: Admito-o. Não há necessidade de me fazer mais perguntas.

Sócrates: Ótimo. Mas certamente dizes que beber quando se tem sede é prazeroso?

Cálicles: Digo.

Sócrates: Bem, suponho que tua frase "*quando se tem sede*" corresponde a "*quando se sente dor*"?

e **Cálicles:** Sim.

Sócrates: Mas beber constitui uma satisfação da carência e um prazer?

Cálicles: Sim.

Sócrates: Por conseguinte, no ato de beber, segundo dizes, experimenta-se gozo?

Cálicles: Inteiramente.

Sócrates: Quando se está com sede?

Cálicles: Concordo.

Sócrates: Isto é, quando se experimenta dor?

Cálicles: Sim.

Sócrates: Então percebes a conclusão de que quando dizes que uma pessoa com sede bebe, estás dizendo que uma pessoa

83. Literalmente *carência e desejo* (ἔνδειαν καὶ ἐπιθυμίαν... [*éndeian kaì epithymían*]).

que experimenta dor experimenta gozo ao mesmo tempo? Ou isso não ocorre simultaneamente e no mesmo lugar, na alma ou no corpo, conforme preferires, já que imagino que isso não faz diferença. É assim ou não é assim?

Cálicles: É.

Sócrates: Mas dizes ser impossível para alguém que está se saindo bem estar se saindo mal simultaneamente.

Cálicles: Sim, digo.

497a **Sócrates:** Mas admitiste ser possível experimentar gozo ao experimentar dor.

Cálicles: Aparentemente.

Sócrates: Daí experimentar gozo não é idêntico a sair-se bem nem experimentar dor idêntico a sair-se mal, do que temos que inferir que o prazeroso é diferente do bom.

Cálicles: Não consigo atinar com tuas sutilezas, Sócrates.

Sócrates: Na verdade, consegues. Apenas bancas o inocente, Cálicles. Basta avançares um pouco[84] e compreenderás quão
b *sutil*[85] é teu modo de me censurares. Cada um de nós não deixa de sentir sede e de sentir prazer simultaneamente como resultado do beber?

Cálicles: Não sei o que queres dizer.

Górgias: De modo algum, Cálicles! É necessário que respondas a ele, inclusive para nosso benefício, para que os argumentos sejam encaminhados a uma conclusão.

Cálicles: Mas Sócrates sempre age assim, Górgias. Mantém-se fazendo perguntas a respeito de pontos triviais, de pouca importância, até refutar seu interlocutor!

Górgias: Ora, que diferença faz isso para ti? De uma forma ou outra, não é tua credibilidade que está em jogo, Cálicles. Simplesmente permite que Sócrates te refute da maneira que quiser.

---

84. Schanz registra aqui entre colchetes ὅτι ἔχων ληρεῖς (*hóti ékhon lereîs*): "por que se prender à tolice?" em meio à fala de Sócrates. E. R. Dodds prefere atribuir essa frase a Cálicles na imediata sequência do diálogo.

85. ...σοφὸς... (*sophòs*), cujo sentido corrente é hábil ou sábio, mas Sócrates devolve a ironia de Cálicles, empregando a palavra no sentido pejorativo de sutil, artificioso ou astucioso.

c **Cálicles:** Muito bem! Prossegue com essas tuas perguntas triviais, de pouca importância, já que Górgias está preocupado com isso.

Sócrates: És feliz, Cálicles, por terdes sido iniciado nos grandes mistérios antes de o serdes nos pequenos. Não achava que isso era permitido. Portanto, continua respondendo a partir de onde interrompeste e me responde se cada um de nós deixa de sentir prazer no mesmo momento em que deixa de sentir sede.

Cálicles: Eu o admito.

Sócrates: E assim no que respeita à fome e aos demais [desejos], deixa-se de experimentar os desejos e prazeres ao mesmo tempo?

Cálicles: É o que ocorre.

Sócrates: E também se deixa de experimentar as dores e os prazeres ao mesmo tempo?

d **Cálicles:** Sim.

Sócrates: Mas certamente a pessoa não deixa de experimentar as boas e más coisas ao mesmo tempo, como concordaste. E agora não concordas?

Cálicles: Concordo. E daí?

Sócrates: E daí que somos levados a concluir, meu amigo, que as coisas boas não são idênticas ao prazeroso, nem as más idênticas ao doloroso. De fato, no caso de um par[86] a cessação é de ambos simultaneamente, enquanto no caso do outro par[87] não é o que ocorre, posto que são distintas. Como então é possível que coisas prazerosas sejam idênticas às boas, ou coisas dolorosas idênticas às más? Ou se preferires, considera essa matéria de um outro modo... pois imagino que mesmo depois disso continuas sem concordar. Atenta apenas para o seguinte: não classificas as pessoas de boas devido à presença de coisas
e boas nelas, tal como classificas de belas aquelas nas quais a beleza está presente?

Cálicles: Classifico.

86. Prazeroso/doloroso.

87. Coisas boas/coisas más.

Sócrates: Ora, designas como bons os *homens*[88] insensatos e covardes? Não o fizeste há pouco, quando classificavas de bons os homens sensatos e corajosos. Ou não classificas estes últimos de bons?

Cálicles: Decerto que classifico.

Sócrates: Ora, já viste uma criança sem inteligência experimentar gozo?

Cálicles: Já.

Sócrates: Mas nunca viste um *homem* insensato experimentar gozo?

Cálicles: Suponho que já vi. Mas qual é a conexão disso com o assunto?

Sócrates: Nenhuma. Simplesmente responde.

Cálicles: Eu vi alguém.

498a **Sócrates:** Mas já viste uma pessoa sensata sentir dor ou gozo?

Cálicles: Sim.

Sócrates: E que pessoa está mais apta a sentir gozo ou dor, a sensata ou a insensata?

Cálicles: Penso que não há muita diferença.

Sócrates: Bem, isso basta. Já viste um covarde na guerra?

Cálicles: Claro que vi.

Sócrates: Quando o inimigo batia em retirada, quem te parecia extrair maior gozo disso, os covardes ou os corajosos?

b **Cálicles:** Penso que tanto uns quanto outros extraíam gozo disso; *talvez os covardes mais.*[89] Mas se não for este o caso, extraem um gozo aproximadamente igual.

Sócrates: Não faz diferença. Então os covardes também experimentam gozo?

Cálicles: Bastante.

Sócrates: E também, pelo que parece, os insensatos.

Cálicles: Sim.

Sócrates: E quando o inimigo avança, são somente os covardes que experimentam dor ou também os corajosos?

---

88. ...ἄνδρας... (*ándras*), isto é, seres humanos do sexo masculino.

89. E. R. Dodds. Há um claro hiato no texto de Schanz.

Cálicles: Ambos.

Sócrates: Igualmente?

Cálicles: Os covardes talvez mais.

Sócrates: E quando o inimigo bate em retirada, não experimentam mais gozo?

Cálicles: Talvez.

Sócrates: Assim, os insensatos e os sensatos, bem como os co-
c vardes e os corajosos experimentam dor e gozo de maneira aproximadamente igual, segundo pensas, mas os covardes mais do que os corajosos?

Cálicles: É o que penso.

Sócrates: Mas, além disso, os sensatos e os corajosos são bons, ao passo que os covardes e os insensatos, maus?

Cálicles: Sim.

Sócrates: Consequentemente, os bons e os maus sentem gozo e dor de maneira aproximadamente igual?

Cálicles: Concordo.

Sócrates: Ora, são os bons e os maus bons e maus de maneira aproximadamente igual? Ou são os maus em alguma medida maior maus?

d **Cálicles:** Por Zeus! Não sei o que queres dizer.

Sócrates: Estás ciente, não estás, de que sustentas que os bons são bons devido à presença das coisas boas, e de que os maus são maus devido à presença das coisas más? E de que os prazeres são as coisas boas e as dores as coisas más?

Cálicles: Sim, estou.

Sócrates: Consequentemente, naqueles que experimentam gozo, as coisas boas – os prazeres – estão presentes enquanto os experimentam?

Cálicles: Claro que sim.

Sócrates: Então, na presença das coisas boas, aqueles que experimentam gozo são bons?

Cálicles: Sim.

Sócrates: Bem, e naqueles que sentem dor não estão presentes as coisas más, a saber, dores?

Cálicles: Estão.

e **Sócrates:** E é devido à presença das coisas más, dizes, que os maus são maus? Ou não afirmas mais isso?

Cálicles: Realmente o afirmo.

Sócrates: Então todos aqueles que experimentam gozo são bons, e todos aqueles que experimentam dor são maus?

Cálicles: Certamente.

Sócrates: E aqueles que os experimentam mais o são mais e os que os experimentam menos o são menos, enquanto os que os experimentam de maneira aproximadamente igual são bons ou maus de maneira aproximadamente igual.

Cálicles: Sim.

Sócrates: Ora, dizes que os sensatos e os insensatos, os covardes e os corajosos experimentam gozo e dor de maneira aproximadamente igual, ou os covardes ainda mais?

Cálicles: Digo.

Sócrates: Assim sendo, ajuda-me no cômputo dos resultados obtidos de nossas concordâncias. Sabes que dizem *que é algo admirável falar* e examinar *o que é admirável duas vezes e*
499a *mesmo três vezes*. Dizemos que o indivíduo sensato e corajoso é bom, não dizemos?

Cálicles: Sim.

Sócrates: E que o insensato e covarde é mau?

Cálicles: Certamente.

Sócrates: E, por outro lado, que o indivíduo que experimenta gozo é bom?

Cálicles: Sim.

Sócrates: E que o indivíduo que experimenta dor é mau?

Cálicles: Necessariamente.

Sócrates: E que o bom e o mau experimentam gozo e dor de um modo semelhante, ou talvez o mau ainda mais?

Cálicles: Sim.

Sócrates: Então não acontecerá de o indivíduo mau ser tanto
b bom quanto mau de modo semelhante ao indivíduo bom, ou mesmo bom em um grau superior? Não será essa a conclusão,

juntamente com aquelas primeiras afirmações, da hipótese de que coisas prazerosas e coisas boas são idênticas? Não será isso necessariamente, Cálicles?

Cálicles: Permite-me dizer que durante todo o tempo que tenho estado te ouvindo, Sócrates, e anuindo, tenho observado o prazer pueril que associas a qualquer concordância que venha a ser possivelmente concedida a ti, mesmo a título de gracejo. O resultado é supores que eu, ou qualquer outra pessoa, não suponho que alguns prazeres são melhores e outros, piores!

c **Sócrates:** Oh, Cálicles, que biltre que és tratando-me assim como uma criança – em uma oportunidade dizendo que as mesmas coisas são de uma maneira, em outra oportunidade de outra maneira, para lograr-me! E, no entanto, iniciei essa discussão imaginando que não precisaria temer que viesses a me enganar intencionalmente, uma vez que és meu amigo. Todavia, agora percebo que estava equivocado e que obviamente não tenho alternativa exceto *fazer o melhor daquilo de que disponho*, como indica o antigo provérbio, e aceitar qualquer coisa que me ofereces. Bem, o que agora afirmas, pelo que parece, é que alguns prazeres particulares são bons, enquanto alguns são maus. É isso?

Cálicles: Sim.

d **Sócrates:** Os bons são os benéficos e os maus são os danosos?

Cálicles: Certamente.

Sócrates: E os benéficos são os que produzem algum bem, ao passo que os maus[90] os que produzem algum mal?

Cálicles: Concordo.

Sócrates: Ora, referes-te aos prazeres como aqueles que há pouco mencionávamos relativamente ao corpo, os prazeres do comer e do beber? Quer dizer que os prazeres dessa espécie que produzem saúde no corpo, ou vigor, ou qualquer outra excelência corpórea são bons, enquanto os que produzem os efeitos contrários, são maus?

Cálicles: Certamente.

---

90. ...κακαὶ... (*kakaì*), mas leia-se *danosos*.

e **Sócrates:** E, analogamente, no que tange às dores, algumas são de boa qualidade[91] e algumas de má qualidade?[92]

Cálicles: Claro que sim.

Sócrates: Por conseguinte, são os prazeres e dores de boa qualidade aqueles pelos quais devemos optar em todas nossas ações?

Cálicles: Certamente.

Sócrates: E não pelos de má qualidade?

Cálicles: É óbvio.

Sócrates: Isso porque, estás ciente, Pólo e eu – se é que o lembras – conviemos que tudo que fazemos deve ser no interesse do bem.[93] Concordas conosco nesse parecer de que o bem é o fim de todas nossas ações, e que é em seu interesse que todas as demais coisas devem ser realizadas, e não ser ele realizado
500a no interesse delas? Votas também nesse parecer, de forma a termos três votos?

Cálicles: Voto.

Sócrates: Então é no interesse do bem que devemos fazer tudo, inclusive o que é prazeroso, e não o bem no interesse do prazeroso.

Cálicles: Certamente.

Sócrates: Ora, cabe a todo homem[94] distinguir qual tipo de coisas prazerosas é bom e qual é mau, ou exige isso um profissional da arte[95] em cada caso?

Cálicles: Um profissional da arte.

Sócrates: Então recapitulemos aqueles primeiros pontos que eu formulava a Pólo e Górgias.[96] Eu dizia, se recordas, que há
b certas práticas que dizem respeito somente ao prazer e a

91. χρησταί... (*khrestai*), Platão altera o adjetivo, mas é mantida a analogia com os prazeres.

92. ...πονηραί... (*ponerai*), ver nota anterior.

93. Cf. 468b.

94. ...ἀνδρός... (*andrós*).

95. ...τεχνικοῦ... (*tekhnikoŷ*).

96. Em 464-465.

ele tão somente granjeiam práticas que ignoram o melhor e
o pior, ao passo que outras conhecem o que é bom e o que
é mau. E situei entre as que diziam respeito ao prazer, a ha-
bilidade experimentada, não arte, da culinária e entre as que
diziam respeito ao bem, a arte da medicina. E pela Amizade,[97]
Cálicles, não te permitas fazer gracejos comigo, ou dar-me
respostas aleatórias que contrariam tuas próprias convicções,
ou ainda tomar o que eu digo como se eu, de minha parte,
c estivesse gracejando. De fato, percebes que nosso debate é
sobre uma questão que tem o maior direito que se pode con-
ceber ao sério interesse, até mesmo de um indivíduo de pouca
inteligência, ou seja, a questão de qual é a melhor forma de
viver: se deve ser a forma para a qual me convidas, incluindo
todas aquelas atividades viris como discursar na Assembleia,
praticar a retórica e ingressar na política à vossa maneira de
políticos modernos, ou se deve ser esta vida dedicada à Filo-
sofia, e no que consiste a diferença entre essas duas formas.
Ora, talvez seja melhor fazer o que eu tentava há pouco e
d distingui-las e, em seguida, uma vez distinguidas e tendo nós
chegado a um mútuo consenso de que se trata realmente de
duas vidas distintas, examinar qual a diferença entre elas e
qual delas é a que devemos viver. Mas receio que talvez não
tenhas compreendido o que quero dizer.

Cálicles: Não, não compreendo.

Sócrates: Bem, explicarei a ti com maior clareza. Considerando
que concordamos, tu e eu, que há algo que é o bom e algo que
é o prazeroso, que o prazeroso é distinto do bom, e que a
aquisição de um ou outro exige uma certa prática ou prepa-
ração – a busca do prazeroso em um caso, e a busca do bom
e no outro – deves principiar por assentir ou rejeitar essa minha
afirmação. Conto com teu assentimento?

Cálicles: Estou inteiramente contigo.

Sócrates: Então tenta chegar a um consenso definitivo comigo no que toca ao que eu dizia aos nossos amigos aqui presentes

97. ...πρὸς Φιλίου, ... (*pròs Philíoy,*), o mesmo que *por Zeus*, o deus aqui associado à amizade.

e vê se agora achas que o que eu então dizia era verdadeiro. Dizia, penso, que a culinária a mim parece ser não uma
501a arte, mas uma habilidade experimentada, diferentemente da Medicina que, conforme eu argumentava, investigava tanto a natureza do objeto de que trata quanto da causa de seus procedimentos, sendo capaz de fornecer uma explicação de cada uma dessas coisas. Isso é suficiente no que toca à Medicina. No que concerne à culinária, que diz respeito ao prazer, ao qual devota totalmente todo seu serviço, relaciona-se com seu objeto de uma maneira completamente destituída de arte, sem considerar de modo algum quer a natureza do prazer, quer sua causa, bem como de um modo inteiramente irracional, sem ater-se a qualquer discriminação, confiando na rotina e na habilidade experimentada meramente para preservar uma memória do que habitualmente ocorre. E é assim que se ca-
b pacita a suprir seus prazeres. Assim, começa por considerar se pensas ser essa explicação satisfatória e se há também outras ocupações similares que têm a ver com a alma: algumas sendo artes, dotadas de previdência pelo que constitui o mais benéfico para a alma, outras atribuindo pouca importância a isso, centradas somente na investigação, como no primeiro caso,[98] da maneira da alma de obter seu prazer, sem considerar qual dos prazeres é melhor ou pior, e sem se importar com
c nada exceto com a mera satisfação, seja para o melhor ou para o pior. De minha parte, Cálicles, afirmo que há tais ocupações e chamo esse tipo de coisa de lisonja, quer esteja relacionada ao corpo, à alma, quer a qualquer outra coisa, toda vez que alguém atende a um prazer sem absolutamente considerar o melhor ou o pior. Quanto a ti, junta-te a nós nesse mesmo parecer ou discordas?

Cálicles: Não, não discordo. Concordo contigo, isso para que tua argumentação possa avançar e atingir uma conclusão e para que eu possa satisfazer Górgias aqui presente.

d **Sócrates:** E esse é o caso com uma única alma, mas não com duas ou a multiplicidade de almas?

---

98. Ou seja, o caso da culinária.

Cálicles: Não, é também o caso com duas ou a multiplicidade de almas.

Sócrates: Então é possível também satisfazer um grupo de almas coletivamente de uma só vez sem considerar o que é o melhor?

Cálicles: Suponho que sim.

Sócrates: E podes dizer-me quais são as práticas que levam isso a efeito? Ou melhor, se preferires, ao te dirigir as perguntas, quando a prática mencionada parecer a ti que pertence a essa classe, dirás sim e, quando assim não te parecer, dirás não. Comecemos pelo tocar flauta. Não te parece que se enquadra
e nessa classe, Cálicles, visando tão somente ao nosso prazer e não se importando com nada mais?

Cálicles: Realmente assim me parece.

Sócrates: E o mesmo também será válido para todas as práticas semelhantes, tais como o tocar harpa[99] nas competições?

Cálicles: Sim.

Sócrates: E quanto ao treinamento das danças corais e a composição de ditirambos? A ti não parecem evidentemente pertencer a essa mesma classe? Ou pensas que Cinésias[100], filho de Meleto, se preocupa minimamente em procurar dizer coisas de um tipo que poderia trazer algum aprimoramento aos que
502a o ouvem, ou se limita a dizer o que provavelmente satisfará a multidão de espectadores?

Cálicles: No que diz respeito a Cinésias, Sócrates, claramente o que ocorre é o segundo caso.

Sócrates: E quanto ao seu pai Meleto? Pensas que ele cantava ao som da harpa com vistas ao que é o melhor? Ou sequer atentava para o que é o mais prazeroso, já que seu cantar costumava exercer um efeito doloroso no auditório. Mas considera se não és da opinião de que todo cantar ao acompanhamento da harpa e toda poesia ditirâmbica foram concebidos por causa do prazer.

---

99. ...κιθαριστικὴ... (*kitharistikè*), ou instrumento de cordas similar, como a cítara e a lira.

100. Poeta ditirâmbico considerado detentor de um estilo extravagante.

Cálicles: De fato é essa minha opinião.

b **Sócrates:** E quanto à finalidade que inspirou a composição de nossa majestosa e maravilhosa tragédia? A que visa ela? Estarão seu empenho e propósito, segundo pensas, voltados meramente para a satisfação dos espectadores, ou ela se esforça também de maneira determinada para não dizer a eles nada indigno, ainda que lhes transmitisse prazer e satisfação, e emitir tanto no discurso quanto na canção qualquer coisa que pudesse não proporcionar prazer, mas ser benéfica, não importa se os espectadores com isso obtivessem gozo ou não? A qual desses dois objetivos achas que a composição da tragédia está devotada?

Cálicles: É óbvio, no caso da poesia trágica, Sócrates, que se
c inclina mais para proporcionar prazer e satisfação aos espectadores.

Sócrates: E não dizíamos há pouco, Cálicles, que esse tipo de coisa é lisonja?

Cálicles: Certamente.

Sócrates: Ora, se despirmos toda espécie de composição[101] de sua melodia, de seu ritmo e de sua métrica, nos sobrarão apenas discursos, não é mesmo?

Cálicles: Necessariamente.

Sócrates: E esses discursos são proferidos para um grande aglomerado de pessoas?

Cálicles: Concordo.

Sócrates: Por conseguinte, a poesia é um tipo de discurso público.

d **Cálicles:** É o que parece.

Sócrates: Esse discurso público seria, então, retórica. Ou não achas que os poetas utilizam retórica nos teatros?

Cálicles: Sim, acho.

---

101. ...ποιήσεως... (*poiéseos*), ou seja, *poesia*. A palavra ποίησις (*poíesis*) tem o sentido genérico e lato de criação. Mas aqui Platão lhe confere o sentido restrito de *criação* (composição) de uma complexa arte que era constituída basicamente de discurso (versos), canção e teatralidade, e da qual havia várias formas, entre elas a tragédia e o ditirambo.

Sócrates: Portanto, descobrimos agora um tipo de retórica que é dirigida a um público composto de crianças, mulheres e homens, bem como de escravos e pessoas livres. Trata-se de uma retórica que não conta com nossa aprovação, já que a classificamos como de um tipo lisonjeador.

Cálicles: Certamente.

Sócrates: Muito bem. Mas o que dizer da retórica dirigida ao
e povo ateniense, ou a outros povos [em Assembleias] compostas de *homens* livres?[102] Os oradores a ti impressionam por sempre falarem tendo o melhor em vista, com o propósito exclusivo de tornar os cidadãos os melhores possíveis por meio de seus discursos, ou se põem eles, tal como os poetas, a agradarem e satisfazerem os cidadãos? E será que, sacrificando o bem comum ao seu próprio interesse pessoal, não se comportam nessas Assembleias tendo como único objetivo satisfazer os indivíduos, sem se preocuparem minimamente se seus discursos resultarão em os tornar melhores ou piores?

503a **Cálicles:** Essa questão por ti suscitada não é, de modo algum, tão simples, visto que há alguns oradores que têm consideração pelos cidadãos ao proferirem seus discursos, ao passo que há também outros que são da espécie que mencionas.

Sócrates: Isso me basta, já que se há também nisso duplicidade, uma parte dessa retórica, presumo, será lisonja e vergonhosa retórica demagógica, enquanto a outra parte será nobre, consistindo no esforço de tornar as almas dos cidadãos tão boas quanto possível, e no empenho persistente de declarar o que é o melhor, independentemente de se mostrar mais ou menos
b prazerosa aos ouvintes. Mas essa última retórica é uma retórica que nunca viste ou, se conheceres algum orador que a pratica, não hesites em informar-me de quem se trata!

Cálicles: Não, por Zeus, não posso dar-te nenhuma informação a respeito de alguém, ao menos em relação a oradores atuais.

---

102. ...ἐλευθέρων ἀνδρῶν, ... (*eleythéron andrôn,*): em Atenas e em outros Estados gregos mulheres, crianças, escravos e estrangeiros não participavam das Assembleias do povo que se ocupavam e deliberavam sobre questões de interesse comum dos cidadãos.

Sócrates: Bem... e podes mencionar alguém de outrora que tenha levado os atenienses à reputação de terem melhorado após ter ele iniciado seus discursos públicos, que os tenha feito passar de uma condição pior para uma melhor? No que me diz respeito, não faço ideia de quem seja esse homem.

c **Cálicles:** Ora, nunca ouviste Temístocles[103] ser mencionado como o bom homem que foi, bem como Címon[104], Miltíades[105] e Péricles[106], que morreu recentemente[107] e cujos discursos ouviste?

Sócrates: Sim, Cálicles, isso na hipótese de a virtude a que te referias antes, ou seja, se a satisfação dos próprios desejos e de desejos alheios for a verdadeira virtude; se, todavia, não for, e (como fomos forçados a admitir *na discussão posterior*[108]) for aquela em que somente os desejos cuja satisfação torna melhor o homem devem ser atendidos, enquanto aqueles
d cuja satisfação o torna pior não devem, e que se trata de uma matéria que envolve uma arte particular, então eu, de minha parte, não vejo como possa afirmar a ti *que qualquer homem assim habilitado haja aparecido entre eles.*

Cálicles: *Mas se procurares corretamente, encontrarás um.*[109]

Sócrates: *Examinemos, portanto, a matéria tranquilamente* e verifiquemos se qualquer um deles revelou-se assim habilitado.

---

103. Temístocles (?527-?460 a.C.), general e político ateniense.

104. Címon (510-449 a.C.), general ateniense.

105. Miltíades (*c.* 500 a.C.), general e político ateniense.

106. Péricles (?495-429 a.C.), general e político ateniense.

107. Na verdade, não exatamente *recentemente* (τὸν νεωστὶ [*tòn neostì*]); pois a julgar por 473e (final), esta conversação (se real) ocorreu em 405 a.C. e Péricles morreu em 429 a.C.

108. ...ἐν τῷ ὑστέρῳ λόγῳ... (*en tôi hystéroi lógoi*).

109. Dodds: ...*Mas se examinares com cuidado, descobrirás que foram*... Nesse trecho, que se inicia com o final da fala anterior de Sócrates, há uma variação entre dois manuscritos. Trabalhando também com o segundo, Dodds, fazendo uma inserção conjetural, reestrutura alternativamente o texto da seguinte forma: **Sócrates**: ...*enquanto aqueles cuja satisfação o torna pior não devem, e que se trata de uma matéria que envolve uma arte especial, podes dizer que qualquer desses homens haja se revelado como sendo tal homem?* **Cálicles**: *De minha parte, não saberia o que dizer.* **Sócrates**: *Mas se examinares com cuidado, descobrirás. Examinemos, portanto, a matéria tranquilamente e*... .

Bem, o homem bom,[110] que tem como intenção o melhor ao discursar, decerto não discursará a esmo, mas visando a algo.
e Ele age tal como qualquer outro profissional da arte, que tendo sua própria obra particular em vista seleciona os elementos que aplica a ela não a esmo, mas com o propósito de conferir uma certa forma ao produto dessa obra. Basta que observes, por exemplo, os pintores, os construtores, os armeiros ou quaisquer outros artistas que queiras observar, para ver como cada um deles dispõe tudo de acordo com uma certa ordem e força uma
504a parte a ajustar-se com uma outra até o todo se constituir sob a forma de um produto regular e bem organizado. O mesmo ocorre evidentemente com todos os outros profissionais da arte, inclusive os que mencionamos há pouco, que se ocupam do corpo, treinadores e médicos, os quais promovem a ordem e a organização para o corpo. Admites ser assim ou não?

Cálicles: Que seja como dizes.

Sócrates: Então se são encontradas organização e ordem em uma casa, trata-se de uma boa casa, ao passo que se for encontrada a desorganização, será uma má casa?

Cálicles: Concordo.

Sócrates: E ocorrerá precisamente o mesmo com um navio?

b **Cálicles:** Sim.

Sócrates: E poderíamos dizer que também com nossos corpos?

Cálicles: Certamente.

Sócrates: E quanto à alma? Será uma boa alma se for desorganizada, ou se possuir uma certa organização e ordem?

Cálicles: Diante do que afirmamos anteriormente, é necessário que também concordemos com isso.

Sócrates: Assim, qual o nome que damos ao efeito da organização e da ordem no corpo?

Cálicles: Suponho que te refiras à saúde e à força.

c **Sócrates:** É ao que me refiro. E quanto ao efeito produzido na alma pela organização e a ordem? Tenta descobrir e diz qual é o nome, como fizeste antes.

---

110. ...ἀγαθὸς ἀνὴρ... (*agathòs anèr*).

Cálicles: Por que não o dizes tu mesmo, Sócrates?

Sócrates: Bem, se preferes, eu o farei. E no caso de te parecer que dei o nome acertadamente, dá-me teu assentimento; em caso negativo, deves me refutar e não ceder. De fato, a mim parece que todo estado de organização do corpo denomina-se sadio e resulta na produção da saúde e da excelência física em geral no corpo. É assim ou não?

Cálicles: É.

d **Sócrates:** E os estados de organização e de ordem da alma são chamados de *legal* e *lei*[111], que levam, analogamente, as pessoas a se tornarem respeitadoras da lei e da ordem; e esses estados são: a justiça e a moderação. Concordas ou não?

Cálicles: Que seja assim.

Sócrates: Assim, é isso que nosso orador, alguém profissional e bom, terá em vista quando aplicar às nossas almas as palavras que profere e também quando realizar todas suas ações, e em
e toda dádiva que fizer, e em toda subtração que executar; sempre voltará sua atenção para como pode a justiça ser gerada nas almas de seus concidadãos, e a injustiça delas removida; como a moderação pode ser gerada nelas e a indisciplina eliminada, e como a virtude, como um todo, pode ser produzida e o vício expulso. Concordas com isso ou não?

Cálicles: Concordo.

Sócrates: Pois qual a vantagem, Cálicles, de dar a um corpo enfermo e em estado precário uma quantidade mesmo das coisas mais agradáveis para comer e beber ou qualquer outra coisa, quando isso não trará mais para o indivíduo qualquer proveito ou, muito pelo contrário, quando por meio do tratamento oposto, segundo um cálculo justo, trar-lhe-á ainda menos bem? Não é isso?

505a **Cálicles:** Que o seja.

Sócrates: Sim, pois suponho que não constitui vantagem para uma pessoa estar viva tendo seu corpo em um estado miserável, pois a consequência disso seria sua vida necessariamente ser uma vida miserável. Ou não é assim?

---

111. ...νόμιμόν τε καὶ νόμος, ... (*nómimón te kaì nómos,*).

Cálicles: É.

Sócrates: Assim, a satisfação de nossos desejos – se estivermos com fome, comermos quanto quisermos, ou se estivermos com sede, bebermos quanto quisermos – é geralmente permitida pelos médicos quando gozamos de saúde; contudo, quando estamos doentes, praticamente nunca nos permitem satisfazer nossos desejos das coisas. Concordas comigo no que toca a isso?

Cálicles: Concordo.

b **Sócrates:** E a mesma regra, meu excelente amigo, não se aplica à alma? Enquanto encontra-se em um estado precário – destituída de inteligência, indisciplinada, injusta e ímpia – é necessário que refreemos seus desejos e impeçamos que faça qualquer coisa salvo o que contribuirá para que melhore. Admites isso ou não?

Cálicles: Admito.

Sócrates: Pois com isso, suponho, a própria alma é aprimorada?

Cálicles: Certamente.

Sócrates: E significa refreá-la do que deseja discipliná-la?

Cálicles: Sim.

Sócrates: Portanto, ser disciplinado é melhor para a alma do que a falta de disciplina, como pensavas há pouco?

c **Cálicles:** Não faço a menor ideia do que queres dizer, Sócrates. Pergunta a outra pessoa.

Sócrates: Eis aqui um homem que não tolera ser beneficiado ou suportar em si mesmo aquilo de que trata a própria discussão, ou seja, *ser disciplinado.*

Cálicles: E tampouco dou a menor importância a qualquer coisa que *tu digas.* O único motivo de ter-te dado essas respostas foi agradar a Górgias.

Sócrates: Muito bem. E agora o que faremos? Suspenderemos nossa discussão a meio caminho?

Cálicles: Cabe a ti decidir isso.

d **Sócrates:** Ora, dizem que se produz dano até interrompendo a narrativa de histórias no meio destas. Deveríamos instalar uma cabeça nessa discussão para que não ande por aí sem cabeça.

Consequentemente continua a responder as perguntas restantes para que nossa discussão possa prover-se de uma cabeça.

Cálicles: Como és implacável, Sócrates! Aceita meu conselho e dá essa discussão por encerrada ou encontra outra pessoa com quem discutir.

Sócrates: Então quem mais está disposto? Decerto não devemos deixar a discussão assim... incompleta.

Cálicles: Não poderias dar continuidade à discussão sozinho, ou monologando ou respondendo às tuas próprias perguntas?

e **Sócrates:** Nesse caso, a frase de Epicarmo[112] aplica-se a mim, já que me revelo suficiente, sendo "um homem para o que dois homens diziam antes". E realmente parece que não me resta alternativa, sendo isso para mim agora pura necessidade. Que o façamos assim, pois de minha parte suponho que todos nós rivalizamos na ansiedade por conhecer o que é verdadeiro e o que é falso com relação às coisas que estivemos discutindo. Constitui um bem comum para todos nós que isso seja reve-
506a lado. E agora prosseguirei com a argumentação como vier a sugerir minha opinião sobre ela. Entretanto, se qualquer um de vós achar que as concessões que faça a mim mesmo não correspondem à verdade, podeis objetar e refutar-me. De fato, asseguro-vos que não digo o que digo por conhecê-lo, mas por participar de uma investigação convosco, de forma que se qualquer um que contestar minhas afirmações revelar-se na trilha certa, serei o primeiro a concordar com ele. Afirmo isso na suposição de que achais que a discussão deva ter continuidade até chegarmos a uma conclusão. Mas se esse não for vosso desejo, encerraremos por aqui e cada um seguirá seu caminho.

Górgias: Não, Sócrates. Penso que não devemos ir embora ain-
b da, mas que deves continuar com a discussão do tema. E imagino que os demais pensem o mesmo. Quanto a mim, de fato desejo ouvir-te cuidar do resto sozinho.

Sócrates: Muito bem, Górgias. Decerto eu preferiria ter prosseguido discutindo com Cálicles aqui presente até lhe ter resti-

112. Epicarmo de Cós, poeta cômico, floresceu na primeira metade do século V a.C.

tuído um discurso de Amfion por aquele seu de Zeto.[113] Mas visto que tu, Cálicles, não desejas participar comigo da finalização da discussão, deves, de qualquer maneira, deter-me na
c medida em que escutas se a ti parecer que incorro em erros nas minhas afirmações. E se me refutares, não ficarei aborrecido contigo como ficaste comigo. Somente estarás registrado em minha mente como meu maior benfeitor.

Cálicles: Prossegue, caro senhor, e finaliza sozinho.

Sócrates: Pois bem, então ouve. Mas primeiramente resumirei nossa discussão desde seu início. O prazeroso e o bom são idênticos? Não são, conforme Cálicles e eu concordamos. O prazeroso é realizado no interesse do bom, ou o bom no in-
d teresse do prazeroso? O prazeroso no interesse do bom. E o prazeroso é aquilo pelo que, ao se tornar presente em nós, sentimos prazer, e bom aquilo pelo que, ao se tornar presente em nós, somos bons? Certamente. Entretanto, além disso, tanto nós quanto tudo o mais que é bom, somos bons devido à presença de alguma virtude em nós? A meu ver, necessariamente é assim, Cálicles. Mas com certeza a virtude de cada coisa, seja a de um artefato ou a de um corpo, ou ainda de uma alma, ou de todo ser vivo, não ocorre o mais admiravelmente por acidente, mas determinada por uma ordem, correção ou arte que é o quinhão concedido a cada uma. É assim? Certa-
e mente concordo. Então a virtude de cada coisa é uma questão de disposição organizada e ordenada? Eu, ao menos, diria que é assim. Daí, trata-se de uma certa ordem própria a cada *coisa que é*, que por nela estar presente a torna boa? Esta é minha opinião. Consequentemente, uma alma que é detentora de sua própria ordem é melhor do que uma alma desordenada? Necessariamente. Mas certamente aquela que é detentora de ordem é ordenada? Claro que sim. E a alma ordenada
507a é moderada? Isto é inteiramente necessário. Por conseguinte, a alma moderada é boa? De minha parte, não posso dizer nada em objeção a isso, meu caro Cálicles. Se podes, instrui-me.

Cálicles: Prossegue, caro senhor.

---

113. Em 485.

Sócrates: Digo, então, que se a alma moderada é boa, aquela
que estiver em um estado oposto ao da moderada é uma alma
má, sendo esta a alma insensata e indisciplinada. Certamente.
Ademais, o indivíduo sensato e moderado fará o que é apro-
priado no que respeita aos deuses e aos seres humanos, já que
não poderia ser sensato e moderado se fizesse o que não é
apropriado. Assim é necessariamente. Além disso, quando
age em consonância com os seres humanos, suas ações serão
b justas e em consonância com os deuses, religiosas. E aquele
que age com justiça e religiosidade é necessariamente um in-
divíduo justo e religioso. Assim é. E com certeza é também
necessariamente corajoso, pois sabes que um espírito mo-
derado é revelado não por perseguir ou evitar o que não se
deve perseguir ou evitar, mas por perseguir ou evitar o que
se deve perseguir ou evitar, sejam coisas, pessoas, prazeres
ou dores, e por ser firmemente perseverante no próprio dever.
c A conclusão estritamente necessária, Cálicles, é que o indiví-
duo moderado, tal como exibido em nossa exposição, sendo
justo, corajoso e religioso, constitui o *homem* perfeitamente
bom, que tudo que o homem bom faz, ele o faz bem e admi-
ravelmente, e que o homem que faz bem é abençoado e feliz,
enquanto o homem mau e vicioso é infeliz. E este é aquele
que se encontra na condição oposta à do indivíduo moderado,
ou seja, o indivíduo indisciplinado que elogiavas.

É essa a minha explicação da matéria e digo que é ver-
dadeira e que, se verdadeira, qualquer pessoa, pelo que se
d evidencia, desejosa de ser feliz, deve buscar e praticar a mo-
deração, além de esquivar-se à indisciplina – cada um de nós
o mais rápido que a celeridade de seus pés o permitirem –
devendo, se possível, dispensar qualquer disciplinamento
ou correção. Entretanto, se o necessitar, quer ele próprio ou
qualquer pessoa de sua família, quer um indivíduo ou um Es-
tado, a justiça deverá ser aplicada e deverão ser submetidos
à correção, se quiserem ser felizes. Esse é, a meu ver, o alvo
que o indivíduo deveria visar durante toda a sua vida; deve-
ria concentrar todos os seus esforços e os de seu Estado nes-
e sa única tarefa de suprir alguém a ser abençoado da justiça

e moderação necessárias, não permitindo que seus desejos mostrem-se desregrados, ou se dispondo a saciá-los – um mal infindável – tendo a vida de um assaltante. Esse indivíduo não poderia ser caro seja a qualquer um de seus concidadãos, seja a um deus, pois é incapaz de associar-se a outros indivíduos, e onde não há associação é impossível haver amizade. E os
508a sábios nos dizem, Cálicles, que o céu e a Terra, os deuses e os seres humanos estão unidos pela associação e a amizade, pela boa ordem, moderação e justiça. E essa é a razão, meu amigo, de designarem o todo (universo) com o nome *ordem*[114], e não com o nome "desordem" ou "desregramento" (indisciplina). Ora tu, como a mim parece, a despeito de toda tua sabedoria nessas matérias, não dás a devida atenção a isso, tendo deixado de observar o grande poder da igualdade geométrica tanto entre deuses quanto entre seres humanos, ou seja, sustentas que a obtenção para si da porção maior deve ser nossa prática porque negligencias a geometria.

Muito bem, ou refutamos necessariamente essa explicação
b de que é devido à posse da justiça e da moderação que os felizes são felizes e devido à posse do vício que os infelizes são infelizes, ou, se houver verdade nisso, temos que investigar suas consequências. Estas consequências são todas aquelas prévias coisas, Cálicles, em relação às quais me perguntaste se eu falava sério quando eu disse que um indivíduo tinha que acusar a si mesmo, seu filho ou seu amigo caso cometessem alguma injustiça, e que era para isso que a retórica deveria ser empregada. E, afinal, o que supuseste que Pólo estava
c admitindo por vergonha é verdadeiro – que cometer injustiça é pior, no mesmo grau em que é mais vergonhoso, do que sofrê-la, e que todo aquele que afirma pertencer a uma espécie correta de oradores tem realmente que ser justo e estar bem

114. ...κόσμον... (*kósmon*) significa original e genericamente *ordem*. Essa palavra foi transferida para a terminologia filosófica pelos pitagóricos, agregando o significado de Todo (o conjunto de todas as coisas, o universo); o *cosmos* é o universo necessariamente regido por leis que o *ordenam*, em oposição ao χάος (*kháos*), que é o abismo escancarado, profundo, nebuloso e *desordenado*. Ver o *Timeu*, em *Diálogos V*, obra publicada em *Clássicos Edipro*.

informado do que é justo, ponto que Pólo, por sua vez, alegou ter Górgias admitido somente por vergonha.

Se é esse o caso, consideremos qual o peso – se é que há algum – das censuras que dirigiste a mim,[115] se são procedentes ou não. Dizes que sou incapaz de defender a mim mesmo ou qualquer um de meus amigos ou parentes, ou livrá-los dos mais graves perigos, mas que estou sujeito, como um proscri-
d to, ao capricho de qualquer um que queira *dar-me uma bofetada* – para usar esta tua frase atrevida –, ou despojar-me de minhas posses, ou expulsar-me da cidade, ou ainda – o pior de tudo – matar-me. Estar nessa situação, na tua avaliação, é estar no mais baixo estágio da vergonha. Quanto a minha própria avaliação, que já foi enunciada amiúde, mas que não faço objeção em enunciar mais uma vez, é a seguinte: nego, Cálicles, que *receber uma bofetada* injustamente seja a maior
e das vergonhas, ou ter meu corpo ou minha bolsa cortados. Sustento que me atacar ou assaltar minha bolsa, em um ato de injustiça, do mesmo modo que me furtar, me sequestrar e arrombar minha casa e – em suma – cometer qualquer crime contra mim ou contra o que me pertence, são atos piores e mais vergonhosos para quem os comete do que para mim, o injustiçado. Tudo isso, que foi exposto com clareza nos discursos que fiz antes em nossa discussão precedente, foi firma-
509a do e sedimentado – se me é permitido expressar-me de uma maneira tão tosca – com base em argumentos de *ferro* e *aço*. Ao menos é o que parece. E se tu ou alguém ainda mais atrevido não os demolir, então ninguém que diga qualquer coisa distinta do que estou dizendo agora poderá estar fazendo uma afirmação correta. No que me diz respeito, meu discurso é sempre o mesmo: não sou capaz de dar conta dessa matéria, mas ninguém que já tenha encontrado, inclusive nesse caso,
b é capaz de acrescentar algo sem condenar-se ao ridículo. Por conseguinte, mais uma vez afirmo serem assim as coisas. E se são, ou seja, se a injustiça é a pior coisa que há para aquele que a comete, e se a pessoa deixar de ser punida pela injus-

115. Em 486.

tiça cometida é algo ainda pior, se possível, do que aquela que é a pior, qual a proteção que uma pessoa deveria ser capaz de prover para si mesma se não estivesse sujeita verdadeiramente a esbarrar no ridículo? Não seria a que nos afastaria do maior dano? A proteção necessitaria estar no seu mais alto grau de
c vergonha caso se fosse incapaz de proteger-se ou a algum dos próprios amigos e parentes. A segunda seria a incapacidade face ao segundo tipo de mal, a terceira face ao terceiro tipo de mal e assim por diante no tocante ao resto. Tanto o admirável em ser capaz de prover uma proteção quanto o vergonhoso em não ser capaz de provê-la são proporcionais à gravidade ligada a cada mal. É assim ou seria de outro modo, Cálicles?

Cálicles: Não. Não seria de outro modo.

Sócrates: Consequentemente, desses dois males, a saber, cometer injustiça e sofrê-la, declaramos que cometê-la é um mal maior, enquanto sofrê-la é um mal menor. Ora, do que deveria uma pessoa munir-se para vir em socorro de si mesma, de modo a fruir tanto dos benefícios decorrentes de não cometer
d injustiça, por um lado, quanto de não sofrer nenhuma injustiça, por outro? Seria do poder ou da vontade? O que quero dizer é o seguinte: um indivíduo evitaria ser injustiçado simplesmente não *querendo* ser injustiçado ou o evitaria provendo-se de um poder para escapar a isso?

Cálicles: A resposta para isso é evidente: provendo-se de um poder.

Sócrates: E quanto a cometer a injustiça? Bastará meramente não querer cometê-la para não a cometer ou será necessá-
e rio que o agente se muna de algum poder ou arte, já que a menos que haja aprendido e treinado [nesse poder ou arte] cometerá a injustiça? Nesse ponto em particular realmente preciso de tua resposta, Cálicles. Achas que Pólo e eu estávamos corretos ou não ao nos vermos forçados a admitir, como fizemos na discussão precedente, que ninguém comete injustiça voluntariamente, mas que todos que a cometem fazem-no contra sua vontade?

510a **Cálicles:** Que seja segundo essa tua posição, Sócrates, para que possas encaminhar-te para uma conclusão de teu discurso.

Sócrates: Portanto, também para esse propósito de não cometer injustiça, parece ser necessário que nos equipemos com um certo poder ou arte.

Cálicles: Certamente.

Sócrates: Bem, qual é a arte graças a qual nos certificamos de não sermos objeto de qualquer injustiça, ou de o sermos o mínimo possível? Considera se és da opinião de que é a arte que penso que é, ou seja: deve-se ou ser um governante, ou mesmo um tirano em seu próprio Estado, ou então um partidário do governo existente.

b **Cálicles:** Percebes, Sócrates, quão pronto a louvar-te me encontro quando dizes algo admirável? O que acabaste de dizer a mim parece uma afirmação admirável.

Sócrates: Então vê se esta minha afirmação seguinte também te impressiona positivamente. Parece-me que a mais estreita amizade possível entre pessoas é aquela indicada pelos sábios de outrora como "de semelhante para semelhante". Não concordas?

Cálicles: Concordo.

Sócrates: Assim, se supores que em um Estado governado por um tirano selvagem e destituído de educação, também há alguém melhor do que ele, suponho que esse tirano o temerá e
c jamais se converterá em um amigo afetuoso dele.

Cálicles: É isso.

Sócrates: E tampouco amigo de alguém que fosse muito inferior a ele próprio. De fato, o tirano o desprezaria e nunca lhe dispensaria a atenção que se deve a um amigo.

Cálicles: Também isso é verdadeiro.

Sócrates: Consequentemente, o único amigo de alguma importância que restaria para esse indivíduo seria alguém que tivesse um caráter igual ao seu, que censurasse e louvasse as mesmas coisas que ele e que, assim, desejasse ser governado
d por ele e estar submetido ao seu mando. Esse indivíduo terá grande poder nesse Estado e ninguém fará dele impunemente um objeto de injustiça. Não é mesmo?

Cálicles: Sim.

Sócrates: Daí se um dos jovens nesse Estado se pusesse a refletir: "De que modo poderia eu ter grande poder e ninguém cometer injustiças contra mim?", o procedimento que aparentemente deveria adotar seria o seguinte: acostumar-se desde o início da juventude a gostar e desgostar das mesmas coisas que seu senhor e conseguir ser semelhante a ele tanto quanto possível. Não é assim?

Cálicles: Sim.

e **Sócrates:** E assim esse indivíduo conquistaria uma condição na qual não sofreria injustiças e teria grande poder no Estado, como vós dizeis.

Cálicles: Certamente.

Sócrates: E igualmente uma condição na qual não cometeria injustiças? Ou precisamente o contrário, já que ele se assemelha ao seu governante injusto e é grandemente influenciado por ele? Bem, no que concerne a mim, penso que seus esforços serão todos no sentido oposto, ou seja, no sentido de capacitar-se a cometer o máximo de injustiças possível e manter a impunidade quanto às injustiças que comete. Não serão nesse sentido?

Cálicles: É o que parece.

511a **Sócrates:** O resultado será ele se ver possuído pelo maior dos males, aquele no qual sua alma estará corrupta e mutilada em decorrência de sua imitação de seu senhor e do poder que adquiriu.

Cálicles: Tens uma capacidade bizarra de distorcer teus argumentos a cada passo, de uma maneira ou outra, Sócrates! Com certeza sabes que esse imitador enviará para a morte, se quiser, qualquer um que não imite seu senhor e confiscará todas suas propriedades.

b **Sócrates:** Decerto estou ciente disso, meu bom Cálicles, a não ser que estivesse surdo, já que o ouvi recentemente com tanta frequência vindo de ti e de Pólo, e de quase todas as pessoas na cidade. Mas agora, em troca, deves também ouvir a mim e digo que ele enviará sim, se quiser, uma pessoa para a morte, mas que isso dele fará um homem perverso que assassina uma pessoa nobre e boa.

Cálicles: E não é isso exatamente o que torna alguém indignado?

Sócrates: Não se for uma pessoa dotada de inteligência, como aponta nosso argumento. Ou supões que o objetivo dos esforços de um ser humano deva ser viver o máximo possível e praticar as artes que protegem de todos os perigos, tais como
c essa que me convidas a praticar, isto é, a retórica, a arte que nos protege nos tribunais?

Cálicles: Por Zeus, é o que suponho e é um conselho acertado que dou a ti.

Sócrates: Ora, homem excelente, supões que haja algo de grandioso no conhecimento especializado da natação?

Cálicles: Por Zeus, não!

Sócrates: E, no entanto, salva vidas humanas sempre que as pessoas se colocam em uma situação que requer esse conhecimento especializado. Mas se consideras isso de pouca importância, indicarei a ti uma arte mais importante, a pilotagem,
d que não só preserva *vidas*[116], como também preserva nossos corpos e nossas riquezas dos perigos extremos, como o faz a retórica. E, ao mesmo tempo, essa arte é despretensiosa e ordenada, não se permitindo grandes ares na pretensão de realizar alguma façanha extraordinária. Mas em troca, por realizar o mesmo que a arte forense, cobra dois óbolos, suponho, se transportar as pessoas com segurança para cá de Egina, ou se as transportar para cá vindo do Egito ou do Ponto[117] – uma

---

116. ...ψυχὰς... (*psykhàs*), literalmente *sopros da vida*, almas. No pensamento de Sócrates, Platão, Aristóteles, como no pensamento grego antigo em geral, a alma (ψυχή – *psykhé*) é o *princípio que determina a vida*, o corpo (σῶμα – *sôma*) sendo apenas um veículo e estrutura *animados* (latim: *anima*, alma). Assim, em Platão, por exemplo, não só é apontada a dualidade alma/corpo, como também a flagrante e grande superioridade da primeira sobre o segundo, isso embora seja igualmente taxativo que o corpo jamais deve ser negligenciado, mas ser objeto de treinamento (por meio da ginástica) para a preservação da boa forma física e de zelo (por meio da medicina) para a preservação da saúde, no que não há contradição, mas coerência, já que o corpo é o necessário veículo da alma, ou seja, da vida.

117. ...Πόντου, ... (*Póntoy,*), região e reino na Antiguidade, situados na Ásia Menor, no litoral sul do Mar Negro, conhecido pelos gregos e outros povos antigos como πόντος εὔξεινος (*póntos eýxeinos*), literalmente por antífrase *Mar hospitaleiro*, ou πόντος ἄξεινος (*póntos áxeinos*), *Mar inospitaleiro*.

e grande prestação de serviço nesse caso, fornecendo transporte seguro aos que mencionei há pouco, o próprio homem, seus filhos, riquezas e mulheres e os desembarcando seguramente no porto – cobra duas dracmas[118]. E o homem que é detentor dessa arte e que executou todo esse trabalho vai até a praia, dá uma volta no cais ao lado de seu navio exibindo uma postura reservada, sem grandes ares. Pois ele sabe, suponho, como estimar a incerteza quanto a quais de seus passageiros foram por ele beneficiados, por não permitir que se afogassem nas profundezas, e quais prejudicou, ciente de que os colocou em terra firme nem um pouco melhores do que quando vieram a bordo, quer
512a no que diz respeito aos seus corpos, quer no que toca às suas almas. E ele conclui que se um indivíduo portador de graves doenças incuráveis do corpo não se afogou, essa pessoa é um infeliz por não ter perecido e dele não obteve benefício algum. Se um indivíduo, porém, é portador de muitas doenças incuráveis naquilo que é mais valioso do que seu corpo, ou seja, na sua alma, a existência dessa pessoa não merece ser vivida, e ele não lhe prestará benefício algum se o livrar dos perigos do mar, da condenação do tribunal ou de qualquer outro perigo.
b Está ciente de que para uma pessoa corrupta mais vale não estar viva, pois tem que viver viciosamente.

Isso explica não ser costume do piloto apresentar uma conduta altiva, ainda que efetivamente preserve nossas vidas; como também não é costume do fabricante de instrumentos bélicos, admirável amigo, o qual por vezes dispõe do poder de salvar vidas não menos do que um general, isso para não mencionar um piloto, e que às vezes salva cidades inteiras. E dificilmente o considerarias comparável a um advogado[119], não é mesmo? E, não obstante, se ele quisesse falar como vós falais, Cálicles, engrandecendo sua atividade, vos cobriria de discur-
c sos, advogando e insistindo na ideia do dever de nos tornarmos

118. A δραχμή (*drakhmé*), no sistema monetário da Ática, valia seis óbolos. Na Grécia do início do século IV a.C., a remuneração padrão diária de um trabalhador (trabalho manual) girava em torno de uma dracma.

119. ...δικανικὸν... (*dikanikòn*). Os sofistas muitas vezes atuavam como advogados.

fabricantes de instrumentos bélicos[120], como a única coisa a ser feita. De fato, encontraria copiosas razões. E, todavia, tu o desprezas e a sua arte, usando a expressão *fabricante de instrumentos bélicos* como uma expressão insultuosa; e te recusarias a conceder tua filha ao filho dele ou permitir que teu próprio filho se casasse com a filha dele. E a despeito dos louvores que entoas a favor de tuas próprias atividades, de que fundamento justo dispões para menosprezar o fabricante de instrumentos bélicos e os outros que eu há pouco mencionava? Sei que ale-
d garias ser um homem *melhor* e pertencente a uma linhagem *melhor*. Mas se *melhor* não significa o que digo que significa, a virtude significando simplesmente preservar a si mesmo e aos próprios pertences, *não importa o caráter que se tenha*, então tua crítica ao fabricante de instrumentos bélicos, ao médico e a todas as demais artes que foram criadas para a nossa segurança se mostra ridícula. Não, ó bem-aventurado, peço-te que verifiques se o que é nobre e o que é bom não é algo distinto de preservar e ser preservado. Talvez aquele que seja *verdadeira-*
e *mente homem*[121] devesse parar de pensar quanto tempo viverá. Não deveria ser apegado à existência, mas tendo entregue essa preocupação ao deus e acreditado nas mulheres que dizem que nenhum ser humano pode escapar ao seu destino, deveria se pôr a considerar de que forma viverá do melhor modo possível o período de vida que lhe foi aquinhoado e que lhe resta. Seria tornando-se semelhante à forma de governo sob a qual vive.
513a Nesse caso, deverias estar agora te tornando o mais semelhante possível ao povo ateniense, se pretendes conquistar a afeição deste e exercer grande influência neste Estado. Averigua se isso é vantajoso para ti e para mim, de sorte que não venhamos a sofrer, ó insensato, o destino que dizem estar reservado às criaturas que *fazem baixar a lua*[122], ou seja, as bruxas da Tes-

120. ...μηχανοποιούς... (*mekhanopoioýs*).

121. ...ἀληθῶς ἄνδρα... (*alethôs ándra*).

122. ...σελήνην καθαιρούσας, ... (*selénen kathairoýsas,*): Sócrates se refere à crença popular segundo a qual as feiticeiras da Tessália podiam provocar eclipses, o que acarretaria para o praticante da feitiçaria um perigo terrível ou sua própria aniquilação completa.

sália; que nossa escolha desse poder no Estado não venha a nos custar tudo aquilo que temos como o mais caro. Se supões, contudo, que exista uma pessoa que possa te transmitir uma arte que será responsável por tua aquisição de grande
b poder neste Estado sem te tornares semelhante a sua forma de governo, seja para o melhor ou para o pior, a meu ver não contas com bom aconselhamento, Cálicles; de fato, não basta que sejas um mero imitador, mas que sejas essencialmente semelhante a eles, se tencionas conquistar qualquer forma genuína de amizade com *Demos*, o povo ateniense e, por Zeus, também com *Demos*, o filho de Pirilampos.[123] Assim, quem for capaz de tornar-te maximamente semelhante a eles é a pessoa que fará de ti um político da maneira que desejas
c ser um político e um orador. Com efeito, todos se comprazem com discursos que se coadunam com o caráter que lhes é característico, ao passo que não gostam dos discursos que se ajustam a estranhos. A não ser que tenhas algum outro ponto de vista que desejes manifestar, meu caro amigo. Tens algo a dizer em objeção a isso, Cálicles?

Cálicles: Parece-me, embora eu não saiba expressar como, que o que dizes está certo, Sócrates. Mas compartilho do sentimento geral: absolutamente não me convences.

Sócrates: É porque o *amor*[124] que sentes pelo povo, Cálicles, aninhado em tua alma, resiste a mim. Mas se examinarmos cuidadosamente essas mesmas matérias, com frequência e de
d melhor modo, te convencerás. De momento, convém lembrar-te que dissemos que havia dois tratamentos que podem ser utilizados no cuidado de qualquer coisa particular, fosse o

123. Ver 481d e nota 44.

124. Platão escreve aqui ...ἔρως, ... (*éros,*) e não φιλία (*philía*), ressaltando nesse contexto a diferença entre amor e amizade. No tipo de ambição política concebida por Cálicles, que só lograria êxito, segundo Sócrates, se ele se assemelhasse maximamente ao povo ateniense, granjeando sua afeição, não há propriamente um elevado sentimento de amizade, que seria necessário. Cálicles só consegue alimentar pelo *povo* ateniense um amor análogo ao que nutre pelo jovem que é objeto de sua paixão, Demos, o filho de Pirilampos.

corpo ou a alma.[125] Um deles se ocupa do prazer, fazendo dele sua meta, enquanto o outro se ocupa com o que é o melhor e não satisfaz o prazer, mas contra ele luta o máximo possível. Não era essa a distinção que fazíamos então?

Cálicles: Certamente.

Sócrates: Então um, ocupando-se do prazer, é ignóbil e se resume em lisonja, não é isso?

e **Cálicles:** Que assim seja, se te agrada.

Sócrates: Enquanto o outro visa tornar aquilo de que cuidamos – seja o corpo ou a alma – o melhor possível.

Cálicles: Certamente.

Sócrates: Diante disso não deveríamos nos empenhar, no cuidado de nossa cidade e de seus cidadãos, em tornar esses cidadãos os melhores possíveis? De fato, sem isso, como descobrimos
514a anteriormente, é inútil fornecer qualquer outro serviço caso as intenções daqueles que provavelmente obterão muita riqueza, especial autoridade ou qualquer outra forma de poder, não sejam nobres e honradas. Estás disposto a admitir isso?

Cálicles: Certamente, se isso te agrada.

Sócrates: Então, supondo que tu e eu, Cálicles, estivéssemos prestes a assumir os negócios públicos do Estado e nos juntássemos para cuidar dos projetos de construção – as obras mais importantes, tais como a edificação de muros, marinhas ou templos –, achas que seria nosso dever considerar e perscrutar
b a nós mesmos, começando por apurar se conhecemos a arte da construção ou não, e de quem a aprendemos? Teríamos que agir assim ou não?

Cálicles: Teríamos certamente.

Sócrates: E, em segundo lugar, [deveríamos] apurar se já edificamos alguma obra privada para alguns de nossos amigos ou para nós mesmos, e se sua estrutura é apreciável ou disforme? E se constatássemos, depois de devido exame, que estivéra-
c mos sob a orientação de mestres ilustres e que havia muitos belos prédios construídos por nós sob a orientação deles, bem

125. Cf. 500b.

como muitos também construídos por nós sozinhos, após não dependermos mais deles – nessas circunstâncias somente, como homens de senso, nos proporíamos a empreender projetos públicos. Entretanto, se não tivéssemos nem um mestre próprio que pudéssemos indicar nem quaisquer prédios, ou apenas muitos prédios sem qualificação, nesse caso seria decerto insensato empreender obras públicas ou nos convidarmos a reunir esforços para empreendê-las. Concordaremos
d com a exatidão dessas considerações ou não?

Cálicles: Certamente.

Sócrates: E isso vale também para todo o resto. Supõe, por exemplo, que assumíssemos as funções de médicos do Estado e pretendêssemos nos unir para atuarmos como médicos habilitados. É de se imaginar que começássemos por inquirir um ao outro: "Ora, pelos deuses, qual é o próprio estado de saúde física de Sócrates? Ou já houve alguém, escravo ou pessoa livre, cuja cura tenha sido obtida por Sócrates?". E eu, de minha parte, suponho, estaria formulando outras questões
e similares a teu respeito. E se não encontrássemos ninguém cuja melhora física se devesse a nós – estrangeiro ou cidadão, homem ou mulher – então, por Zeus, Cálicles, não seria verdadeiramente ridículo que pessoas mergulhassem em tal loucura a ponto de antes de terem acumulado muita prática privada, às vezes com resultados medíocres, às vezes com êxito – e assim tendo realizado o adequado treinamento na arte – tentassem, como diz o provérbio, aprender a arte da cerâmica[126] começando por um grande jarro de vinho, e tentassem tanto empreender obras públicas elas próprias quanto convidar outras pessoas semelhantes para fazê-lo? Não és da opinião que seria pura estupidez agir assim?

Cálicles: Sou.

515a **Sócrates:** Mas agora, ó excelente homem, já que tu próprio começas a ingressar em uma carreira pública e me convidas a fa-

126. ...κεραμείαν... (*kerameían*), ou seja, a arte da confecção em geral de artefatos de barro, desde simples tijolos e telhas (olaria) até os mais variados vasos, jarros e outros recipientes.

zer o mesmo, censurando-me por não o fazer, não seria o caso de nos perguntarmos um ao outro: "Vejamos, Cálicles já tornou algum dia qualquer dos cidadãos melhor? Há algum deles que, tendo sido antes perverso, injusto, desregrado e insensato – estrangeiro ou natural da cidade, escravo ou homem livre – tenha que agradecer a Cálicles por haver se tornado uma pes-
b soa admirável e boa?". Diz-me: se alguém te submeter a um exame nesses termos, Cálicles, o que dirás? Qual o ser humano cujo aprimoramento reivindicas ter sido concretizado graças ao relacionamento contigo? Hesitas em responder se há realmente alguma obra tua ainda na vida privada capaz de servir de degrau para tua carreira pública?

Cálicles: Gostas de ser o vencedor, Sócrates!

Sócrates: Não, não é por ser aficionado da vitória que te pergunto isso, mas por um desejo real de saber de qual maneira imaginas que deves te comportar na qualidade de um de nossos homens públicos. Ou seria o caso de nos levares à conclusão
c de que te ocuparás de qualquer outra coisa em tua administração dos negócios do Estado que não seja a tarefa de nos tornar – nós, os cidadãos – os melhores possíveis? Já não admitimos mais de uma vez que é isso que cabe ao político fazer? Nós o admitimos ou não? Responde. Responderei por ti: admitimos. Então, se é isso que o homem bom[127] deve realizar por seu Estado, rememora aqueles homens que mencionaste há pouco, e
d diz-me se ainda consideras que Péricles, Címon, Miltíades e Temístocles se revelaram bons cidadãos.

Cálicles: Sim, considero.

Sócrates: Então se foram bons, claramente cada um deles estava mudando os cidadãos de piores para melhores. Estava ou não?

Cálicles: Sim.

Sócrates: Consequentemente, quando Péricles começou a discursar ante o povo, os atenienses eram piores do que quando ele proferiu seus últimos discursos?

Cálicles: Talvez.

---

127. ...ἀγαθὸν ἄνδρα... (*agathòn ándra*).

Sócrates: Não "talvez" como dizes, excelente homem. Conclui-
e -se necessariamente do que admitimos, na suposição de ter
sido ele um bom cidadão.

Cálicles: Bem, e daí?

Sócrates: E daí, nada. Mas diz-me mais uma coisa. Dizem que os atenienses se tornaram melhores devido a Péricles ou, muito pelo contrário, dizem que foram corrompidos por ele? De um modo ou outro, é o que escuto, ou seja, que Péricles tornou os atenienses ociosos, medrosos, tagarelas e avarentos por ter sido o pioneiro do sistema de remunerações públicas.[128]

Cálicles: Ouves isso de pessoas que têm as orelhas deformadas por causa do boxe, Sócrates.[129]

Sócrates: Mas o que não é mais boato, mas de que sabemos, tu
e eu, é que inicialmente Péricles gozava de uma boa reputa-
ção... e que quando os atenienses eram *piores* jamais votaram
para condená-lo a qualquer sentença degradante, mas que de-
516a pois que ele os tornou *nobres e bons*, próximo do fim da vida
de Péricles, condenaram-no por peculato[130], quase o senten-
ciando à pena da morte, claramente porque o consideravam
um indivíduo de mau caráter.

Cálicles: E daí? Faz isso de Péricles uma pessoa má?

Sócrates: Bem, de qualquer modo um homem que cuidasse de
asnos, cavalos ou bois seria considerado uma pessoa má se
recebesse animais que não o escoiceassem, não lhe dessem
marradas ou o mordessem, mas que depois de serem cuidados
por ele passassem a comportar-se assim com base em pura
b selvageria. Ou não julgas mau o indivíduo que, tendo recebi-
do qualquer animal domesticado, o torna mais selvagem do
que como o encontrou? Assim o julgas ou não?

---

128. A alusão é, sobretudo, à prática, introduzida em Atenas por Péricles entre 462 e 461 a.C., do pagamento de juízes e jurados por suas atividades na corte, atividades até então prestadas gratuitamente como *serviços* ao Estado ateniense.

129. Cálicles presumivelmente se refere a pessoas, simpatizantes dos costumes espartanos, que acabavam por praticar excessivamente o pugilato, o que resultava em ferimentos e deformação de suas orelhas. Ver o *Protágoras*, 342b.

130. ...κλοπὴν... (*klopèn*), literalmente *roubo*.

Cálicles: Certamente o julgo, para que possa agradar-te.

Sócrates: Então para agradar-me ainda mais responde-me o seguinte: é o ser humano também um dos animais?

Cálicles: Claro que sim.

Sócrates: E Péricles cuidava de seres humanos?

Cálicles: Sim.

Sócrates: Ora, não deveriam, conforme o que admitimos há pouco, ter se tornado, por ação dele, mais justos em lugar de
c mais injustos se ele houvesse se revelado um bom estadista enquanto cuidava deles?

Cálicles: Certamente.

Sócrates: E os *justos são mansos*, como diz Homero.[131] Mas o que tens a declarar? Não é assim?

Cálicles: Sim, é.

Sócrates: Todavia, ele os tornou mais selvagens do que quando se encarregou de cuidar deles, e isso contra ele próprio, a última pessoa que ele teria desejado que fosse atacada por eles.

Cálicles: Queres que eu concorde contigo?

Sócrates: Sim, desde que julgues que estou dizendo a verdade.

d **Cálicles:** Então que assim seja.

Sócrates: E se mais selvagens, mais injustos e piores?

Cálicles: Que seja.

Sócrates: Então, com base nesse argumento, Péricles não foi um bom estadista.

Cálicles: Ao menos tu negas que ele tenha sido.

Sócrates: E, por Zeus, também tu, eu o digo, pelo que admitiste. E voltando a Címon, diz-me: as pessoas das quais ele cuidou não o condenaram ao ostracismo para que pudessem não ouvir sua voz por dez anos? E quanto a Temístocles, não o trataram da mesma forma, adicionando ainda a punição do
e exílio? E não votaram a favor da condenação de Miltíades,

---

131. Difícil saber a que trecho de Homero Sócrates se refere, a não ser que Platão faça uma citação *não* textual da fórmula homérica utilizada em três passagens da *Odisseia*, Canto VI, 120; Canto IX, 175 e Canto XIII, 201: ...ἄγριοι, οὐδὲ δίκαιοι... (*ágrioi, oydè díkaioi*), ...*selvagens e não justos*... .

o herói de Maratona[132], a ser lançado no poço, no qual ele teria sido de fato lançado se não fosse pelo prítane. E, no entanto, esses acontecimentos não teriam atingido esses homens se eles fossem bons da maneira que os descreves. Ao menos os bons aurigas não se mantêm firmes em sua posição nas bigas, por ocasião de sua primeira corrida, para mais tarde serem arremessados fora delas quando já treinaram seus cavalos e adquiriram mais destreza na condução das bigas! Isso jamais ocorre quer na condução de bigas, quer em qualquer outra atividade. Ou pensas que ocorre?

Cálicles: Não, não penso.

Sócrates: Então parece que o que dissemos antes era verdadeiro,
517a ou seja, que não conhecemos ninguém que haja se revelado um bom político nessa nossa cidade. Admitiste que entre os políticos atuais não havia ninguém assim, mas pensavas haver alguns entre os políticos do passado, tendo indicado preferencialmente esses homens. Mas descobrimos que esses homens estão em paridade com os nossos políticos atuais e, consequentemente, se eram oradores, não utilizavam nem a autêntica arte da retórica – pois nesse caso não teriam sido expulsos – nem a forma lisonjeira dela.

Cálicles: Mas, de um modo ou outro, não há como sugerir, Sócrates que qualquer um dos homens de hoje chegou a realizar qualquer coisa comparável às proezas de qualquer um que
b possas selecionar entre esses outros.

Sócrates: Ó extraordinário amigo, não estou criticando esses homens, ao menos como servidores do Estado. De fato, considero que foram mais úteis do que os de nosso tempo, mais capazes de obter para a cidade o que esta queria. Contudo, no que diz respeito a redirecionar os desejos da cidade em lugar
c de atendê-los, persuadir ou constranger seu povo no sentido de ajudá-lo a tornar-se melhor, não foram muito diferentes, se é que o foram em alguma coisa, de seus sucessores, nossos contemporâneos. E essa é a função exclusiva de um bom

132. ...Μαραθῶνι... (*Marathôni*), demo e povoado situado na costa sudeste da Ática, onde em 490 a.C. os gregos venceram os persas.

cidadão. No que toca a construir navios, muros, arsenais de marinha e várias outras coisas do gênero, admito que foram mais hábeis do que nossos atuais líderes.

Assim, estamos fazendo, tu e eu, algo absurdo nessa discussão, pois durante todo o tempo em que estamos debatendo não paramos em momento algum de circularmos em torno do mesmo ponto e nos desentendermos mutuamente. De minha
d parte, creio que mais de uma vez admitiste e deliberaste que esse zelo, quer do corpo quer da alma, é um assunto duplo, que de um lado é uma atividade serviçal pela qual é possível prover alimento para nossos corpos quando estes estão famintos, bebida quando estão sedentos, roupas quando estão com frio, bem como leito, calçados ou qualquer outra coisa mais que os corpos estão sujeitos a desejar. Forneço a ti propositalmente os mesmos exemplos a fim de facilitar tua compreensão. De fato, na medida em que é capaz de suprir essas coisas – seja como um comerciante ou um mercador, seja como um
e fabricante de quaisquer dessas coisas reais: padeiro, cozinheiro, tecelão, sapateiro ou curtidor – não é de se surpreender que um homem detentor de tal capacidade venha a parecer a si mesmo e aos outros alguém que zela pelo corpo. Para todos, de fato, que não estão cientes de que existe, além de todas essas artes, uma arte da ginástica e da medicina[133] que é realmente a que zela pelo corpo e que está corretamente autorizada a ter todas essas artes como subordinadas e empregar seus produtos, porque conhece o alimento e bebida sadios ou
518a não para a excelência corpórea, ao passo que todas as demais o desconhecem; e, consequentemente, ocorre que enquanto aquelas outras artes são de escravo, servis e grosseiras no lidar com o corpo, a ginástica e a medicina podem com justiça reivindicar o direito de ser suas senhoras. Ora, quando digo que essas mesmas coisas valem também para a alma, penso que às vezes me compreendes e que concordas como alguém que sabe o que estou dizendo. Pouco depois, entre-
b tanto, passas a declarar que houve pessoas que se revelaram

133. Na verdade, são duas artes distintas que se ocupam do mesmo objeto, o corpo.

cidadãos admiráveis e bons em nosso Estado, e, quando te
pergunto quem, a mim parece que apresentas homens que são
exatamente da mesma espécie nos negócios públicos, como
se ao te perguntar quem na área da ginástica foram no pas-
sado ou são atualmente bons instrutores de educação física,
me respondesses com toda a seriedade: "Tearion, o padeiro,
Mitaicos, o autor do livro sobre a cozinha siciliana, Sarambo,
o taberneiro, porque esses homens se revelaram maravilhosos
c zeladores do corpo, o primeiro fornecendo magníficos pães, o
segundo pratos saborosos, e o terceiro, vinho".

E agora talvez ficasses aborrecido se eu te dissesse: Senhor,
nada conheces sobre ginástica. Os homens que mencionaste
a mim são servos, homens que satisfazem apetites! Indiví-
duos a quem falta o conhecimento dos apetites que é próprio e
respeitável, e que primeiramente empanturrarão e engordarão
os corpos das pessoas ao som dos louvores destas, se tiverem
d chance para isso, e depois destruirão também as carnes origi-
nais de seus corpos. Essas pessoas, por seu turno, por conta de
sua ignorância, colocarão a culpa de suas enfermidades e da
destruição de sua carne original não nos banqueteadores, mas
em quaisquer pessoas que com elas estejam eventualmente na
ocasião oferecendo-lhes aconselhamento. Sim, quando esse
prévio empanturrar houver acarretado, muito depois, sua se-
quência de enfermidades, então, tendo se revelado doentio,
culparão essas pessoas, as repreenderão, as prejudicarão, se
puderem, e entoarão os louvores daquelas outras pessoas de
e antes, as responsáveis por suas enfermidades. E tu agora, Cá-
licles, estás fazendo algo muito semelhante a isso, ou seja,
louvas homens que ofereceram festins aos cidadãos com toda
a dissipação que a estes apetecia. E dizem que eles engran-
deceram a cidade! Mas que a cidade está inchada e podre,
graças a esses primeiros líderes, é o que não percebem. De
519a fato, descurando da moderação e da justiça, eles empanturra-
ram a cidade de portos, estaleiros, muros, tributos e lixo desse
jaez; e, assim, toda vez que irrompe aquele ataque de debi-
lidade, responsabilizarão os conselheiros que estiverem com
eles na ocasião e louvarão Temístocles, Címon e Péricles, os

causadores de todos os seus males; e talvez te agarrem, se não te mantiveres vigilante, e meu bom amigo Alcibíades, quando
b estiverem perdendo o que originalmente possuíam bem como o que adquiriram, embora não sejais os responsáveis por seus males, ainda que tenhais talvez contribuído para eles.[134]

E realmente há algo insensato cuja ocorrência presencio agora e que também meus ouvidos testemunham em conexão com os homens do passado. Com efeito, observo que toda vez que o Estado põe suas mãos em um de seus políticos o tendo como um perpetrador de injustiça, os políticos ficam indignados e protestam contra um tal tratamento terrível; e o teor de seu protesto é que, após prestarem durante muito tempo valio-
c sos serviços ao Estado, são injustamente arruinados nas próprias mãos do Estado. Mas isso não passa de uma balela, pois não há um único caso no qual um governante de um Estado poderia ser injustamente arruinado pelo próprio Estado que governa. Na verdade, o que ocorre com pretendentes à carreira política é exatamente o mesmo que ocorre com aqueles que professam ser sofistas. De fato, os sofistas, ainda que sábios em outras matérias, agem absurdamente em um ponto, a saber, arvorando-se mestres de virtude, com frequência acusam seus discípulos de prejudicá-los no que toca às suas remunerações e, também, de não lhes prestar o devido reconhecimento pelo bem de que foram objeto. Ora, o que pode ser mais ilógico do
d que essa alegação, ou seja, a de que indivíduos que se tornaram bons e justos, depois de toda a injustiça neles presente ter sido extirpada pela ação de seu mestre e substituída pela *justiça*, seriam *injustos* por meio de algo que não possuem mais! Isso não te parece absurdo, meu caro amigo? Na verdade, forçaste-me a

134. Sócrates se refere, presumivelmente (na hipótese de este diálogo concebido ou registrado por Platão ter ocorrido realmente em 405 a.C.), aos tensos incidentes políticos então correntes em Atenas que resultariam na instalação dos Trinta Tiranos no poder em 404 a.C. Ora, embora Alcibíades não se tornasse um dos Trinta, envolveria-se seriamente na luta pelo poder. Crítias, um homem do círculo socrático, seria um dos Trinta e o próprio *Cálicles*, embora não historicamente identificado com *Cáricles*, presumivelmente já participava do processo de transformação política que acontecia em Atenas.

proferir um típico discurso popular, Cálicles, por te negares a responder.

Cálicles: E és incapaz de falar a menos que alguém te responda?

e **Sócrates:** Aparentemente não... ao menos nesta oportunidade, em que estou prolongando meus discursos, já que não queres responder-me. Mas em nome da Amizade, meu bom homem, diz-me se não julgas ilógico que um homem, ao mesmo tempo que afirma ter tornado um outro bom, o acusa de ter sido mau a despeito deste último ter sido tornado bom por ele e continuar sendo bom?

Cálicles: Julgo.

Sócrates: E não ouves pessoas que declaram que estão educando indivíduos na virtude dizer isso?

520a **Cálicles:** Ouço, mas por que aludes a pessoas sem valor?

Sócrates: Ora, e por que aludir a pessoas que, afirmando que governam o Estado e que tomam todos os cuidados para que seja o melhor possível, se voltam contra ele e o acusam, todas as vezes que lhes convém, de ser inteiramente mau? Percebes alguma diferença entre esses homens e os outros? Sofistas e oradores, ó abençoado homem, são a mesma coisa, ou quase isso e muito semelhantes, como eu dizia a Pólo. Tu, todavia,
b porque o ignoras, imaginas que uma delas, isto é, a retórica, seja algo estupendo, enquanto desprezas a outra. Na verdade, a sofística é mais admirável do que a retórica, tanto quanto a legislação é mais admirável do que a administração da justiça e a ginástica mais do que a medicina. De fato, de minha parte, sempre considerei que os oradores populares e os sofistas são as únicas pessoas que não estão em posição de acusar aqueles por eles educados de serem maus com eles, pois se o fizerem estarão, ao mesmo tempo, por força desse mesmo argumento, também acusando a si mesmos de terem falhado completamente no que concerne a beneficiar aqueles que dizem que beneficiam. Não é assim?

c **Cálicles:** Certamente.

Sócrates: E presumo que eles, somente, estariam sem dúvida em condições de proporcionar seus serviços sem remuneração, se

seus discursos fossem verdadeiros. De fato, quando um indivíduo teve prestado a si qualquer outro serviço – por exemplo, se converteu-se em um corredor veloz graças às lições de um treinador –, poderia talvez privá-lo de sua compensação devida se o treinador lhe oferecesse gratuitamente o serviço, em
d lugar de estipular uma remuneração e receber seu dinheiro o mais próximo possível da ocasião em que lhe ensinou como acelerar o passo. Afinal, concebo que não é por meio de um passo lento que as pessoas agem injustamente, mas por meio da injustiça. Não é?

Cálicles: Sim.

Sócrates: E todo aquele que eliminar isso, ou seja, a injustiça, não necessitará ter qualquer medo de ser tratado injustamente, pois esse serviço exclusivamente será seguro oferecer gratuitamente, uma vez admitido que realmente se tem o poder de tornar os indivíduos bons. Não é assim?

Cálicles: Concordo.

Sócrates: Então isso, pelo que se evidencia, é a razão porque não é vergonhoso receber dinheiro por prestar todo outro tipo de aconselhamento, em matérias como a construção ou o resto das artes.

e **Cálicles:** Realmente é o que se evidencia.

Sócrates: Mas no que diz respeito à atividade relacionada a como descobrir o meio de ser tão bom quanto possível e administrar a própria casa ou o Estado da melhor forma possível, reconhece-se como vergonhoso alguém recusar-se a fornecer aconselhamento salvo se for pago em dinheiro por isso. Não é?

Cálicles: Sim.

Sócrates: Evidentemente, a razão disso é que se trata da única forma de serviço que leva a pessoa servida a desejar restituir o benefício; consequentemente, considera-se um bom sinal quando esse serviço que alguém prestou é restituído a alguém na mesma moeda. Mas quando não é isso que ocorre, considera-se o contrário. É assim que sucedem a coisas?

521a **Cálicles:** É.

Sócrates: Portanto, peço-te que me indiques para qual desses dois zelos com o Estado estás me convidando: o de empenhar-

-se duramente, como um médico, com os atenienses para torná-los os melhores possíveis, ou o de procurar servir suas carências e satisfazê-las invariavelmente? Diz-me a verdade, Cálicles, porque não seria nada mais do que justo que, tendo tu começado a falar comigo com franqueza, prosseguisses a comunicar-me o que pensas. Portanto, manifesta-te agora com propriedade e nobreza!

Cálicles: Digo então que me refiro ao zelo que consiste em servi-los.

b **Sócrates:** Então, tu, o mais nobre dos homens, me convidas a desempenhar a função de um lisonjeador?

Cálicles: Labor para um vil misiano[135], se preferes esta expressão, Sócrates. Pois a menos que faças como digo...

Sócrates: Não me diz, como o repetiste com tanta frequência, que qualquer um que o queira me tirará a vida, a não ser que desejes que eu, de minha parte, repita que será um vilão matando um homem bom; ou que alguém pode despojar-me de tudo que tenho, já que diante disso eu diria, por meu turno:
c "Bem, mas quando houver me despojado, não saberá que uso fazer de seu saque, mas como despojou-me injustamente, assim empregará o produto de seu saque injustamente e, se injustamente, vergonhosamente e se vergonhosamente, mal".

Cálicles: Impressiona-me muito, Sócrates, o fato de não acreditares que nem sequer uma dessas coisas poderia suceder a ti! Pensas que vives fora do caminho delas e que não serias conduzido a um tribunal por algum indivíduo corrupto e desprezível.

Sócrates: Eu seria verdadeiramente um tolo, Cálicles, se não supusesse que nesta cidade qualquer pessoa não estivesse sob o capricho da sorte em tal situação incômoda. Mas ao menos de uma coisa estou certo: que se algum dia for conduzido ao
d tribunal e ficar exposto a qualquer dos perigos que mencionas, será um biltre que lá me conduzirá, pois nenhum homem honrado acusaria alguém que não perpetrou injustiça alguma.

135. Os *misianos*, habitantes de uma região da Ásia Menor, eram tidos como pessoas sumamente desprezíveis.

E não seria nada estranho que eu fosse executado. Gostarias de saber por qual razão tenho essa expectativa?[136]

Cálicles: Certamente.

Sócrates: Acho que sou um entre poucos, se não o único, em Atenas, que assume a verdadeira arte política e o único homem na atualidade que pratica a genuína política. Consequentemente, como os discursos que pronuncio ocasionalmente não visam à gratificação, mas ao que é o melhor ao invés do que é o mais prazeroso, e como não me disponho a lidar com "esses brin-
e quedos bonitinhos" que recomendas,[137] não terei o que dizer na barra do tribunal. E a mesma avaliação que apliquei a Pólo volta-se para mim, pois serei como um médico julgado por um júri de crianças em uma acusação formal feita por um cozinheiro.[138] Simplesmente considera qual a defesa que um tal indivíduo faria em uma tal circunstância, se o acusador se dirigisse contra ele nos seguintes termos: "Crianças, este homem provocou muitos danos graves contra vós, e destrói os menores entre vós cortando e queimando, além de confundir-vos
522a pelo emagrecimento e a sufocação, ministrando-vos as poções mais amargas e vos forçando ao jejum e à sede, diferentemente de mim, que costumava cobrir-vos de coisas agradáveis e doces de toda sorte". O que imaginas que um médico colhido em um tal impasse poderia dizer em sua defesa? Ou se ele dissesse a verdade, ou seja: "Sim, crianças, tudo isso eu fiz em favor de vossa saúde" – quão alto, supões, seria o clamor que viria de um tal júri? Seria ensurdecedor, não é mesmo?

---

136. Platão, que quando escreveu o *Górgias*, tinha por volta de quarenta anos, retrata seu mestre como um homem não apenas sábio, mas também realista, sereno e dotado de um certo espírito profético. De fato, em 399 a.C. (apenas *seis* anos após esta conversação literariamente registrada com Cálicles), quando Platão tinha 28 anos, Sócrates foi formalmente acusado, condenado à morte e executado um mês depois. Foram realmente homens sem honra que o acusaram (especialmente Meleto) – ver a *Apologia de Sócrates,* obra publicada em *Clássicos Edipro* –, mas quem o condenou e o matou não foram os Trinta Tiranos que governaram despoticamente Atenas, em 404-403 a.C., mas os *democratas* atenienses.

137. Cf. 486c.

138. Cf. 464d.

Cálicles: Talvez. Seria de se supor isso.

Sócrates: Então supões que ele ficaria completamente perdido
b quanto ao que dizer?

Cálicles: Certamente.

Sócrates: Tal, estou certo, seria o meu próprio destino se fosse
levado ao tribunal. De fato, estarei impossibilitado de apontar
quaisquer prazeres que tivesse conferido a eles, que houves-
sem encarado como serviços e benefícios, ao mesmo tempo
que não invejo nem os que os conferem, nem aqueles a quem
são conferidos. Tampouco estarei capacitado a dizer o que
é verdadeiro se alguém me acusasse de arruinar os jovens
levando-os à confusão ou de abusar dos velhos por lhes di-
rigir palavras amargas em público ou privadamente. Estarei
incapacitado ou de dizer a verdade, a saber: "é no interesse da
c justiça que digo e faço tudo isso, senhores juízes", ou de dizer
qualquer outra coisa; e assim, a mim sucederá qualquer coi-
sa que for capricho da sorte.

Cálicles: Então pensas, Sócrates, que uma pessoa em tal situação, incapaz de erguer-se por si mesma, apresenta-se como alguém admirável em um Estado?

Sócrates: Sim, se tivesse aquele único recurso, Cálicles, o qual
admitiste reiteradamente: se houvesse se erguido por si mes-
ma no esquivar-se a qualquer discurso ou ação injusto com
d respeito aos seres humanos ou aos deuses. Isso foi repetida-
mente admitido por nós como sendo o tipo mais valioso de
autoproteção. Ora, se eu fosse condenado por incapacidade
de estender esse tipo de proteção a mim mesmo ou a outra
pessoa, eu ficaria envergonhado, quer minha condenação se
efetivasse na presença de muitos, quer na presença de poucos
ou somente de nós dois; e se essa incapacidade determinas-
se minha morte, realmente me sentiria profundamente afli-
to. Mas se alcançasse meu fim devido à falta da retórica da
lisonja, estou absolutamente certo de que me verias aceitar
e minha morte tranquilamente, pois nenhuma pessoa teme o
mero morrer, salvo se for cabalmente destituída de razão e
virilidade. Cometer injustiça é o que as pessoas temem. Com

efeito, chegar ao Hades[139] com a alma abarrotada de ações injustas constitui o máximo de todos os males. E agora, se não te importares, te farei uma narrativa visando demonstrar que é assim que isso é.

Cálicles: Bem, tal como arremataste o resto, prossegue e completes isso também.

523a **Sócrates:** Então, *dá ouvidos* – como dizem – a uma belíssima *nar-*
rativa[140], que considerarás uma mera *fábula*[141], como imagino,
mas que encaro como uma narrativa à guisa de explicação. De
fato, o que estou prestes a contar-te entendo estar te oferecen-
do como a verdade. De acordo com a narrativa de Homero[142],
Zeus, Poseidon e Plutão dividiram entre si a soberania quando
a tomaram de seu pai.[143] Ora, no tempo de Cronos havia uma lei
que tocava à humanidade, uma lei (que mesmo hoje os deuses
continuam a observar) segundo a qual todo ser humano que
viveu uma existência justa e de religiosidade, parte após sua
b morte para as *ilhas dos abençoados*[144] e ali habita em plena feli-
cidade, além do alcance dos males. Entretanto, todo aquele que
haja vivido na injustiça e na irreligiosidade vai para o calabou-
ço da punição e da retaliação, o qual, como sabes, chamam de
Tártaro. No tempo de Cronos, e mesmo mais recentemente du-
rante o reinado de Zeus, esses seres humanos enfrentavam juí-
zes vivos enquanto ainda estavam vivos, e que os julgavam no
dia em que iam morrer. O resultado era os casos serem mal
decididos. Assim, Plutão e os supervisores das *ilhas dos aben-*
çoados compareceram diante de Zeus e o informaram que os
seres humanos estavam imerecidamente se movendo em ambas
c as direções. Então, falou Zeus: "Muito bem, deterei esse proce-
dimento. Os casos são atualmente mal julgados porque aqueles

139. ...Ἅιδου... (*Háidoy*), o mundo subterrâneo dos mortos.

140. ...λόγου, ... (*lógoy,*).

141. ...μῦθον, ... (*mŷthon,*).

142. *Ilíada*, Canto XV, 187 ss.

143. Zeus, a superfície da Terra e todo o céu; Poseidon, mares e oceanos; Plutão (ou Hades), o mundo subterrâneo.

144. ...μακάρων νήσους... (*makáron nésoys*).

que são julgados o são *completamente vestidos*[145], uma vez que são julgados vivos. Ora muitos", disse ele, "que possuem almas perversas estão *vestidos* com belos corpos, boa linhagem, riqueza e em seus julgamentos surgem muitas testemunhas
d que depõem que suas vidas foram justas. Ora, os juízes se confundem não só por essas evidências como também por estarem eles próprios *vestidos* ao presidirem ao julgamento, tendo suas próprias almas embuçadas pelo véu dos olhos, dos ouvidos e do corpo inteiro. Assim, todas essas coisas, suas próprias vestes bem como as dos julgados, constituem para eles obstáculos. Bem, antes de tudo o mais", ele continua, "precisamos pôr fim ao conhecimento antecipado que eles têm de sua morte, porque presentemente eles têm esse conhecimento. Entretanto, Prome-
e teu já recebeu ordem para pôr fim a isso. Em seguida, devem ser despidos de todas essas coisas antes de serem julgados, uma vez que têm que ser julgados quando mortos. E também seus juízes necessitam estar nus, mortos, perscrutando apenas com sua alma somente a alma de cada ser humano imediatamente por ocasião de sua morte, isolado de todos os seus parentes e tendo deixado atrás, na Terra, todas essas vestes magníficas, com o propósito de que o julgamento possa ser justo. Agora eu, ciente de tudo isso antes de vós, designei alguns de meus pró-
524a prios filhos para serem juízes, dois da Ásia, Minos e Radamanto, e um da Europa, Aeco. Estes, findas suas vidas, julgarão na campina da encruzilhada, onde nascem os dois caminhos, um deles conduzindo às ilhas dos abençoados, e o outro ao Tártaro. Aqueles provenientes da Ásia terão Radamanto como juiz, enquanto caberá a Aeco julgar os provenientes da Europa. A Minos concederei o privilégio da decisão final, caso os outros dois fiquem em dúvida. Que o julgamento dessa jornada da humanidade possa ser maximamente justo".

b Eis o que ouvi, Cálicles, e que acredito ser verdadeiro. De narrativas como essa, segundo minha avaliação, devemos concluir algo como o seguinte: a morte, pelo que me parece, não

145. O corpo é uma *veste* da alma, bem como a boa linhagem, as riquezas e os bons relacionamentos são *vestes* do corpo.

passa realmente da separação de duas coisas, a alma e o corpo, uma do outro. E assim, uma vez separados uma do outro, cada um deles conserva sua condição tal como era quando o
c ser humano estava vivo: o corpo retém sua própria natureza e os cuidados de que foi objeto, bem como as experiências, permanecem nele totalmente manifestos. Por exemplo, se o corpo de alguém era grande por natureza, devido à alimentação ou em função desses dois fatores quando esse indivíduo era vivo, seu cadáver também será grande quando estiver morto; e se era gordo, continuará gordo também após sua morte, o mesmo valendo para tudo o mais. Ou ainda, se adotava a moda dos cabelos longos, também seu cadáver terá cabelos longos. Por outro lado, se o indivíduo tiver sido um criminoso inflexível, açoitado por seus crimes, e que ostentava cicatrizes, traços dos castigos infligidos ao seu corpo pelos látegos e outros golpes enquanto ainda vivo, essas marcas poderão ser vistas também no corpo morto; ou se os membros de alguém foram partidos ou distorcidos enquanto a pessoa estava viva, essas mesmas coisas se mostrarão visíveis também quando a pessoa estiver
d morta. Em síntese, seja qual for a configuração corpórea que um indivíduo tenha adquirido em vida, é o que se manifestará também após sua morte quer inteiramente quer na maior parte durante algum tempo. E, assim, parece-me que o mesmo ocorre também com a alma, Cálicles, uma vez separada a alma de um indivíduo do corpo, todos os seus dons naturais e as experiências a ela incorporadas, em decorrência de suas várias atividades nela, estão manifestos. Consequentemente, ao
e se apresentarem diante de seus juízes, os indivíduos da Ásia a Radamanto, este os deterá e inspecionará a alma de cada um, desconhecendo de quem é a alma. É frequente ele ter em suas mãos o Grande Rei[146] ou algum outro rei, ou potentado, e notar que nada há de sadio em sua alma, mas que está completamente coberta de cicatrizes, uma massa de feridas, o produto de atos

146. ...μεγάλου βασιλέως... (*megáloy basiléos*), a expressão com a qual os gregos antigos costumavam chamar Xerxes, o rei dos persas, considerado um dos homens mais poderosos e abastados do mundo antigo.

525a de perjúrios e injustiças, coisas que cada uma de suas ações imprimiu em sua alma. Tudo foi deformado como resultado da falsidade e da impostura, nada apresenta retidão porque a alma foi nutrida na ausência da verdade; ou, como decorrência de uma conduta de liberdade e poder para fazer tudo, indolência associada à sensualidade, insolência[147] e desregramento, ele constata que a alma está totalmente tomada pela desproporção e disformidade. E o tendo contemplado, ele dispensa e envia a alma em desonra diretamente para o lugar de custódia, onde à sua chegada deverá suportar os sofrimentos que lhes são apro-
b priados. E é apropriado a todos que estão sujeitos ao castigo corretamente aplicado por outro ou tornarem-se melhores, ou tirarem proveito disso, ou servirem de exemplo aos demais, que presenciando os sofrimentos que experimentam possam, por temor, emendarem a si mesmos. Os beneficiados pela punição obtida dos deuses e dos seres humanos são os que cometeram faltas remediáveis, embora ainda assim seja por meio de amargas dores que recebem seu benefício tanto aqui quanto
c no Hades, pois de nenhuma outra forma pode acontecer de alguém se libertar da iniquidade. Todavia, no que diz respeito aos que perpetraram extremas injustiças e que, por conta disso, tornaram-se irrecuperáveis (incuráveis), deles são feitos exemplos. Eles mesmos não terão mais possibilidade de tirar qualquer proveito dado que são incuráveis; outros, porém, extraem proveito ao contemplarem-nos sofrerem por todo o tempo, devido às suas transgressões, as maiores, mais pungentes e mais terríveis dores, realmente ali guindados no calabouço do Hades
d como exemplos, visíveis avisos às pessoas injustas que chegam regularmente. Entre eles digo que Arquelau também será encontrado, se o que nos foi dito por Pólo for verdadeiro, e todo outro tirano de sua espécie. E penso, ademais, que a maioria desses exemplos procede de tiranos, reis, potentados e dos que atuam na administração dos Estados, visto que detentores da

147. ...ὕβρεως... (*hýbreos*), genericamente tudo aquilo que ultrapassa a medida, a proporção, e se torna desmedido ou excessivo; daí, em sentido restrito, qualquer manifestação que incorre no excesso: insulto, impetuosidade, arrogância, orgulho, insolência etc.

posição de mando que lhes confere amplo poder cometem os
maiores e mais ímpios crimes. Homero também o testemunha,
uma vez que retratou reis e potentados como os que são casti-
e gados perpetuamente no Hades: Tântalo[148], Sísifo[149] e Titio, en-
quanto Térsites[150], ou qualquer outro indivíduo da vida privada
que fosse perverso, não foi retratado por ninguém como incurá-
vel e, consequentemente, submetido a um castigo intenso e su-
pliciante, sem dúvida porque não se achava em uma posição de
mando que conferia ampla liberdade de ação, com o que de fato
foi mais feliz do que aqueles que nessa posição se achavam. O
526a fato, Cálicles, é que é entre os poderosos que encontramos as
pessoas extraordinariamente perversas, isso embora nada haja
que impeça homens bons de estarem nessa categoria, quando
merecem, inclusive, nossa particular admiração. É, com efeito,
difícil, Cálicles, como também merecedor de nosso maior lou-
vor, encontrarmos um homem que, se achando em uma posição
que lhe confere pleno poder, a despeito disso tem uma conduta
sempre justa. Os indivíduos desse naipe são poucos, embora
realmente tenham existido, e espero que venham a existir no
futuro, tanto aqui quanto em outros lugares, homens nobres e
bons nessa virtude de administrar com justiça aquilo de que são
b incumbidos. Um deles, Aristides, filho de Lisímaco, provou ser
um homem ilustríssimo, inclusive entre o resto dos gregos. En-
tretanto, a maioria dos que estão no poder, ó excelente homem,
se revela perversa.

Assim, como eu dizia, toda vez que o juiz Radamanto tem que se ocupar de alguém desse tipo, não dispõe absolutamente de qualquer informação sobre ele, sobre quem é

---

148. Rei, filho de Zeus, que foi condenado a padecer de sede e fome perpétuas. Assim, toda vez que ia beber a água ao seu alcance, essa recuava ou desaparecia, e toda vez que ia comer os frutos, os galhos se tornavam inacessíveis.

149. Rei de Corinto que, por sua astúcia e sobretudo sua ganância, foi condenado a empurrar perpetuamente uma grande pedra aclive acima, a qual, tendo chegado ao topo, rolava de novo para o ponto onde se achava originalmente.

150. Guerreiro grego de pouca expressão na Guerra de Troia, lembrado particularmente por ser αἰσχρός (*aiskhrós*), ou seja, destituído tanto de beleza física quanto de beleza moral.

ou qual é sua linhagem: a única coisa que sabe é que se trata
de uma pessoa perversa; e ao percebê-lo lhe imprime uma
marca que o identifica, segundo sua avaliação, como curável
(recuperável) ou incurável (irrecuperável) e o envia ao Tárta-
ro, para que quando aí chegar sofra o que lhe é apropriado. Às
c vezes, quando ele distingue uma outra alma que viveu uma
existência piedosa devotada à verdade, a de um indivíduo de
vida privada ou a de qualquer outro, especialmente – como o
afirmo, Cálicles, a de um filósofo que se ocupou de seus pró-
prios negócios e não foi um intrometido em sua existência – é
tomado de admiração e o envia às *ilhas dos abençoados*. O
procedimento de Aeco é idêntico. Cada um deles segura um
bastão ao sentenciar. Quanto a Minos, porém, sua posição é a
de um supervisor e se distingue pelo cetro de ouro que segura,
d como Odisseu[151] em Homero diz que o viu, ou seja...

> *...Empunhando um cetro de ouro, sentenciando os mortos...*[152]

Agora, no que me tange, Cálicles, essas narrativas me con-
vencem e considero como posso ser capaz de mostrar ao meu
juiz que minha alma goza da melhor saúde possível. Assim,
desprezando as honras que a maioria das pessoas busca me
empenharei, por meio da investigação da verdade, em ser
realmente bom no mais elevado grau de que seja capaz, tanto
e durante minha vida como ao morrer.[153] E convido todas as
outras pessoas, igualmente, tanto quanto possa – e particular-
mente a ti convido em retribuição[154] – para essa vida e essa

---

151. O famoso herói grego que era rei de Ítaca. Foi um dos grandes guerreiros na Guerra de Troia, onde se destacou mais pela firmeza inquebrantável e a astúcia do que pela sinceridade e lealdade com certos companheiros (Ver a *Ilíada*). Odisseu é a figura central da *Odisseia* de Homero, que narra a tumultuada e aventureira volta do herói à sua querida Ítaca.

152. *Odisseia*, Canto XI, 569.

153. Ver a *Apologia* escrita por Platão, e Xenofonte, *Defesa de Sócrates* e *Ditos e Feitos Memoráveis de Sócrates*, especialmente Livro IV, cap. 8, 2-11. Esta última publicada em *Clássicos Edipro*.

154. A *retribuição* é ao convite feito por Cálicles em 521a para que ele, Sócrates, se devotasse à retórica e à política.

competição, que reputo ser digna de todas as demais competições nesta vida; e eu te repreendo, pois não serás capaz de defender-te quando compareceres ao tribunal e fores submetido ao julgamento de que te falei há pouco. Mas quando te colocares ante teu juiz, o filho de Egina[155] e ele pôr suas mãos em
527a ti e submeter-te ao julgamento, ficarás ali boquiaberto e aturdido não menos do que estou aqui e alguém talvez te aplique uma degradante bofetada e te trate com toda sorte de ofensa.

É possível, contudo, que consideres que isso não passa de um conto narrado por velhas e o desprezes; e não seria de se espantar que o desprezássemos se mediante toda nossa investigação pudéssemos descobrir em algum lugar algo melhor e mais verdadeiro do que isso... mas tal como estamos agora, observas que todos vós – os três, que sois os mais sábios entre
b os gregos da atualidade, a saber, tu, Pólo e Górgias – são incapazes de provar que haveria qualquer outra existência que devêssemos viver além dessa, que é evidentemente vantajosa também no outro mundo. Mas entre as muitas afirmações que fizemos, ainda que todas as demais fossem refutadas, uma exclusivamente permanece inabalável, ou seja, a de que devemos nos esquivar mais cuidadosamente de cometer injustiça do que de sofrê-la; que, acima de tudo, uma pessoa deve estudar não para parecer, mas para ser bom tanto na vida privada quanto na pública; que se alguém, em qualquer aspecto, torna-se mau, é necessário que seja corrigido; que o que é bom em
c segundo lugar – depois de ser justo – é tornar-se tal e ser corrigido pagando a pena; e que todo tipo de lisonja, que diga respeito quer a si mesmo, quer a outras pessoas, a poucas ou a muitas, tem que ser evitado; e que a retórica deve ser empregada sempre com o único propósito de apontar para o que é justo, como o deve ser toda outra atividade.

Aceites meu aconselhamento, portanto, e me sigas onde, se uma vez chegares, serás feliz tanto durante a vida quanto após o fim desta, como é sustentado por essa narrativa. Per-

155. ...Αἰγίνης (*Aigínes*), filha do deus-rio Asopo, deu à luz a Aeco depois de estar com Zeus.

mite que te desprezem como um tolo e te insultem vulgar-
d mente, se quiserem. Sim, por Zeus, confiantemente permite que te apliquem aquele golpe ignominioso, pois não sofrerás dano, se na prática da virtude fores realmente um homem bom e honrado. E mais tarde, a tendo praticado juntos, finalmente, se acharmos que devemos, ingressaremos na política, ou deliberaremos sobre o assunto que julgarmos adequado, estando então melhor equipados do que estamos agora para tal aconselhamento. De fato, é vergonhoso para nós, estando na condição na qual parece que estamos no presente – condição em que jamais pensamos o mesmo sobre os mesmos assuntos
e – nos jactarmos como se fôssemos pessoas importantes, tal o estágio de deseducados em que caímos. Tomemos, portanto, como nossa diretriz a doutrina ora exposta, a qual nos aponta que essa forma de vida é a melhor, qual seja: viver e morrer praticando igualmente a justiça e todas as demais virtudes. Sigamos então por esse caminho e para ele convidemos todas as outras pessoas, e não para o caminho em que crês e que me convidas a seguir, pois nesse não há nenhum valor, Cálicles.

Eutidemo
(ou Da Disputa)

PERSONAGENS DO DIÁLOGO:
Críton, Sócrates, Eutidemo, Dionisodoro, Clínias e Ctesipo

271a **Críton:** Com quem, Sócrates, conversavas ontem no *Liceu*? Havia uma tal multidão ao teu redor que quando subi pretendendo ouvir não foi possível ouvir nada distintamente. De qualquer forma, estendendo o pescoço consegui vislumbrar alguma coisa e pareceu-me que conversavas com um estranho. Quem era ele?

Sócrates: A qual deles te referes, Críton? Não havia apenas um, mas dois.

Críton: A pessoa a que me refiro era a segunda sentada ao teu
b lado à direita. Entre vós estava o filho de Axíoco[1], que me pareceu ter crescido muitíssimo, Sócrates, a ponto de parecer da mesma idade de meu Critóbulo que, no entanto, é franzino, enquanto esse rapaz desenvolveu um belíssimo porte e é circundado por um ar de nobreza.

Sócrates: Estás te referindo a Eutidemo, Críton, e aquele sentado a minha esquerda era seu irmão, Dionisodoro.[2] Ele também participa de nossas discussões.

---

1. Ou seja, Clínias.

2. Contemporâneos de Sócrates, Eutidemo e Dionisodoro foram sofistas que desenvolveram a *erística*, que segundo Platão (já que é praticamente só por meio do platonismo que temos notícias deles) é a arte do debate pelo debate, ou seja, a disputa

Críton: Não conheço nem um, nem outro, Sócrates. Suponho
c que sejam duas novas adições ao nosso elenco de sofistas. De onde provêm e qual o saber que professam?

Sócrates: Quanto à ascendência, creio que são desta região, de Quios. Ausentaram-se daqui na qualidade de colonos, em Túrio, mas foram exilados de lá, tendo a partir de então vivido muitos anos em diversas partes desta região. Quanto a tua pergunta sobre o saber que professam, é maravilhoso, Críton. Esses dois são absolutamente oniscientes. Eu nunca soube antes o que eram realmente lutadores de pancrácio. São ambos versáteis lutadores regulares, embora não no estilo dos famosos atletas completos e versáteis, ou seja, os
d dois irmãos de Acarnânia, que eram capazes apenas de lutar com seus corpos. Esses dois, contudo, para começar, além de fisicamente estupendos, têm a capacidade de lutar com todos os novatos, uma vez que não só possuem habilidades
272a pessoais para a luta com armas, como também transmitem essas habilidades a outros mediante uma remuneração. Por outro lado, a se acrescer a isso, também têm suma competência para travar as batalhas dos tribunais e ensinar a outras pessoas tanto como proferir quanto compor a espécie de discursos que possibilitam que ganhem seus processos nos tribunais. Antes dispunham apenas de alguma habilidade para isso, mas agora aplicaram o toque final à sua arte do pancrácio. A única proeza em matéria de luta que não fora por eles ainda realizada o foi agora, de modo que ninguém ousa enfrentá-los. Trata-se dessa habilidade por eles obtida
b de brandir palavras como suas armas e de refutar quaisquer argumentos, não importa se verdadeiros ou falsos. Assim, Críton, estou propenso a colocar a mim mesmo nas mãos desses dois homens, uma vez que afirmam que lhes seria necessário pouco tempo para tornar qualquer outra pessoa habilidosa com as mesmas coisas.

---

na discussão pela disputa, sem visar atingir efetivamente uma conclusão consensuada ou a verdade. Nas palavras do grande helenista R. G. Bury, "contribuíram para solapar a crença religiosa e fomentar a anarquia intelectual".

Críton: Ora, Sócrates, não receias poder estar, na tua idade, demasiado velho para isso?[3]

Sócrates: De modo algum, Críton. Conto com suficiente evidência e estímulo no sentido contrário. Esses mesmos indivíduos eram praticamente homens velhos quando iniciaram nesse saber que desejo possuir, nomeadamente, o da *disputa*[4]. No ano passado,
c ou no ano anterior, ainda careciam de seu saber. A única coisa que receio é a possibilidade de ultrajar esses dois estrangeiros como já ultrajei Cono, o harpista, filho de Metróbio, que continua tentando ensinar-me a tocar a harpa. Os rapazes que tomam lições comigo zombam de mim e chamam Cono de "mestre do velho". Isso me leva a temer a possibilidade de alguém dirigir a mesma censura aos dois estrangeiros; aliás, talvez não queiram aceitar-me como discípulo no temor de que isso venha a acontecer. Assim, Críton, tal como no outro caso convenci alguns outros homens velhos a participarem das aulas comigo, tam-
d bém neste tentarei persuadir um outro grupo. Quanto a ti, estou certo de que me acompanharás à escola. Além disso, levaremos teus filhos como uma isca para fisgá-los, pois não tenho dúvidas de que a atração que experimentarão por esses jovens os fará incluir também a nós na classe.

Críton: Não faço objeção, Sócrates, se julgas conveniente agir assim. Mas antes é necessário que me expliques que saber é o professado por esses homens para que eu possa estar ciente do objeto de nosso aprendizado.

Sócrates: Isso será a ti revelado imediatamente, pois não posso fingir que não lhes dei atenção. Na verdade, não só lhes dei estrita atenção como também me recordo do que foi dito e tentarei expor a coisa toda desde o início. Por algum golpe de sorte,
e aconteceu de eu estar sentado no lugar em que me viste,[5] no vestuário, sozinho. Já me decidia a levantar-me e ir embora,

3. Presume-se que Platão retrata Sócrates aqui com a idade de 68 ou 69 anos, ou seja, um ano ou dois antes de sua morte.

4. Isto é, a erística (...ἐριστικῆς... [*eristikês*]).

5. Sócrates se refere ao Liceu, ou seja, um ginásio público, regularmente frequentado por muitos atenienses e outros gregos, inclusive por ele próprio e os sofistas.

mas quando me levantei a mim ocorreu meu costumeiro *sinal*
273a *divino*[6]. Por conseguinte, voltei a me sentar e pouco depois essas duas pessoas entraram, nomeadamente Eutidemo e Dionisodoro, acompanhadas, pareceu-me por um grande número de discípulos. Os dois homens, uma vez ingressos no lugar, começaram a circular no passeadouro. Mal haviam dado duas ou três voltas quando entrou Clínias que, como disseste acertadamente, cresceu muito. Atrás dele ingressou todo um bando de amantes, entre eles Ctesipo, um jovem de Paeânia, rapaz de nascimento e ascendência nobres, salvo por uma cer-
b ta insolência juvenil. Quando Clínias entrou, logo que notou minha presença, sentado ali sozinho, atravessou o ambiente e sentou-se a minha direita, exatamente como disseste. Quando o viram, Dionisodoro e Eutidemo primeiramente falaram entre si, olhando-nos ocasionalmente – eu me mantinha atento a eles. Mas então um deles, Eutidemo, sentou-se ao lado do jovem, enquanto o outro se sentou próximo de mim, a minha esquerda. Os restantes se acomodaram como puderam.

c Como não os via há muito, saudei efusivamente os dois irmãos. Em seguida, disse a Clínias: "Meu caro Clínias, saibas que estes dois homens, Eutidemo e Dionisodoro, possuem saber não de coisas de pouca importância, mas daquelas de grande importância. De fato, conhecem tudo sobre a guerra, ou seja, tanto quanto é necessário para quem deseja ser um bom general, coisas como a formação e o comando das tropas, além de todo o treinamento e instrução dos soldados armados. Por outro lado, também são capazes de capacitar alguém a obter reparação nos tribunais por alguma injustiça de que haja eventualmente sido objeto".

d Essas minhas observações, pelo que pude perceber, levaram-nos a desprezar-me, pois ambos riram e olharam um para o outro. Em seguida Eutidemo disse:

---

6. ...σημεῖον τὸ δαιμόνιον... (*semeîon tò daimónion*), o célebre *dáimon* de Sócrates, algo que podemos identificar como a *voz da consciência* ou o *santo anjo guardião* ou *espírito tutelar individual.* Ver o *Alcibíades*, em *Diálogos VII*, e especialmente, a *Apologia de Sócrates*, obras publicadas em *Clássicos Edipro.*

"Não, Sócrates. Essas coisas não fazem mais parte de nossa ocupação séria. Lidamos com elas como coisas pouco importantes, secundárias."

Ao ouvir isso me espantei e disse:

"Ora, vossa ocupação séria deve ser formidável se lidais com essas coisas de grande importância como coisas de pouca importância e secundárias. Pelos deuses, informai-me qual é essa formidável ocupação!".

"Ocupamo-nos da virtude, Sócrates", ele disse, "e nos consideramos capazes de transmiti-la de uma maneira superior a qualquer outra pessoa, e rápida."

e "Por Zeus!", exclamei. "Que ação colossal! Onde fizestes tal achado inesperado? Eu há pouco vos considerava principalmente habilitados na luta armada e a vós me referi nesses termos, já que quando visitastes nossa cidade antes, pelo que me lembro, era essa vossa profissão. Mas se atualmente possuís verdadeiramente esse outro conhecimento, sede misericordiosos! Terei que me dirigir a vós exatamente
274a como se fosseis deuses, implorando-vos que perdoeis minhas observações iniciais.[7] Mas, Eutidemo e Dionisodoro, certificai-vos de que o que dizeis é a verdade, pois a magnitude de vossa promessa decerto me provê uma certa desculpa para a descrença."

"Podes estar certo, Sócrates", disseram, "que é como dizemos."

"Então só me resta vos parabenizar por vossa aquisição mais do que o faço ao *grande rei*[8] por seu Império. Mas dizei-me: planejais fazer uma demonstração desse saber... ou o que pretendeis fazer?"

"Estamos aqui precisamente para isso, Sócrates, ou seja,
b demonstrá-lo e expô-lo a todo aquele que desejar aprender."

"Ora, garanto que todo aquele que não possuir esse saber, desejará possuí-lo, a começar por mim, depois Clínias aqui

7. O *Eutidemo* é um dos diálogos de Platão em que mais apreciamos a ironia socrática.
8. ...μέγαν βασιλέα... (*mégan basiléa*), o rei Xerxes da Pérsia, considerado pelos gregos antigos o homem mais rico e poderoso do mundo.

presente, e além de nós, Ctesipo e todas estas outras pessoas", eu disse, apontando-lhe[9] os amantes de Clínias, que a essa altura se postavam ao redor de nós. De fato, eu notara que, por força das circunstâncias, Ctesipo se sentara a uma certa distância de Clínias; e casualmente, quando Eutidemo inclinou-
c -se para falar comigo, impediu a visão que Ctesipo tinha de Clínias, que estava sentado entre nós. O resultado foi que Ctesipo, no desejo de contemplar seu *querido*[10], e também se mostrando um ansioso ouvinte, deixou seu lugar e colocou-se bem diante de nós, levando os demais, ao testemunharem o que ele fizera, a se posicionarem ao redor de nós, tanto os amantes de Clínias quanto os adeptos de Eutidemo e Dionisodoro. Apontando-os, eu disse a Eutidemo que es-
d tavam todos dispostos a aprender, ao que Ctesipo assentiu entusiasticamente, sendo imitado pelos outros. Todos juntos instaram em comum aos dois homens que exibissem o poder de seu saber.

Frente a isso observei: "Meus caros Eutidemo e Dionisodoro, deveis dar o máximo de si para atender a essas pessoas – e a mim também – proporcionando-nos uma exibição. Sei que oferecer uma completa exibição seria evidentemente um trabalho longo. Mas dizei-me o seguinte: sois capazes de tornar
e bom[11] apenas o homem[12] que já se acha convencido que deve aprender de vós, ou também aquele que não está ainda disso convencido, seja devido a uma completa descrença de que a virtude possa ser ensinada, seja que não sois mestres dela? Será também função dessa mesma arte persuadir tal homem de que a virtude pode ser ensinada e de que sois as pessoas com as quais se pode melhor aprendê-la, ou isso requereria alguma arte adicional?".

"Não, isso é função dessa mesma arte, Sócrates", Dionisodoro respondeu.

9. Ou seja, a Eutidemo.

10. ...τὰ παιδικὰ... (*tà paidikà*), *favorito*, referindo a um amante muito jovem.

11. ...ἀγαθὸν... (*agathòn*).

12. ...ἄνδρα... (*ándra*).

"Então vós, Dionisodoro", eu disse, "seriam as pessoas
275a mais qualificadas atualmente para estimular alguém à Filosofia e ao exercício da virtude?"

"Ao menos é o que pensamos, Sócrates."

"Se é assim, adiai o resto de vossa exibição para uma outra oportunidade", eu disse, "e fazei uma exibição específica do seguinte: deveis persuadir este jovem aqui presente[13] de que deve *buscar a sabedoria*[14] e praticar a virtude, com o que ireis satisfazer tanto a mim quanto a todos os presentes. Acontece deste jovem estar exatamente na situação a que me refiro, estando tanto eu quanto todos aqui presentemente interessados
b em que ele se torne o melhor possível. Ele é o filho de Axíoco, por sua vez filho do velho Alcibíades,[15] sendo o próprio primo do Alcibíades ora vivo. Seu nome é Clínias[16] e é jovem, o que nos leva a nos preocuparmos com ele, como é natural se preocupar com um rapaz de sua idade, no temor de que alguém possa se antecipar a nós e virar sua mente para algum outro rumo na vida, corrompendo-o. Portanto, chegastes na melhor ocasião possível. Se não fizerdes objeção, fazei uma experiência com este adolescente[17] e conversai com ele em nossa presença."

Depois que assim falei, quase que com estas mesmas palavras, Eutidemo respondeu em um tom que era misto de virilidade e autoconfiança:[18]

c "Ah, para nós não faz diferença, Sócrates, desde que o jovem se predisponha a nos responder."

---

13. Clínias.
14. ...φιλοσοφεῖν... (*philosopheîn*), literalmente *amar a sabedoria*.
15. Ou seja, o célebre Alcibíades, morto aos 44 anos em 404 a.C., avô do belo Alcibíades por quem Sócrates foi apaixonado. A respeito do jovem Alcibíades, ver o *Protágoras* (309b), e o *Alcibíades*, em *Diálogos I* e *VII*, respectivamente, obras publicadas em *Clássicos Edipro*.
16. Quer dizer, homônimo de seu tio, pai do *jovem* Alcibíades.
17. ...μειρακίου... (*meirakíoy*).
18. ...ἀνδρείως τε καὶ θαρραλέως... (*andreíos te kaì tharraléos*), *corajosa e arrojadamente*.

"A propósito", eu disse, "ele está acostumado a isso. Estas pessoas aqui o procuram constantemente dirigindo-lhe muitas perguntas e debatendo com ele, de modo que ele é um destemido respondente."

Quanto ao que sucedeu depois, Críton, como poderei oferecer-te uma adequada descrição? Não é tarefa fácil mostrar-se capaz de recordar minuciosamente um tal saber imenso como o deles. Assim, tal como os poetas, é necessário
d que principie minha narrativa com uma invocação das Musas[19] e da Memória[20]. Bem, pelo que me lembro, Eutidemo começou mais ou menos assim:

"Clínias, que tipo de seres humanos são os aprendizes: os sábios ou os ignorantes?"

Ante essa pergunta de peso, o adolescente enrubesceu e lançou-me um olhar no seu apuro. Percebendo sua dificuldade, eu disse: "Não receies, Clínias, apenas responde corajosa-
e mente, não importa o que penses que é, pois talvez ele esteja te prestando um serviço de suma importância".

Nesse ínterim, Dionisodoro inclinou-se um pouco para mim e com um largo sorriso estampado no rosto, murmurou ao meu ouvido: "Deixa-me informar-te de antemão, Sócrates, que não importa como o rapazinho responda, não escapará da refutação".

Enquanto ele me dizia isso, Clínias deu sua resposta, de
276a modo que nem sequer pude avisar o adolescente para ser cuidadoso. Ele respondera que os aprendizes eram os sábios.

E Eutidemo prosseguiu seu interrogatório: "E há pessoas que chamas de mestres, ou não?".

Ele assentiu que havia.

---

19. ...μούσας... (*moýsas*), as nove divindades menores (ninfas), filhas de Zeus e Mnemosine, patronas das belas artes e das artes liberais (música e poesia em todas as suas formas – cômica, trágica, épica, lírica, idílica, erótica – história, dança, retórica, astronomia etc.).

20. ...Μνήμην... (*Mnémen*): μνήμη (*mnéme*) é a memória (*faculdade*) e a própria lembrança, mas a maiúscula inicial remete a Μνημοσύνη (*Mnemosýne*), personificação divina da memória e justamente mãe das Musas.

"E os mestres dos aprendizes são mestres da mesma forma que vossos mestres de música[21] e de leitura e escrita, suponho, eram mestres de ti e dos outros meninos quando éreis discípulos?"

Ele assentiu.

"Ora, decerto quando estivestes aprendendo não conhecíeis ainda as coisas que estáveis aprendendo?"

"Não", ele disse.

b "Consequentemente, éreis sábios quando não conhecíeis essas coisas?"

"Claro que não", ele disse.

"E nesse caso, se não sábios, então ignorantes?"

"Certamente."

"Portanto, quando aprendíeis o que não conhecíeis, aprendíeis ao mesmo tempo que éreis ignorantes."

A isso o rapazinho meneou afirmativamente.

"Então se conclui que são os ignorantes que são os aprendizes, Clínias, e não os sábios, como supões."

Pronunciadas essas últimas palavras, todos os seguidores
c de Dionisodoro e Eutidemo irromperam em um aplauso acompanhado de risadas, como um coro ao sinal de seu diretor. E antes que o adolescente pudesse recuperar devidamente o próprio alento, Dionisodoro assumiu o argumento e perguntou: "Bem, Clínias, toda vez que vosso mestre de leitura e escrita ditava de memória, quais meninos aprendiam o trecho, os sábios ou os ignorantes?".

"Os sábios", disse Clínias.

"Portanto são os sábios os aprendizes e não os ignorantes, e consequentemente o assentimento que acabaste de dar a Eutidemo foi uma má resposta."

d Em seguida irrompeu um ribombo de risadas e aplausos da parte dos adoradores da dupla, em [franca] admiração por sua habilidade. De nosso lado, estávamos desalentados e em silêncio.

---

21. ...κιθαριστὴς... (*kitharistès*), de instrumentos de corda como a harpa, a lira e a cítara.

Então Eutidemo, testemunhando nosso desalento e desejoso de nos assombrar ainda mais, não deixou o rapazinho desvencilhar-se, continuando a interrogá-lo e, como um dançarino habilidoso, executou um volteio duplo com suas perguntas sobre o mesmo ponto: "Ora, os aprendizes aprendem o que conhecem", indagou, "ou o que não conhecem?".

Dionisodoro murmurou baixinho no meu ouvido de novo:
e "Aí vem uma segunda refutação, Sócrates, tal como a primeira".

"Por Zeus", eu disse, "com certeza a primeira foi suficientemente boa para vós".

"Todas nossas perguntas, Sócrates", ele disse, "são como essa: não admitem escapatória".

"E o resultado disso, como a mim parece", observei, "é gozardes de tão alta reputação junto a vossos discípulos".

Enquanto isso Clínias respondeu a Eutidemo que os aprendizes aprendiam o que não conheciam, e daí Eutidemo o fez enveredar pelo mesmo curso de perguntas de antes.

277a "Ora, não conheces tuas letras?", ele perguntou.

"Sim, conheço", ele respondeu.[22]

"Todas elas?"

Ele o admitiu.

"Bem, quando alguém faz um ditado ou outro, não dita letras?"

Ele concordou.

b "E dita coisas das quais conheces algo, uma vez que conheces todas as letras?"

Mais uma vez ele assentiu.

"Bem", disse o outro,[23] "certamente não aprendes aquilo que essa pessoa dita. É, ao contrário, ele que não conhece suas letras, quem aprende."

"Não", ele respondeu, "sou eu que aprendo."

"Então aprendes o que conheces, já que conheces todas as tuas letras."

---

22. Ou seja, Clínias.

23. Ou seja, Eutidemo.

Ele concordou.

"Consequentemente tua resposta não foi correta", ele disse.

Mal Eutidemo pronunciara a última palavra e Dionisodoro colheu o argumento como se fosse uma bola, e novamente visando o rapazinho, disse: "Eutidemo está te enganando, Clínias. Diz-me: não é o aprendizado a recepção do conhecimento daquilo que se aprende?".

Clínias concordou.

"E não é o conhecer", ele prosseguiu, "simplesmente já ter conhecimento?"

c Ele assentiu.

"Consequentemente, o não conhecer é não ter ainda conhecimento?"

Ele aquiesceu.[24]

"Assim, os que recebem algo são os que já o têm ou os que não o têm?"

"Os que não o têm."

"E admitiste que os que não conhecem também pertencem a essa classe dos que não o têm?"

Ele moveu a cabeça em um gesto afirmativo.

"E os aprendizes pertencem à classe dos que recebem e não à dos que têm?"

Ele concordou.

"Daí são os que não conhecem que aprendem, Clínias, e não os que conhecem."

d Eutidemo já se preparava para causar a terceira queda do jovem quando eu, percebendo que o adolescente perdia o ânimo e desejando dar-lhe uma oportunidade de recuperar o fôlego, receando que pudesse nos envergonhar acovardando-se, estimulei-o com as seguintes palavras: "Não te deixes surpreender se esses raciocínios te parecem estranhos, pois talvez não estejas te dando conta do que nossos dois visitantes estão fazendo contigo. Estão agindo exatamente como nos

24. Ou seja, Clínias.

ritos iniciatórios dos *coribantes*[25], quando entronizam alguém que pretendem iniciar. Se tivesses sido iniciado, saberias que
e há dança e folguedos nessas ocasiões. Assim, aqui estes dois se limitam a dançar ao redor de ti e executar suas cambalhotas com vistas a tua subsequente iniciação. Deves agora, em conformidade com isso, imaginar que estás ouvindo a primeira parte dos mistérios sofísticos. Em primeiro lugar, como diz Pródico[26], tens que aprender o correto emprego das palavras, o que é precisamente o que os nossos dois visitantes estrangeiros estão salientando, ou seja, que não compreendeste que os indivíduos usam a palavra *aprendizado* não só na situação
278a em que alguém que desconhece uma coisa inicialmente passa a conhecê-la posteriormente, mas também quando alguém que já conhece (já possui esse conhecimento) o utiliza para investigar a mesma matéria, ocorrente na ação ou no discurso. É verdadeiro que se inclinam, de preferência, a chamá-lo de *entendimento* em lugar de *aprendizado*, embora ocasionalmente o chamem de aprendizado também. E esse ponto, como estão demonstrando nossos amigos, te passou despercebido, a saber, como a mesma palavra para pessoas que se encontram nas condições opostas de conhecer e não conhecer. Um ponto
b semelhante está presente na segunda questão em que te perguntaram *se as pessoas aprendem o que conhecem ou o que não conhecem.* Essas coisas constituem a parte de diversão do estudo, razão pela qual te digo que estes homens estão brincando contigo. E classifico essas coisas como diversão porque mesmo que um indivíduo se dispusesse a aprender muitos desses truques, ou todos eles, não adquiriria absolutamente mais saber relativamente à verdadeira condição das matérias em pauta, mas somente a capacidade de se divertir com as pessoas, logrando-as e levando-as ao chão, graças à diferença de sentido das palavras, tal como aqueles que retiram furti-

25. ...τελετῇ τῶν Κορυβάντων... (*teletêi tôn Korybánton*): Sócrates alude aos sacerdotes de Cibele (Κυβέλη), deusa frígia, que celebravam seus mistérios recorrendo a danças e cantos desordenados.

26. Ver o *Protágoras*.

c vamente o banco quando alguém está prestes a se sentar e se
divertem e riem ao verem a pessoa cair de costas. Assim, deves
considerar o tratamento que esses senhores te dispensam como
um mero jogo. Entretanto, depois disso, sem dúvida exibirão
a ti seu assunto sério, enquanto eu me manterei vigilante para
que cumpram a promessa que me fizeram. Disseram que exi-
biriam sua habilidade exortatória,[27] mas agora me parece que
d julgaram conveniente brincar contigo antes. Assim, Eutidemo
e Dionisodoro, vamos dar por encerrado o vosso jogo. Eu di-
ria que vos divertistes quanto quisestes. O que tendes a fazer
a seguir é nos oferecer uma exibição de como exortar[28] este
adolescente a devotar-se à sabedoria e à virtude. Mas primeira-
mente exporei a vós como encaro essa matéria e como gostaria
que fosse tratada. Se parecer que a trato de uma maneira rudi-
mentar e ridícula, não dirigi a mim vosso riso de menoscabo,
pois na ânsia de ouvir vosso saber me arriscarei a improvisar
e em vossa presença. Consequentemente, tanto vós quanto vos-
sos discípulos deveis vos conter, limitando-se a ouvir sem rir.
Quanto a ti, filho de Axíoco,[29] responde-me o seguinte:

'Todos os seres humanos desejam ter êxito? Ou é esta pergunta um dos despropósitos que temi há pouco? De fato, imagino que seja estúpido sequer formular uma tal questão, já que todo indivíduo deve desejar ter êxito.'

'Todos os seres humanos'", Clínias respondeu.

279a "Ora", prossegui, "no que diz respeito à próxima etapa,
visto que desejamos ter êxito, como tê-lo? Será o êxito consti-
tuído pela posse de muitas coisas boas? Ou será esta pergunta
ainda mais estúpida do que a outra, já que certamente também
isso é óbvio?"

Ele concordou.

"Bem, das coisas que existem, que tipos temos na conta de realmente boas? Ou talvez esta não seja uma pergunta difícil,

27. ...προτρεπτικὴν σοφίαν... (*protreptikèn sophían*), incluindo a ideia de habilidade em persuadir.

28. ...προτρέποντε... (*protréponte*), ver nota anterior.

29. Clínias.

prescindindo de um homem importante para dar uma pronta resposta, uma vez que qualquer indivíduo nos informará que ser rico é uma coisa boa? Não é assim?"

"Com toda a certeza", ele disse.

b "O mesmo ocorrerá com ter saúde, ser atraente e dispor copiosamente dos demais dons físicos?"

Ele assentiu.

"Por outro lado, está claro que contar com bom nascimento, poder e honras na própria pátria são coisas boas."

Ele o admitiu.

"Então o que faltou ainda", indaguei, "na classe das coisas boas? E quanto a ser moderado[30], justo e corajoso? Por Zeus, Clínias, peço que me digas se pensas que estaremos corretos em classificar essas qualidades como coisas boas, ou se devemos rejeitá-las como tais. De fato, é possível que alguém julgue isso discutível. Qual é tua impressão?".

c "São coisas boas", disse Clínias.

"Muito bem", continuei, "e em que grupo colocaremos a sabedoria? Naquele das coisas boas ou onde?".

"Naquele das coisas boas."

"Toma cuidado para não omitirmos quaisquer coisas boas que mereçam ser mencionadas."

"Não considero que estamos omitindo qualquer uma delas", disse Clínias.

Contudo, lembrei-me de uma e disse:

"Por Zeus, Clínias, estamos a ponto de omitir a maior de todas as coisas boas!"

"E qual é ela?", ele perguntou.

"A boa sorte,[31] Clínias, algo que todos, mesmo os indivíduos sem valor, citam como o maior dos bens."

"Dizes a verdade."

Mais uma vez reconsiderei as coisas e disse:

---

30. ...σώφρονά... (*sóphroná*), abrangendo também os conceitos de sobriedade, disciplina e autocontrole.

31. ...εὐτυχίαν... (*eytykhian*).

d “Quase que fizemos de nós, tu, filho de Axíoco e eu, objetos de riso para nossos visitantes.”

“O que queres dizer?”, ele disse.

“Ora, depois de acrescentar a boa sorte à nossa primeira lista, estivemos discutindo a mesma coisa novamente.”

“O quer queres dizer com isso?”

“É certamente ridículo quando algo esteve diante de nós o tempo todo, apresentá-lo novamente e discorrer sobre o mesmo argumento duas vezes.”

“Ao que te referes?”

“Suponho”, respondi, “que sem dúvida a sabedoria é a boa sorte... até uma criança seria capaz de perceber isso.”

Ele se surpreendeu com isso – é ainda tão jovem e cândido – e eu, percebendo sua surpresa, prossegui: “Não sabes,
e Clínias, que para o êxito na música da flauta são os flautistas que têm a melhor sorte?”.

Ele concordou com isso.

“Assim, no que diz respeito a escrever e ler, essa posição será ocupada pelos professores de leitura e escrita.”

“Certamente.”

“Bem, e quanto aos perigos do mar? Certamente não pensas que, via de regra, quaisquer pilotos têm melhor sorte do que os pilotos sábios?”

“Certamente que não.”

“Ora, supondo que estivesses em uma expedição guerreira, com que general preferirias compartilhar do perigo e da
280a sorte: com o sábio ou com o ignorante?”

“Com o sábio.”

“E supondo que estivesses doente, com que médico te arriscarias: com um médico sábio ou com um ignorante?”

“Com um sábio.”

“Pensas”, eu disse, “que terias melhor sorte nas mãos de um sábio do que nas de um ignorante?”.

Ele assentiu.

“Consequentemente, a sabedoria em toda parte produz a boa sorte dos seres humanos, visto que suponho que ela jamais erra, sendo necessariamente correta quer nos atos quer na sorte em que resulta. Se assim não fosse, não seria mais sabedoria."

b Concordamos finalmente, de uma forma ou outra, que a situação, em síntese, era a seguinte: quando a sabedoria está presente, aquele que conta com ela prescinde da presença adicional da boa sorte. E quando concordamos nisso, voltei a interrogá-lo sobre o que deveríamos pensar, nesse caso, de nossas afirmações anteriores. "Havíamos concordado", eu disse, "que se tivéssemos muitas coisas boas, seríamos felizes e teríamos êxito."

Ele assentiu.

"Então seríamos felizes devido à presença de nossos bens se não nos fossem vantajosos ou se nos fossem de alguma vantagem?"

c "Se nos fossem vantajosos", ele disse.

"E seria uma coisa vantajosa a nós pelo simples fato de a possuirmos sem que a usássemos? Por exemplo, se tivéssemos muitos alimentos, mas não os comêssemos, ou muito para beber, mas não o bebêssemos, poder-se-ia dizer que extraímos alguma vantagem dessas coisas?"

"Claro que não", ele respondeu.

"Bem, então se todo profissional tivesse todos os itens necessários para exercer sua arte particular, mas jamais os utilizasse, obteria êxito pelo fato de possuir à mão todos esses itens de que necessita um profissional? Exemplificando, se a um carpinteiro fossem entregues todas suas ferramentas e uma boa quantidade de madeira, mas ele não produzisse
d nenhuma obra de carpintaria, seria possível que extraísse algum benefício daqueles itens com cuja posse ficou?"

"De modo algum", ele disse.

"Supõe, agora, que alguém adquiriu riqueza e todas as coisas boas que indicamos há pouco, mas que não as utilizou. Seria feliz simplesmente por possuir essas coisas?"

"Certamente não, Sócrates."

"Então, pelo que parece, para ser feliz não basta meramente adquirir tais bens, sendo necessário também utilizá-los, caso contrário não se retira nenhuma vantagem de sua posse."

"O que dizes é verdade."

"Bem, então esses recursos, ou seja, a posse e a utilização
e desses bens, são suficientes, Clínias, para tornar um indivíduo feliz?"

"Penso que sim."

"E diremos", perguntei-lhe, "se ele os utilizar corretamente ou mesmo que não os utilize corretamente?"

"Se os utilizar corretamente."

"Excelente resposta", eu disse, "de fato suponho que há maior dano se alguém utilizar uma coisa incorretamente do que se simplesmente não a utilizar – no primeiro caso há mal, ao passo que no segundo não há nem mal nem bem. Não po-
281a deríamos formulá-lo assim?"

Ele concordou.

"Prosseguindo, no trabalho e uso da madeira, haveria alguma coisa mais responsável pelo uso correto além do conhecimento da carpintaria?"

"Certamente não", ele disse.

"Ademais, suponho que no trabalho associado à produção de equipamentos, é o conhecimento o responsável pelo trabalho correto."

"Sim", ele disse.

"Assim, analogamente", continuei, "no que se refere ao uso das coisas boas que mencionamos inicialmente, nomeadamente a riqueza, a saúde e a beleza, era o conhecimento que
b regia e orientava nossa conduta no tocante ao uso correto de todas essas vantagens, ou era outra coisa?".

"Era o conhecimento", ele respondeu.

"Portanto, o conhecimento, pelo que parece, supre a humanidade não só de boa sorte, como também de bem-estar, quer no que se refere às posses, quer no que se refere à ação humana."

Ele concordou.

"Então, por Zeus, é possível obtermos qualquer vantagem de todas as outras posses sem entendimento e sabedoria? Estaríamos autorizados a afirmar que um indivíduo destituído de senso terá mais proveito por possuir mais e agir mais do que se agisse menos e possuísse menos? Consideres da seguin-
c te maneira: não erraria menos se agisse menos, e errando menos não faria menos mal, e fazendo menos mal não seria menos infeliz?"

"Certamente", ele disse.

"Em qual dessas duas situações – quando se é pobre ou quando se é rico – há maior probabilidade de se agir menos?"

"Quando se é pobre", ele disse.

"E quando se é fraco ou quando se é forte?"

"Fraco."

"E quando se é considerado com honra ou sem honra?"

"Sem honra."

"Quando se é corajoso e moderado[32] age-se menos ou quando se é covarde?"

"Quando se é covarde."

"E o mesmo valeria se alguém fosse ocioso e não laborioso?"

Ele assentiu.

"E lento em lugar de rápido, e de visão e audição embotadas em lugar de agudas?"

d Houve concordância entre nós com referência a tudo isso e também relativamente a outros pontos semelhantes.

"Em síntese então, Clínias", prossegui, "parece que, com relação a todo o elenco de coisas que de início classificamos como bens, a explicação que requerem não toca à questão de como são bens (coisas boas) em si mesmos por natureza, mas sim o seguinte: se são orientados pela ignorância, são *males* ainda piores do que seus opostos, na medida em que são capazes de compactuar com uma orientadora viciosa; entretanto se o entendimento e a sabedoria os nortearem, consti-

32. Ver nota 30.

e tuem bens maiores. Todavia, em si mesmos, nem uma espécie
nem outra possui qualquer valor".

"A mim parece", ele respondeu, "ser tal como sugeres."

"Mas, afinal, qual é a conclusão que podemos inferir de nossas afirmações? Não será precisamente que, no que respeita à todas as demais coisas, nenhuma delas é boa ou má, mas que em referência a essas duas, a sabedoria é boa e a ignorância, má?"

Ele concordou.

282a "Então vejamos a consequência ulterior que se coloca
diante de nós. Como estamos todos interessados em ser felizes, e como parece que nos tornamos felizes não só pelo uso das coisas, mas pelo seu uso correto, enquanto o conhecimento – nós o vimos – era o responsável pela provisão da correção e da boa sorte, afigura-se necessário que todo homem se prepare mediante todos os recursos disponíveis para se tornar o mais sábio possível. Não é assim?"

"Sim", ele disse.

"E se ocorrer a um indivíduo, como lhe é permitido, de
pensar que deve obter essa dotação de seu pai muito mais do
b que dinheiro, como também de seus tutores e amigos ordiná-
rios, bem como daqueles que afirmam ser seus amantes, sejam estrangeiros ou concidadãos, implorando-lhes e suplicando-lhes que lhes deem sua parcela de sabedoria, nada há de vergonhoso ou desonroso, Clínias, no fato de, nesse interesse, ele tiver que se tornar o servo ou o escravo de um amante ou de qualquer pessoa, na disposição de realizar qualquer serviço honroso no seu desejo intenso de tornar-se sábio. Não será esta tua opinião?", perguntei.

c "Penso que estás inteiramente certo", ele respondeu.

"Sim, Clínias", prossegui, "na hipótese de a sabedoria ser ensinável e não se manifestar aos seres humanos por conta própria, pois esta é uma questão a ser ainda investigada por nós, a qual continua exigindo consenso entre mim e ti."

"Quanto a mim, Sócrates", ele disse, "penso que é ensinável."

Isso me trouxe contentamento e eu disse: "Falas bem, excelente amigo![33] Agradeço-te por me poupares da longa investigação desse ponto específico, a saber, a questão da sabedoria poder ser ensinada ou não.

Bem, agora como pensas que a sabedoria é tanto passível de ser ensinada quanto a única coisa no mundo que torna o
d ser humano feliz e detentor de boa sorte, com certeza concordarás que é necessário buscar a sabedoria,[34] na intenção de tu próprio o fazer".

"Ora", ele disse, "é precisamente o que tenciono fazer, Sócrates, com todas as minhas forças."

Eu, então, experimentando grande regozijo em ouvir isso, disse: "Eis aí, Dionisodoro e Eutidemo, meu exemplo do que desejo que seja um argumento exortatório,[35] embora talvez rudimentar e amadorístico além de expresso prolixamente e com certa dificuldade. Agora, que um ou outro de vós, aquele que deseje fazê-lo, nos dê um exemplo de um tratamento
e profissional dessa mesma matéria. Se não desejardes realizar isso, que vossa exibição principie onde eu parei, mostrando ao jovenzinho se ele deve adquirir toda sorte de conhecimento, ou se há um só tipo dele cuja obtenção nos é necessária para nos tornarmos tanto homens felizes quanto bons, e qual é. Como afirmei no início, para nós significa muito este jovem tornar-se sábio e bom".

283a Foi o que eu disse, Críton, e me dispus a prestar a mais estrita atenção no que se seguiria, observando de que modo iriam tratar a questão e como iniciariam a exortação do jovem à prática da sabedoria e da virtude. O mais velho deles, Dionisodoro, foi o primeiro a dar continuidade à discussão e todos nós voltamos nossos olhares para ele, na expectativa de ouvir imediatamente alguns argumentos maravilhosos. E foi precisamente o que sucedeu, uma vez que o argumento
b emitido pelo homem, ó Críton, revelou-se certamente maravi-

33. ...ἄριστε ἀνδρῶν... (*áriste andrôn*), literalmente *excelente homem.*

34. Ver nota 14.

35. Ver nota 27.

lhoso, e digno de ser ouvido por ti, já que constitui um notável incitamento à virtude.

"Diz-me, Sócrates", ele disse, "e todos vós que dizem querer que este jovem se torne sábio, se dizeis isso a título de gracejo ou se o quereis verdadeira e seriamente."

Ao ouvir isso, refleti que anteriormente, pelo que parecia, haviam julgado que estávamos gracejando quando instamos que dialogassem com o jovem, resultando isso em uma brincadeira por parte deles, não o levando a sério. Tal
c reflexão induziu-me a insistir com maior ênfase que nossa seriedade era absoluta.

Diante disso Dionisodoro disse: "Acautela-te, Sócrates, para que não tenhas de negar o que dizes agora".

"Este é um assunto sobre o qual ponderei", eu disse. "Sei que jamais recorrerei a negações em relação a ele."

"Bem", ele disse, "tu me dizes que desejas que ele se torne sábio?"

"Com toda a certeza."

"E presentemente", perguntou, "Clínias é sábio ou não?"

"Ele diz que não é ainda. Não é um fanfarrão."

d "E vós", ele prosseguiu, "desejais que ele se torne sábio e que não seja ignorante?"

Concordamos.

"Então desejais que ele se torne o que não é e não seja mais o que é agora."

Ao ouvir isso, vi-me presa de uma certa confusão, e ele irrompendo em meio a minha confusão, disse: "Está claro, então que, como desejais que ele não seja mais o que é agora, desejais aparentemente que ele esteja morto. Ora, que valiosos amigos e amantes são estes que tudo dariam para ver seu querido morto e desaparecido!".

e Ctesipo, ao escutar tal coisa, aborreceu-se, tomando as dores de seu favorito, e disse: "Estrangeiro de Túrio, se não fosse uma observação rude, eu diria 'que tu morras' por conceberes e dizeres uma tal mentira de mim e dos outros – o que para mim chega a ser demasiado profano mesmo repetir – ou seja, que eu pudesse desejar que este rapaz estivesse morto e desaparecido!".

"Ora, Ctesipo", disse Eutidemo, "julgas possível mentir?"

"Por Zeus, claro que sim", ele respondeu, "seria um louco se não o julgasse."

"Queres dizer quando alguém se refere à coisa de que se está falando ou quando não se refere?"

284a "Quando se refere", ele disse.

"Portanto, se refere-se a essa coisa, não se refere a nenhuma outra das coisas que são[36] e absolutamente a nada mais?"

"É claro", disse Ctesipo.

"Ora, a coisa a que se faz referência é singular, distinta de todas as outras que são."

"Certamente."

"Então a pessoa que se refere àquela coisa refere-se ao que *é*."

"Sim."

"Mas certamente a pessoa que se refere ao que é e às coisas que são refere-se à verdade, de sorte que Dionisodoro, se faz referência às coisas que são, refere-se à verdade e não diz mentiras sobre vós."

b "Sim", disse Ctesipo, "mas aquele que fala como ele falou, Eutidemo, não diz *coisas que são.*"

E Eutidemo perguntou-lhe: "E as *coisas que não são* certamente não existem?".

"Não existem."

"Portanto, em nenhum lugar *as coisas que não são* podem *ser*?"

"Em nenhum lugar."

"Então não há possibilidade que qualquer indivíduo pudesse fazer qualquer coisa às *coisas que não são* de modo a fazê-las *ser*, uma vez que não estão em nenhum lugar."

"Penso que não", disse Ctesipo.

---

36. ...τῶν ὄντων... (*tôn ónton*).

"Ora, quando oradores discursam diante do povo nada fazem?"

"Não, fazem algo", ele respondeu.

c "Então se *fazem*[37], também *produzem*[38]?"

"Sim."

"Bem, discursar é fazer e produzir?"

Ele concordou.

"Ninguém, suponho, fala o que não *é*, já que nesse caso estaria produzindo alguma coisa, e admitiste que ninguém é capaz de produzir alguma coisa que não é. Assim, com base em tua opinião, ninguém fala o que é falso, ao passo que se Dionisodoro *fala*, ele fala a verdade e as coisas que são."

"Por Zeus, Eutidemo, sim", Ctesipo disse, "mas de uma maneira ou outra ele *fala as coisas que são*, apenas não como são."

d "O que queres dizer, Ctesipo?", Dionisodoro disse, "há pessoas que dizem as coisas como são?"

"Certamente há", ele disse, "pessoas de bem e aquelas que dizem a verdade."

"Bem", ele disse,[39] "não estão as coisas boas *bem* enquanto as más estão *mal*?"

Ele assentiu.

"E admites que pessoas de bem falam as coisas como são?"

"Admito."

"Então, Ctesipo, pessoas de bem falam *mal* de coisas más se de fato delas falam como são."

"Por Zeus, decerto que falam, por exemplo quando falam
de pessoas más, entre as quais, se aceitares meu conselho, to-
e marás cuidado para não seres incluído, para que os bons não
possam falar *mal* de ti. De fato, asseguro-te que os bons falam
mal do mal."

---

37. ...πράττουσι... (*práttoysi*).

38. ...ποιοῦσι... (*poioŷsi*).

39. Ou seja, Dionisodoro.

"E falam *grandemente* do grande", Eutidemo perguntou, "e de *maneira quente* do quente?"

"Com toda a certeza, pelo que presumo", disse Ctesipo. "E sei que falam *friamente* dos frios e classificam seu modo de argumentar como frio."

"Estás te tornando insultuoso, Ctesipo", disse Dionisodoro, "realmente muito insultuoso!"

"Por Zeus, não estou fazendo isso, Dionisodoro, pois gosto de vós. Estou meramente vos dando um conselho amigável e me esforçando para vos persuadir a nunca dizer nada tão indelicado em minha presença como que desejo a morte e o
285a desaparecimento dos meus amigos mais caros."

Como aumentava a aspereza entre eles, comecei a brincar com Ctesipo e disse:

"Ctesipo, penso que devemos aceitar de nossos visitantes o que nos têm a dizer, se eles se dispõem a serem generosos para tanto, e não polemizar em torno de uma palavra. Se realmente possuem o conhecimento de como destruir pessoas tanto quanto o de fazer de pessoas más e estúpidas pessoas boas e
b inteligentes, ou ambos descobriram por si próprios ou aprenderam de outra pessoa esse tipo peculiar de destruição ou aniquilamento que os capacita a eliminar um indivíduo perverso e erguê-lo novamente como um indivíduo honesto; se possuem esse conhecimento – e evidentemente o possuem (tu os ouviste afirmar que a arte que recentemente descobriram era a de transformar indivíduos maus em bons) – façamos a eles essa concessão. Deixemos que destruam o rapazote para nós e que o tornem sábio, e que façam o mesmo com todos nós. Se
c vós, jovens, estais com medo, permiti que a experiência seja feita comigo como com uma cobaia[40]: de fato, sendo eu uma pessoa velha,[41] estou pronto a assumir o risco e me colocar nas mãos de Dionisodoro aqui presente, como se ele fosse

40. ...Καρὶ... (*Karì*), literalmente um cariano (escravo cariano), referência a um povo de uma região da Ásia Menor geralmente tido como desprezível pelos povos da Ática.

41. Sócrates é retratado neste diálogo por Platão como tendo 68 ou 69 anos.

a célebre Medeia da Cólquida[42]. Que me destrua, e se quiser pode inclusive ferver-me, ou fazer o que bem lhe aprouver, mas sob a condição inescapável de me tornar bom."

A isso Ctesipo acresceu: "Também eu, Sócrates, estou pronto a oferecer-me para ser esfolado pelos estrangeiros, se o desejarem, mais ainda do que estou sendo agora, desde que meu couro, no fim, não seja transformado em um odre de vi-
d nho, como o de Mársias[43], mas em uma peça de virtude. E ainda assim Dionisodoro aqui presente acha que estou aborrecido com ele. Não estou em absoluto. Limito-me a contestar as observações que julgo ter ele dirigido impropriamente a mim. Portanto, excelente Dionisodoro, não classifiques contestações como insultos. Insultos são coisas completamente diferentes".

A isso Dionisodoro retrucou: "Estás elaborando teu discurso supondo a existência de uma coisa chamada contestação, Ctesipo?".

e "Certamente estou", ele respondeu, "e tu, Dionisodoro, sustentas que isso não existe?"

"Bem, ao menos tu", ele disse, "não poderias provar ter ouvido alguma vez uma única pessoa contestando outra?"

"É realmente o que achas?", Ctesipo retrucou. "Muito bem, ouçamos agora Ctesipo *contestando* Dionisodoro, se te dispões a ouvir minha prova."

"E darás realmente sustentação a ela?"

"Certamente", ele disse.

"Bem", retomou o outro, "cada coisa que *é* dispõe de palavras para ser descrita?"

"Certamente."

"E essas palavras a descrevem como ela é ou como não é?"

"Como ela é."

---

42. Feiticeira envolvida principalmente com Jasão e os argonautas na busca do tosão de ouro. Em uma ocasião, por meio de astúcia, truques e operações mágicas, convenceu Pelis e suas filhas a ferver o primeiro em um caldeirão para restituir-lhe a juventude.

43. O sátiro Mársias desafiou o deus Apolo para uma competição musical – sua flauta contra a harpa do deus. Sendo derrotado, foi esfolado vivo pelo deus devido à sua pretensão e teve sua pele dependurada como um odre em uma caverna.

286a “Bem”, ele disse, “pois se te lembras, Ctesipo, mostramos há pouco que ninguém fala de uma coisa como não é, uma vez que vimos que ninguém fala *o que não é*.”

“Bem, e daí?”, perguntou Ctesipo. “Estaremos tu e eu por conta disso nos contestando menos?”

“Agora, diz-me”, ele disse, “seria possível que nos contestássemos se nós dois fizéssemos a descrição da mesma coisa? Neste caso, não pronunciaríamos certamente as mesmas palavras?”

Ele concordou.[44]

“Entretanto, quando nenhum de nós faz a descrição da
b coisa”, ele perguntou, “estaremos nos contestando? Ou nesse caso estaríamos autorizados a dizer que nenhum de nós de modo algum tocou na matéria?”

Mais uma vez ele concordou.

“Mas quando faço a descrição da coisa, enquanto fazes uma outra descrição de uma outra coisa, há contestação entre nós nessa situação? Ou serei eu que estarei descrevendo a coisa, enquanto de modo algum a descreves? Como pode alguém que não descreve contestar aquele que descreve?”

Essa pergunta só contou com o silêncio de Ctesipo. Quanto a mim, porém, fiquei pasmo com o argumento e disse: “O que queres dizer, Dionisodoro? Com toda a franqueza,
c esse argumento – ainda que o tenha ouvido apresentado por muitas pessoas em várias oportunidades – nunca deixa de surpreender-me. Sabes que os seguidores de Protágoras[45] fizeram amplo uso desse argumento, como fizeram outros antes de sua época. Mas a mim sempre pareceu que possui uma capacidade espantosa não só de transtornar outras posições como também a si mesmo... e creio que terei acesso à sua verdade por meio de ti muito melhor do que por qualquer outra pessoa. O cerne de tua afirmação é que o discurso falso não existe, não é? Ou necessariamente alguém fala e fala a verdade, ou não fala?”.

---

44. Ou seja, Ctesipo.

45. Ver o *Protágoras*.

Ele concordou.

d "Então estaríamos facultados a dizer que o *discurso falso* não *é*, mas o *pensamento falso é*?"

"Não, o mesmo ocorre com o pensamento", ele disse.

"Então não existe de modo algum a opinião falsa", eu disse.

"Não", ele confirmou.

"Nem a ignorância, nem pessoas ignorantes. Ou não é isso precisamente o que a ignorância seria – se houvesse alguma – discursar falsamente sobre as coisas?"

"Certamente", ele disse.

"Mas não há tal coisa", eu disse.

"Não", ele disse.

"Será apenas para preservar tua afirmação, Dionisodoro, que te firmas nessa posição, ou seja, simplesmente para dizer algo surpreendente, ou é real e verdadeiramente tua opinião que a pessoa ignorante não existe?"

e "Cabe a ti refutar-me", foi a sua resposta.

"Bem, e teu argumento admitiria algo chamado refutação na hipótese da inexistência de alguém que falasse falsamente?"

"Não existe tal coisa", disse Eutidemo.

"Assim tampouco Dionisodoro há pouco me solicitou que o refutasse?", perguntei.

"Não... afinal como pode alguém solicitar algo que não *é*? Solicitas esse tipo de coisa?"

"Bem, Eutidemo", eu disse, "a razão de ter eu levantado essa questão é absolutamente não entender todos esses expedientes hábeis. Não passo de um pensador obtuso e por isso talvez venha a declarar algo um tanto estúpido. Mas deves perdoar-me. Eis o que quero dizer: se não há coisas
287a tais como discursar falsamente, pensar falsamente ou ser ignorante, certamente tampouco não é possível que haja o cometimento do erro quando alguém faz algo, uma vez que ao fazê-lo não há como errar a coisa sendo feita. Enunciarias isso, não enunciarias?"

"Certamente", ele disse.

"É precisamente aqui que se infiltra minha pergunta estúpida", eu disse. "Se não cometemos erros na ação, no discurso ou no pensamento, pergunto a vós qual é, em nome de Zeus, nessa hipótese, a matéria que ambos se propõem a ensinar. Ou
b não afirmastes há pouco que vossa especialidade era pôr qualquer indivíduo que o desejasse no caminho do aprendizado da virtude transmitida por vós?"

"Realmente, Sócrates", interveio Dionisodoro, "serás tu um velho Cronos[46] a ponto de trazer de volta agora o que dissemos no início? E lembrarás agora o que eu possa ter dito o ano passado, estando, no entanto, perdido quanto a como lidar com o presente argumento?"

"Bem, vês", respondi, "são argumentos muito difíceis, como é natural visto que procedem dos lábios de homens sábios, o que é também demonstrado por esse último argumento extremamente difícil que aventaste. Pois, afinal, o que queres dizer, Dionisodoro, afirmando que *estou perdido quanto a*
c *como lidar com ele*? Não significa claramente que sou incapaz de refutá-lo? Deves dizer-me qual outra intenção possui essa tua frase, ou seja, 'perdido quanto a como lidar com o argumento'."

"Mas não é tão difícil assim lidar com essa *tua* frase", ele disse. "Portanto, vai em frente e responde."

"Antes de me responderes, Dionisodoro?", protestei.

"Tu te negas a responder?"

"É justo?"

"Sim, é suficientemente justo", respondeu.

"Com base em que princípio?", indaguei. "Ou será claramente no seguinte: que te apresentas nesta ocasião a nós como completamente habilitado para discutir, a ponto de ser capaz de dizer quando uma resposta deve ser dada e quando

46. ...Κρόνος... (*Krónos*), deus pré-olímpico e personificação divina do tempo. Como foi destronado por seu filho Zeus, inaugurador do período olímpico, Cronos representa o arcaico e o desatualizado.

d não? E agora te recusas a responder a uma pergunta porque entendes que não deves."

"Que tolice que estás dizendo", ele disse, "em lugar de responder como devias. Vamos, bom homem, faz como te instruí e responde, posto que admites que sou sábio."

"Tenho que obedecer, então", eu disse, "e necessariamente pois estás no comando aqui. Assim, perguntes."

"Diz-me, as coisas capazes de intenção estão animadas[47] quando têm intenção, ou as coisas inanimadas também têm intenção?"

"Somente as animadas."

"Ora, conheces alguma frase que seja animada?"

"Por Zeus, não!"

e "Então por que há pouco me perguntaste qual era a *intenção* de minha frase?"

"É claro que cometi um grande erro", eu disse, "por conta de minha estupidez. Ou talvez não tenha sido um erro e eu estava certo em dizer o que disse, isto é, que frases têm *intenção*. Dirias que eu estava errado ou não? Se não estava, não me refutarás, a despeito de toda tua sabedoria e estarás perdido quanto a como lidar com o argumento; se, pelo contrário, eu estava errado, incorres no erro pois afirmas que não existe
288a essa coisa que é *cometer um erro*; e o que eu digo não visa ao que disseste o ano passado.

Mas me parece", continuei meu discurso, "Dionisodoro e Eutidemo, que nosso argumento permanece exatamente no ponto em que se encontrava, e ainda padece daquele velho problema de tombar ele próprio durante o processo de nocautear os outros. E mesmo vossa arte ainda não descobriu um meio de evitar esse malogro, isso apesar de vosso espantoso espetáculo de precisão com as palavras."

Nesse ponto Ctesipo exclamou: "Vossa maneira de dis-
b cursar é certamente espantosa, homens de Túrio ou Quios,
ou seja de onde for, ou de que modo for que preferis serdes

47. ...ψυχὴν... (*psykhèn*), ou seja, têm vida, literalmente: *têm alma.*

chamados. Mas o fato é que não tendes escrúpulos quanto a tagarelar como tolos".

Receei naquele momento pela vinda de palavras ultrajantes, de modo que procurei acalmar Ctesipo mais uma vez, dizendo: "Ctesipo, repito a ti o que declarei a Clínias há pouco, ou seja, que não percebes o quão notável é a natureza da sabedoria[48] de nossos visitantes. O único problema é que não se mostram desejosos de nos proporcionar uma exibição efetivamente séria dela, mas se limitam a nos oferecer truques
c de prestidigitadores, imitando o sofista egípcio Proteu[49]. Portanto, imitemos, por nossa vez, Menelau e não deixemos que esses homens nos escapem enquanto não nos apresentarem uma visão de sua própria atividade séria. Acredito que algo magnífico deles virá tão logo se proponham a ser sérios. Vamos lá, imploremos a eles, os exortemos e lhes supliquemos que permitam que sua luz brilhe. Quanto a mim, disponho-me novamente a assumir a dianteira e mostrar que tipo de pessoas – eu o espero encarecidamente – venham a se revelar. Co-
d meçando onde me detive antes, tentarei, o melhor que puder, examinar o que se segue com o intuito de despertá-los para a ação e fazer com que – por misericórdia e comiseração diante dos meus sérios esforços – sejam eles próprios sérios.

Poderias tu, Clínias", indaguei, "lembrar-me do ponto em que nos detivemos? Pelo que posso me recordar, era mais ou

48. ...σοφίαν... (*sophían*), significa tanto sabedoria quanto habilidade. Platão joga com a extrema e sutil ironia de Sócrates, que exibe durante todo o diálogo um comportamento caracterizado pela cortesia e supostamente subalterno e até humilde, mas eventualmente marcado pela cobrança enfática daquilo que foi prometido pelos interlocutores sofistas. No fundo, decerto, Sócrates e Platão têm certamente os sofistas na conta de muito *hábeis*, mas nem um pouco *sábios*. A arrogância de Dionisodoro e Eutidemo e, sobretudo, seu brilhante, mas improdutivo, formalismo no tratamento da questão, produzido pela suma destreza no manejo das palavras, parecem atestar, na crítica de Platão, a falácia de suas promessas de ensinar impecavelmente como ser sábio e virtuoso.

49. A despeito de aparentemente nomear um pretenso sofista egípcio, Platão alude à divindade marinha Proteu (Homero, *Odisseia*, Canto IV, 456 ss.), que se nega a revelar sua verdadeira forma, mostrando-se como um leão, um dragão, uma pantera, um enorme javali, água e uma árvore.

menos o seguinte: findamos por concordar que se deve buscar a sabedoria, não foi?”.[50]

“Sim”, ele disse.

“Ora, essa *busca da sabedoria*[51] é uma aquisição de conhecimento, não é?”

“Sim”, ele disse.

“Bem, que tipo de conhecimento adquiriremos na hipótese
e de o adquirirmos corretamente? Não é absolutamente claro que deve ser aquele conhecimento que nos trará benefício?”

“Certamente”, ele disse.

“E nos beneficiaria de algum modo a sabermos como caminhar e descobrir onde se encontram sob a terra as maiores jazidas de ouro?”

“Provavelmente”, ele disse.

“Mas, no entanto”, prossegui, “refutamos essa primeira proposição, concordando que mesmo que sem qualquer problema ou [necessidade de] cavar a terra, obtivéssemos todo o ouro do mundo, não teríamos benefício algum – de modo algum, nem mesmo se soubéssemos como transformar pedras
289a em ouro, não sendo esse conhecimento de nenhum valor. De fato, a menos que soubéssemos como utilizar o ouro, não encontraríamos nenhuma vantagem nele. Não te lembras disso?”, perguntei.

“Decerto que me lembro”, ele disse.

“Tampouco parece haver qualquer valor em qualquer outra forma de conhecimento, seja o do ganho de dinheiro, o da medicina ou qualquer outro que possibilite a produção de coisas, a não ser que se saiba como utilizar as coisas produzidas. Não é assim?”

Ele concordou.

b “E nem sequer se houvesse um conhecimento que capacitasse alguém a tornar os seres humanos imortais, nem isso – na falta de nosso conhecimento de como usar a imortalidade

50. Em 282d.

51. ...φιλοσοφία... (*philosophía*), literalmente *amor à sabedoria.*

– pareceria trazer qualquer proveito, se é que nos cabe inferir alguma coisa dos pontos que já estabelecemos."

Concordamos em tudo isso.

"Então o tipo de conhecimento de que necessitamos, belo jovem[52]", eu disse, "é aquele no qual estejam combinados o produzir e o conhecer como usar a coisa produzida."

"É o que parece", ele disse.

"Por conseguinte, devemos, pelo que parece, almejar algo
c muitíssimo diferente de ser fabricantes de liras ou possuir esse tipo de conhecimento. Com efeito, nesse caso, a arte produtora e a arte da utilização são completamente distintas, ocupando-se isoladamente com a mesma coisa. De fato, há uma enorme diferença entre a arte de fabricar liras e aquela de tocá-las.[53] Não é assim?"

Ele concordou.

"Tampouco, obviamente, necessitamos de uma arte da fabricação de flautas, uma vez que se trata de uma outra arte de tipo idêntico."

Ele assentiu.

"Agora, seriamente", perguntei, "se nos dispuséssemos a aprender a arte da elaboração dos discursos, seria essa a arte que deveríamos adquirir para sermos felizes?"

"Não penso que seja", foi a resposta de Clínias.

d "E com fundamento em que afirmas isso?", perguntei.

"Vejo", ele disse, "certos elaboradores de discursos[54] que desconhecem como usar os particulares discursos elaborados por eles mesmos, tal como os fabricantes de liras no tocante às suas liras. No primeiro caso, inclusive, há outras pessoas que se mostram capazes de utilizar o que os elaboradores de discursos elaboraram, mas que são, elas próprias, incapazes de elaborar discursos. Portanto, fica claro que também no

52. ...καλὲ παῖ... (*kalè paî*), literalmente *belo menino*.

53. ...λυροποιικὴ καὶ ἡ κιθαριστικὴ... (*lyropoiikè kaì he kitharistikè*): ou: *...de fabricar liras e aquela de tocar esse tipo de instrumento de cordas...* .

54. É de se presumir que Clínias se refira precisamente a Dionisodoro e Eutidemo.

caso de discursos, há uma arte produtora e uma outra da utilização."

"Penso que demonstraste suficientemente", eu disse, "que não é possível que essa arte dos elaboradores de discursos seja aquela cuja aquisição faria alguém feliz. E, não obstante, eu imaginava que em algum ponto a essa altura surgiria o
e conhecimento que estivemos buscando por todo esse tempo. De fato, não só esses elaboradores de discursos eles próprios me impressionam como extraordinariamente hábeis, quando em minha presença, Clínias, como também sua própria arte parece tão excelsa a ponto de ser quase inspirada. Contudo, isso não deve nos surpreender, já que constitui parte da arte do encantador, e apenas ligeiramente inferior a essa. A arte do en-
290a cantador é o encantamento de víboras, tarântulas e escorpiões, além de outros animais selvagens, e a cura de doenças, ao passo que a outra consiste precisamente no encantamento e na persuasão de júris, assembleias, multidões etc. Ou isso te impressiona diferentemente?", perguntei.

"Não, a mim parece", ele respondeu, "que é como dizes."

"Para que caminho então", eu disse, "nos voltaremos agora? Para que arte?"

"No que me diz respeito", ele disse, "nada tenho a sugerir."

"Ora, parece que a descobri eu mesmo", eu disse.

"E qual é?", perguntou Clínias.

b "A arte do comando militar", respondi, "impressiona-me como a arte cuja aquisição, acima de todas as outras, faria de alguém uma pessoa feliz."

"Não penso assim."

"E por que não?", perguntei.

"Em um certo sentido, essa é uma arte que consiste em caçar seres humanos."

"E daí?", redargui.

"Nenhuma parte da caça real", ele respondeu, "vai além do domínio da perseguição e da captura, e uma vez capturada a criatura que é caçada, os caçadores se mostram incapazes de utilizá-la, tendo tanto caçadores quanto pescadores que c entregar a criatura capturada aos cozinheiros, o mesmo acontecendo com os geômetras, os astrônomos e os calculadores, pois estes, à sua maneira, também são caçadores; de fato, nenhum desses produzem seus diagramas, mas descobrem as realidades das coisas e, assim, ignorando como usar sua presa, mas apenas como caçar, transmitem suas descobertas aos dialéticos, para que estes as utilizem apropriadamente, ao menos àqueles que não são completos idiotas."

"Excelente", eu disse, "belíssimo e engenhosíssimo Clínias. E será realmente esse o caso?"

"Decerto que é. E o mesmo se aplica aos comandantes milita-
d res", ele disse. "Após terem capturado uma cidade ou um exército, entregam-no aos políticos, uma vez que eles próprios ignoram como usar o que capturaram – tal como caçadores de codornizes, imagino, entregam suas aves aos que cuidam de codornizes. Se, portanto", ele prosseguiu, "estamos procurando aquela arte que, por si mesma, sabe como usar o que foi por ela adquirido por meio do produzir ou do perseguir, e se é uma arte dessa espécie que nos tornará venturosos, temos que rejeitar a arte do comando militar", ele disse, "e procurar uma outra."

e **Críton:** Como, Sócrates? Um discurso desses proferido por aquele adolescente?

Sócrates: Não acreditas que é dele, Críton?

Críton: Por Zeus, não posso acreditar que seja, pois estou certo de que se ele discursou assim, não tem necessidade da educação de Eutidemo ou da de qualquer outra pessoa.

Sócrates: Por Zeus, pode ser que tenha sido Ctesipo que disse isso e minha memória esteja me traindo.

291a **Críton:** O quê? Ctesipo?

Sócrates: Bem, ao menos de uma coisa estou certo: não foi nem Eutidemo nem Dionisodoro que proferiu esse discurso. Diz-me, extraordinário Críton, estaria ali presente algum poder superior que pronunciou isso? De fato, estou certo de que ouvi tal discurso.

Críton: Por Zeus, Sócrates, decerto imagino que foi realmente algum poder superior... positivamente isso. Mas depois continuastes

procurando por uma arte adequada? E descobristes a arte que
buscáveis, ou não?

b **Sócrates:** Se a descobrimos, meu afortunado amigo! Não, está-
vamos em uma situação absolutamente ridícula. Como crian-
ças que correm atrás de cotovias-de-poupa, nos mantínhamos
acreditando a cada momento que estávamos na iminência de
apanhar esse ou aquele conhecimento, para depois vê-lo com
frequência escapar de nossas mãos. Afinal, por que te narrar
toda a história? Quando chegamos à arte *real*[55], e a submetía-
mos à inspeção para apurar se nela havia o que provê e produz
felicidade, nesse ponto ingressamos em uma espécie de labi-
rinto, ou seja, quando supúnhamos ter chegado ao fim, fize-
c mos um círculo novamente e nos encontramos praticamente
no ponto inicial de nossa investigação, e tão pungentemente
carentes quanto quando a havíamos encetado.

Críton: E como isso sucedeu a vós, Sócrates?

Sócrates: Contarei a ti. Tivemos a ideia de que a arte política e a arte real eram idênticas.

Críton: Bem, e daí?

Sócrates: A essa arte, pensamos, a arte do comando militar e as
outras artes entregavam a administração dos produtos de que
eram produtoras, na medida em que exclusivamente ela ti-
nha o conhecimento de como usá-los. Assim, se nos afigurava
claro ser essa a arte que buscávamos, constituindo a causa da
ação correta no Estado, e tal como expressam as palavras de
d Ésquilo[56], *está sozinha na direção do Estado, pilotando todas*
as coisas, governando todas as coisas e tornando todas as
coisas úteis[57].

Críton: E vossa ideia certamente era uma boa ideia, Sócrates?

Sócrates: Tu mesmo julgarás isso, Críton, se te dispuseres a ou-
vir o que nos aconteceu na sequência. De fato, posteriormente
reconsideramos a questão mais ou menos da maneira seguin-
e te: vejamos agora, a arte real que governa a todos produz al-

55. ...βασιλικὴν... (*basilikèn*), ou seja, *do rei*.

56. Poeta trágico (525-456 a.C.).

57. Platão se refere provavelmente a *Sete contra Tebas*, 2.

gum efeito ou não? Certamente produz, dissemos uns para os outros. Não dirias isso também, Críton?

Críton: Diria.

Sócrates: Então que dirias ser seu efeito? Por exemplo, se eu te perguntasse se a medicina, ao controlar tudo que se submete ao seu controle, apresenta qualquer efeito, não dirias "sim, a saúde"?

Críton: Diria.

Sócrates: E quanto a tua própria arte da agricultura? Ao gover-
292a nar tudo que se submete ao seu controle, que efeito produz? Não dirias que ela nos supre do alimento da terra?

Críton: Diria.

Sócrates: E quanto à arte real? Ao governar sobre tudo que se submete ao seu controle, o que produz ela? Talvez não seja tão fácil para ti encontrar uma resposta nesse caso.

Críton: Por Zeus, realmente não, Sócrates.

Sócrates: Pois também não foi para nós, Críton. Mas estás ciente ao menos do seguinte, a saber, se essa arte é realmente a que estamos buscando, tem que ser útil.

Críton: Certamente.

Sócrates: E certamente nos deve prover de algo bom?

Críton: Necessariamente, Sócrates.

b **Sócrates:** E sabes que concordamos um com o outro, Clínias e eu, que nada pode ser bom exceto alguma espécie de conhecimento.

Críton: Sim, disseste isso.

Sócrates: Ademais, foi descoberto que todos os efeitos em geral que podes atribuir à arte política – e se presume que sejam numerosos, como por exemplo tornar os cidadãos ricos, livres e imunes a conflitos de facções políticas – eram todos coisas que não eram nem más nem boas, ao passo que essa arte tinha que nos tornar sábios e distribuir conhecimento, na hipótese de ser realmente aquela que nos benefi-
c ciasse e nos tornasse felizes.

Críton: É verdade, de sorte que de qualquer modo concordastes sobre isso com base em vossa explicação.

Sócrates: Então és da opinião de que a arte real torna os seres humanos sábios e bons?

Críton: E por que não, Sócrates?

Sócrates: Mas torna todos os seres humanos bons e em todos os aspectos? E é essa arte a que confere toda forma de conhecimento, o da sapataria, o da carpintaria e assim por diante?

Críton: Penso que não, Sócrates.

d **Sócrates:** Bem, qual o conhecimento que confere? Que uso podemos fazer dela? Não é necessariamente a criadora de qualquer daqueles produtos (efeitos) que não são nem maus nem bons, mas tem que transmitir um conhecimento que nada mais é senão ela mesma. Tentaremos agora dizer qual é e qual uso faremos dele? A ti pareceria bem se o descrevêssemos, Críton, como aquele por meio do qual tornaremos outros seres humanos bons?

e **Críton:** Certamente.

Sócrates: E no que nos diz respeito, em que aspecto serão bons e em que aspecto úteis? Ou nos arriscaremos a dizer que lhes cabe tornar outros bons e úteis, e estes, por seu turno, outros? Em que aspecto é possível serem bons é algo que não está de modo algum evidente a nós, uma vez que desacreditamos toda a atividade denominada comumente política e se trata meramente de um caso do proverbial "Corinto, filho de Zeus"[58], e, como eu dizia, continuamos mergulhados em grandes dificuldades, ou mesmo em situação pior, no que toca a descobrir qual é esse conhecimento que nos fará felizes.

Críton: Por Zeus, Sócrates, parece que vos enredastes em um embaraço e tanto.

Sócrates: E então, eu mesmo, Críton, consciente de ter me en-
293a redado nesse embaraço, me pus a exclamar com toda a força de meus pulmões, suplicando aos dois estrangeiros, como se estivesse recorrendo aos Gêmeos celestiais[59] para que nos salvassem, o adolescente e eu próprio, da terceira grande onda

58. Expressão alusiva ao ato de emitir qualquer repetição vã.

59. ...Διοσκούρων... (*Dioskoýron*), Castor e Pólux, os filhos gêmeos de Zeus, considerados protetores dos marinheiros.

do argumento[60] e se empenharem de todas as maneiras concebíveis para tornar claro qual podia ser esse conhecimento que devíamos possuir, se pretendemos viver o resto de nossas existências de um modo correto.

Críton: Bem, Eutidemo se dispôs a propor algo para ti?

Sócrates: Certamente! E principiou seu discurso, meu amigo, *com muito orgulho*[61]:

b "Preferes, Sócrates, que eu te ensine qual é esse conhecimento que te manteve confuso durante todo esse tempo, ou que demonstre que tu o possuis?"

"Ó homem bem-aventurado", exclamei, "e tens o poder de realizar isso?"

"Certamente tenho", ele respondeu.

"Então, por Zeus", bradei, "demonstres que o possuo! Isso será muito mais fácil do que o aprendizado para um homem de minha idade."

"Muito bem, responde-me o seguinte", ele disse. "Conheces alguma coisa?"

"Ah, com certeza muitas coisas, ainda que ninharias."

"É o suficiente", ele disse. "Bem, supões ser possível para qualquer *coisa que é* não ser o que é?"

c "Por Zeus, claro que não suponho isso."

"Mas tu", ele disse, "conheces alguma coisa?"

"Conheço."

"Portanto, és instruído, se realmente conheces?"

"Certamente, apenas naquela coisa particular que conheço."

"Isso é indiferente... não tens a necessidade de tudo conhecer se estás conhecendo?"

"Por Zeus, certamente", respondi, "pois há muitas outras coisas que não conheço."

---

60. Quanto à primeira e à segunda, ver respectivamente 292a, 292d e 292e.

61. ...μεγαλοφρόνως... (*megalophrónos*): o sentido deste advérbio é dúbio (e certamente não foi por acaso que Platão o utilizou), pois significa tanto *de maneira elevada*, *generosamente*, quanto *altivamente*, *arrogantemente*. A ironia socrática está flagrantemente presente.

"Então se não conheces alguma coisa, não és instruído?"

"Não nessa coisa em particular, meu amigo", respondi.

"És tu por tudo isso menos não instruído? Há pouco disseste que eras instruído, que estavas no processo de conhecer; e aqui estás, realmente o mesmo homem que *és*, e então
d não este homem, relativamente ao mesmo assunto e simultaneamente!"

"Muito bem, Eutidemo, de acordo com o provérbio, *é bem dito tudo o que dizes*. Mas como posso conhecer o conhecimento que estávamos buscando? Como é impossível tanto ser quanto não ser a mesma coisa, se conheço uma coisa conheço absolutamente tudo visto que não poderia estar conhecendo e não conhecendo ao mesmo tempo – e como conheço tudo, possuo inclusive esse conhecimento. É isso o que queres dizer? É isso tua sabedoria?"

e "És refutado por tuas próprias palavras, Sócrates", ele disse.

"Mas Eutidemo", retruquei, "não estás na mesma condição? Asseguro-te que enquanto tive a ti e o caro Dionisodoro para dividir minha sorte, não importa quão dura, nada tive de que pudesse me queixar. Diz-me: não conheceis vós certamente algumas *coisas que são*, enquanto há outras que não conheceis?"

"De modo algum, Sócrates", disse Dionisodoro.

"O que queres dizer?", indaguei. "Não conheceis nada?"

"Ah, sim, conhecemos", ele disse.

294a "Então conheceis tudo", perguntei, "uma vez que conheceis alguma coisa?"

"Tudo", respondeu, "e tu também, se conheces uma coisa, conheces todas."

"Por Zeus", bradei, "que afirmação maravilhosa! E que magno bem do qual se gabar! E quanto ao resto da humanidade? Conhece tudo ou nada?"

"Certamente", ele disse, "não podem conhecer algumas coisas e não outras e com isso estar simultaneamente conhecendo e não conhecendo."

"Mas então o que resulta disso?", perguntei.

"Todos", respondeu, "conhecem todas as coisas se realmente conhecerem uma coisa."

b "Pelos deuses, Dionisodoro", eu disse, "pois percebo agora que ambos falam seriamente, embora eu os tenha incitado a isso com certa dificuldade – ambos efetivamente conhecem tudo? Carpintaria, por exemplo, e a confecção de calçados?"

"Certamente", ele disse.

"E sois habilitados na costura do couro?"

"Por Zeus, claro que sim, e inclusive no remendar de calçados", ele disse.

"E sois também competentes em coisas como o cômputo das estrelas e [dos grãos de] areia?"

"Certamente", ele disse. "Pensas que não admitiríamos isso também?"

Nesse ponto Ctesipo interrompeu: "Por Zeus, Dioniso-
c doro, apresentes alguma evidência dessas coisas que possa convencer-me que o que dizes é verdadeiro".

"E o que mostrarei a ti?", ele perguntou.

"Conheces a quantidade de dentes que tem Eutidemo e ele a quantidade que tens?"

"Não estás satisfeito", ele retrucou, "em ser informado de que conhecemos tudo?"

"Não, não se trata disso", Ctesipo respondeu. "Apenas nos dê essa informação adicional e proves que dizes a verdade. Pois se vos dignardes a revelar quantos dentes cada um de vós possui e se for concluído que estais certos uma vez feita a contagem por nós, então a partir disso acreditaremos em vós em tudo o mais."

d Bem, como entenderam que estávamos nos divertindo com eles, não fizeram o que foi pedido. Entretanto, afirmaram conhecer todos os assuntos – um após o outro – sobre os quais foram interrogados por Ctesipo. E não houve praticamente nada que Ctesipo não lhes perguntasse no fim, dispondo-se ele de maneira desavergonhada a lhes indagar se conheciam as mais inconvenientes das coisas. Ambos enfrentaram as perguntas

com máxima bravura, reivindicando o conhecimento em todos os casos, como javalis quando açulados para enfrentar
e as lanças. O resultado, Críton, foi que mesmo eu, finalmente, me senti compelido, no auge da incredulidade, a indagar se Dionisodoro também sabia dançar, ao que ele respondeu: "Certamente!".

"Não posso supor", eu disse, "que na tua idade hajas alcançado um tal grau de saber a ponto de dançar dando cambalhotas sobre espadas ou ser girado em torno de uma roda."

"Não há nada", ele disse, "que eu não seja capaz de fazer."

"Então me diz", insisti, "se conheces tudo apenas no presente ou se teu conhecimento é inclusive perene."

"É inclusive perene", ele disse.

"E quando éreis crianças, e recém-nascidos, conhecíeis..."

"Tudo", ambos responderam em uníssono.

295a Àquela altura, a coisa passou a soar para nós como inacreditável.

Então Eutidemo disse:

"Não acreditas, Sócrates?"

"Bem, limitar-me-ei a dizer", respondi, "que deveis realmente ser sábios."

"Ora", ele disse, "se consentires em responder-me, te levarei, mediante demonstração, a aceitar esses fatos notáveis."

"Oh, não há nada", eu disse, "que desejasse mais do que ser refutado nessa matéria. Pois se não estiver ciente de minha própria sabedoria, e irás mostrar-me que conheço tudo sempre, que golpe de sorte maior do que esse poderia atingir-me em toda minha existência?"

"Então me responde", ele disse.

b "Pergunta. Estou pronto para responder."

"Bem, Sócrates, quando tens conhecimento, o tens de alguma coisa ou não?"

"Eu o tenho de alguma coisa."

"E conheces por meio daquilo através do que tens conhecimento ou por meio de alguma outra coisa?"

"Por meio daquilo através do que tenho conhecimento. Penso que te referes à alma, ou não é a isso que te referes?"

"Não te envergonhas, Sócrates", ele disse, "de fazer uma pergunta na tua posição quando a ti cabe responder?"

"Muito bem", eu disse, "mas como devo proceder? Farei como me ordenas, mas quando não puder responder o que me perguntas por não entendê-lo, determinas que eu responda da mesma forma, sem fazer uma pergunta para entender a resposta?"

c "Ora, com certeza captas algum significado no que eu digo?"

"Sim", respondi.

"Pois bem, responde segundo o significado que concebes estar encerrado em minhas palavras."

"Bem", eu disse, "se fizeres uma pergunta com um significado em tua mente diferente do significado concebido por mim, e eu responder segundo o significado concebido por mim, ficarás satisfeito se minha resposta não atender ao propósito de tua pergunta?"

"Quanto a mim", respondeu, "ficarei satisfeito; quanto a ti, contudo, não ficarás, pelo que posso perceber."

"Então com certeza não responderei", eu disse, "até que entenda a pergunta."

"Tu te negas a responder segundo o significado que concebes em cada caso porque insistes em dizer tolices, velho caduco!"[62]

d Nesse ponto percebi que ele estava exasperado comigo por eu ter feito distinções nas frases por ele empregadas, quando pretendia encurralar-me com suas ciladas verbais. E então lembrei-me de Cono, de como também ele fica enraivecido

62. O leitor deve sempre ter em mente que, mais do que indicar as ideias e mesmo as posições assumidas pelos sofistas, em todos os diálogos em que os retrata e critica ostensiva, velada ou sutilmente, Platão se empenha em indicar suas maneiras e comportamento. No *Eutidemo*, por exemplo, um dos pontos patentes, nesse sentido, é o flagrante contraste entre a extrema polidez e cortesia de Sócrates e a arrogância e indelicadeza de Eutidemo e seu irmão.

comigo quando não cedo a ele, com a consequência de agora empenhar-se menos comigo, me tendo na conta de um indivíduo estúpido. E como tinha me decidido a frequentar também as aulas desse homem, julguei que deveria ceder, receando que me tomasse por um idiota e não me admitisse em suas
e aulas. Desse modo, eu disse:

"Bem, se consideras adequado, Eutidemo, prosseguir nesses termos, devemos fazer assim. De qualquer modo, suponho que entendas mais de debates do que eu... és um mestre nessa arte, enquanto eu não passo de um leigo. Portanto, refaz tuas perguntas."

"Responde-me mais uma vez", ele disse, "se conheces o que conheces por meio de alguma coisa, ou não."

"Conheço", respondi, "por meio de minha alma."

296a "Lá vem ele de novo, respondendo mais do que o que lhe foi perguntado, pois não estou perguntando qual é o meio, mas somente se conheces por algum meio."

"Sim, é verdade que respondi novamente mais do que devia", eu disse, "devido à falta de educação. Mas perdoai-me e responderei agora simplesmente que conheço o que conheço por algum meio."

"Pelo mesmo meio sempre", ele perguntou, "ou às vezes por um e outras vezes por um outro?"

"Sempre, toda vez que conheço", respondi, "é por esse meio."

"Deves", bradou, "de uma vez por todas parar de adicionar essas qualificações!"

"Mas temo que essa palavra, *sempre*, possa nos trazer dissabores", eu disse.

b "Não a nós", ele disse, "mas se for o caso, a ti. Agora responde: conheces sempre por esse meio?"

"Sempre", respondi, "uma vez que tenho que retirar o *toda vez que*."

"Portanto sempre conheces por esse meio. E como estás sempre conhecendo, a pergunta seguinte é: conheces algumas coisas por esse meio através do qual conheces e outras por algum outro meio, ou todas as coisas por esse meio?"

"Absolutamente todas as coisas por esse meio... quer dizer, todas as coisas que conheço."

"Eis que surge de novo", ele bradou, "a mesma qualificação."

"Muito bem... eu retiro *todas as coisas que conheço.*"

"Não, não retires uma só palavra", ele disse, "não quero
c nenhuma concessão de tua parte. Limita-te a responder-me: serias capaz de conhecer absolutamente tudo se não conhecesses tudo?"

"Seria notável se conhecesse", eu disse.

E ele prosseguiu: "Podes, portanto, adicionar agora tudo aquilo que queiras, pois admites que conheces absolutamente tudo".

"Parece que conheço", eu disse, "constatando que meu *que conheço* não vale, e conheço tudo."

"E também admitiste que sempre conheces por meio daquilo através do que conheces, toda vez que conheces, ou seja de qualquer outra forma que queiras formular, porque admitiste que sempre conheces e conheces todas as coisas simultaneamente. Fica evidente que conhecias mesmo
d quando eras uma criança e quando nascias, e quando estavas sendo concebido. E antes de tu mesmo *vir a ser* e antes do céu e da Terra *virem a ser*[63] conhecias todas as coisas, uma vez que sempre conheces. Sim, e por Zeus, declaro", ele disse, "que tu mesmo sempre conhecerás todas as coisas, se este for meu desejo."

"Oh, rogo que seja este teu desejo", observei, "mui venerável Eutidemo, se o que dizes é realmente verdadeiro. Só não creio inteiramente que o conseguirias se teu desejo não corresponder também ao de teu irmão Dionisodoro. Se esse for o caso, provavelmente conseguireis."

---

63. ...γενέσθαι... (*genésthai*), serem gerados, mas o sentido aqui tem maior peso ontológico: *passarem a existir.*

"Mas dizei a mim", prossegui, "como não posso ter es-
e peranças em termos gerais de questionar a afirmação de que *conheço todas as coisas* com pessoas tão prodigiosamente sábias – uma vez que é *vossa* afirmação – como posso dizer que conheço certas coisas, Eutidemo, por exemplo, que *homens* bons são injustos? Vamos, dizei-me: tenho conhecimento disso ou não?"

"Tu o tens certamente", ele disse.

"Tenho conhecimento do quê?"

"De que os bons não são injustos."

297a "Sim, sempre soube disso. Mas não é o que estou perguntando. Pergunto: onde aprendi que os bons são injustos?"

"Em lugar algum", disse Dionisodoro.

"Então não conheço isso", eu disse.

"Estás arruinando o argumento", Eutidemo disse a Dionisodoro,[64] "e descobriremos que este camarada aqui presente não conhece e que está simultaneamente conhecendo e não conhecendo".

A essa observação, Dionisodoro enrubesceu.

"Mas quanto a ti", eu disse, "o que queres dizer, Eutide-
b mo? Achas que teu irmão, que tudo conhece, não disse o que é correto?".

"Sou irmão de Eutidemo?", interrompeu-nos abruptamente Dionisodoro.

"Vamos deixar isso de lado, meu bom amigo, até Eutidemo ensinar-me que sei que homens bons são injustos e não demonstrar má vontade em ministrar-me essa lição."

"Estás fugindo, Sócrates", disse Dionisodoro, "tu te negas a responder?"

"Sim, e tenho boas razões para isso. De fato, sou mais fraco do que qualquer um dos dois isoladamente, o que me autoriza a fugir dos dois quando juntais vossas forças. Per-

64. Pela primeira vez, há uma ruptura na perfeita sintonia dos dois sofistas, em prejuízo de sua estratégia. Sócrates não tardará a tirar proveito disso.

c cebeis que sou marcantemente inferior a Héracles,[65] que não era páreo para a Hidra[66] – uma espécie de sofista feminina que era tão hábil que fazia brotar muitas cabeças do argumento no lugar das destruídas – e para uma outra espécie de sofista, um caranguejo proveniente do mar que, suponho, chegara recentemente à praia. E quando se sentiu incomodado com os sons inarticulados e as mordidas da criatura no lado esquerdo de seu corpo, invocou o auxílio de seu sobri-
d nho Iolau, no que foi atendido, tendo dele recebido o efetivo alívio. Mas se meu Iolau[67] aqui viesse, produziria mais dano do que benefício."

"Bem, agora que terminaste tua cantiga", Dionisodoro disse, "responde-me: Iolau era mais sobrinho de Héracles do que teu?"

"Bem, suponho que seja melhor para mim responder-te, Dionisodoro", eu disse, "porque jamais pararás de fazer perguntas – estou plenamente convencido disso – fazendo obstrução a Eutidemo e o impedindo de me transmitir aquela parcela de sabedoria."

"Assim sendo, responde", ele disse.

---

65. ...Ἡρακλέους... (*Herakléoys*), o mesmo *Hércules* latino. Semideus ou herói filho de Zeus e da mortal Alcmene, célebre por sua força física extraordinária e muitos feitos de grande vulto, um deles tendo sido o *segundo trabalho* (dos doze a ele ordenados por Hera, esposa de Zeus), que consistiu em destruir a Hidra de Lerna.

66. ...ὕδρᾳ... (*hýdrai*), grande monstro constituído por um corpo semelhante ao de um cão, de onde emergiam oito ou nove cabeças de ofídio. Não foi nada fácil para Héracles matá-la, pois à medida que com seu porrete (clava) esmagava suas cabeças, duas ou três outras cabeças renasciam no lugar das destruídas e, para complicar, um gigantesco caranguejo veio em ajuda do monstro. Sócrates compara sua situação perante Eutidemo e Dionisodoro à de Héracles perante a Hidra e o descomunal caranguejo.

67. A edição revisada de Schanz registra Πατροκλῆς (*Patroklês*) entre colchetes, presumível alusão de Sócrates ao seu próprio meio-irmão ou ao amigo querido de Aquiles, Pátroclo, cuja intromissão, no célebre episódio da Guerra de Troia em que enfrenta Heitor, só trouxe infortúnio, ou seja, sua própria morte e o profundo sofrimento de Aquiles. Esse nome não consta no texto de Burnet.

"Respondo", eu disse, "que Iolau era o sobrinho de Héracles, mas não meu, na medida em que sou capaz de percebê-lo, de qualquer forma que seja. Isso porque meu irmão Pátroclo
e não era seu pai. Apenas o irmão de Héracles, Íficles, possuía um nome um pouco parecido com o seu."

"E Pátroclo", ele disse, "é teu irmão?"

"Certamente", confirmei, "quer dizer, somos filhos da mesma mãe, mas não do mesmo pai."

"Consequentemente ele é teu irmão e não é teu irmão."

"Não somos filhos do mesmo pai, excelente senhor", respondi. "Seu pai foi Queredemos e o meu Sofronisco."

"Por conseguinte, Sofronisco e Queredemos eram ambos *pais*?"

298a "Certamente, o primeiro meu pai, o segundo seu pai."

"Então com certeza", continuou, "Queredemos era distinto de um *pai*?"

"Ao menos distinto do meu", eu disse.

"Ora, então ele era pai ao mesmo tempo que era algo distinto de pai. Ou és o mesmo que a pedra?"[68]

"Temo que poderias demonstrar isso em relação a mim", eu disse, "embora não me sinta como tal."

"Então és distinto da pedra?"

"Inteiramente distinto."

"Conclui-se, é claro", ele prosseguiu, "que se és distinto da pedra, não és pedra. E se és distinto do ouro, não és ouro?"

"Perfeitamente."

"Daí Queredemos", ele disse, "sendo distinto de *pai*, não pode ser *pai*."

"Assim parece que ele não é um pai", eu disse.

b "Não, pois posso presumir", interrompeu Eutidemo, "que se Queredemos é um pai, Sofronisco, por sua vez, sendo distinto de um pai, não é um pai, com a consequência de tu, Sócrates, ser destituído de um pai."

---

68. Ver *Górgias*, 494a, nesta edição.

Aqui Ctesipo ingressou na discussão, observando: "E teu pai também não está precisamente na mesma situação? Não é ele distinto do meu pai?".

"Longe disso", disse Eutidemo.

"Como?", retrucou o outro, "ele é o mesmo?"

"Com certeza o mesmo."

c "Não deveria concordar que é o mesmo, mas diz-me, Eutidemo, é ele somente meu pai ou também o pai de todas as outras pessoas?"

"Também o pai de todas as outras pessoas", ele respondeu, "ou supões que o mesmo homem, sendo um pai, pode não ser pai?"

"Supus realmente isso", disse Ctesipo.

"Bem", disse o outro, "e que uma coisa sendo ouro, não é ouro? Ou sendo um ser humano, não é ser humano?"

"Talvez, Eutidemo", começou Ctesipo, "estejas *unindo o linho ao algodão*, como dizem,[69] porque estás fazendo uma afirmação estranha ao dizeres que teu pai é o pai de todos."

"E apesar disso, ele é", foi a resposta.

"Queres dizer de todos os seres humanos?" indagou Ctesipo, "ou dos cavalos também e de todos os outros animais?"

"De todos", ele disse.

"E tua mãe é mãe da mesma forma?"

d "Também minha mãe."

"E é tua mãe uma mãe dos ouriços-do-mar?"

"Sim, e também a tua", ele respondeu.

"Consequentemente, és um irmão dos gobiões, dos cãezinhos e dos bacorinhos."

"Sim, e tu também és", ele disse.

"E então teu pai é um suíno e um cão."

"E também o teu", ele disse.

"Sim", interferiu Dionisodoro, "e logo admitirás tudo isso, Ctesipo se responderes minhas perguntas. Simplesmente me responde: tens um cão?"

---

69. Ou seja, tratando duas coisas diferentes como idênticas.

"Sim, é um animal realmente perigoso", respondeu Ctesipo.

"E ele tem filhotes?"

e "Sim, um grupo de bichos ferozes como ele."

"Então esse cão é o pai deles?"

"Certamente. Eu o vi com meus próprios olhos copulando com a cadela."

"Ora, o cão não é teu?"

"Certamente", ele disse.

"Portanto, considerando-se que ele é um pai e é teu, o cão passa a ser teu pai, e tu um irmão de filhotes de cão, não é mesmo?"

Mas Dionisodoro agiu rapidamente com o objetivo de impedir que Ctesipo elaborasse alguma resposta e a apresentasse, apressando-se em dizer: "Só me responde a mais uma pergunta: bates nesse cão?".

Ctesipo riu e exclamou: "Pelos deuses, claro que sim, já que não posso bater em ti!".

"Nesse caso, bates em teu próprio pai?", ele perguntou.

299a "Na verdade seria muito mais justo bater no vosso pai por ter sido tão imprudente a ponto de gerar filhos com tal sabedoria! E, no entanto", Ctesipo continuou, "duvido que vosso pai, Eutidemo, o pai dos cãezinhos, extraiu muitos benefícios dessa vossa sabedoria."

"Ora, mas ele não necessita de muitos benefícios, Ctesipo, nem ele nem tu."

"E tu próprio também não necessitas, Eutidemo?", ele perguntou.

b "Não, e nem tampouco qualquer outro indivíduo. Simplesmente me responde, Ctesipo: consideras ser uma boa coisa para um doente tomar remédio quando o necessita, ou não o consideras uma boa coisa? E consideras bom para um indivíduo ir para a guerra armado em lugar de desarmado?"

"Considero ambas essas coisas boas", ele disse, "e, não obstante, creio que estás na iminência de fazer uma daquelas tuas brincadeiras."

"Tu te informarás suficientemente bem disso", ele disse, "para o que basta te limitares a responder-me. Como admites que a ingestão do remédio é boa para um indivíduo quando necessário, então não seria o caso de ingeri-lo o máximo possível? E não seria ótimo se alguém triturasse e fizesse a infusão de uma carroçada de heléboro para si?"

A isso Ctesipo respondeu: "Certamente, Eutidemo, desde que a pessoa que o bebesse fosse do tamanho da estátua de
c Delfos!".

"Bem, e como na guerra", ele prosseguiu, "é bom ter armas, deve-se ter o máximo possível de lanças e escudos, se concordamos que se trata de uma boa coisa."

"Sim, é o que suponho", disse Ctesipo. "Mas tu, Eutidemo, não pensas assim, ou seja, és da opinião de que deveria ser um escudo e uma lança, não é mesmo?"

"Sim, é essa minha opinião."

"Ora", ele disse, "e armarias também Gerião e Briareu[70] dessa maneira? Francamente, eu julgava que tivesses mais conhecimento dessa matéria, uma vez que tanto tu quanto teu companheiro aqui presente sois combatentes de armas pesadas."

d Isso reduziu Eutidemo ao silêncio, mas Dionisodoro voltou às respostas que Ctesipo fornecera antes, dizendo: "Bem, és da opinião de que é uma boa coisa possuir ouro?".

"Certamente e, no caso, uma grande quantidade dele", disse Ctesipo.

"Bem, não achas que se deve ter boas coisas sempre e em toda parte?"

"Sem sombra de dúvida", ele disse.

"Então admites ser o ouro também uma coisa boa?"

"Ora, parece que já o admiti", ele respondeu.

"Então se deve possuí-lo sempre e em toda parte e, so-
e bretudo, em si mesmo? E um indivíduo seria o mais feliz se

70. Gigantes da mitologia: o primeiro possuía três pares de braços, ao passo que o segundo, cinquenta pares.

possuísse três talentos[71] de ouro no estômago, um talento no crânio, e um estáter[72] de ouro em cada olho?"

"Bem, Eutidemo", respondeu Ctesipo, "dizem que entre os cítios os homens mais felizes e melhores são os que possuem muito ouro em seus próprios crânios – de algum modo como dizias há pouco que *cão* é *pai*; e se conta algo ainda mais espantoso, que é que eles também bebem de seus próprios crânios áureos e fitam seus interiores, tendo suas próprias cabeças em suas mãos!"

300a "Mas me diz", disse Eutidemo, "os cítios e os seres humanos em geral veem coisas capazes de visão[73] ou coisas incapazes?"[74]

"Presumo que capazes."

"E tu as vê também?"

"Eu também."

"Então vês nossos mantos?"

"Sim."

"E eles são *capazes de visão*?"[75]

"Notavelmente", disse Ctesipo.

"O que veem?", perguntou Eutidemo.

"Nada. Talvez não penses que veem... és um doce inocente. Eu diria, Eutidemo, que adormeceste com teus olhos

---

71. ...τάλαντα... (*tálanta*): o τάλαντον (*tálanton*) não era propriamente uma moeda, mas a unidade monetária fundamental do antigo sistema da Ática, com valor variável segundo a época e dependendo do Estado grego; em Atenas, seu valor na época de Platão era de 6.000 dracmas ou 60 minas.

72. ...στατῆρα... (*statêra*): o στατήρ (*statér*) era um peso e moeda de ouro correspondente a 20 dracmas (moeda de prata) em Atenas.

73. ...δυνατὰ ὁρᾶν... (*dynatà horân*), neste contexto podendo significar tanto *capazes de ver* (ativo) quanto *capazes de serem vistas* (passivo). A ambiguidade na imediata sequência é inevitável, mas especialmente do ponto de vista da língua grega proposital para o jogo de palavras, ou melhor, a manipulação verbal de Eutidemo e Dionisodoro.

74. ...ἀδύνατα... (*adýnata*): ver nota anterior.

75. ...δυνατὰ οὖν ὁρᾶν... (*dynatà oŷn horân*): além do sentido ambíguo indicado na nota 73, soma-se aqui o duplo significado de *dynatà horân*, que pode ser tanto *capazes de ver* quanto *possíveis de ver*, implicando tanto a *capacidade* (faculdade) de ver (ou ser visto) quanto a *possibilidade* de ver (ou ser visto).

abertos e se é possível falar e, ao mesmo tempo, nada dizer, é exatamente o que estás fazendo."

b "Por que", indagou Dionisodoro, "não é possível haver um falar do silencioso?"

"De modo algum isso é possível", respondeu Ctesipo.

"E nem um silêncio do falar?"

"Isso ainda menos", ele disse.

"Ora, quando falas de pedras, toras de madeira e peças de ferro, não estás falando do silencioso?"

"Não se eu visitar uma oficina de ferreiro, pois nesta, segundo dizem, as peças de ferro falam e bradam quando são tocadas. Assim, aqui tua sabedoria te induziu a proferir tolices sem o notar. Mas anima-te, pois tens ainda que me demonstrar o segundo ponto, ou seja, como é possível haver um silêncio do
c falar." A essa altura tive a impressão de que Ctesipo se mostrava particularmente animado devido à presença de seu favorito.

"Quando estás silencioso", disse Eutidemo, "não estás silencioso relativamente a todas as coisas?"

"Sim", ele respondeu.

"Portanto, estás inclusive silencioso relativamente ao falar na hipótese do falar estar incluído em todas as coisas."

"Mas como?", indagou Ctesipo, "não são todas as coisas silenciosas?".

"Imagino que não", disse Eutidemo.

"Mas então, excelente homem, todas as coisas falam?"

"Suponho que sim. Ao menos as falantes."

"Mas isso não é o que estou perguntando", ele disse, "o que pergunto é se todas as coisas são silenciosas ou falam."

d "Nem uma coisa nem outra e tanto uma coisa quanto outra", disse Dionisodoro, arrebatando a palavra dele. "Estou convicto de que esta é uma resposta que te deixará desnorteado e impotente."

Diante disso, Ctesipo, conforme seu costume, deu uma gargalhada e disse: "Ah, Eutidemo, teu irmão instilou ambiguidade no argumento mediante seu *tanto uma coisa quanto outra*, com o que o aniquilou".

Clínias ficou muito satisfeito e riu, de modo que Ctesipo sentiu sua força converter-se na força de dez homens. Mas imagino que Ctesipo – que não passa de um velhaco – selecionou essas palavras ouvindo aqueles próprios homens, isso porque não existe sabedoria comparável a essa em nenhuma outra pessoa atualmente. Assim sendo, observei:

e “Por que estás rindo, Clínias, ante coisas tão sérias e belas?”

“Por que, Sócrates, já viste alguma coisa bela?”, perguntou Dionisodoro.

“Sim, vi”, respondi, “e muitas delas, Dionisodoro.”

301a “E eram diferentes do belo ou idênticas ao belo?”

Senti-me assaltado pela perplexidade e também punido por ter estado resmungando. De qualquer modo, respondi que eram diferentes do próprio belo, ainda que cada uma delas tivesse algo de belo presente consigo.

“Assim se um boi estiver presente contigo”, ele disse, “és um boi, e visto que estou agora presente contigo, és Dionisodoro.”

“Pelos céus, não digas isso!”, bradei.

“Mas de que maneira”, ele disse, “é possível que o diferente seja diferente só porque o diferente está presente com o diferente?”

b “Estás enfrentando dificuldades aí?”, perguntei. Estava tão ansioso para ter acesso à sabedoria daqueles dois que já tentava imitá-la.

“E como não posso estar em dificuldades?”, ele disse. “Não somente eu como todas as outras pessoas no mundo, diante do que é impossível ser?”

“O que dizes, Dionisodoro?”, indaguei, “não é o belo, belo e o feio, feio?”

“Sim, se assim me parecer”, respondeu.

“E parece?”

“Certamente”, disse.

“Então o idêntico é também o idêntico, e o diferente, di-
c ferente? De fato, presumo que não é possível que o diferente seja idêntico. Não! Pensava que nem sequer uma criança du-

vidaria que o diferente é diferente. Mas Dionisodoro, negligenciaste deliberadamente esse ponto, ainda que no conjunto sinto que, como artesãos, dando acabamento cada um a sua obra particular, estais ambos levando a cabo vossa discussão a um alto nível de excelência."

"Bem, e sabes", perguntou, "qual é a obra particular de cada artesão? Para começar, de quem é a obra particular que consiste em trabalhar o metal? Podes dizer-me?"

"Do caldeireiro."[76]

"E a que consiste em fabricar recipientes de barro[77]?"

"Do oleiro."[78]

"E a que consiste em abater e esfolar, e em seguida ferver e assar as peças depois de retalhá-las?"

d "Do cozinheiro",[79] eu disse.

"Ora se alguém executa a obra, ou seja o trabalho, que lhe é próprio, o executará corretamente?"

"Evidentemente."

"E é, como dizes, o trabalho próprio do cozinheiro retalhar e esfolar? Admites isso ou não?"

"Sim, admiti. Mas por favor, perdoa-me."

"Fica claro, portanto", prosseguiu, "que se alguém abate o cozinheiro e o retalha, e em seguida o ferve ou assa, estará executando o trabalho que lhe é próprio; e se malhar e submeter à forja o próprio caldeireiro, e moldar o oleiro, estará igualmente executando seu trabalho."

---

76. ...χαλκέα... (*khalkéa*): mas a rigor a palavra *caldeireiro*, e muito menos *ferreiro*, expressam fielmente o que era o χαλκεύς (*khalkeýs*) na Grécia antiga. Este fabricava e criava uma ampla gama de artefatos, sobretudo de bronze e cobre, desde artigos ordinários de metal para uso doméstico (utensílios e recipientes, por exemplo) até sofisticadas obras de arte em metal, além de armas. Hefaístos, um dos deuses olímpicos, era um *khalkeys*.

77. ...κεραμεύειν... (*kerameýein*), ou seja, recipientes de cerâmica.

78. ...κεραμέα... (*keraméa*), outro termo intraduzível: era o artesão que moldava criativamente vários artigos de barro, abrangendo precisamente a arte da cerâmica, e não o mero fabricante de tijolos e telhas.

79. ...μάγειρον... (*mágeiron*), que incluía a atividade do açougueiro.

e “Por Poseidon!”, exclamei, “com isso estás aplicando os toques finais a tua sabedoria! Imagino se ela poderia chegar a mim de tal sorte que viesse a efetivamente me pertencer.”

“E a reconhecerias, Sócrates”, ele perguntou, “se efetivamente passasse a te pertencer?”

“Sim, se este fosse teu desejo”, respondi, “sem dúvida a reconheceria.”

“Ora”, continuou, “imaginas que percebes o que te pertence?”

“Sim, se é que entendo corretamente o que queres dizer, uma vez que todas minhas esperanças surgem de ti e findam em Eutidemo aqui presente.”

“Assim, diz-me: tens na conta de pertencentes a ti as
302a coisas sobre as quais tens controle e podes usar como bem entendes? Por exemplo, um boi ou uma ovelha: os terias na conta de pertencentes a ti se tivesses a liberdade de vendê-los ou dá-los, ou sacrificá-los a qualquer deus de tua preferência? Por outro lado, coisas com as quais não pudesses lidar assim não te pertencem?”

Bem, como eu sabia que algo excelente resultaria da mera reviravolta de suas perguntas, e como também queria ouvi-lo o mais cedo possível, eu disse: “é tal como dizes: apenas essas coisas são minhas.”

“Bem”, ele prosseguiu, “chamas de animais as coisas *que*
b *têm vida*[80]?”

“Sim”, eu disse.

“E admites que te pertencem somente os animais em relação aos quais gozas de liberdade para lidar das várias formas que indiquei há pouco?”

“Eu o admito.”

“Então”, depois de fazer uma pausa repleta de ironia, como se estivesse a refletir sobre uma matéria de grande importância, prosseguiu: “Diz-me, Sócrates, tens um Zeus paternal?”.[81]

---

80. ...ψυχὴν... (*psykhèn*), *animadas, que têm* ***alma***, já que esta é o sopro da vida, o princípio vital.

81. Zeus era, entre outras coisas, o deus-*pai* (deus ancestral) ou protetor dos dórios.

Suspeitei de como aquela discussão eventualmente terminaria e comecei a fazer um esforço desesperado para escapar, retorcendo-me como se já tivesse sido apanhado na rede. Minha resposta foi: "Não tenho, Dionisodoro".

"Então deves ser um indivíduo miserável", ele disse, "e
c sequer um ateniense, se não tens deuses ancestrais nem santuários, nem qualquer outra coisa cabível a alguém nobre e bom!"

"Basta, Dionisodoro, modera tua língua e não sejas grosseiro com teu discípulo! Decerto que tenho altares e santuários, domésticos e ancestrais, e tudo mais dessa espécie que outros atenienses têm."

"Bem, e quanto a outros atenienses", perguntou, "não possui cada um deles um Zeus paternal?"

"Nenhum dos jônicos", respondi, "confere a Zeus esse título, nem nós, nem aqueles que deixaram esta cidade para se estabelecerem no estrangeiro: possuem sim um Apolo pater-
d nal, devido ao parentesco com Íon.[82] Entre nós a expressão *paternal*[83] não é conferida a Zeus; atribuímos a ele, sim, a expressão *protetor da casa e da fratria*[84], e também temos uma Atena *da fratria*."

"Oh, assim será cabível", disse Dionisodoro, "realmente parece que tens Apolo, Zeus e Atena."

"Certamente", eu disse.

"Então esses devem ser teus deuses?"

"Meus ancestrais", eu disse, "e senhores."

"Bem, de qualquer modo, são teus", ele disse. "Ou não admitiste que te pertencem?"

"Eu o admiti", respondi, "o que mais poderia fazer?"

---

82. Íon foi o fruto das relações do deus Apolo com Creusa, filha de Erechteu.

83. ...πατρῷος... (*patrôios*).

84. ...ἕρκειος δὲ καὶ φράτριος... (*hérkeios dè kaì phrátrios*). A *fratria*, subdivisão da tribo (*phylé*), era a associação dos cidadãos determinada pelos sacrifícios e repastos religiosos comuns.

e “E não são esses deuses animais?”,[85] indagou. “Estás ciente de que admitiste que tudo que tem vida[86] é um animal. Ou tais deuses não têm vida?”

“Eles têm”, respondi.

“Portanto são animais?”

“Sim, são animais.”

“E admitiste que esses animais”, prosseguiu, “te pertencem, sendo que em relação a eles és livre para dá-los, vendê-los e sacrificá-los a qualquer deus que queiras.”

“Eu o admiti”, respondi, “não tenho como fugir, Eutidemo.”

303a “Então me diz imediatamente”, ele disse, “como admites que Zeus e os outros deuses te pertencem, és livre para vendê-los ou dá-los ou tratá-los como bem entendes, como os outros animais?”

Bem, Críton, tenho que confessar que a essa altura fiquei emudecido, como se o argumento, por assim dizer, me houvesse desferido um golpe e nocauteado. Foi quando Ctesipo veio rapidamente em meu socorro, dizendo: “Bravo, Héracles, que excelente argumento!”.

E Dionisodoro perguntou: “Ora, queres dizer que Héracles é um *bravo*, ou que *bravo* é Héracles?”.

Ctesipo respondeu: “Por Poseidon, que discurso espantoso! Desisto desta luta. Estes dois homens são invencíveis”.

b A esse ponto, meu caro Críton, não houve ninguém ali presente que não aplaudisse entusiasticamente o argumento e os dois homens, e todos o fizeram até quase morrerem de rir, de bater palmas e de se exultarem. No caso de cada um dos anteriores argumentos, haviam sido apenas os admiradores de Eutidemo os autores da ovação. Naquela oportunidade, contudo, era como se as próprias colunas do Liceu aclamassem a dupla e se regozijassem com seu sucesso. No que dizia respeito a
c mim mesmo, estava inteiramente disposto a reconhecer que jamais pousara o olhar em indivíduos de tal sabedoria, e me

---

85. ...ζῷα... (*zôia*), seres vivos.

86. Ver nota 80.

sentia tão cabalmente cativado por ela, que me pus a louvá-los
e cumprimentá-los, dizendo: "Oh, dupla bem-aventurada, que
deslumbrante gênio possuis para realizar uma proeza dessa
envergadura com tal rapidez e em tão pouco tempo? Entre
os muitos aspectos esplêndidos de vossos argumentos, Euti-
demo e Dionisodoro, há um que se destaca com particular
d magnificência: não vos importais minimamente com a mul-
tidão ou com quaisquer pretensas pessoas importantes ou de
reputação, mas somente com aquelas de vossa própria espécie.
E estou convencido de que há pouquíssimos homens como
vós que apreciariam esses argumentos, a maioria os entenden-
do tão sofrivelmente que me sinto seguro de que ficaria mais
envergonhada em refutar outros com argumentos desse tipo,
do que ser refutada por eles. Além disso, há ao mesmo tempo
um aspecto popular e bondoso em vossa conversação, ou seja,
quando negais que haja algo belo, ou bom, ou branco, e assim
e por diante, e absolutamente nenhuma diferença entre as coi-
sas, na verdade simplesmente costurais as bocas dos indiví-
duos, como afirmais explicitamente que fazeis; ao passo que,
quanto ao vosso aparente poder de costurar também vossas
próprias bocas, vos comportais de uma maneira encantadora,
e a aspereza de vossas palavras é completamente eliminada.
Mas o mais importante de tudo é que vossa capacidade é tal
e tão habilmente concebida que qualquer pessoa no mundo
pode aprendê-la de vós em curtíssimo tempo. Esse fato foi
percebido por mim mesmo ao observar Ctesipo e constatando
304a quão rapidamente capacitou-se em vos imitar em um repen-
tino impulso. Ora, na medida em que vossa técnica pode ser
transmitida com presteza, revela-se excelente. Entretanto, não
é adequada para discussões públicas. Se quiserdes ouvir meu
conselho, acautelai-vos quanto a falar a um grande número de
pessoas, pois é provável que os ouvintes obtenham o domínio
imediatamente e não vos deem nenhum crédito. A melhor coi-
sa para vós é dialogardes entre vós privadamente; não sendo
esse o caso e se contando com a presença de uma terceira pes-
soa, terá que ser alguém que vos pague uma quantia expres-
b siva. E se fordes prudentes, dareis esse mesmo conselho aos

vossos discípulos, a saber, que não devem jamais conversar com ninguém exceto vós próprios e entre si. De fato, é o raro, Eutidemo, que é precioso, enquanto a água é o mais barato, embora o melhor, segundo Píndaro. Mas vede", eu disse, "se podeis admitir tanto a mim quanto a Clínias em vossas aulas".

Foi essa, Críton, nossa conversação e, depois de trocarmos mais umas poucas palavras, nos separamos. Agora deves tomar providências para te juntar a nós a fim de frequentar as
c aulas desses dois, visto que afirmam serem capazes de instruir qualquer pessoa que se proponha a pagar, e dizem que nem a idade nem a falta de capacidade impedem quem quer que seja de aprender a sabedoria deles rapidamente. E, o que é especialmente importante que ouças: asseveram que de modo algum sua arte é incompatível com o enriquecimento.

Críton: Bem, Sócrates, adoro ouvir e adoraria aprender algo. Mas receio que também não seja alguém que se enquadre no tipo de Eutidemo. Ao contrário, sou um daqueles que indi-
d caste há pouco, ou seja, uma pessoa que preferiria ser refutada a refutar com esses argumentos. Por outro lado, embora me pareça ridículo dar-te conselhos, desejo, apesar disso, comunicar-te o que me foi narrado há pouco.

Quando eu fazia uma caminhada, um dos homens egressos dessa discussão de que participaste se dirigiu a mim. Trata-se de alguém que se tem em alta conta como sábio e um desses hábeis indivíduos que escreve discursos para os tribunais. Disse-me o seguinte: "Críton, és um discípulo desses sábios?". "Por Zeus, não", respondi. "A propósito, havia uma tal multidão que, embora tenha eu logrado ficar bem perto,
e não pude captar o que foi dito." "Bem, permite que te conte", ele disse, "foi algo digno de ser ouvido". "E o que foi?", indaguei. "Terias ouvido a discussão de homens que são hoje os mais competentes nesse tipo de discurso." "Bem", eu disse, "e o que exibiram a vós?". "Meramente o tipo de coisa", respondeu, "sobre o que podes ouvir esse tipo de gente tagarelar em qualquer ocasião – produzindo um alvoroço inconsequente em torno de matérias inconsequentes". Foi mais ou menos os termos que ele usou. "Ora, decerto", eu disse, "a Filosofia

é algo encantador". "Encantador, meu inocente amigo?", questionou. "Não", prosseguiu, "algo inconsequente. Ora, se tivesses sido um dos integrantes desse grupo dissolvido há
305a pouco, suponho que terias te coberto de vergonha ante o comportamento de teu particular amigo:[87] mostrou-se tão estranhamente desejoso de se pôr à disposição de pessoas que não se importam com o que dizem, mas que se limitam a agarrar qualquer frase que venha à tona. E essas pessoas, como acabei de esclarecer, são os homens mais influentes de sua profissão atualmente. Mas o fato, Críton", ele continuou, "é que tanto essa atividade em si quanto os indivíduos que a ela se devotam são imprestáveis e risíveis".[88]

b Bem, em minha opinião, Sócrates, ele não estava certo em desacreditar a atividade, como não está qualquer pessoa que a desacredita. Contudo, devo confessar que senti que ele estava certo em reprovar a disposição de travar uma discussão com esses indivíduos diante de uma grande multidão.

Sócrates: Críton, esses indivíduos são muito estranhos. Mas ainda não sei que resposta dar-te a isso. A que grupo pertence esse homem que veio a ti e censurou a Filosofia? Foi um desses que se destacam por sua excelência nos litígios forenses, ou seja, um orador? Ou um desses que abastecem os oradores dos recursos para suas contendas nos tribunais, um elaborador dos discursos que os oradores proferem?

c **Críton:** Por Zeus, não era um orador, eu ousaria jurá-lo, nem penso que tenha algum dia aparecido no tribunal. Mas tem a reputação de conhecer o assunto, ser um homem sábio e compor brilhantes discursos.

Sócrates: Ah, agora entendo. Era dessas pessoas que eu próprio ia falar há pouco. Esses são os homens que, segundo Pródico,

---

87. Ou seja, Sócrates.

88. É provável que essa pessoa que procurou Críton tenha sido Isócrates (436-338 a.C.), mestre de oratória e diretor de uma célebre Escola de retórica situada em Atenas. Ele próprio seria um sofista, embora não fosse nem itinerante nem professor de aulas particulares e, ainda que fosse declaradamente adversário intelectual de Sócrates e Platão, não era, de modo algum, um cultor da erística (ver nota 2), como Eutidemo e Dionisodoro, que ele censura.

ocupam a fronteira entre o filósofo e o político. Pensam que são os mais sábios dos seres humanos, e que não apenas são, mas que assim são considerados pela maioria esmagadora da
d humanidade; em consonância com isso, sentem que os únicos que obstruem seu caminho para o renome universal são os adeptos da Filosofia. Consequentemente, acreditam que se conseguirem reduzir os adeptos da Filosofia a uma posição de nulidade, haverá unanimidade quanto a conceder a eles o prêmio da vitória, isso sem contestação ou demora, de forma que sua pretensão à sabedoria será granjeada. Julgam-se realmente os mais sábios, mas acham que no caso de conversações privadas são interrompidos abruptamente por Eutidemo e seu grupo. Esse orgulho de sua sabedoria é bastante natural porque se consideram moderadamente versados em Filosofia
e e em Política, situando-se em posições inteiramente razoáveis, visto que mergulharam em ambas na medida de suas necessidades e, esquivando-se a todo risco e todo conflito, contentam-se em colher os frutos da sabedoria.

Críton: E assim sendo, Sócrates, julgas que há algo no que declaram? De fato, é inegável que o argumento deles apresenta alguma plausibilidade.

Sócrates: Sim, é isso que ocorre, Críton, apresenta plausibili-
306a dade, não verdade. Não é tarefa fácil persuadi-los de que um ser humano ou qualquer outra coisa que se situe entre duas coisas e participa de ambas é pior do que uma e melhor do que a outra no caso em que uma das coisas é boa e a outra, má; e que no caso em que participa de duas coisas boas distintas, é pior do que uma ou outra delas relativamente ao fim para o qual cada uma das duas (das quais é composta) é útil. É somente no caso no qual a coisa intermediária participa de
b duas coisas más distintas, que é melhor do que uma ou outra daquelas das quais possui uma parcela. Ora, se a Filosofia e a atividade política são ambas coisas boas, e cada uma delas possui um objeto diferente, e se essas pessoas, participando de ambas, situam-se entre elas, suas pretensões são nulas; de fato, são inferiores a ambas: se uma é boa e a outra má, são melhores do que uma e piores do que a outra, ao passo que no

caso de ambas serem más, haveria alguma verdade em suas afirmações, embora em qualquer outro caso não haja nenhuma. Ora, não penso que admitirão *ou* que ambas essas coisas
c são más, *ou* que uma é má e a outra boa. A verdade é que essas pessoas, participando de ambas, são inferiores a ambas no tocante aos objetos para os quais a arte política e a Filosofia são importantes. E embora estejam realmente na terceira posição, desejam ser consideradas como se ocupassem a primeira. Contudo, devemos ser indulgentes com respeito à ambição delas e não nos sentirmos incomodados, ainda que continuando a julgá-las como sendo realmente o que são. Afinal de contas, cumpre-nos admirar todo *homem*
d que diz qualquer coisa sensata, e que se empenha com firmeza e bravura em sua atividade.

Críton: Por outro lado, Sócrates, eu, como venho frequentemente comunicando a ti, alimento dúvidas quanto ao que devo fazer com meus filhos. O mais novo ainda é muito pequeno, mas Critóbolo já é crescido e necessita de alguém que venha a beneficiá-lo. Quando estou em tua companhia, o efeito que experimento é no sentido de sentir que não passou de loucu-
e ra ter sempre me esforçado tanto, em múltiplas direções, a favor do bem de meus filhos, primeiramente em me casar de forma que lhes assegurasse a melhor nobreza de ascendência do lado materno, segundo em ganhar dinheiro para que gozassem da melhor situação possível... ao passo que negligenciei sua educação. Mas, quando lanço meu olhar a uma pessoa que professa educar os seres humanos, fico espantado e sinto que cada uma delas – ao examiná-las – é completamente inade-
307a quada, para dizer-te a verdade, cá entre nós. A consequência é que não consigo descobrir como persuadir o rapazinho a trilhar o caminho da Filosofia.

Sócrates: Meu caro Críton, não sabes que em todo trabalho a maioria dos trabalhadores é desprezível e imprestável, enquanto os bons trabalhadores são poucos e dignos de qualquer preço? Ora, não consideras excelentes coisas a ginástica, o ganho financeiro, a retórica e a arte do comando militar?

Críton: Certamente considero.

Sócrates: Bem, e em cada uma dessas atividades não testemu-
nhas a maioria dos indivíduos mostrar um desempenho ri-
b dículo em suas respectivas tarefas?

Críton: Sim, por Zeus! O que dizes é inteiramente verdadeiro.

Sócrates: E por essa ser a realidade, pretendes esquivar-te a todas essas atividades e não confiar teu filho a nenhuma delas?

Críton: Não, isso não constituiria uma boa razão para tanto, Sócrates.

Sócrates: Então ajas de modo a evitar, ao menos, o que não é
devido, Críton. Permite que aqueles que cultivam a Filosofia
sigam seu caminho, não importa se com isso produzam be-
nefícios ou causem danos. E quando tiveres experimentado
a própria matéria, bem e verdadeiramente, se constatares que
c se trata de algo precário, afasta todos que puderes dela, e não
apenas teus filhos. Mas, se constatares ser ela o que penso que
é, busca-a e cultiva-a destemidamente, tanto tu, como dizem,
quanto teus filhos.

HÍPIAS MAIOR
(OU DO BELO)

PERSONAGENS DO DIÁLOGO:
Sócrates e Hípias

281a **Sócrates:** Nobre[1] e sábio Hípias[2], há quanto tempo não desembarcas em Atenas!

Hípias: Tenho estado demasiado ocupado, Sócrates, visto que
toda vez que Elis[3] precisa realizar qualquer transação com
qualquer Estado, sempre me procura antes dos outros cida-
dãos e me escolhe como embaixador, tendo-me na conta do
b cidadão melhor capacitado para julgar e transmitir as mensa-
gens trocadas entre os vários Estados. A consequência disso é
de eu frequentemente viajar na qualidade de embaixador aos
outros Estados, ainda que com a maior frequência trate de

---

1. ...καλός... (*kalós*), que traduzimos no próprio título alternativo deste diálogo como *belo*, é um adjetivo de tal riqueza conceitual que se torna, a rigor, intraduzível para o português. *Kalós* exprime tanto a beleza física quanto a beleza moral, podendo ser traduzido, circunstancial, isolada ou conjuntamente por belo, elegante, apto, perfeito, excelente, nobre, admirável, honesto, honrado, ou outros adjetivos que denotem precisamente qualidades físicas e/ou morais humanas. O inglês *fine* dá conta de boa parte da carga conceitual de *kalós*.
2. Ver o *Protágoras*, em *Diálogos I*, obra publicada em *Clássicos Edipro.* Hípias de Elis também é considerado o mais culto e versátil dos antigos sofistas gregos, uma espécie de enciclopedista, que ensinava inclusive Geografia e Astronomia, além de atuar regularmente, como ele próprio esclarece aqui, como embaixador de Elis.
3. Cidade-Estado grega independente situada na região noroeste da península do Peloponeso, próxima da Lacedemônia (Esparta).

assuntos em maior número e mais importantes dirigindo-me a Esparta[4]. Eis a razão, já que me perguntaste, de não visitar amiúde esta região.

Sócrates: Tal é o resultado, Hípias, de ser um homem verdadeiramente sábio e completo! Privadamente és capaz de ganhar muito dinheiro com os jovens e a eles proporcionar benefícios
c ainda maiores do que aqueles que recebes, enquanto nos negócios públicos és capaz de servir teu próprio Estado, como convém a um homem que não espera ser alvo do desprezo das pessoas comuns, mas de sua admiração.

E, no entanto, Hípias, qual será afinal a razão de aqueles homens do passado cujos nomes são aclamados por sua sabedoria, tais como Pítaco, Bias, Tales de Mileto e seus adeptos,[5] bem como homens que viveram posteriormente como Anaxágoras[6] – todos eles ou a sua maioria, terem se mantido longe
d dos negócios do Estado?[7]

Hípias: O que mais poderias pensar, Sócrates, senão que foram incapazes de envolver com sua inteligência e sabedoria ambos os negócios, públicos e privados?

Sócrates: Então, por Zeus, tal como houve progresso nas outras artes, de modo que os antigos profissionais da arte não têm nenhum valor se comparados aos atuais, deveremos dizer que tua arte, a arte dos sofistas[8], também progrediu e os antigos que se ocupavam da *sabedoria* deixaram de ter valor se comparados a ti?

---

4. ...Λακεδαίμονα· ... (*Lakedaímona·*).
5. Pítaco de Mitilene, Bias de Priene (ambos florescentes no século VI a.C.) e Tales de Mileto (639-546 a.C.), filósofo da natureza pré-socrático, estão entre os chamados *sete sábios*.
6. Anaxágoras de Clazomena (*c.* 500-428 a.C.), filósofo da natureza pré-socrático.
7. Lista que inclui, entre muitos outros, o próprio Platão, este com a exceção de uma única empreitada.
8. ...τῶν σοφιστῶν τέχνην... (*tôn sophistôn tékhnen*), a arte dos sofistas. Sócrates *supõe* a identificação do sábio com o sofista. No que respeita à distinção que Platão faz entre o filósofo e o sofista e a afinidade linguística (etimológica e semântica) das palavras *sophós e sophistés,* ver notas pertinentes em *Teeteto* e *Sofista*, em *Diálogos I*, obra publicada em *Clássicos Edipro*.

Hípias: Certamente. O que dizes é correto.

Sócrates: Consequentemente, Hípias, se Bias voltasse à vida
282a agora, transformar-se-ia em objeto de riso se fosse comparado a ti, tal como os escultores dizem que Dédalo[9], se renascesse hoje e criasse obras como as que lhe conferiram sua reputação, se mostraria ridículo.

Hípias: É exatamente como dizes, Sócrates, embora eu cultive o hábito de prestar louvor aos antigos e nossos predecessores de preferência aos contemporâneos – e inclusive mais dignamente – a título de precaução contra a inveja dos vivos e por medo da ira dos mortos.

b **Sócrates:** A mim parece que abrigas nobres pensamentos em belas palavras, Hípias. Posso respaldar a verdade de tuas afirmações e que tua arte efetivamente avançou no sentido de uma capacidade de empreender negócios públicos e privados. De fato, Górgias,[10] o sofista de Leontini, nos visitou aqui partindo de sua pátria na qualidade pública de embaixador, tendo sido considerado o mais capaz dos cidadãos desse Estado para atender aos interesses da comunidade; e constituiu opinião geral que ele discursou magnificamente ao povo, além do que privadamente, fazendo exibições e associando-se aos jovens, auferiu e recebeu uma grande quantidade de dinheiro
c desta cidade. Um outro caso é o de nosso amigo Pródico[11] que com frequência visita outros lugares em missão pública; da última, recentemente, quando aqui esteve prestando serviço a Ceos, granjeou grande reputação graças ao seu discurso no Conselho[12], e, na sua atividade privada, realizando exibições e associando-se aos jovens, ganhou uma extraordinária soma em dinheiro. Entretanto, nenhum desses antigos pensadores
d jamais julgou apropriado cobrar dinheiro como pagamento

---

9. Figura mítica (pai de Ícaro) tida como arquiteto do labirinto de Creta e pai e inventor da escultura.

10. Ver nota 2 em *Górgias,* nesta edição.

11. Ver o *Protágoras.*

12. ...βουλῇ... (*boylêi*), alusão específica ao Conselho dos Quinhentos, ou seja, o senado ateniense.

por sua sabedoria, ou realizar exibições de sua sabedoria [indiscriminadamente] a pessoas de várias localidades, pessoas simplórias, que não atinam com o fato de o dinheiro ter sumo valor. Mas um ou outro desses dois[13] ganhou mais dinheiro com sua sabedoria do que qualquer artesão com sua arte. E Protágoras agiu igualmente mesmo antes deles.

Hípias: Ora, Sócrates, não tens a menor noção da excelência disso. Se soubesses quanto dinheiro eu ganhei, ficarias pasmo. Não mencionarei outros casos, mas uma vez, quando fui à
e Sicília, embora Protágoras estivesse lá, gozasse de elevada reputação e fosse o mais velho, eu, que era muito mais jovem, ganhei em curtíssimo tempo mais de 150 *minas*[14], e em um pequeno povoado, Inico, mais de 20 minas. E quando voltei para casa, eu o entreguei a meu pai, o que o deixou e a os outros cidadãos boquiabertos. Acho realmente que ganhei mais dinheiro do que quaisquer outros dois sofistas juntos.

Sócrates: Dizes algo admirável, Hípias, em um expressivo tes-
283a temunho de tua sabedoria e da dos homens contemporâneos, e da franca superioridade destes relativamente aos antigos. A julgar pelo que é dito, com base em tua opinião, os antigos pensadores da escola de Anaxágoras devem ter sido muito ignorantes; de fato dizem que o que aconteceu com Anaxágoras foi o oposto do que acontece contigo, ou seja, a despeito de ter ele herdado muito dinheiro, perdeu-o todo, devido à sua negligência, tão destituída de inteligência era sua sabedoria. E contam histórias semelhantes a respeito de outros antigos sábios. E me fazes ver aqui, pelo que me parece, excelente
b evidência da superioridade da sabedoria de nossos contemporâneos em comparação com os homens do passado, e muitas pessoas concordarão com que o sábio deve ser sábio especialmente em seu próprio interesse, e a marca disso está com aquele que ganha o máximo de dinheiro. Mas basta disso. Diz-me: entre os Estados que visitas, em qual ganhaste mais

---

13. Górgias e Pródico.

14. A μνᾶ (*mnâ*) valia 100 dracmas, de forma que Hípias realmente está falando de *muito* dinheiro.

dinheiro? Ou devemos supor, obviamente, que foi em Esparta, que visitaste mais assiduamente?

Hípias: Não, por Zeus, não foi, Sócrates.

Sócrates: Mas o que dizes? Foi onde ganhaste menos?

c **Hípias:** Nunca ganhei absolutamente nada lá.

Sócrates: Mas o que revelas é prodigioso e surpreendente, Hípias! Mas me digas: não é a tua sabedoria do tipo cujo contato e aprendizado tornam os indivíduos melhores do ponto de vista da virtude?

Hípias: Sim, muito melhores, Sócrates.

Sócrates: Mas foste capaz de tornar melhores os filhos dos inicenes e incapaz de tornar melhores os filhos dos espartanos?

Hípias: Isto está longe da verdade.

Sócrates: Ora, então os sicilianos desejam se tornar melhores, mas os espartanos não?

d **Hípias:** Decerto que não, Sócrates. Os espartanos também o desejam.

Sócrates: Então foi por falta de dinheiro que se esquivaram ao relacionamento contigo?

Hípias: Em absoluto, visto que eles têm muito dinheiro.

Sócrates: Ora, então como se poderia explicar que desejando o aprimoramento, tendo dinheiro, e estando tu capacitado a lhes conceder os maiores benefícios, não te mandaram de volta para casa carregado de dinheiro? Bem, talvez fosse porque os espartanos pudessem educar seus próprios filhos melhor do que tu poderias. Entenderemos assim e concordas?

e **Hípias:** De modo algum.

Sócrates: Então não foste capaz de persuadir os jovens de Esparta que fariam maiores progresso rumo à virtude estudando contigo do que com seus próprios mestres, ou não foste capaz de convencer os pais deles que seria preferível confiar seus filhos a ti do que cuidar eles próprios deles, se é que realmente se importavam com seus filhos. Na verdade, certamente se importavam e não devem ter revelado má vontade no sentido de possibilitar aos seus filhos que se tornassem os melhores possíveis.

Hípias: Não acho que revelaram má vontade.

Sócrates: Mas certamente Esparta é *regida por boas leis*[15]?

Hípias: Claro que é.

284a **Sócrates:** E em Estados regidos por boas leis a virtude é objeto da mais excelsa estima.

Hípias: Certamente.

Sócrates: E sabes melhor do que qualquer outro homem como transmiti-la a outras pessoas?

Hípias: Muitíssimo bem, Sócrates.

Sócrates: Bem, aquele que superasse a todos no conhecimento de como transmitir a destreza no manejo dos cavalos seria objeto da mais elevada estima na Tessália, entre todas as regiões da Grécia, onde receberia o máximo de dinheiro por esse saber, bem como em qualquer outra parte em que há um sério interesse na arte da equitação. Não é mesmo?

Hípias: É muito provável.

Sócrates: Então, não será a pessoa capaz de transmitir as dou-
b trinas sumamente valiosas para a aquisição da virtude merecedora de elevadíssima estima em Esparta? E não ganhará aí muitíssimo dinheiro, se o desejar, bem como em qualquer outro dos Estados gregos que seja *regido por boas leis*? Mas tu, meu amigo, achas que essa pessoa terá maior êxito na Sicília e em Inico? Deveremos dar crédito a isso, Hípias? Se tu nos instruis nesse sentido, teremos que acreditá-lo.

Hípias: Sim, porque por força de uma tradição, os espartanos estão proibidos de mudar suas leis ou educar suas crianças de maneira diferente do que ditam os costumes.

Sócrates: O quê? Para os espartanos é tradição não agir correta-
c mente, mas cometer erros?

Hípias: Eu não diria isso, Sócrates.

Sócrates: Mas eles agiriam corretamente educando seus jovens para serem melhores e não piores? [Não é mesmo?]

Hípias: Agiriam, mas para eles não é legal dar aos seus jovens uma educação estrangeira. Podes crer que na possibilidade de

---

15. ...εὔνομός... (*eýnomós*), entendendo-se por isso que um Estado que conta com boa legislação e onde as leis são respeitadas é bem administrado e bem governado.

alguém receber em Esparta dinheiro como pagamento de educação, com certeza seria eu o que mais receberia. Apreciam ouvir-me e me aplaudem... mas como eu disse, é contra a lei.

d **Sócrates:** Mas, Hípias, dirias que a lei é danosa ou benéfica para o Estado?

Hípias: Penso que a lei é feita para ser benéfica, mas às vezes, se for mal feita, é danosa.

Sócrates: Bem, não é verdadeiro que os legisladores fazem as leis como sendo o maior dos bens a serviço do Estado, sem o qual é impossível haver um Estado com boas leis respeitadas e bem governado?

Hípias: O que dizes é verdadeiro.

Sócrates: Então, quando esses legisladores não conseguem criar boas leis, falharam *no legal e na lei*, ou o que dirias a respeito?

e **Hípias:** Expressando-nos com precisão, Sócrates, é isso mesmo. Mas as pessoas não estão habituadas a exprimir seu pensamento com essas palavras.

Sócrates: As pessoas que têm conhecimento, Hípias, ou aquelas que não o têm?

Hípias: A multidão.

Sócrates: E é a multidão que conhece a verdade?

Hípias: Decerto que não.

Sócrates: Mas certamente aqueles que têm conhecimento pensam que, na verdade, para todas as pessoas aquilo que é mais benéfico é mais legal do que aquilo que é menos benéfico. Ou não concordas?

Hípias: Sim, admito que eles pensam que é assim na verdade.

Sócrates: Ora, é realmente como os que têm conhecimento pensam que é, não é?

Hípias: Certamente.

Sócrates: Mas, como dizes, seria mais benéfico para os esparta-
285a nos serem educados mediante tua instrução, embora estrangeira, do que pela educação local?

Hípias: Sim e o que digo é verdadeiro.

Sócrates: E dirias também, Hípias, que coisas benéficas são mais legais?

Hípias: Eu o diria.

Sócrates: Por conseguinte, em consonância com o que dizes, é mais legal para os filhos dos espartanos serem educados por Hípias e menos legal para eles serem educados por seus pais, isso na hipótese de realmente serem no futuro mais beneficiados por ti.

Hípias: Mas com certeza serão beneficiados, Sócrates.

b **Sócrates:** Então os espartanos, ao não te darem ouro e confiarem seus filhos a ti, estão violando a lei.

Hípias: Concordo com isso, mesmo porque parece que argumentas a meu favor, não havendo necessidade de fazer-te oposição.

Sócrates: Então, meu amigo, descobrimos que os espartanos são transgressores da lei, e isso inclusive nos assuntos de maior importância – eles, que são tidos como aqueles, entre os seres humanos, que mais respeitam as leis. Mas então, pelos deuses, Hípias, que espécie de discursos são aqueles proferidos
c por ti que eles aplaudem e que gostam de ouvir? Ou serão certamente aqueles cujo objeto conheces admiravelmente,[16] ou seja, os astros e os fenômenos celestes?

Hípias: Em absoluto! Eles sequer os suportariam.

Sócrates: Mas apreciam ouvir sobre geometria?

Hípias: De modo algum, visto que se pode dizer que muitos deles não sabem sequer contar.

Sócrates: Então estão longe de suportar uma palestra tua acerca de cálculo.

Hípias: Por Zeus, realmente longe disso.

Sócrates: Bem, e quanto a matérias nas quais, entre todos, te
d destacas nas discussões, que dizem respeito às funções das letras, sílabas, ritmos e harmonias?

Hípias: Ora, meu bom amigo, harmonias e letras!

Sócrates: Mas então quais são as coisas sobre as quais apreciam ouvir-te falar e que aplaudem? É preciso que me digas tu mesmo, pois não consigo descobrir quais são.

---

16. Hípias, entre muitas outras coisas, era astrônomo.

Hípias: Adoram ouvir a respeito das genealogias dos heróis e dos seres humanos, Sócrates, e sobre a fundação de cidades das épocas antigas e, em resumo, sobre a Antiguidade em geral, de maneira que, por causa deles, fui obrigado a aprender
e todas essas coisas a ponto de sabê-las de cor e estudá-las de cabo a rabo.

Sócrates: Por Zeus, Hípias, é sorte tua os espartanos não gostarem de ouvir alguém recitar o elenco de nossos arcontes[17] desde a época de Sólon[18]. Se fosse o caso, enfrentarias problemas para sabê-los de cor.

Hípias: E como, Sócrates? Depois de ouvi-los uma vez sou capaz de lembrar de cinquenta nomes.

Sócrates: Dizes a verdade. Esqueci que possuis a arte da memória.[19] Assim entendo que os espartanos gostam de ti naturalmente como alguém que tem extenso conhecimento, e se
286a servem de ti como crianças se servem de velhas, ou seja, para lhes contar histórias agradavelmente.

Hípias: Sim, e por Zeus, Sócrates, recentemente causei grande impressão lá com a narrativa de atividades nobres que os jovens deveriam realizar. De fato, disponho de um belo discurso composto com esse tema, com um bom arranjo tanto verbal quanto em outros aspectos. Seu cenário e ponto de partida é mais ou menos o seguinte: após a queda de Troia,[20] conta-se
b que Neoptolemo[21] indagou a Nestor[22] quais eram as nobres atividades, aquelas que confeririam para quem as realizasse enquanto jovem o máximo de renome; na sequência vemos Nestor falando e sugerindo a ele muitíssimas atividades líci-

---

17. ...ἄρχοντας... (*árkhontas*), os principais magistrados de Atenas.
18. Sólon de Atenas (?639-559 a.C.), legislador, político e poeta.
19. Além de sua vasta e diversificada cultura, comentava-se que Hípias era detentor de uma memória extraordinária.
20. Ver a *Ilíada* de Homero.
21. Jovem filho de Aquiles.
22. O mais velho entre os chefes guerreiros do exército grego liderado por Agamenon no cerco de Troia. Atuava também como conselheiro, pois era considerado muito sábio.

tas e nobilíssimas. Proferi então esse discurso em Esparta e pretendo proferi-lo aqui[23] depois de amanhã na sala de aula de Fidostrato, além de muitas outras coisas dignas de se ouvir, pois Eudico[24], o filho de Apemanto, pediu-me para que o fizesse. Conto com tua presença e que tragas outros que sejam
c capazes de avaliar discursos que ouvem.

Sócrates: Bem, assim acontecerá se for da vontade do deus,[25] Hípias. Agora, porém, fornece-me uma concisa resposta a uma pergunta sobre teu discurso pois me lembraste do *belo* (nobre)[26] no momento correto. De fato, recentemente, excelente homem, quando eu encontrava defeitos em alguns trechos de certos discursos, considerando-os feios[27], e elogiava outros como belos, um indivíduo deixou-me confuso perguntando-me, muito insolente, aproximadamente o se-
d guinte: "Sócrates, como *tu* sabes", disse, "que tipos de coisas são belas e feias? Ora, és capaz de dizer-me o que é o belo?". Eu, na minha insignificância, senti-me perdido e não pude responder-lhe apropriadamente. Ao deixar a reunião, estava zangado comigo mesmo, censurei-me e desafiei a mim mesmo que no primeiro ensejo em que estivesse diante de um sábio como tu, ouviria, aprenderia, estudaria e, em seguida, voltaria ao indivíduo que me interrogara para retomar aquela discussão. Assim, como eu disse, chegaste na
e ocasião correta. Ensina-me satisfatoriamente o que é o belo ele mesmo, e tentes, ao responder, expressar-te com a maior precisão possível, para que eu não seja mais uma vez refu-

23. Atenas.

24. Provavelmente é a pessoa que costumava acolher Hípias em sua casa quando este visitava Atenas. É um dos interlocutores de Sócrates em *Hípias menor.* Atentar, no que toca a isso, em *Hípias menor*, especialmente para 363b, nesta edição.

25. É difícil afirmar a que deus Sócrates se refere. Geralmente, em circunstâncias desse tipo, ele aludia ao seu *dáimon*, mas o uso feito por Platão do nome ...θεός... (*theós*) sugere mais *Apolo*.

26. Ver nota 1.

27. ...αἰσχρά... (*aiskhrá*), o antônimo ou oposto de *kalós*, contrapondo-se a todos os sentidos deste. O inglês *foul* comporta boa parte de sua carga conceitual precisamente na contraposição *fine/foul*.

tado e ridicularizado. Evidentemente tu o sabes com clareza e isso seria, sem dúvida, tão somente um pequeno exemplo de teu vasto saber.

Hípias: Por Zeus, certamente um pequeno exemplo Sócrates, e, permito-me dizer, de nenhum valor.

Sócrates: Então eu o aprenderei facilmente e não serei mais refutado por ninguém.

Hípias: Efetivamente por ninguém, pois se fosse minha profis-
287a são se revelaria de má qualidade e rudimentar.

Sócrates: Seria excelente, por Hera, Hípias, se derrotássemos o homem! Tu te importarias se eu assumisse a posição dele e me posicionasse do outro lado do argumento quando responderes, de sorte que me exercitasses o máximo possível? Isso porque tenho uma certa experiência em me posicionar do outro lado. Assim, se para ti for indiferente, gostaria de assumir o outro lado, para que possa aprender com maior vigor.

Hípias: Muito bem, assumas o outro lado, pois como eu disse
b há pouco, essa questão é insignificante, embora eu pudesse ensinar-te a responder perguntas muito mais difíceis do que essa, a ponto de ninguém no mundo ser capaz de refutar-te.

Sócrates: Oh, o que dizes é ótimo! Então, uma vez que me instruis a agir assim, tentarei agora representar o papel daquele homem, na medida do possível, e fazer-te perguntas. Pois se viesses a exibir-lhe esse discurso que mencionas, acerca de belas ações (atividades nobres), depois de ouvir-te, findo teu discurso, a primeira questão que ele formularia seria a respei-
c to do belo (nobre), já que tem essa espécie de costume, e então diria: "Estrangeiro de Elis, não é pela justiça que os justos são justos?". Responde, Hípias, como se ele próprio estivesse fazendo a pergunta.

Hípias: Eu responderia que é pela justiça.

Sócrates: "Então isto, a justiça, é algo?"

Hípias: Certamente.

Sócrates: "Então, igualmente é pela sabedoria que os sábios são sábios e pelo bem que todas as coisas são boas, não é?"

Hípias: Claro que sim.

Sócrates: "E a justiça, a sabedoria etc. são algo, uma vez que os justos, os sábios etc. não seriam o que são por elas se não fossem algo."

Hípias: Não há dúvida de que elas são algo.

Sócrates: "Por conseguinte não são todas as coisas belas, belas pelo belo?"

d **Hípias:** Sim, pelo belo.

Sócrates: "Pelo belo, o qual é algo."

Hípias: Claro. Afinal que alternativa haveria?

Sócrates: "Diz-me, então, estrangeiro", ele dirá, "o que é isso, o belo?"

Hípias: Ora, Sócrates, o indivíduo que faz essa pergunta está interessado em descobrir algo mais do que *o que é belo*?

Sócrates: Não penso que está interessado em descobrir *o que é belo*, mas *o que é o belo*.

Hípias: E que diferença há entre os dois?

Sócrates: Achas que não há nenhuma?

Hípias: Acho, porque não há nenhuma.

Sócrates: Bem, certamente tens mais conhecimento. De qualquer modo, meu bom amigo, te detém nisso... pois ele não te
e perguntou *o que é belo, mas o que o belo é*[28].

Hípias: Eu entendo, meu bom amigo. Responderei e lhe comunicarei o que o belo é, e não serei jamais refutado. Asseguro-te, Sócrates, se é para dizer a verdade, uma bela virgem é bela.

Sócrates: É uma bela resposta, Hípias, pelo Cão,[29] e notável. Então realmente pensas que se eu fornecer essa resposta estarei respondendo o que foi indagado, corretamente e para não ser
288a jamais refutado?

Hípias: Sim. De fato, como poderias ser, Sócrates, refutado quando dirias o que todos pensam e contarias com o apoio de todos que te ouvissem atestando a correção do que dissesses.

---

28. ...τί ἐστι καλόν, ἀλλ' ὅτι ἐστὶ τὸ καλόν.... (*tí esti kalón, all'hóti estì tò kalón*).

29. ...τὸν κύνα... (*tòn kýna*), expressão costumeira ao gosto de Sócrates, evitando expressões mais sagradas. Ele se refere ao deus egípcio Anúbis, o deus *cinocéfalo*, mais precisamente, com cabeça de chacal.

Sócrates: Excelente. Certamente. Vamos lá, Hípias, deixa-me recapitular, à maneira de um ensaio para mim mesmo, o que dizes. O homem me interrogará aproximadamente do seguinte modo: "Ora, Sócrates, responde-me: todas essas coisas que dizes serem belas serão belas se *o belo ele mesmo* for algo?". Deverei responder que se uma bela virgem é bela, essas coisas serão belas por causa disso?

b **Hípias:** Pensas então que ele ainda tentará te refutar e mostrar que o que dizes não é correto ou, se efetivamente tentar, que não se exporá ao ridículo?

Sócrates: Que ele tentará, meu extraordinário amigo, não tenho dúvida que o fará. Mas se essa tentativa o exporá ao ridículo, o acontecimento mostrará. Entretanto, gostaria de dizer-te o que ele perguntará.

Hípias: Pois diz.

Sócrates: "Como és encantador, Sócrates!", ele dirá. "Mas não
c é bela uma bela égua, que mesmo o deus louvou em seu oráculo?" O que responderemos a isso, Hípias? Não diremos que a égua é bela, ou seja, a bela égua? Afinal, como poderíamos nos atrever a negar que a coisa bela é bela?

Hípias: O que dizes é verdadeiro, Sócrates. De fato, o que o deus disse é inteiramente correto, também, visto que belíssimas éguas são criadas em nossa região.

Sócrates: "Muito bem", ele dirá, "e quanto a uma bela lira? Não é bela?". Concordaremos com isso, Hípias?

Hípias: Sim.

Sócrates: Depois disso o homem perguntará, estou convicto a julgar por seu caráter: "Ó tu, o mais excelente dos homens, o que dizer de um belo pote? Não é então belo?".

d **Hípias:** Afinal, Sócrates, quem é esse camarada? Que pessoa rude que ousa mencionar tais coisas vulgares em uma nobre discussão!

Sócrates: É precisamente o que é, Hípias: um indivíduo vulgar, que não é refinado, e tudo em que pensa é a verdade. Não obstante, uma resposta deve ser dada a esse homem, e vou antecipar minha opinião: se o pote fosse confeccionado por

um bom oleiro,[30] fosse liso, arredondado e bem cozido, como são alguns dos potes de duas alças, os que contêm 6 *choes*[31],
e muito belos – se fosse esse o tipo de pote a respeito do qual fazia sua pergunta, teríamos que concordar que é belo, pois como poderíamos dizer que sendo belo não é belo?

Hípias: De modo algum poderíamos, Sócrates.

Sócrates: "Então", ele dirá, "um belo pote também é belo, não é? Responde."

Hípias: Mas minha opinião é que é assim, Sócrates. Esse utensílio, quando bem fabricado, é belo, mas considerado absolutamente não merece ser tido como belo se comparado com uma égua, uma virgem e todas as belas coisas.

289a **Sócrates:** Muito bem. Entendo, Hípias, que a resposta apropriada a quem faz tais perguntas é a seguinte: "Senhor, não estás ciente da propriedade do que disse Heráclito,[32] de que 'o mais belo dos macacos é feio se comparado à raça humana', e o mais belo dos potes é feio comparado à classe das virgens, segundo afirma Hípias, o sábio". Não é assim, Hípias?

Hípias: Certamente, Sócrates. Respondeste corretamente.

Sócrates: Pois então me escuta, pois estou certo de que, depois disso, ele dirá: "Sim, Sócrates, porém se comparamos virgens
b a deuses, não acontecerá a elas o mesmo que aconteceu com os potes quando comparados com elas? Não parecerá feia a mais bela das jovens? Ou não quer dizer Heráclito, que citaste, simplesmente o seguinte, a saber, que o mais sábio dos seres humanos, se comparado com um deus, parecerá um macaco, quer em sabedoria, quer em beleza, quer em tudo o mais?". Concordaremos, Hípias, com que a mais bela virgem é feia se comparada à classe dos deuses?

Hípias: Sim. Afinal quem o negaria, Sócrates?

---

30. Ver nota 78 em *Eutidemo,* nesta edição.

31. ...χόας... (*khóas*), medida de capacidade para líquidos correspondente a cerca de 3,25 litros.

32. Heráclito de Éfeso, chamado *O Obscuro*, filósofo pré-socrático que floresceu em torno de 500 a.C.

c **Sócrates:** Então, se concordarmos com isso, ele se porá a rir e dirá: “Sócrates, lembras-te da pergunta que lhe foi feita?”. “Sim”, responderei, “a pergunta era: o que é o belo ele mesmo?”. “Então”, ele dirá, “quando foste perguntado pelo belo, respondeste com algo que se revela ser não mais belo do que feio, como tu mesmo dizes?”. “Assim parece”, eu direi, ou o que tu, meu amigo, me aconselhas que diga?

Hípias: É o que eu aconselharia; pois, é claro, ao dizer que a raça humana não é bela comparativamente aos deuses, estarás declarando a verdade.

Sócrates: “Mas se eu houvesse te perguntado”, ele dirá, “no co-
d meço o que é belo e feio, se tivesses respondido como respondes agora, não terias respondido corretamente? Mas insistes em pensar que o *belo ele mesmo*, pelo qual todas as outras coisas são embelezadas e levadas a parecerem belas, quando sua forma é agregada a qualquer uma delas, é uma virgem, uma égua ou uma lira?”

Hípias: Ora, certamente, Sócrates, se é isso que ele está buscando, nada se mostrará mais fácil do que responder e lhe dizer o que é o belo, pelo qual todas as demais coisas são embele-
e zadas e por cuja adição são levadas a parecerem belas. Trata-se de um indivíduo muito simplório, tudo desconhecendo a respeito de belas posses. Pois se respondes a ele: “Isso acerca do que perguntas, o belo, não é senão o ouro”, tu o mergulharás em uma confusão e ele não tentará refutar-te. Com efeito, todos nós sabemos, imagino, que onde quer que isso seja adicionado, ainda que tenha sido visto antes como feio, parecerá belo após ser adornado com o ouro.

Sócrates: Não conheces o homem, Hípias. Ele não se detém diante de nada, o velhaco, e nunca aceita qualquer coisa facilmente.

Hípias: E daí, Sócrates? Ele deve forçosamente aceitar o que
290a é dito corretamente. Caso se recuse a isso, será reduzido ao ridículo.

Sócrates: Essa resposta, meu excelentíssimo amigo, ele certamente não só não aceitará, como também chegará a ponto de escarnecer grosseiramente de mim e me dirigir palavras como: "Estás louco? Pensas ser Fídias[33] um mau artista?". E eu responderei: "Em absoluto".

Hípias: E estarás correto, Sócrates.

Sócrates: Sim, decerto. Consequentemente, quando eu tiver concordado que Fídias é um bom artista, ele dirá: "Muito bem,
b imaginas que Fídias não conhecia esse belo a que te referes?". "Por que perguntas isso?", eu direi. "Porque", ele responderá, "ele não fez os olhos de sua Atena[34] de ouro, nem o resto do rosto dela, e tampouco suas mãos e seus pés – como teria feito se o ouro os fizesse parecer maximamente belos – ele os fez de marfim. Ora... evidentemente cometeu esse erro por ignorância, por ignorar que é o ouro o que torna todas as coisas a que é adicionado belas". Tendo ele dito isso, que resposta lhe daremos, Hípias?

c **Hípias:** É fácil, uma vez que lhe diremos que ele agiu corretamente, já que o marfim, suponho, é belo.

Sócrates: "Mas por que, então", ele dirá, "não fez as partes medianas dos olhos também de marfim, preferindo a pedra, procurando a pedra que fosse o mais semelhante possível ao marfim? Ou é a bela pedra também bela?". Diremos que é, Hípias?

Hípias: Com certeza o diremos, quer dizer, onde for apropriado.

Sócrates: "Mas feia onde não for apropriado?" Concordarei ou não?

Hípias: Sim, concordarás, quer dizer, quando não for apropriado.

d **Sócrates:** "Bem", ele dirá, "o ouro e o marfim, ó sábio homem, quando são apropriados, não tornam as coisas belas, e quando não são apropriados, feias?". Iremos negar isso ou admitir que o que ele diz é correto?

Hípias: Concordaremos ao menos que tudo aquilo que é apropriado a qualquer coisa particular a torna bela.

---

33. Fídias (?500-?432 a.C.), renomado escultor ateniense.

34. Filha unigênita de Zeus. Nasceu diretamente de *sua cabeça*, já tendo surgido inteiramente *armada*. Palas Atena é a deusa virgem vinculada à inteligência, à sabedoria, mas também à arte bélica. Além disso, é a divindade epônima (patrona) de Atenas e uma das seis deusas olímpicas.

Sócrates: "Ora, então", ele prosseguirá, "quando alguém tiver fervido o pote que há pouco mencionamos, aquele belo, cheio de uma bela sopa, a ele será apropriada uma colher de ouro ou uma feita da madeira da figueira?"

Hípias: Por Héracles, Sócrates! Que tipo de homem é esse de
e que estás falando? Irás me dizer quem é?

Sócrates: Não o identificarias se te dissesse seu nome.

Hípias: Mas mesmo assim já sei agora que se trata de um ignorante.

Sócrates: Ele é decididamente uma praga, Hípias, mas de qualquer modo o que diremos? Qual das duas colheres indicaremos como apropriada à sopa e ao pote? Não é obviamente aquela da madeira da figueira? De fato, é provável que permita que a sopa apresente melhor cheiro, além do que, meu amigo, não provocaria a quebra do pote, com o consequente derramamento da sopa e a extinção do fogo, além de deixar os convidados irem embora sem servir-lhes uma esplêndida sopa. No que tange à colher de ouro, causaria tudo isso, de modo que a mim parece que deveríamos declarar ser a colher
291a de madeira mais apropriada do que a de ouro... a menos que discordes.

Hípias: Não, pois de fato é mais apropriada, Sócrates. Todavia, *eu*, de minha parte, não conversaria com um indivíduo que fizesse tais perguntas.

Sócrates: Estás inteiramente correto, meu amigo, pois não seria apropriado a ti ser empanturrado com palavras desse jaez, tu que te vestes tão belamente, que te calças tão belamente,[35] e que gozas de tanto renome por tua sabedoria entre todos os gregos. Mas quanto a mim não importa se realmente associo-
b -me com esse camarada. Portanto, instrui-me e, fazendo-me um favor, responde a ele. "Se a colher de madeira é mais apropriada do que a de ouro", aquele indivíduo dirá, "não seria mais bela visto que admitiste, Sócrates, que o apropriado é mais belo do que aquilo que não é apropriado?". Não con-

35. ...καλῶς... (*kalôs*), note o leitor a fina ironia de Sócrates fazendo pontuação com o advérbio aparentado ao adjetivo que consubstancia o conceito central do diálogo.

cordaremos, Hípias, que a colher de madeira é mais bela do que a de ouro?

Hípias: Desejas que eu te diga, Sócrates, qual a definição do belo que a ti permitirá ser poupado de um discurso prolixo?

c **Sócrates:** Certamente, mas não enquanto não me disseres qual das duas colheres indicadas por mim deverei responder que é apropriada e mais bela.

Hípias: Ora, se preferes, responde a ele que é a colher feita de madeira de figueira.

Sócrates: Bem, agora diz o que instantes atrás estavas na iminência de dizer. De fato, por essa resposta, na hipótese de eu dizer que o belo é o ouro,[36] a mim parece que o ouro se revelará não mais belo do que a madeira da figueira. Mas o que dizes, desta vez, que é o belo?

d **Hípias:** Eu o direi a ti, pois tenho a impressão de que estás procurando responder que o belo é algo de tal tipo que jamais parecerá feio em parte alguma, a pessoa alguma.

Sócrates: Certamente, Hípias. Agora tiveste uma *bela* compreensão.

Hípias: Então ouve, e, se alguém tiver algo a dizer contra isso, decerto estarás autorizado a declarar que não sou entendido em absolutamente nada.

Sócrates: Pelos deuses, então fales o mais rápido possível.

Hípias: Digo então que o mais belo, sempre, em toda parte e para todo ser humano, é ser rico, saudável e ser objeto de honras dos gregos para se poder alcançar a velhice e, após
e proporcionar um *belo* funeral para os pais falecidos, ser *bela* e magnificamente sepultado pelos próprios filhos.

Sócrates: Bravo, bravo, Hípias! Falaste de um modo maravilhoso, grandioso e digno de ti. E agora, por Hera, devo agradecer-te por seres gentil vindo em meu socorro e fazendo o máximo que podes. Mas nossos disparos não estão atingindo o homem... não, podes estar certo de que agora rirá de nós mais do que nunca.

36. Cf. 289e.

Hípias: Um riso deplorável, Sócrates, pois não tendo nada a di-
292a zer em relação a isso, limitando-se ao riso, estará rindo de si mesmo e fará de si alvo do riso dos presentes.

Sócrates: Pode ser que seja assim. Mas talvez depois dessa resposta, posso prevê-lo, provavelmente não se limite a rir de mim.

Hípias: O que queres dizer?

Sócrates: Bem, se acontecer de ter à mão um bastão, a menos que eu fuja depressa, tentará me dar uma sova.

Hípias: O quê? Será esse homem teu senhor ou coisa que o valha? Queres dizer que ele poderia agir assim sem ser preso e punido? Ou teu Estado desconsidera a justiça e permite que os
b cidadãos se agridam entre si injustamente?

Sócrates: Não, isso não é permitido em absoluto.

Hípias: Então ele será punido por haver te espancado injustamente.

Sócrates: Penso que não, Hípias. Sou da opinião de que se oferecesse aquela resposta, o espancamento seria justo.

Hípias: Então também penso assim, Sócrates, visto ser o que tu mesmo crês.

Sócrates: Deveria eu contar-te por que creio que seria justo ele me espancar se eu oferecesse aquela resposta? Ou me baterás também sem julgamento? Ouvirás o que tenho a dizer?

c **Hípias:** Seria horrível se não te ouvisse. Mas, afinal, o que tens a dizer?

Sócrates: Transmitirei a ti fazendo, como há pouco, o papel dele para não dirigir a ti as palavras rudes e desgraciosas que ele usa comigo. "Diz-me, Sócrates", podes assegurar-te que ele dirá, "achas que seria injusto se levasses uma surra por entoares esse longo ditirambo[37] de maneira tão rouquenha e tão sem sintonia com a questão?". "Mas como?", eu direi. "O que queres dizer com *Mas como?*", ele dirá, "não consegues te

---

37. ...διθύραμβον... (*dithýrambon*), canto entoado em homenagem a Baco, ou outros deuses, caracterizado por um intenso embelezamento por meio de acompanhamento musical.

d lembrar que perguntei pelo *belo ele mesmo*, pelo qual tudo aquilo a que é agregado passa a ter a propriedade de ser belo, tanto uma pedra quanto um bastão, o homem, o deus, todo ato e toda aquisição de conhecimento? Pois o que estou perguntando, *homem*, é o seguinte: O que é a *beleza ela própria*? E não consigo fazer-te ouvir o que digo mais do que se fosses uma pedra sentada ao meu lado – e no caso, uma pedra de moinho – destituída de ouvidos e de cérebro". Não ficarias zangado, Hípias, se eu, ficando apavorado, respondesse desta maneira: "Bem, mas Hípias disse que o belo era isso, e no
e entanto perguntei a ele, tal como me perguntaste, pelo que é o belo para todos e sempre". Qual é tua opinião? Não te zangarás se eu disser isso?

Hípias: Sei perfeitamente bem, Sócrates, que isso que eu disse que era o belo é belo para todos e assim parecerá.

Sócrates: "E também *será* belo?", ele dirá. "Pois o belo é sempre belo, não é?"

Hípias: Certamente.

Sócrates: "Logo também era?", perguntará.

Hípias: Também era.

Sócrates: "E o estrangeiro de Elis", dirá, "também disse que para Aquiles[38] era belo (nobre) ser enterrado depois de seus pais, e para o seu avô Aeco e todos os demais nascidos de deuses,
293a e para os próprios deuses?"

Hípias: O que é isso? Pelos Bem-aventurados! Essas perguntas desse indivíduo, Sócrates, são sacrílegas.

Sócrates: Bem, quando uma outra pessoa faz a pergunta, talvez não seja sacrilégio dizer que essas coisas são assim. Não é mesmo?

Hípias: Talvez.

Sócrates: "Talvez então sejas a pessoa", ele dirá, "que afirma ser nobre (belo) para todos e sempre ser enterrado pelos próprios

---

38. Semideus filho da deusa Tétis e do rei Peleu. É o mais bravo e respeitado guerreiro grego no cerco de Troia. Todo seu corpo era invulnerável, exceto os calcanhares. Orientado pelo deus Apolo (inimigo de Aquiles), o príncipe troiano Alexandros (Páris) atingiu um de seus calcanhares, matando-o. Ver Homero, *Ilíada*.

filhos e enterrar os próprios pais. Ou não foi Héracles incluído em 'todos', ele e todos aqueles que mencionamos há pouco?"

Hípias: Mas eu não disse que assim era em relação aos deuses.

b **Sócrates:** "Aparentemente, tampouco em relação aos heróis."

Hípias: Não em relação aos que eram filhos de deuses.

Sócrates: "Mas quanto aos que não eram?"

Hípias: Certamente.

Sócrates: "Portanto, de acordo com tua explicação, o que é terrível, irreligioso e feio (vil) para alguns heróis – Tântalo, Dárdano e Zeto – é belo (nobre) para Pélops[39] e aqueles de nascimento semelhante ao dele?"

Hípias: É como penso.

Sócrates: "Então pensas o que não disseste há pouco, ou seja, que enterrar os próprios pais e ser enterrado pelos próprios
c filhos é às vezes, e no caso de certas pessoas, vil; e parece ainda mais impossível por conta disso tornar-se e ser belo (nobre) para todos. O resultado é ter isso o mesmo destino que as coisas que mencionamos antes, a virgem e o pote e, na verdade, um destino ainda mais ridículo: é belo (nobre) para alguns e não belo (não nobre) para outros. E não és capaz ainda, mesmo hoje, Sócrates", ele dirá, "de responder o que é perguntado acerca do belo, ou seja, o que ele é". Mediante essas palavras e outras similares, ele me repreenderá se eu lhe
d responder dessa forma. Na maioria das vezes, Hípias, dirige-se a mim de uma maneira mais ou menos assim, embora às vezes, como que compadecido diante de minha inexperiência e falta de educação, ele próprio sugere uma questão, indaga se eu penso que o belo é isso ou aquilo – ou tudo aquilo mais que aconteça ser o assunto de nossas questões e discussão.

Hípias: O que queres dizer com isso, Sócrates?

Sócrates: Vou te mostrar. "Ó, desafortunado Sócrates", ele diz, "para de dar respostas desse tipo e dessa maneira, pois são demasiado tolas e de fácil refutação. Mas vê se algo como

39. Tântalo, Dárdano e Zeto, tal como Héracles, têm ascendência divina (filhos de Zeus), enquanto Pélops (humano e mortal) descende de um semideus (herói) mortal, ou seja, Tântalo.

o seguinte não te parece belo, ou seja, o que minutos atrás
e apreendemos em nossa resposta, na ocasião em que disseste
que o ouro era belo para coisas em relação às quais era apropriado, porém não para coisas em relação às quais não era apropriado, e que todas as demais coisas eram belas se *isso*, isto é, *o apropriado ele mesmo* lhes fosse agregado. Assim, examines a natureza do próprio apropriado e vê se, porventura, não é ele o belo". Ora, estou habituado a concordar todas as vezes com essas coisas porque ignoro o que declarar. Mas o que te parece? É o apropriado o belo?

Hípias: Certamente em todos aspectos, Sócrates.

Sócrates: Mas examinemos para que não nos enganemos de alguma forma.

Hípias: Sim. É necessário que examinemos.

Sócrates: Portanto, observes. Dizemos que o apropriado[40] é
294a aquilo cuja adição faz cada uma das coisas em que é adicionado *parecer* bela, ou *ser* bela ou nem parecer, nem ser bela?

Hípias: Acho que sim.

Sócrates: O quê?

Hípias: Que é aquilo que faz as coisas parecerem belas. Por exemplo, se alguém veste roupas e põe calçados que lhe servem, mesmo que seja ridículo, parece mais belo.

Sócrates: Por conseguinte, se o apropriado o faz *parecer* mais belo do que *é*, o apropriado seria uma espécie de engodo relativamente ao belo, e não seria o que estamos procurando, não
b é mesmo Hípias? Estávamos, ao contrário, procurando aquilo pelo que todas as coisas belas *são* belas, como aquilo pelo que todas as coisas grandes são grandes, ou seja, a extensão; de fato, é pela extensão que todas as coisas grandes são grandes, visto que mesmo que não pareçam grandes, tendo extensão, são necessariamente grandes. Assim, analogamente, dizemos que o belo é aquilo pelo que todas as coisas são belas, não importa se parecem ou não belas. O que seria? Não é possível que seja o apropriado, uma vez que com base em tua afirma-

40. ...πρέπον... (*prépon*).

ção ele faz as coisas parecerem mais belas do que são, não
c permitindo que pareçam tais como são. Contudo, é necessário tentarmos dizer o que é que torna as coisas belas, independentemente de assim o parecerem ou não, tal como eu disse há pouco. É o que estamos buscando se estivermos realmente buscando o belo.

Hípias: Mas o apropriado, Sócrates, pela sua adição, ou seja, pela sua presença, faz as coisas tanto serem quanto parecerem belas.

Sócrates: Nesse caso, seria então impossível para as coisas que são realmente belas não parecerem serem belas visto que aquilo que as faz assim parecer está presente?

Hípias: Seria impossível.

Sócrates: Então entraremos em consenso, Hípias, de que todas as coisas que são realmente belas – tanto costumes quanto atividades – são consideradas sempre belas por todos, e assim
d parecem a todos? Ou, pelo contrário, que as pessoas as ignoram, havendo mais conflito e polêmica a respeito delas do que a respeito de qualquer outra coisa, tanto privadamente entre indivíduos quanto publicamente entre os Estados?

Hípias: Decerto a segunda alternativa, Sócrates. As pessoas as ignoram.

Sócrates: Não seriam ignoradas se a aparência da beleza fosse a elas adicionada, e essa aparência seria adicionada se o apropriado fosse belo e fizesse não só as coisas *serem* belas, como também *parecerem* belas. Consequentemente, o apropriado, se é aquilo que faz as coisas serem belas, seria o belo que estamos buscando, mas não seria aquilo que faz as coisas parecerem belas; entretanto, por outro lado, se o apropriado
e é aquilo que faz as coisas parecerem belas, não seria o belo que estamos buscando, porque isso faz as coisas serem belas, porém o mesmo elemento não poderia fazer as coisas tanto parecerem quanto serem belas, como tampouco poderia fazê-las tanto parecer quanto ser qualquer outra coisa mais. Decidamos, portanto, se consideramos que o apropriado é aquilo que faz as coisas parecerem ou serem belas.

Hípias: Em minha opinião, Sócrates, é aquilo que as faz parecer assim.

Sócrates: Caramba! Nossa chance de saber o que é o belo bateu as asas e desapareceu, Hípias, visto que descobrimos que o apropriado é algo distinto do belo.

Hípias: Sim, por Zeus, Sócrates, o que para mim parece muito estranho.

295a **Sócrates:** Contudo, não desistamos, meu amigo, pois alimento ainda esperanças de que *aquilo que o belo é* se revelará.

Hípias: Decerto, Sócrates, pois não é difícil descobrir. Estou certo de que se eu me recolhesse à solidão e meditasse sozinho por conta própria, poderia comunicar a ti o que é com a mais perfeita precisão.

Sócrates: Ora, Hípias, não te gabes. Vê quanto transtorno já nos causou; e tenho medo que possa zangar-se e distanciar-se mais do que nunca. Mas pensando bem, isso é tolice de minha
b parte. De fato, admito e creio que facilmente o descobrirás quando fores embora e refletires sozinho. Mas, pelos deuses, [preferiria que o] descobrisses em minha presença ou, se for de teu agrado, que te associasses a mim, como fazes agora, na busca por ele. Se o descobrirmos, será estupendo, mas se isso não ocorrer, suponho que terei que aceitar minha sorte, ao passo que tu irás embora e o descobrirás com facilidade. E na hipótese de o descobrirmos agora, é claro que não o incomodarei mais tarde indagando o que foi que descobriste sozinho.

c Mas agora mais uma vez consideres se pensas ser o seguinte o belo: digo que – mas vigies atentamente para que eu não profira uma tolice – tudo aquilo que é útil será para nós belo. A razão que tinha em meu espírito ao afirmar isso é esta: dizemos que os olhos são belos não quando julgamos que se acham em um estado em que se mostram incapazes de ver, mas quando são capazes e são úteis à visão. Está correto?

Hípias: Sim.

Sócrates: E também nos expressamos assim em relação ao corpo inteiro, dizendo que é belo (apto, excelente, perfeito), parte
d dele para a corrida, parte para a luta. O mesmo vale para todos

os animais, digamos um belo (excelente) cavalo, ou um belo (excelente) galo, ou uma bela (excelente) codorniz; e todos os utensílios e veículos terrestres e, no mar, navios cargueiros e belonaves; e todas as ferramentas e instrumentos de todas as artes, da música e das outras; e, se quiseres, atividades e leis inclusive: praticamente tudo isso chamamos de *belo* no mesmo sentido;[41] em cada caso consideramos [dependendo do caso] como é formado pela natureza, como é fabricado, como foi promulgada, e então chamamos o que é útil de *belo* com respeito à maneira em que é útil, do prisma do propósito para o qual é útil e do tempo em que é útil; e daquilo que se mostra
e em todos esses aspectos inútil, dizemos que é feio (inapto, ruim, imperfeito). Também não pensas assim, Hípias?

Hípias: Sim.

Sócrates: Então não estamos corretos em afirmar que o útil[42], de preferência a tudo o mais, é belo?

Hípias: Certamente estamos corretos, Sócrates.

Sócrates: Ora, aquilo que é capaz de executar qualquer coisa é útil para aquilo para o que é capaz, ao passo que aquilo que não é capaz é inútil, não é?

Hípias: Certamente.

Sócrates: A capacidade, portanto, é bela (excelente, admirável), enquanto a incapacidade é feia (ruim, deplorável).

Hípias: Indiscutivelmente. Muitas coisas, Sócrates, nos testemu-
296a nham que é assim, e especialmente os assuntos políticos. De fato, na política e em nosso próprio Estado, ter capacidade (poder) é a mais bela (excelente, admirável) de todas as coisas, ao passo que não ter capacidade (poder) é a mais feia (ruim, deplorável) de todas.

Sócrates: Ótimo! Então, pelos deuses, Hípias, não é a sabedoria, por essa razão, a mais bela (admirável) de todas as coisas, enquanto a ignorância a mais feia (deplorável) de todas?

Hípias: Ora, o que pensas, Sócrates?

---

41. Ou seja, no sentido de qualidade *funcional* e não qualidade *estética*.

42. ...χρήσιμον... (*khrésimon*).

Sócrates: Fica quieto, meu caro amigo. Estou apavorado e imaginando o que afinal estamos novamente dizendo.

b **Hípias:** E o que te amedronta tanto, Sócrates, agora que a discussão, de tua parte, avançou tão bem?

Sócrates: Desejaria que assim fosse. Mas examina o seguinte ponto comigo: poderia alguém fazer o que desconhecesse e que fosse totalmente incapaz de fazer?

Hípias: De modo algum, pois como poderia fazer o que fosse incapaz de fazer?

Sócrates: Bem, então se aqueles que cometem erros e realizam ações más involuntariamente fossem incapazes (não tivessem poder) de fazer essas coisas, não as fariam?

Hípias: É evidente que não.

c **Sócrates:** Mas, no entanto, é pelo poder que os poderosos são poderosos, já que certamente não é pela falta de poder.

Hípias: Claro que não.

Sócrates: E todos que fazem coisas, têm poder para fazer o que fazem?

Hípias: Sim.

Sócrates: As pessoas fazem muito mais coisas más do que boas a partir da infância e cometem erros involuntariamente.

Hípias: É verdade.

Sócrates: Bem, quanto a esse poder e a essas coisas úteis – úteis para a realização de algo mau –, estaríamos autorizados a afirmar que são belos, ou longe disso?

d **Hípias:** Em minha opinião, longe disso, Sócrates.

Sócrates: Por conseguinte, Hípias, evidencia-se que o poderoso (capaz) e o útil não são nosso belo.

Hípias: São, Sócrates, na hipótese de o poder (capacidade) e a utilidade se voltarem para o bem.

Sócrates: Então se evadiu a afirmação de que o poderoso e o útil são belos sem qualificação. E será isso, Hípias, o que nossa mente estava desejosa de expressar, a saber, que o útil e o poderoso voltados para a realização de algo bom é o belo?

e **Hípias:** Penso que sim.

Sócrates: Mas certamente isso é benéfico?

Hípias: Certamente.

Sócrates: Assim, com base nesse argumento, os belos corpos e os belos costumes, além de tudo o mais que mencionamos há pouco, são belos porque são benéficos.[43]

Hípias: Evidentemente.

Sócrates: Então o benéfico se evidencia a nós como sendo o belo, Hípias.

Hípias: Com toda a certeza, Sócrates.

Sócrates: Mas o benéfico é aquilo que cria o bem.

Hípias: Sim, é.

Sócrates: Mas aquilo que cria nada mais é do que a causa, não é mesmo?

Hípias: É.

297a **Sócrates:** Consequentemente o belo é a causa do bom.

Hípias: Sim, é.

Sócrates: Entretanto, com certeza, Hípias, a causa e aquilo de que a causa é a causa são diferentes, uma vez que não é possível que a causa seja causa da causa. Mas faz a seguinte abordagem da questão: a causa não foi vista como aquilo que cria?

Hípias: Certamente.

Sócrates: Então o que é criado por aquilo que cria é a coisa que *vem a ser*[44], não aquilo que cria.

Hípias: Sim.

Sócrates: A causa, portanto, não é a causa da causa, mas daquilo
b que vem a ser através dela.

Hípias: Certamente.

Sócrates: Se, assim, o belo é a causa do bom, o bom *viria a ser* através do belo. Isso explica nossa ânsia pela inteligência e por todas as outras coisas belas – assim acontece porque o produto dessas coisas,[45] o bom, é digno desse desejo intenso (ânsia). E o que se conclui do que estamos constatando é que o belo, pelo que parece, seria uma espécie de pai do bom.

---

43. ...ὠφέλιμα. ... (*ophélima.*): Platão distingue aqui o útil do benéfico.

44. ...γιγνόμενον, ... (*gignómenon,*).

45. Ou seja, a inteligência e todas as outras coisas belas.

Hípias: Certamente, pois falas admiravelmente, Sócrates.

Sócrates: Então também seria falar admiravelmente dizer que o pai não é o filho e o filho não é o pai?

c **Hípias:** Certamente seria discursar admiravelmente.

Sócrates: E a causa não é nem aquilo que vem a ser, nem aquilo que vem a ser é a causa.

Hípias: O que dizes é verdadeiro.

Sócrates: Por Zeus, ó excelente homem, por conseguinte nem é o belo bom, nem o bom belo. Ou isso te parece possível com base no que dissemos?

Hípias: Não, por Zeus, não me parece possível.

Sócrates: Seria para nós agradável e estaríamos desejosos de dizer que o belo não é bom e o bom não é belo?

Hípias: Não, por Zeus, isso não me agradaria em absoluto.

Sócrates: Sim, por Zeus, Hípias! Nada do que dissemos até ago-
d ra me agradaria menos.

Hípias: Sim, isso conta com toda a probabilidade.

Sócrates: Então há grande chance de a afirmação de que *o benéfico, o útil e o poderoso na produção de algo bom são belos* não ser, como se afigurou ser, a mais bela de nossas afirmações. Não é, mas se fosse possível ser, seria ainda mais ridícula do que aquelas primeiras afirmações, nas quais veiculamos nosso pensamento de que a virgem era o belo, além de cada uma das várias outras coisas a que aludimos antes.

Hípias: É o que revela toda a probabilidade.

Sócrates: Bem, Hípias, não sei mais que rumo tomar. Estou confuso. E quanto a ti, tens algo a declarar?

e **Hípias:** Não de imediato, mas, como disse há algum tempo atrás, tenho certeza de que o descobrirei depois de ponderar.

Sócrates: Mas não acho, por conta de minha ansiedade de descobrir, que possa esperar o tempo necessário para fazeres isso. De fato, creio que acabo de encontrar uma saída. Consideres o seguinte. Quanto contribuiria no avanço rumo a nossa meta aventarmos a afirmação de que o belo é aquilo que nos faz sentir prazer? Não me refiro a todos os prazeres, mas àquele

que experimentamos por meio da audição e da visão.[46] De fato, não há dúvida de que belas pessoas, Hípias, e todas as
298a decorações, pinturas e esculturas que são belas nos transmitem prazer quando as vemos; além disso, belos sons, música em geral, discursos e a narrativa de histórias produzem o mesmo efeito, de modo que se respondêssemos àquele indivíduo impudente: "Meu excelente senhor, o belo é aquilo que é prazeroso por meio da audição e da visão", não achas que com isso daríamos um fim à sua impudência?

Hípias: Ao menos no que toca a mim, Sócrates, penso que o que
b é o belo foi agora bem estabelecido.

Sócrates: E daí? Diremos, Hípias, que belos costumes[47] e belas leis são belos por serem prazerosos por meio da audição e da visão? Ou que possuem alguma outra forma de beleza?

Hípias: Talvez, Sócrates, essas coisas possam passar despercebidas ao homem.

Sócrates: Não, pelo Cão, Hípias, não passarão despercebidas pela pessoa diante da qual eu mais me envergonharia de dizer uma tolice, ou fingir estar dizendo algo sensato quando não o estaria dizendo.

Hípias: E que pessoa é essa?

Sócrates: *Sócrates*, o filho de Sofronisco,[48] que não me permi-
c tiria dizer essas coisas inconsequentemente sem investigá-las mais do que dizer que sei o que não sei.

Hípias: Bem, decerto também eu, até mesmo porque o mencionaste, julgo que no caso das leis trata-se de algo diferente.

Sócrates: Não te precipites, Hípias, pois muito provavelmente topamos com a mesma dificuldade acerca do belo na qual estávamos enredados há pouco tempo atrás, embora possamos pensar que achamos uma outra saída.

Hípias: O que queres dizer com isso, Sócrates?

---

46. Platão se refere agora ao sentido *estético*, ou seja, sensorial do belo, e não ao sentido funcional.

47. ...ἐπιτηδεύματα... (*epitedeýmata*), significa tanto atividades, ocupações, quanto usos, costumes de um país.

48. Sócrates não se refere a um homônimo, mas *a si próprio*.

Sócrates: Revelarei a ti o que se evidencia a mim, na hipótese de
d ser possível haver algum sentido nisso. De fato, talvez se possa mostrar que leis e *costumes*[49] não estão fora da percepção que temos por meio da audição e da visão. Mas prendamo-nos à afirmação de que aquilo que é prazeroso por meio dos sentidos[50] é belo, sem trazer à baila a questão das leis. Mas se esse homem do qual falo, ou qualquer outra pessoa, nos perguntasse: "Hípias e Sócrates, fizestes a distinção segundo a qual na categoria do prazeroso aquilo que é prazeroso *do modo que indicas*[51] é belo, enquanto aquilo que é prazeroso *de*
e *acordo com os outros sentidos*, os que envolvem o alimento, a bebida, as relações sexuais e todas as coisas semelhantes, não é belo? Ou dizeis que tais coisas não são sequer prazerosas e que não há absolutamente prazer algum nelas, nem em qualquer outra coisa exceto na visão e na audição?". O que diremos, Hípias?

Hípias: É claro, Sócrates, que certamente diremos que há prazeres muito intensos também nos outros sentidos.

Sócrates: "Por que, então", ele insistirá, "se são prazeres não menos do que os outros, vós os despojais desse nome e os privais de serem belos?". "Porque", diremos, "todos zombariam
299a de nós se disséssemos que comer não é prazeroso, mas é belo, e que um cheiro agradável não é agradável, mas é belo; e no que se refere às relações sexuais, todos indubitavelmente nos contestariam, dizendo que são sumamente prazerosas, mas que aquele que as pratica, se as praticar, deve fazê-lo onde ninguém possa vê-lo, porque é a coisa mais repulsiva de ser vista". Se dissermos isso, Hípias, ele talvez dirá: "Também entendo que por todo o tempo vos envergonhastes de afir-
b mar que esses prazeres são belos porque as pessoas não julgam que são. Mas não perguntei o que as pessoas ordinárias julgam ser belo – mas o que *é* belo".

---

49. Ver nota 47.

50. Da audição e da visão.

51. Ou seja, por meio dos sentidos da audição e da visão.

Imagino que deveremos dizer, então, o que sugerimos: "Dizemos que a parte do prazeroso que provém por meio da visão e da audição é bela". Achas que essa afirmação tem alguma utilidade, Hípias, ou deveremos dizer uma outra coisa?

Hípias: É necessário, em vista do que foi dito, Sócrates, dizermos apenas isso.

Sócrates: "Ótimo", ele dirá, "então se o prazeroso por meio da
c visão e da audição é belo, tudo aquilo que não for prazeroso
na esfera desses sentidos, claramente não será belo." Concordaremos?

Hípias: Sim.

Sócrates: "É, então, aquilo que é prazeroso por meio da visão", prosseguirá ele, "prazeroso através da visão e da audição, ou é o que é prazeroso por meio da audição e da visão?" "Não", diremos, "aquilo que é prazeroso por meio de um desses sentidos, não seria, de modo algum, prazeroso por meio de ambos, pois é isso que pareces querer nos dizer; contudo, dissemos que uma ou outra dessas coisas prazerosas era bela isoladamente por si mesma, e ambas juntas." Não é esta a resposta que deveremos apresentar-lhe?

d **Hípias:** Certamente.

Sócrates: "Então", ele dirá, "qualquer coisa prazerosa difere de qualquer coisa prazerosa por *isso*, por ser prazerosa? Mas não estou perguntando se um prazer é maior ou menor, ou mais ou menos, mas se difere por este fator mesmo, ou seja, pelo fato de um dos prazeres ser um prazer e o outro não ser um prazer." Não pensamos assim. Pensamos?

Hípias: Não, não pensamos.

Sócrates: "Nesse caso, não é", dirá, "devido a uma outra razão
distinta do fato de serem prazeres que escolhestes esses pra-
zeres entre os demais... não é porque percebestes alguma qua-
e lidade em ambos, algo que os diferencia dos outros, isso vos
tendo levado a dizer que são belos? Não suponho haver beleza no prazer por meio da visão por causa disso – por ser por meio visão –, pois se essa fosse a causa de nele haver beleza, o outro prazer – aquele por meio da audição – não seria belo.

Não é certamente prazer através da visão." Deveremos lhe dizer: "O que dizes é verdade?".

Hípias: Sim, deveremos.

300a **Sócrates:** "Por outro lado, tampouco é o prazer por meio da audição belo pela razão de ser através da audição, pois nesse caso igualmente o prazer por meio da visão não seria belo. Certamente não é prazer através da audição." Cabe-nos dizer, Hípias, que o homem que afirma isso diz a verdade?

Hípias: Sim, ele diz a verdade.

Sócrates: "E apesar disso, dizeis que ambos são belos." Realmente dizemos isso, não dizemos?

Hípias: Dizemos.

Sócrates: "Portanto, têm algo idêntico que os faz serem belos, a saber, essa qualidade comum que pertence a ambos em co-
b mum e a cada um individualmente. Se assim não fosse, não seriam tanto coletivamente quanto cada um individualmente belos." Responde-me como se o fizesses a ele.

Hípias: Penso que é como dizes – essa é minha resposta.

Sócrates: Então, se algo é atribuído coletivamente a ambos os prazeres, mas não individualmente a cada um, não seriam belos por força desse atributo.

Hípias: E como seria possível isso, Sócrates? Quero dizer que, quando nem um nem outro possui individualmente um atributo – seja qual for –, esse atributo não pertencendo a nenhum dos dois individualmente, poderia pertencer a ambos?

c **Sócrates:** Julgas não ser isso possível?

Hípias: Se julgasse ser possível demonstraria ser muito inexperiente tanto na natureza dessas coisas quanto na linguagem empregada em nossa presente discussão.

Sócrates: Muito bem colocado, Hípias. Mas há uma possibilidade, segundo penso, de eu estar vislumbrando um caso dessa espécie que julgas impossível, embora não o veja realmente.

Hípias: Não há qualquer possibilidade nesse sentido, Sócrates. Estás propositalmente vendo mal.

Sócrates: E certamente muitos casos tais aparecem ante minha mente. Suspeito deles, contudo, porque não aparecem a ti, um d homem que fez mais dinheiro com a sabedoria do que qualquer outro atualmente vivo, mas a mim que nunca ganhei dinheiro algum; e fico imaginando, meu amigo, se não estás brincando comigo e deliberadamente me enganando... diante da grande quantidade e clareza dos casos que a mim aparecem.

Hípias: Ninguém, Sócrates, estará em condições de saber melhor do que tu se estou brincando contigo ou não, se tentares comunicar o que são essas coisas que a ti aparecem tão claramente. Ficará patente a ti que não há senso no que dizes, pois jamais descobrirás que tu e eu somos ambos afetados por um atributo pelo qual nem um nem outro de nós é afetado.

e **Sócrates:** O que estás dizendo, Hípias? Talvez haja senso no que falas e não consigo compreender. Mas permite-me comunicar mais claramente o que quero exprimir. Porque percebo aquilo que não é atribuído a mim, e aquilo que nem eu sou nem tu és, isso podendo ser atribuído a nós dois; e, por outro lado, para nenhum de nós ser de tal modo afetado a ponto de sermos outras coisas que ambos somos.

Hípias: Tua resposta, Sócrates, parece envolver, novamente, prodígios ainda mais extravagantes do que os de tua resposta anterior. Pois observa: se somos ambos justos, não seria cada um de nós também justo, e se cada um de nós é injusto, não
301a seríamos ambos também injustos... ou se ambos somos sadios, não seria cada um de nós também sadio? Ou se cada um de nós fosse afetado pelo cansaço, ferido, golpeado ou afetado por qualquer outra tribulação, não seriamos ambos afetados do mesmo modo? Analogamente, se fôssemos ambos de ouro, ou de prata, ou de marfim... ou, se preferes, nobres, ou sábios, ou honrados, ou velhos, ou jovens, ou qualquer outra coisa que aprecies que seja cabível ao ser humano, não é inteiramente inevitável que cada um de nós também o fosse?

b **Sócrates:** Inteiramente.

Hípias: Mas, Sócrates, não consideras as coisas em sua integridade, nem consideram aqueles com quem estás acostumado a conversar; pelo contrário, todos vós testais o belo e os outros seres tomando cada um separadamente e o decompondo verbalmente. Essa é a razão de não conseguirdes compreender

que essas *corporificações de ser*[52] são naturalmente tão grandes e contínuas. E agora não conseguistes compreender em tal grau que chegais a pensar que há algum atributo ou ser que
c pertence a ambos conjuntamente, mas não individualmente a cada um, ou, por outro lado, a cada um, mas não a ambos. É dessa maneira irracional, sem discernimento, tola e irrefletida que operais.

Sócrates: *Os assuntos humanos*, Hípias, *não são conforme os desejos de um ser humano, mas conforme sua capacidade*, como diz o provérbio que as pessoas constantemente mencionam.[53] Mas estás sempre nos ajudando com advertências; nessa oportunidade, por exemplo, quando fomos advertidos por ti sobre nossa maneira estúpida de operar. De qualquer modo, deverei continuar meu discurso e fazer a ti mais uma exposição de nossos pensamentos sobre o assunto, ou deverei
d suspender meu discurso?

Hípias: Discursarás para alguém que conhece, Sócrates, pois conheço como operam todas as pessoas que se envolvem em discussões. Todavia, se assim preferes, fala.

Sócrates: Bem, realmente prefiro. De fato, ó excelente amigo, fomos tão tolos, antes de dizeres o que disseste, a ponto de ter uma opinião sobre mim e ti de que *cada um de nós era um, mas que não éramos nós dois aquilo que cada um de nós*
e *era*, enquanto não somos *um*, mas *dois* – vê aonde chegou nossa estupidez! Agora, contudo, fomos ensinados por ti que se somos ambos dois, então cada um de nós é necessariamente dois, e se cada um é um, ambos são necessariamente um, já que é impossível com base na teoria contínua do ser, de acordo com Hípias, ser de outra forma, mas que o que ambos somos é o que cada um é, e o que cada um é, é o que ambos somos.

Bem, agora fui persuadido por ti e passo a sustentar essa posição. Em primeiro lugar, porém, refresca minha memória: somos tu e eu um, ou és tu dois e eu dois?

---

52. ...σώματα τῆς οὐσίας... (*sómata tês oysías*).

53. O que lembra o nosso adágio: *O homem propõe, e Deus dispõe.*

Hípias: O que queres dizer, Sócrates?

Sócrates: Precisamente o que digo, já que receio falar claramen-
302a te contigo porque ficas zangado comigo toda vez que pensas estar falando sensatamente. Mas me diz ainda: não é cada um de nós um e afetado de sorte a ser um?

Hípias: Certamente.

Sócrates: Consequentemente, cada um de nós, se um, seria um número ímpar. Ou não consideras o *um* um número ímpar?

Hípias: Considero.

Sócrates: Assim somos ambos, sendo dois, um número ímpar?

Hípias: Não poderia ser, Sócrates.

Sócrates: Mas somos ambos um número par, não somos?

Hípias: Certamente.

Sócrates: Então, por sermos ambos par, é cada um de nós por conta disso par?

b **Hípias:** Decerto que não.

Sócrates: Por conseguinte, não é absolutamente necessário, como afirmaste há pouco, que o que ambos são cada um é, e o que cada um é ambos são?

Hípias: Não essa espécie de coisa, mas as que eu mencionei antes.

Sócrates: É o bastante, Hípias, pois mesmo isso é aceitável visto que parece que algumas coisas são assim e algumas não são assim. A propósito, eu disse, se é que te lembras do início des-
c sa etapa de nossa discussão, que prazeres por meio da visão e da audição não eram belos em função *disso*, ou seja, que cada um deles acabava por ter um atributo, mas não ambos, ou que ambos o tinham, mas não cada um – mas em função daquilo pelo que ambos e cada um são belos, uma vez que concordaste que são ambos e cada um belos. Foi essa a razão de eu ter pensado que, se ambos são belos, o são necessariamente pela *essência* que pertence a ambos, mas não pelo que está ausente em cada um. E continuo pensando assim. Mas me diz como se estivéssemos recomeçando: se o prazer por meio da visão
d e o prazer por meio da audição são ambos e cada um belos, aquilo que os torna belos não pertence a ambos e a cada um?

Hípias: Certamente.

Sócrates: E não é, portanto, por essa razão, a saber, porque cada um é um prazer e ambos são prazeres, que seriam belos? Ou seriam todos os demais prazeres, devido a isso, não menos belos do que eles? De fato constatamos, se é que te lembras, que não eram menos prazeres.

Hípias: Sim, eu me lembro.

Sócrates: Mas pela razão desses prazeres serem por meio da vi-
e são e da audição, foi dito que são belos.

Hípias: Sim, foi dito isso.

Sócrates: Vê se o que afirmo é verdadeiro. Foi dito, se minha memória me ajuda, que *esse* prazeroso era belo – não *todos* os prazerosos, mas aquele que é por meio da visão e da audição.

Hípias: É verdadeiro.

Sócrates: Ora, essa qualidade pertence a ambos, mas não a cada um, não é? Isso porque certamente cada um deles, como foi estabelecido antes, não é através de ambos os sentidos, mas ambos são através de ambos, ao passo que cada um não é. Isso é verdadeiro?

Hípias: É.

Sócrates: Portanto, não é por aquilo não pertencente a cada um que cada um deles é belo, pois *ambos* não pertence a cada um. Em consonância com isso, é possível, de acordo com nossa hipótese, dizer que ambos são belos, mas não dizer que
303a cada um é belo. Ou o que nos compete dizer? Não é necessariamente assim?

Hípias: É o que parece.

Sócrates: Diremos então que ambos são belos, mas que cada um não é belo?

Hípias: E o que nos impediria de fazê-lo?

Sócrates: A mim parece, meu amigo, que o seguinte nos impede, a saber: havia alguns atributos que se aplicavam a coisas individuais, que se aplicavam (pertenciam) – assim pensávamos – a cada uma caso se aplicassem a ambas, e a ambas caso se aplicassem a cada uma. Refiro-me a todos os exemplos de atributos por ti especificados.[54] Estou correto?

54. Em 300e e 301a.

Hípias: Sim.

Sócrates: Aqueles, porém, especificados por mim[55] não se aplicavam e entre eles encontravam-se exatamente *cada um* e *ambos*. Está certo?

Hípias: Está.

b **Sócrates:** A que elenco, então, Hípias, segundo pensas, o belo se aplica (pertence)? Ao elenco dos que mencionaste? Se sou forte e és também, somos ambos conjuntamente fortes, e se sou justo e és também, somos ambos conjuntamente justos, e se ambos conjuntamente, então cada um individualmente; logo igualmente se sou belo e és também, somos ambos conjuntamente belos, e se ambos conjuntamente, então cada um individualmente. [O que pensas?] Ou nada há que impeça isso, como no caso em que quando dadas coisas são ambas conjuntamente pares, é possível que sejam individualmente ímpares, ou talvez pares e, analogamente, quando as coisas são individualmente quantidades irracionais talvez possam ser ambas conjuntamente racionais, ou talvez irracionais –
c isso além de inúmeros outros casos que, como sabes, declarei que apareciam ante minha mente?[56] A que elenco destinas o belo? Ou vês essa matéria tal como eu a vejo? A mim se afigura como irracionalidade sermos conjuntamente belos, mas cada um de nós não o ser, ou cada um de nós ser belo, mas ambos não sermos, ou qualquer outra coisa desse tipo. Escolhes essa posição, como eu faço, ou outra?

Hípias: Essa posição, Sócrates.

Sócrates: Fizeste uma boa escolha, Hípias, com o que nos pou-
d pamos de uma longa investigação complementar. De fato, se o belo se acha nesse elenco, aquilo que é prazeroso por meio da visão e da audição não será mais o belo, já que a expressão *através da visão e da audição* torna ambos conjuntamente belos, mas não cada um individualmente – o que, como concordamos, era impossível.

Hípias: Sim, concordamos.

55. Em 301e e 302a.

56. Em 300c.

Sócrates: É, portanto, impossível que o prazeroso por meio da visão e da audição seja o belo, porque ao *vir a ser* belo apresenta uma impossibilidade.

Hípias: Está certo.

Sócrates: "Assim, comunicai-me novamente", ele dirá, "a partir
e do começo, uma vez que falhastes desta vez, o que dizeis que esse *belo*, que se aplica a ambos os prazeres, é, que vos fez estimá-los acima dos outros e chamá-los de belos?" Parece-me, Hípias, inevitável dizermos que esses são os mais inócuos e os mais excelentes dos prazeres, ambos conjuntamente e cada um individualmente. Ou tens algo mais a sugerir, algo mais pelo que superem os demais?

Hípias: Em absoluto, visto que realmente são os mais excelentes.

Sócrates: "Isso, então", ele dirá, "dizeis ser o belo: o prazer benéfico?" "Evidentemente é o que dizemos", eu direi. E tu?

Hípias: Eu também.

Sócrates: "Bem, nesse caso", dirá, "o benéfico é aquilo que cria o bom; entretanto, aquilo que cria e aquilo que é criado pareceram há pouco ser diferentes, e o nosso argumento redundou
304a no anterior, não é mesmo? Pois nem seria possível o bom ser belo nem o belo ser bom, se cada um diferir do outro." "Isso é absolutamente verdadeiro", diremos, ó Hípias, se tivermos um mínimo de senso, pois é inadmissível discordar de um indivíduo que diz o que está correto.

Hípias: Mas agora, Sócrates, ao que pensas que tudo isso leva? São meras raspas e cavacos de discursos, como eu disse há algum tempo,[57] decompostos. A despeito disso, há aqui uma capacidade excelente e de grande valia, nomeadamente a capacidade de apresentar bem e admiravelmente um discurso em um tribunal, em um Conselho ou perante qualquer outra
b autoridade pública diante da qual o discurso possa ser proferido, com o fito de convencer a audiência e voltar para casa portando não a menor, mas a maior das recompensas, uma defesa bem sucedida de si mesmo, a própria propriedade e os

57. Cf. 301b.

próprios amigos. São essas coisas que devem merecer a atenção do indivíduo, que deve renunciar a essas conversações tacanhas para não ser considerado um completo tolo por se devotar, como se devota agora, a uma mera tagarelice insensata.[58]

Sócrates: Caro Hípias, és um homem afortunado porque estás ciente daquilo que uma pessoa deve praticar e que tu mesmo praticaste, segundo afirmas, satisfatoriamente. Mas quanto a mim, pelo que parece, sou possuído por alguma sorte nefasta,
c de forma que me mantenho sempre andando a esmo e perplexo. E ao exibir minha perplexidade a homens como tu, sábios, acabo, por meu turno, ultrajado por vossos discursos toda vez que a exibo. De fato, dizeis de mim o que estavas dizendo agora, ou seja, que me ocupo de questiúnculas tolas de nenhuma importância. Mas quando sou convencido por vós e digo o que dizeis, que é de longe a mais excelente das coisas estar capacitado a apresentar bem e admiravelmente um discurso e conquistar coisas no tribunal ou em quaisquer outras assem-
d bleias, sou insultado de todas as maneiras por alguns outros indivíduos aqui e, particularmente, por aquele que permanece me refutando, pois se trata de um parente muito íntimo que vive na mesma casa que eu.[59] Assim, sempre que vou para

58. A crítica de Hípias, está claro, é ao próprio Sócrates, que representa aqui o filósofo propriamente dito, que se distingue do sofista. Enquanto o primeiro se ocupa da investigação e do aprofundamento das questões metafísicas, éticas, lógicas, políticas etc., o segundo, rejeitando esse discurso, essa discussão, como inconsequente, sem propósito e incapaz de chegar a conclusões esclarecedoras objetivas e universais, dedica-se exclusivamente aos discursos dirigidos a alvos específicos visando somente à persuasão e, de modo algum, ao estabelecimento da verdade. Assim, os discursos do sofista típico são os de caráter privado, proferidos a discípulos pagantes com o objetivo de ministrar educação (incluindo o ensino da virtude, que para ele é convencional e não por natureza), os discursos públicos proferidos com fins políticos, para atender as ambições políticas do próprio sofista ou de quem ele representa (também pagante) e a oratória forense (discursos públicos de defesa ou acusação) que caracteriza a atividade advocatícia, também remunerada. Ver a *Introdução*, nesta edição.

59. A ironia socrática parece aqui se aliar a um certo blefe: é difícil dizer a quem se refere – se ao meio-irmão, à esposa, ao pai, ao seu *dáimon*... ou a si mesmo!

casa e ele me escuta dizer tais coisas, pergunta-me se não me sinto envergonhado de ousar discutir acerca de atividades admiráveis quando fica tão claramente mostrado, para minha confusão, que sequer sei o que é *o belo ele mesmo*. "Afinal co-
e mo irás saber", ele dirá, "quem apresentou um discurso – ou qualquer outra coisa – admiravelmente ou não, se ignoras o belo? E quando te encontras nessa situação, pensas ser melhor para ti estar vivo do que morto?" Assim acontece de ser eu, como disse, censurado e ultrajado por vós e por ele. Mas talvez, suponho, seja necessário que eu suporte tudo isso. Não seria estranho que fosse para mim benéfico. Sou da opinião, Hípias, de que realmente a conversação com ambos me beneficiou; com efeito, acho que sei o significado do adágio que diz que *aquilo que é belo é difícil*.

Hípias menor
(ou Do Falso)

PERSONAGENS DO DIÁLOGO:
Eudico, Sócrates e Hípias

363a **Eudico:** Por que te manténs em silêncio, Sócrates, após Hípias ter feito essa bela exibição? Por que não te juntas a nós no louvor de alguma parte de seu discurso ou, se a ti parece que houve falhas em algum ponto, não te dignas a refutar, especialmente agora que nós, que poderíamos, melhor do que todos, afirmar que temos uma participação na discussão filosófica, ficamos a sós?

Sócrates: Realmente, Eudico, há alguns pontos no discurso que
b Hípias proferia há pouco sobre Homero[1] a respeito dos quais gostaria de fazer-lhe certas perguntas. De fato, teu pai Apemanto costumava dizer que a *Ilíada* de Homero era um poema mais belo[2] do que a *Odisseia*, na medida em que Aquiles é alguém mais admirável do que Odisseu. Dizia ele que um desses poemas tem como objeto Odisseu, enquanto o outro tem como objeto Aquiles. O ponto aqui em torno do qual apreciaria perguntar, se for do desejo de Hípias, é o que ele pensa

1. Caso o leitor já tenha lido *Hípias maior*, deve se lembrar que Hípias informa Sócrates que, a convite de Eudico, proferiria um discurso sobre Homero. Hípias insiste, inclusive, para que Sócrates compareça acompanhado de outros.

2. ...κάλλιον... (*kállion*): ver a nota 1, em *Hípias maior*, nesta edição.

desses dois *homens*[3]? Qual é, segundo ele, o melhor? De fato,
c ele nos narrou em sua exibição muitas outras coisas de todo tipo acerca de Homero e outros poetas.

Eudico: É evidente que Hípias não se recusará a responder-te se fizeres a ele uma pergunta. Não é mesmo, Hípias? Se Sócrates te fizer uma pergunta, responderás? Ou o que farás?

Hípias: Bem, Eudico, seria um estranho comportamento, de minha parte, se não respondesse; eu, que parto de minha casa em Elis para comparecer ao festival dos gregos em Olímpia quando ocorre tal evento, e me ofereço no templo para discursar sobre qualquer assunto solicitado entre aqueles por mim
d preparados para exibição, e responder a quaisquer perguntas a mim dirigidas por qualquer pessoa. Dificilmente poderia me esquivar agora a responder às perguntas de Sócrates.

364a **Sócrates:** Em que abençoado estado te encontras, Hípias, se por ocasião de toda Olimpíada ingressas no templo tão confiante no que respeita à sabedoria de tua alma! E eu ficaria surpreso se qualquer dos *atletas do corpo*[4] ingressasse naquele mesmo lugar para participar das competições tão destemida e confiantemente em relação ao seu corpo quanto te mostras em relação ao teu intelecto!

Hípias: É com razão, Sócrates, que me encontro nesse estado, pois desde que comecei a competir nos Jogos Olímpicos, nunca topei com alguém que fosse melhor do que eu em qualquer coisa.

Sócrates: Respondes admiravelmente, Hípias! Tua reputação constituirá um monumento de sabedoria para a cidade-Estado
b de Elis e para teus pais. Mas, agora, o que dirias a respeito de Aquiles e Odisseu? Qual dos dois sustentarias ser o melhor e em que aspecto? Quando éramos muitos na sala e realizavas tua exibição, não pude acompanhar o que dizias. Hesitei em fazer perguntas dada a presença de uma multidão, além de recear perturbar tua exibição assim agindo. Agora, todavia, que

3. ...ἀνδροῖν... (*androîn*). Platão certamente considera Aquiles (filho da deusa Tétis e do rei Peleu) mais *humano* do que divino, na sua natureza dupla e heterogênea de semideus.

4. ...σῶμα ἀθλητῶν... (*sôma athletôn*).

somos poucos aqui, e Eudico insiste para que te faça pergun-
c tas, fala e conta-nos claramente o que declaraste acerca desses dois homens. Afinal, como os distinguiste?

Hípias: Ora, fico contente, Sócrates, em explicar a ti com clareza ainda maior o que declaro acerca desses homens, como também acerca de outros. Digo que Homero fez de Aquiles o mais corajoso daqueles que foram para Troia, de Nestor o mais sábio, e de Odisseu o mais hábil[5].

Sócrates: Oh, caríssimo Hípias! Farás o favor de não motejar de mim se considero difícil compreender o que dizes e não
d paro de fazer perguntas? Peço-te que tentes responder-me de maneira gentil e cortês.

Hípias: Mas é claro, pois seria vergonhoso para mim, Sócrates, se eu, que ensino aos outros boas maneiras e cobro por isso, não fosse eu próprio, ao ser interrogado, brando e gentil nas minhas respostas.

Sócrates: Decerto falas admiravelmente. De fato, quando disseste que o poeta fez de Aquiles o mais corajoso e de Nestor
e o mais sábio, imaginei ter entendido o que querias dizer. Mas quando disseste que fez de Odisseu o mais hábil, francamente não faço a mínima ideia do que queres dizer com isso. Mas diz-me e talvez isso me faça compreender melhor: Homero não fez Aquiles hábil?

Hípias: De modo algum, Sócrates. Fez dele o mais simples, o mais franco. Com efeito, nas *Súplicas*[6], quando os retrata conversando, faz Aquiles dizer a Odisseu:

365a *Filho de Laertes nascido de Zeus, engenhoso Odisseu,*
Devo dizer-te sem hesitação como tenciono agir e como penso ver as coisas cumpridas [e rogo que não murmures algum desacordo sentado aqui ao meu lado][7],

---

5. ...πολυτροπώτατον... (*polytropótaton*), o mais engenhoso, mas πολυτροπος (*polytropos*) apresenta também um viés pejorativo: astuto, velhaco.

6. Título que descreve a parte da *Ilíada* em que Odisseu, Fênix e Ajax *suplicam* a Aquiles que retorne ao campo de batalha.

7. Este trecho entre colchetes não consta no texto estabelecido por Burnet. Ver nota seguinte.

Pois é para mim tão odioso quanto as portas do Ha-
b *des aquele que em seu coração oculta uma coisa enquanto outra diz,*

Quanto a mim, falarei aquilo que deverá se cumprir.[8]

Nessas linhas ele exibe claramente o caráter dos dois homens, ou seja, que Aquiles é verdadeiro e simples, enquanto Odisseu é hábil e falso. De fato, ele apresenta Aquiles dizendo essas palavras a Odisseu.

Sócrates: Bem, agora finalmente, Hípias, acho que compreendo o que queres dizer, nomeadamente que o indivíduo hábil é falso, ou ao menos é o que parece.

c **Hípias:** Certamente, Sócrates, já que Homero representa Odisseu como esse tipo de indivíduo em muitas passagens da *Ilíada* e da *Odisseia*.

Sócrates: Homero, então, pelo que se evidencia, pensava que o *homem verdadeiro*[9] era um tipo de homem e o falso um outro, mas não o mesmo.

Hípias: Não há dúvida que pensava, Sócrates.

Sócrates: E é também como pensas, Hípias?

Hípias: Com toda a certeza, mesmo porque seria estranho se não pensasse assim.

Sócrates: Bem, então vamos deixar Homero de lado, visto que é
d impossível perguntar-lhe o que ele quis dizer ao compor esses versos. Mas considerando que te propões a defender a causa dele, e concordas com o que, segundo dizes, ele quis dizer, podes responder tanto por Homero quanto por ti mesmo.

Hípias: Muito bem. Perguntes concisamente tudo aquilo que desejas.

Sócrates: Dirias que os falsos, os mentirosos são, como os doentes, incapazes de fazer qualquer coisa, ou que são capazes de fazer alguma coisa?

Hípias: Diria que são grandemente capazes de fazer muitas coisas, especialmente enganar as pessoas.

---

8. *Ilíada*, Canto IX, 308 ss. A citação de Platão não é textual.

9. ...ἀνὴρ ἀληθής... (*anèr alethés*).

e **Sócrates:** Segundo pensas, então, eles têm poder e são hábeis, não é mesmo?

Hípias: Sim.

Sócrates: Mas são hábeis e enganadores devido à estupidez e à loucura ou devido à astúcia e a uma espécie de inteligência?

Hípias: Com toda a certeza devido à astúcia e à inteligência.

Sócrates: Então evidentemente são inteligentes?

Hípias: Por Zeus, sim, e muitíssimo.

Sócrates: E sendo inteligentes, sabem o que estão fazendo, ou não sabem?

Hípias: Sabem muito bem e é por isso que causam danos.

Sócrates: E cientes das coisas que sabem, são ignorantes ou sábios?

366a **Hípias:** Certamente sábios precisamente nisso: em enganar.

Sócrates: Detém-te. Recapitulemos o que estás dizendo. Afirmas que os falsos têm poder e inteligência, e são cientes e sábios em relação àquelas coisas em que são falsos?

Hípias: Afirmo.

Sócrates: E que o verdadeiro e o falso diferem e são completos opostos entre si?

Hípias: Afirmo.

Sócrates: Consequentemente, conforme teu argumento, os falsos estão entre os que têm poder e os sábios?

Hípias: Certamente.

b **Sócrates:** E quando dizes que os falsos são capazes e sábios para a falsidade, queres dizer que eles têm poder para proferir falsidades se for de seu gosto, ou que não têm poder relativamente às falsidades que dizem?

Hípias: Quero dizer que eles têm poder.

Sócrates: Em síntese, portanto, os falsos são aqueles que são sábios e capazes de dizer falsidades.

Hípias: Sim.

Sócrates: Assim, um homem que não tem a capacidade de dizer falsidades e é ignorante não seria falso.

Hípias: Está certo.

Sócrates: Mas toda pessoa que é capaz de fazer o que deseja
c quando o deseja tem poder. Não me refiro a alguém que é barrado pela doença ou algo semelhante a isso, mas a alguém como tu, de quem eu poderia dizer que tem a capacidade de escrever meu nome quando quiseres. Ou não dirias que um indivíduo que se encontra nessa condição tem capacidade (poder)?

Hípias: Sim, diria.

Sócrates: Mas diz-me, Hípias, não tens experiência em Aritmética e Cálculo?

Hípias: Tenho enorme experiência, Sócrates.

Sócrates: Assim, se alguém te perguntasse qual é o produto de três vezes setecentos, poderias, se quisesses, dizer-lhe a verdade a respeito disso com maior rapidez e melhor do que
d qualquer outra pessoa?

Hípias: Certamente.

Sócrates: Isso porque és quem tem, nessas matérias, o maior poder e saber entre os homens?

Hípias: Sim.

Sócrates: Nesse caso, és meramente o mais sábio e o mais capacitado ou és também o melhor nessas matérias em que és o mais capacitado e o mais sábio, ou seja, na Aritmética?

Hípias: Certamente também o melhor, Sócrates.

Sócrates: Então disporias do maior poder entre todos para dizer a verdade acerca dessas coisas, não disporias?

Hípias: Penso que sim.

e **Sócrates:** Mas quanto ao que se refere às falsidades a respeito dessas mesmas coisas? Por favor, responde a isso com a mesma consumada franqueza que respondeste a minhas perguntas anteriores, Hípias. Se alguém te perguntasse quanto é três vezes setecentos, terias esse máximo poder de dizer falsidades e de, sempre uniformemente, se desejasses proferir falsidades e jamais responder com a verdade, dizer coisas falsas acerca
367a dessas matérias? Ou aquele que é ignorante em cálculo tem mais poder para proferir falsidades do que tu, no caso de desejar fazer isso? Não achas que o indivíduo ignorante com fre-

quência diria involuntariamente a verdade quando desejasse dizer falsidades, e se assim acontecesse, por falta de conhecimento, ao passo que tu – a pessoa que tem conhecimento – se desejasses dizer o falso, o dirias sempre e uniformemente?

Hípias: Sim, é como dizes.

Sócrates: É o indivíduo falso então falso a respeito de outras coisas, mas não a respeito de números, e não diria falsidades quando estivesse tratando com números?

Hípias: Ora, por Zeus, ele é também falso com relação a números.

Sócrates: Poderemos, então, também supor isso, ou seja, que há
b um tipo de pessoa que é falsa a respeito de cálculo e de números?

Hípias: Sim.

Sócrates: Ora, quem seria essa pessoa? Não terá que possuir o poder de dizer falsidades, de mentir, como há pouco concordaste, se vai ser falso, se vai mentir? De fato, disseste – se é que te lembras – que aquele que não tem o poder de dizer falsidades jamais seria falso.

Hípias: Sim, lembro-me do que disse.

Sócrates: E há pouco não foi demonstrado que tens o máximo poder para dizer falsidades acerca de Cálculo?

Hípias: Sim, isso também foi dito.

c **Sócrates:** Tens, então, igualmente máximo poder para dizer a verdade acerca de Cálculo?

Hípias: Certamente.

Sócrates: Por conseguinte, o mesmo indivíduo tem máximo poder para enunciar tanto falsidade quanto verdade acerca de Cálculo; e esse indivíduo é alguém bom relativamente aos cálculos, nomeadamente o calculador.

Hípias: Sim.

Sócrates: Quem, então, se torna um indivíduo falso no que toca a cálculos, Hípias, além do bom indivíduo? De fato, o mesmo indivíduo é também detentor de poder, e também é verdadeiro.

Hípias: É o que parece.

Sócrates: Percebes, então, que o mesmo indivíduo é tanto falso quanto verdadeiro com relação a essas matérias, e o verdadeiro não é, de nenhuma maneira, melhor do que o falso? Isso porque se trata realmente do mesmo indivíduo e os dois[10] não
d são completos opostos como o supunhas há pouco.

Hípias: Aparentemente não, ao menos nessa esfera.

Sócrates: Deveremos, nesse caso, investigar em outros campos?

Hípias: Se assim o desejas.

Sócrates: Bem, também és um especialista em Geometria?

Hípias: Sou.

Sócrates: Ora, não tem o mesmo indivíduo o mesmo poder para enunciar a falsidade ou a verdade no que tange à Geometria, nomeadamente o geômetra?

Hípias: Sim.

Sócrates: Haverá alguém bom nessa matéria além do geômetra?

e **Hípias:** Não, ninguém mais.

Sócrates: O bom e sábio geômetra, portanto, tem máximo poder em ambos os aspectos, não tem? E se alguém falsear com respeito a diagramas, seria esse indivíduo o bom geômetra? Afinal, ele tem o poder – enquanto o mau geômetra não tem – para proferir a falsidade, de sorte que aquele que não tem poder para proferir falsidade não se tornaria falso, como concordamos.

Hípias: Está correto.

Sócrates: Investiguemos, em seguida, o terceiro indivíduo, isto é, o astrônomo, aquele cuja arte julgas conhecer ainda melhor
368a do que as anteriores, não é mesmo, Hípias?[11]

Hípias: Sim.

Sócrates: E também não são as mesmas coisas verdadeiras na Astronomia?

Hípias: Provavelmente, Sócrates.

Sócrates: Portanto, igualmente na Astronomia, se alguém for falso, o bom astrônomo será falso, ele que tem o poder de

---

10. Ou seja, o verdadeiro e o falso.

11. Ver a nota 2, em *Hípias maior,* nesta edição.

proferir a falsidade. De fato, aquele que não possui poder não será falso uma vez que é ignorante.

Hípias: É o que parece.

Sócrates: O mesmo indivíduo, portanto, na Astronomia, será verdadeiro e falso.

Hípias: É o que se evidencia.

Sócrates: Vamos, Hípias, examina analogamente as ciências em
b geral para apurarmos ser esse o caso ou não. És, certamente,
na maior quantidade de artes, o mais sábio dos seres humanos, como em uma ocasião ouvi te gabares, registrando tua sabedoria grandiosa e invejável no mercado, próximo às mesas dos banqueiros. Relataste que uma vez, quando estiveste em Olímpia, tudo que estava contigo era tua própria obra. Em primeiro lugar, o anel – já que principiaste com isso – que
c tinhas no dedo, era tua própria obra, mostrando que conhe-
cias como entalhar anéis; igualmente um outro sinete era de tua lavra, bem como um raspador[12] e um frasco de óleo. Em seguida esclareceste que tu mesmo havias confeccionado as sandálias que calçavas, bem como tecido teu manto e tua túnica; mas o que pareceu a todos o mais assombroso, e prova de sumo saber, foi o cinto que usavas em torno de tua túnica, o qual, segundo tua informação, era como os cintos persas mais dispendiosos... e que tu mesmo o havias confeccionado. Ademais, disseste que trazias contigo poemas, tanto épicos quanto
d tragédias e ditirambos, e diversos outros escritos de todos os
tipos compostos em prosa; e que te encontravas lá superando a todos os outros no conhecimento das artes que eu citava há pouco,[13] e da correção dos ritmos, harmonias e letras, além de muitas outras coisas, como me ocorre. E, não obstante, pelo que parece, esqueci de tua arte mnemônica,[14] no que te julgas sumamente brilhante; e imagino que esqueci de uma plêiade

---

12. ...στλεγγίδα... (*stleggída*), instrumento que servia para remover (raspar) da pele o excedente de óleo de oliva utilizado no corpo em exercícios de atletismo.

13. Presume-se que Sócrates se refira à Aritmética, ao Cálculo, à Geometria e à Astronomia.

14. Ou seja, da memória.

e de outras coisas. Mas, como eu dizia, examina tuas próprias
artes – e não são poucas – e as alheias, e me diz se descobres,
em consonância com o consenso que alcançamos mutuamen-
te, qualquer ponto em que uma pessoa é verdadeira e a outra,
falsa, sendo elas distintas e não a mesma. Busca por ele em
quaisquer departamentos do saber ou da astúcia, ou não im-
369a porta qual for o nome que prefiras dar. Mas não o descobrirás,
meu amigo, porque não existe. Ou me diz qual é.

Hípias: Mas não posso, Sócrates... ao menos não de imediato.

Sócrates: E suponho que nunca poderás. Mas se o que digo é verdadeiro, Hípias, te lembras das consequências de nosso argumento.

Hípias: Não entendo em absoluto o que queres dizer, Sócrates.

Sócrates: Não, porque talvez não estejas te servindo de tua arte
mnemônica. Evidentemente não a julgas necessária. Mas te
lembrarei. Recordas que disseste que Aquiles era verdadeiro,
b enquanto Odisseu era falso e hábil?

Hípias: Recordo.

Sócrates: Percebes agora que se descobriu ser o mesmo homem falso e verdadeiro, de modo que se Odisseu era falso, torna-se também verdadeiro, e se Aquiles era verdadeiro, torna-se também falso, sendo que esses dois homens não diferem entre si, nem constituem opostos, mas que são semelhantes?

Hípias: Ora, Sócrates, não cansas de elaborar argumentos intrica-
dos desse tipo e, selecionando a parte mais difícil do argumento,
prendes-te a ela nas minúcias, não discutindo o objeto de que
c trata o argumento no seu todo. Agora, se o desejares, demonstra-
rei a ti com base em argumentos satisfatórios respaldados em
muitas evidências que Homero concebeu Aquiles melhor do
que Odisseu e avesso à falsidade, enquanto concebeu Odisseu
ladino, contador de muitas balelas e inferior a Aquiles. E se qui-
seres, poderás apresentar contra-argumentos defendendo a tese
de que o outro é melhor. Caberá a estes senhores aqui presentes
determinar qual de nós dois oferece o melhor discurso.

d **Sócrates:** Hípias, não duvido que és mais sábio do que eu. Con-
tudo, tenho sempre o hábito de prestar atenção quando al-

guém discursa, sobretudo quando a mim parece que o orador é sábio. E pelo fato de desejar aprender o que ele quer dizer, questiono-o cabalmente, examino e cotejo o que ele diz de maneira a possibilitar meu aprendizado. Todavia, se quem profere o discurso me parece destituído de valor, nem proponho questões, nem me importo com o que ele diz. E mediante esse critério reconhecerás quem classifico como sábio; de
e fato, presenciarás a mim fazendo persistentemente perguntas a esse homem acerca do que diz, com o objetivo de poder tirar proveito aprendendo algo. E assim, agora, quando discursavas, notei que nas linhas que há pouco reproduziste com a intenção de indicar que Aquiles se dirige a Odisseu como a um enganador, pareceu-me muito estranho – na hipótese do que
370a dizes ser verdadeiro – que Odisseu, o hábil, em lugar algum é retratado como fazendo um discurso falso, enquanto Aquiles é retratado como uma pessoa hábil de acordo com teu argumento. De qualquer modo, ele mente. Com efeito, ele começa expressando o conteúdo das linhas citadas por ti, a saber:

...Pois é para mim tão odioso quanto as portas do Hades aquele que em seu coração oculta uma coisa enquanto outra diz...

b ...e logo depois diz que não seria convencido por Odisseu e Agamenon e, de modo algum, permaneceria em Troia. Mas diz:

...Amanhã, após sacrificar a Zeus e a todos os deuses,
Carregarei devidamente meus navios e os arrastarei ao mar;
Vereis então, se quiserdes e atribuís importância a estas coisas,
Logo de manhã meus navios navegando no Helesponto farto de peixes,
c *E meus homens neles ansiosamente remando.*
E se o glorioso sacudidor da Terra[15] *conceder-me uma boa viagem,*

15. O deus Poseidon.

No terceiro dia terei alcançado a fértil Ftia...[16]

E inclusive antes disso, quando insultava Agamenon, ele disse:

...E agora rumarei para Ftia, visto ser muito melhor
Voltar para casa com meus navios de popa recurvada. Não pretendo
d *Aqui permanecer desonrado, e acumular bens e riquezas para ti...*[17]

Tendo dito essas coisas, em uma ocasião diante de todo o exército e na outra diante de seus próprios companheiros, em parte alguma é mostrado preparando ou tentando arrastar os navios ao mar para navegar de volta para casa. Ao contrário, exibe uma nobre desconsideração por dizer a verdade.

Bem, Hípias, comecei a te fazer essas perguntas porque me sinto confuso quanto a saber qual desses dois homens é
e representado pelo poeta como melhor, e porque tinha comigo que ambos eram muito bons, sendo difícil deliberar qual era o melhor, tanto no que diz respeito à falsidade e à verdade quanto à virtude em geral, no que ambos são semelhantes.

Hípias: Isso porque teu enfoque disso não é correto, Sócrates. As falsidades proferidas por Aquiles não são evidentemente proferidas propositalmente, mas contra sua vontade, uma vez que ele é forçado pelo desastre que se abateu sobre o exército a permanecer e prestar ajuda. Quanto a Odisseu, ele diz suas falsidades de maneira voluntária e intencional.

Sócrates: Caríssimo Hípias, estás me enganando e tu próprio imitando Odisseu.

371a **Hípias:** Em absoluto, Sócrates. O que queres dizer e ao que aludes?

Sócrates: Ao fato de afirmares que Aquiles não se manifestou com falsidade propositalmente, ele que não só era um enganador como também um trapaceiro e um conspirador, como foi representado por Homero, sendo de fato mostrado

16. *Ilíada*, Canto IX, 357-63.

17. *Ilíada*, Canto I, 169-71.

como muito mais sagaz do que Odisseu ao enganá-lo facilmente, sem ser percebido, a ponto de, na presença do outro,
b ousar contradizer-se, sem que este o notasse; ao menos, não parece que Odisseu lhe tenha dito algo indicativo de que houvesse notado sua falsidade.

Hípias: Do que afinal estás falando, Sócrates?

Sócrates: Não sabes que depois de ter comunicado a Odisseu que se poria ao mar na alvorada, conversando com Ajax não repetiu que partiria, mas disse algo diferente?

Hípias: Onde?

Sócrates: Onde diz:

...Não me preocuparei com a guerra sangrenta
c *Até o belicoso filho de Príamo, o divino Heitor,*[18]
Atingir as tendas e navios dos Mirmídones[19]
Através da matança dos argivos, e queimar os navios com fogo flamejante.
Mas quando à minha tenda e ao meu negro navio chegar,
Penso que o próprio Heitor, embora sedento do combate, se deterá.[20]

d Ora, Hípias, achas que o filho de Tétis e discípulo do sapientíssimo Quíron[21] era tão esquecido que embora um pouco antes tivesse insultado alguns embusteiros na linguagem mais extremada, ele próprio de imediato comunicado a Odisseu que ia pôr-se ao mar, e a Ajax que ia ficar, não agia assim propositalmente, na suposição de que Odisseu era um velho tolo e que ele próprio tiraria o melhor proveito dele precisamente por meio dessa trama e mentira?

---

18. Príamo, rei de Troia; Heitor, seu primogênito e irmão de Páris e Cassandra.
19. Povo da Ftia, ou seja, da terra de Aquiles.
20. *Ilíada*, Canto IX, 650-5.
21. Isto é, Aquiles. Quíron, o centauro sábio, especialmente célebre por seu conhecimento de Medicina. Foi mestre do próprio Asclépios, deus da Medicina, de Aquiles e de Héracles.

Hípias: Discordo, Sócrates. Também nesse caso Aquiles foi in-
e duzido por sua benevolência[22] a dizer a Ajax algo diferente do que dissera a Odisseu, ao passo que este, quando diz a verdade, a diz sempre movido por um plano, agindo do mesmo modo quando diz uma mentira.

Sócrates: Então Odisseu, pelo que se evidencia, é melhor do que Aquiles.

Hípias: De modo algum, Sócrates.

Sócrates: Mas como? Não foram aqueles que dizem falsidades voluntariamente julgados melhores do que os que o fazem involuntariamente?

372a **Hípias:** E como, Sócrates, poderiam aqueles que voluntariamente cometem injustiça e voluntária e intencionalmente causam dano serem melhores do que aqueles que o fazem involuntariamente? Além disso, parece haver boas razões para sermos indulgentes com quem perpetra injustiça não intencionalmente, ou mente, ou realiza qualquer outro mal. E as leis com certeza são muito mais severas com os que fazem o mal e mentem voluntariamente do que com aqueles que o fazem involuntariamente.

Sócrates: Vês, Hípias, como digo a verdade quando afirmo que
b sou persistente no fazer perguntas aos sábios? Provavelmente é a única coisa positiva no que se refere a mim, já que se não fosse por isso eu seria totalmente sem valor. Equivoco-me inteiramente no tocante a fatos e desconheço a verdade deles. E encontro suficiente prova da verdade disso quando ao entrar em contato com um de vós, que sois famosos por conta da sabedoria, e cuja sabedoria é testemunhada por todos os gregos, constato que nada sei. De fato, mal há uma única
c coisa em relação à qual tu e eu compartilhamos da mesma opinião. E, afinal, haverá maior prova de ignorância do que discordar de um sábio? Entretanto, possuo essa qualidade notável, a qual constitui minha salvação. Com efeito, o aprendizado não me amedronta, pondo-me a inquirir e perguntar,

22. ...εὐνοίας... (*eynoías*). Burnet registra εὐήθειας (*eyétheias*), candidez, ingenuidade, inocência.

e sou muito grato a quem responde, jamais faltando à gratidão em relação a quem quer que seja. Toda vez que aprendo algo, nunca deixo de demonstrá-la, simulando que aquilo que aprendi foi minha descoberta. Pelo contrário, presto louvor à sabedoria daquele que me instruiu e proclamo aquilo que aprendi dele. E neste ensejo, discordo do que dizes, minha
d divergência sendo, inclusive, bastante incisiva. E sei muito bem que isso é por minha própria culpa por ser eu o tipo de homem que sou, para não dizer nada melhor de mim que vá além de meu merecimento.

O fato, Hípias, é que minha opinião corresponde exatamente ao oposto do que dizes. Penso que aqueles que prejudicam as pessoas e cometem injustiças, mentem, trapaceiam e erram voluntariamente, não involuntariamente, são melhores do que os que o fazem involuntariamente. Às vezes, todavia, a mim parece que ocorre o oposto disso, e fico totalmente
e confuso acerca dessas matérias, obviamente devido à minha ignorância. Mas agora, neste momento, uma espécie de acesso do meu delírio se apossou de mim, e penso que aqueles que voluntariamente cometem erros, com referência a alguma coisa, são melhores do que os que cometem erros involuntariamente. E responsabilizo nossos argumentos anteriores pelo meu presente estado mórbido, que a mim fizeram parecer agora que os que fazem quaisquer dessas coisas involuntariamente são mais indignos do que os que as realizam voluntariamente. Assim, por favor, sê amável e não te recuses a curar minha alma, pois estarás me fazendo muito maior bem curan-
373a do minha alma da ignorância do que se tratasse de curar meu corpo da doença. Contudo, se pretendes proferir um longo discurso, devo dizer-te de antemão que não me curarás porque eu não poderia acompanhar-te; entretanto, se estiveres disposto a responder-me como fizeste há pouco, a mim proporcionarás um imenso bem, e penso que tu mesmo, de tua parte, não serás prejudicado com isso. E eu com justiça me sentiria também autorizado a recorrer a ti, filho de Apemanto,[23]

23. Eudico.

pois foste tu que me animaste a conversar com Hípias. Portanto, agora, se Hípias não desejar dar-me respostas, pede a ele, a meu favor, que o faça.

Eudico: Bem, Sócrates, suponho que Hípias dispensará qualquer
b pedido de nossa parte, pois isso não se coaduna com o que ele manifestou no início. Deixou claro que não se esquivaria às perguntas de pessoa alguma. O que achas, Hípias? Não foi isso que disseste?

Hípias: Foi. Mas Sócrates, Eudico, está sempre fazendo confusão com os argumentos e parece evidente que deseja criar problemas.

Sócrates: Oh, excelentíssimo Hípias, de modo algum faço essas coisas voluntariamente, pois nesse caso seria sábio e possuidor de dotes extraordinários, de acordo contigo – mas involuntariamente, de modo que deves ser indulgente comigo, uma vez que dizes também que aquele que comete o mal involuntariamente deve ser objeto de indulgência.

c **Eudico:** É... não te recuses, Hípias, mas em nosso nome e em nome do que anunciaste antes, responde a qualquer pergunta que Sócrates te faça.

Hípias: Bem, já que tu o pedes, eu as responderei. Perguntes as perguntas que quiseres.

Sócrates: Certamente gostaria muitíssimo, Hípias, de investigar aquilo de que estamos falando agora, especificamente *quais são melhores*: os que cometem erros voluntariamente ou os que cometem erros involuntariamente. Ora, julgo que a melhor forma de proceder a essa investigação é a que começa por responder-me o seguinte: chamas um tipo de corredor de bom corredor?

d **Hípias:** Chamo.

Sócrates: E um outro tipo de mau corredor?

Hípias: Sim.

Sócrates: Bem, aquele que corre bem é um bom corredor, ao passo que aquele que corre mal é um mau corredor, não é assim?

Hípias: Sim.

Sócrates: E aquele que corre lentamente corre mal, enquanto o que corre celeremente corre bem?

Hípias: Sim.

Sócrates: Na corrida, portanto, bem como no correr, a celeridade é algo bom, enquanto a lentidão é algo mau.

Hípias: Ora, é claro que sim.

Sócrates: Bem, qual é o melhor corredor: aquele que corre lentamente voluntariamente ou aquele que o faz involuntariamente?

Hípias: Aquele que o faz voluntariamente.

Sócrates: Ora, correr não é fazer alguma coisa?

Hípias: Sim, é fazer alguma coisa.

e **Sócrates:** E se é fazer, não constitui também a execução de algum ato?

Hípias: Sim.

Sócrates: Consequentemente, aquele que corre mal executa, em uma corrida, um ato mau e vergonhoso?

Hípias: Sim, certamente um mau ato.

Sócrates: Mas aquele que corre lentamente corre mal?

Hípias: Sim.

Sócrates: A conclusão é que o bom corredor executa esse ato mau e vergonhoso voluntariamente, enquanto o mau corredor o executa involuntariamente?

Hípias: É o que se evidencia.

Sócrates: Em uma corrida, então, quem executa maus atos involuntariamente é pior do que aquele que os executa voluntariamente?

Hípias: Em uma corrida, sim.

374a **Sócrates:** E quanto à luta? Qual é o melhor lutador: aquele que é arremessado ao chão voluntariamente ou o que o é involuntariamente?

Hípias: Pelo que parece, aquele que é arremessado voluntariamente.

Sócrates: Mas em uma luta é pior e mais vergonhoso ser arremessado ao chão ou arremessar ao chão o adversário?

Hípias: Ser arremessado ao chão.

Sócrates: Portanto, também na luta, aquele que executa atos maus e vergonhosos voluntariamente é um melhor lutador do que aquele que os executa involuntariamente.

Hípias: É o que parece.

Sócrates: E com referência a todas as outras atividades físicas? Não é a pessoa melhor, do ponto de vista de seu corpo, capaz de executar ambos os tipos de atos, os de força e os de fraque-
b za, os vergonhosos e os admiráveis, de modo que toda vez que executa maus atos de natureza corpórea, aquela que é melhor do ponto de vista de seu corpo, os executa voluntariamente, enquanto a pior os executa involuntariamente?

Hípias: Esse parece também ser o caso em matéria de força.

Sócrates: E quanto à elegância, Hípias? Não assume *voluntariamente* o melhor corpo posturas vergonhosas e más, enquanto o pior corpo o faz *involuntariamente*? Ou qual é tua opinião nesse caso?

Hípias: É essa a minha opinião.

Sócrates: Consequentemente, a deselegância, quando é volun-
c tária, está associada à excelência[24] do corpo, mas quando é involuntária, está associada à deficiência do corpo.

Hípias: É o que parece.

Sócrates: E o que dirias da voz? Qual julgas ser melhor: a que canta desafinado voluntariamente ou a que o faz involuntariamente?

Hípias: A que o faz voluntariamente.

Sócrates: E aquela que o faz involuntariamente é pior?

Hípias: Sim.

Sócrates: Preferirias possuir coisas boas ou más?

Hípias: Boas.

Sócrates: Então preferirias possuir pés que coxeassem voluntária ou involuntariamente?

Hípias: Voluntariamente.

d **Sócrates:** Mas não constitui a coxeadura uma deficiência e deselegância nos pés?

Hípias: Sim.

---

24. ...ἀρετῆς... (*aretês*).

Sócrates: Bem, não constitui a falta de acuidade visual uma deficiência nos olhos?

Hípias: Sim.

Sócrates: Quais olhos, então, preferirias possuir e com eles viver: aqueles com os quais verias de maneira imprecisa e incorreta voluntariamente ou involuntariamente?

Hípias: Aqueles com os quais assim veria voluntariamente.

Sócrates: Portanto, as partes de ti mesmo que atuam voluntariamente mal julgas melhores do que as que atuam mal involuntariamente?

Hípias: Sim... quer dizer, em matérias desse tipo.

Sócrates: Bem, então uma afirmação abrange tudo igualmente, tal como orelhas, nariz, boca e todos os sentidos: os que
e atuam mal *involuntariamente* são indesejáveis porque são maus, enquanto os que atuam mal *voluntariamente* são desejáveis porque são bons.

Hípias: Assim penso.

Sócrates: Bem, quais instrumentos são melhores para trabalhar: aqueles com os quais voluntária ou involuntariamente se executa um mau trabalho? Por exemplo, é melhor um timão com o qual alguém involuntariamente pilotará mal, ou um timão com o qual fará isso voluntariamente?

Hípias: Um timão com o qual fará isso voluntariamente.

Sócrates: E o mesmo não é válido no que se refere a um arco, uma lira, flautas e tudo o mais?

Hípias: Sim, o que dizes é verdadeiro.

375a **Sócrates:** Ora, é melhor possuir um cavalo com tal *espírito*[25] que se pudesse montá-lo mal voluntária ou involuntariamente?

Hípias: Voluntariamente.

Sócrates: Então esse *espírito* é melhor.

Hípias: Sim.

---

25. ...ψυχὴν... (*psykhèn*), literalmente *alma*, o princípio vital, e assim um princípio que não é exclusivo do ser humano, mas comum a todos os seres vivos; a alma, sendo o princípio vital, é princípio e sede do instinto, da vontade, dos sentimentos, das paixões e da inteligência. O corpo (σῶμα) é somente um veículo e uma carcaça.

Sócrates: Portanto, com o cavalo de melhor *espírito* se realizaria, voluntariamente, os atos maus desse *espírito*, enquanto com o cavalo de *espírito* pior se realizaria involuntariamente?

Hípias: Com certeza.

Sócrates: E o mesmo não se aplica a um cão e a todos os outros animais?

Hípias: Sim.

Sócrates: Bem, agora no caso de um arqueiro, é melhor possuir o
b *espírito* que voluntariamente erra o alvo, ou o que erra o alvo involuntariamente?

Hípias: O que o faz voluntariamente.

Sócrates: Por conseguinte, esse é o *espírito* melhor para a arte do arco?

Hípias: Sim.

Sócrates: É então também o *espírito*, ou seja, a alma que erra involuntariamente pior do que aquela que erra voluntariamente?

Hípias: Sim, ao menos no caso da arte do arco.

Sócrates: E o que ocorre na Medicina? Não é a alma que voluntariamente prejudica os corpos dos pacientes melhor em matéria de ciência médica?

Hípias: Sim.

Sócrates: Nessa arte, portanto, essa alma é melhor do que a outra.

Hípias: É melhor.

Sócrates: Ora, quanto à alma melhor que toca de maneira melhor instrumentos de cordas como a lira, a cítara e a harpa, bem
c como as flautas, e executa de maneira melhor tudo o mais no domínio das artes e das ciências – não realiza essa alma, *voluntariamente*, coisas más, vergonhosas e erros, ao passo que a alma que o realiza *involuntariamente* é pior?

Hípias: Assim parece.

Sócrates: E com certeza preferiríamos ser proprietários de escravos com tais almas, que cometessem erros e provocassem danos voluntariamente, do que escravos que o fizessem involuntariamente. Consideraríamos os primeiros dotados de melhor aptidão para a execução de suas obrigações.

Hípias: Sim.

Sócrates: Bem, não desejaríamos possuir nossa própria alma na melhor condição possível?

Hípias: Sim.

d **Sócrates:** Então será melhor se ela realizar o mal e cometer erros voluntária ou involuntariamente?

Hípias: Mas seria terrível, Sócrates, se aqueles que cometem injustiças voluntariamente tivessem que ser melhores do que aqueles que o fazem involuntariamente.

Sócrates: Mas certamente é o que parecem ser, ao menos a julgar pelo que foi dito.

Hípias: Não para mim.

Sócrates: Pensei, Hípias, que também a ti assim parecessem. Entretanto, mais uma vez responde-me: não é a justiça uma espécie de poder ou conhecimento, ou ambos? Ou não é necessariamente a justiça um ou outro desses?

e **Hípias:** Sim.

Sócrates: Então se a justiça é um poder da alma, a alma que é mais poderosa é a alma que é mais justa, não é mesmo? De fato, excelente amigo, descobrimos que uma tal alma era melhor.

Hípias: Sim, descobrimos.

Sócrates: E na hipótese de ser um conhecimento? Não é a alma que é mais sábia a que é mais justa, e a que é mais ignorante a alma que é mais injusta?

Hípias: Sim.

Sócrates: E se ela for ambos? Não é a alma que possui ambos, poder e conhecimento, mais justa e a que é mais ignorante, mais injusta? Não é assim necessariamente?

Hípias: É o que parece.

Sócrates: Foi mostrado, portanto, que essa alma, que é mais poderosa e mais sábia, é melhor e que possui mais poder para realizar tanto atos nobres quanto vergonhosos em toda forma de ação. Não foi isso mostrado?

376a **Hípias:** Sim.

Sócrates: Toda vez que realiza atos vergonhosos, ela o faz voluntariamente, mediante poder e arte, sendo esses – um ou outro, ou ambos – atributos da justiça.

Hípias: É o que se evidencia.

Sócrates: E cometer injustiça é realizar atos maus, enquanto não cometer injustiça é realizar atos bons.

Hípias: Sim.

Sócrates: Assim, a alma que é mais poderosa e melhor, quando comete injustiça, o fará voluntariamente, enquanto a alma pior o fará involuntariamente?

Hípias: Assim parece.

b **Sócrates:** Não é, portanto, um *homem*[26] bom o que possui uma boa alma e um homem mau o que possui uma alma má?

Hípias: Sim.

Sócrates: Está, portanto, na natureza do *homem* bom cometer injustiça voluntariamente, enquanto na do homem mau cometê-la involuntariamente, isso se o homem bom possuir uma boa alma.

Hípias: Mas certamente ele a possui.

Sócrates: Por conseguinte, aquele que voluntariamente comete erros e atos vis e injustos, Hípias, se houver essa pessoa, não será outro senão o indivíduo bom.

Hípias: Não posso concordar contigo nisso, Sócrates.

Sócrates: Tampouco eu comigo mesmo, Hípias. Contudo, pare-
c ce no momento ser a inevitável consequência de nosso argumento. Todavia, como eu vinha dizendo o tempo todo, no que tange a essas matérias ando a esmo de um lado para outro, jamais sustentando um mesmo parecer. Aliás, o fato de eu ou qualquer outra pessoa comum andar a esmo nada tem de surpreendente. Mas se vós, homens sábios, igualmente andais a esmo – isso representa para nós também algo terrível se não pudermos, mesmo ao procurar por vós, deixar de andar a esmo, dando fim à nossa indecisão.

---

26. ...ἀνὴρ... (*anèr*), ser humano do sexo masculino.

Este livro foi impresso pela Gráfica Cromosete
em fonte Times New Roman sobre papel Pólen Bold 70 g/m²
para a Edipro.